Believe in Me
by Ella Quinn

# 恋に落ちたくない花嫁

エラ・クイン
高橋佳奈子・訳



ラズベリーブックス

孫娘のジョセフィーヌとヴィヴィアンに
そして、目的をはたすために闘わなければならなかったすべての年代の女性たちに

# 謝辞

出版にかかわる人なら誰でも知っていることだが、作者の頭に漠然と浮かんだものを印刷された書籍、もしくは電子書籍にするには、チームでとり組まなければならない。ベータ・リーダー（出版まえの原稿を読んで意見を言ってくれる人たち）のジェンナ、ドリーン、マーガレットには、感想と提案をもらったことにお礼を言いたい。エージェントのデイドラ・ナイトとジャンナ・ボニコフスキーには、本書のいくつかの部分についていっしょに考えてくれ、本書を旅行ガイドめいたものにしないために力を貸してくれたことに感謝する。

わたしのすばらしい編集者であるジョン・スコニャミリオに。わたしの本を愛し、ケンジントンへとつないでくれたことに感謝する。宣伝においてほんとうにすばらしい仕事をしてくれたケンジントン・チームのヴィーダ、ジェーン、ローレンにも。それから、わたしにはとうてい見つけられない小さなまちがいをすべて見つけてくれた校正者のみなさんにも謝意を表したい。

名前については、ありとあらゆる関係の人に大いに助けていただいた。コンスタンスについてはケリー・アン・ウッドフォードとトレーシー・ド・ニールに、グレースを使えると思い出させてくれたアンティゴニー・ヘレン・クラッツア、テオドアについてはブリアンナ・クック、ヒューゴーについてはシャロン・ウィリアムズ・エイブラハムとジョー・ペイン＝

ピアースに、ゼファーについてはカレン・ファイストに感謝する。

当時の女性は講義に出席を許されていなかったものの、王立研究所《ロイヤル・インスティテューション》では許されていたと教えてくれた王立協会《ロイヤル・ソサエティ》のルパート・ベイカーにも感謝する。おかげでその場面を削らずに済んだ。

可能なかぎり、当時営業していた宿などについては実名を使おうと努めた。ミュンヘンでもっとも古いホテルであるホテル・ステファニーに関しては、ダニエラ・ヒルシュに感謝したい。一八一八年当時のホテルの名前と当時の経営者の名前を教えてくれたことに。同様に、一八一八年のトールブロイの経営者の名前を教えてくれたスヴェン・ルップにも感謝する。最後に、そしてもちろん少なくない感謝を読者のみなさんへ。あなた方がいなければ、本書も何の価値もないものになる。わたしのお話を愛してくださったことに心からの感謝を！

読者のみなさんからのご意見もぜひお聞きしたいので、ご質問等あれば、わたしのウェブサイトかフェイスブックに気軽にアクセスしてみてください。わたしのＳＮＳやニュースレターのリンクは www.ellaquinnauthor.com にアクセスしていただければわかります。

さあ、次の本へ！

エラ

# 恋に落ちたくない花嫁

# 主な登場人物

オーガスタ・ヴァイヴァーズ……ワーシントン伯爵令嬢。
フィニアス（フィン）・カーター＝ウッズ……ドーチェスター侯爵の弟。
マシュウ（マット）・ヴァイヴァーズ……ワーシントン伯爵。オーガスタの兄。
グレース・ヴァイヴァーズ……マットの妻。
ペイシェンス・ウォルヴァートン……ウォルヴァートン子爵夫人、オーガスタの母。
ルイーザ・ロスウェル……ロスウェル公爵夫人、オーガスタの姉。
ドロシア（ドッティ）・ブラッドフォード……マートン侯爵夫人。
プルーデンス（プルー）・ブラニング……オーガスタの親戚。
ドーチェスター侯爵（チェス）……フィンの兄。
ヘレン……ドーチェスター侯爵夫人。フィンの義姉。
ジェーン・アディソン……グレースの親戚。
ヘクター・アディソン……ジェーンの夫。
ボーマン……フィンの友人、秘書。
パヴレ・ツェリエ……スロヴェニアの子爵。

# 1

## メイフェア、バークリー・スクエア、ワーシントン・ハウス
## 一八一八年三月

「イタリアだって！」兄の怒声はタウンハウスじゅうのみならず、バークリー・スクエア全体にも聞こえたかもしれなかった。もしかしたら、もっと遠くまでも。

ソファーにすわっていたレディ・オーガスタ・ヴァイヴァーズはため息を押し殺した。肩を落としたり、顔に失望の色を浮かべたりはしないと決めていた。大学への進学を許してもらうための説得がたやすくないことはわかっていた。もっと早く計画を立てるべきだったのだ。もしくは、兄がこれほど驚愕しないよう、まえもってほのめかしておけばよかった。

「パドヴァは南アメリカやアフリカみたいに未知の場所じゃないわ」オーガスタは穏やかに指摘した。

「いったいどこでそんな……ことを思いついたの？」母の顔はわずかに青ざめ、その弱々しい声がどんよりとした空気を貫いた。

「勉強を続けたいの」オーガスタは声に怒りが表れないように努めた。ほかにどうして大学に行きたいなどと思うもの？　それだけでなく、イタリアに旅し、いっときそこで暮らすこ

とで、これまで学んできた世界を多少じかに目にすることができる。「ミス・トーラートンやミスター・ウィンターズほど教養のある先生方も、ずっとまえにもうわたしには教えることが何もなくなっていたわ。だからこそ、もっと学びたいと思ってヨーロッパの大学の先生と手紙のやりとりをしたり、当地を訪れる学者たちに教えを請うたりしてきたのよ。それも物足りなくなってしまって」物足りないどころか、知識欲は食べ物や空気を求めるのに匹敵するほどに募り、大学へ行かなくてはと思うようになったのだった。「それで、もっと学びたいという思いをかなえる唯一の方法は、専門家のもとで学ぶことだってわかったの。そのためには、大学に入学しなければならない」

「でもね、オーガスタ」母は考えをまとめようとするようにそこで間を置いた。「結婚はしたくないの？」

もちろん、したい。でも、それは今すぐではない。「チャーリーがオックスフォードに行きたいと言ったときに、誰も結婚したくないのかって訊いたりしなかったはずよ」グレースの弟、正式にはスタンウッド伯爵がここにいてくれたならいいのに。きっと力になってくれたはず。オーガスタは目を兄のマットに戻した。保護者であり、ワーシントン伯爵でもあるマットが最終的な決断をくだすことになる。「わたしが男の子だったら、行くのを許してくれたはずよ」

「イタリアは遠すぎるよ、オーガスタ」マットは髪を指でかき上げた。「パリなら考えたかもしれないが、イタリアは遠すぎる。何かあっても――」今度は手で顔を撫で下ろした。

「間に合っておまえのところに駆けつけることもできない。向こうにイギリスの領事や副領事がいるかどうかもわからないし」

うれしいことに、その点は答える準備ができていた。「一番近い領事館はヴェネツィアにあるわ。東にたった二十二マイルのところよ」

「オーガスタ」兄の妻グレースのやさしい声は、マットの怒りに満ちた厳しい声とは対照的だった。「イタリアより近いところに、女性を受け入れている大学はないの?」

オーガスタは隣にすわる義姉のほうに顔を向けるためにソファーの上で体を動かし、笑みを浮かべた。「オランダにひとつあったけど、イートンのように単なる学校に格下げされてしまって、今は大学としての地位をとり戻そうとしているところよ」母の目に浮かんだ心配の色とマットのぴくぴくと動く顎を無視しようとして、オーガスタはその場で唯一力になってくれそうなグレースだけに注意を向けた。グレースなら、マットを説得することもできるかもしれない。「パドヴァ大学はすばらしい評価を受けていて、女性にも学位を授与する唯一の大学なの」

義理の姉はうなずいた。「そうなのね」

「オーガスタ」母の唇の端が弱々しく持ち上がった。「結婚についての質問に答えてくれていないわよ」

「急いで結婚する理由がわからないの。グレースは二十四歳になるまで結婚しなかったわ」

でもそれはたくさんの弟妹たちの保護者であるがゆえに、結婚はできないと思っていたからだ。保護者として自分を信頼してくれていいとマットがグレースを説得して結婚したことは、彼女の弟妹とマットの妹たち全員にとって最善のことだったと誰もが思っていた。

それについては何も言い返すことばがなかったからか、また沈黙が流れた。唯一なぐさめとなるのは、マットがだめだと断言していないことだ。

部屋のなかが静まり返ったせいで、外から小鳥のさえずりが聞こえ、階上《うえ》からは子供たちが走りまわる足音が聞こえてきた。誰かが廊下を近づいてくるかすかな足音が聞こえ、みな首を巡らした。

扉をノックする音がし、グレースの弟でオーガスタの親友である十七歳のウォルター・カーペンターが書斎に顔を突き入れ、全員に目を向けた。「お邪魔だった？　あとにするよ」

「ちょっと待ってくれ」マットの命令する声を聞いて顔を引っこめかけていたウォルターは動きを止めた。「大学に入学するというオーガスタの計画についてきみは何を知っている？」

「ぼくは……その……」ウォルターはオーガスタにすばやく横目をくれた。「何カ月も計画を練っていたことしか知らない」マットは眉をゆがめた。「オーガスタは不適切なことをしようってわけじゃないでしょう。女性が教育を受けることについてはみんな賛成なんじゃないの？」

オーガスタはウォルターに感謝の笑みを浮かべてみせた。母は不満そうな声をもらし、グレースは唇の端を持ち上げた。マットはてのひらで自分の頭をぴしゃりと打った。

母の現在の夫である（オーガスタたちの母ペイシェンスは再婚している）ウォルヴァートン子爵リチャードはそれまで暖炉

に寄りかかっていたが、そこで身を起こした。「学期がはじまるのはいつなんだい？」

「九月まではじまらないわ」彼がそう訊いたのは、パドヴァに行きたいという思いに賛成してくれているからだろうか？「今この話を持ち出したのは、最終的な許しを得ずにできることはすべて終えたからよ。パドヴァまで旅するのに一カ月かかるし」

「九月」母は明るい声を出した。まだ半年あると聞いて安堵の表情になっている。

ああ、だめよ。ここで会話を終わらせるわけにはいかない。「今この話をしているのは、わたしのために社交シーズンの費用を捻出してくれなくていいと知らせるためよ」家族の女性たちのなかで、正式に社交界にデビューしなくてもいいと思っているのはきっと自分だけだろう。「大学に入学するとしたら、花嫁市場に顔を出す必要もないから」

「それには遅すぎるな」マットがむっつりと言った。

オーガスタは口をぽかんと開けそうになった。

「つまり――」グレースがオーガスタに両手を差し伸べ、力づけるように指をにぎった。「あなたのドレスのほとんどがすでに注文されているの。それだけじゃなく、大学に入学することをマットとあなたのお母様が許したとしても、すでにデビューしているほうがあなたにとってもいいはずよ」

「ええ、ほんとうにそうよ、オーガスタ」母が急いで言った。娘が結婚すると決め、学問を続けることを忘れてくれないかと祈っているのだろう。「グレースの言うとおりだわ。ロンドンで多少なりとも洗練された物腰を身に着けることは、成長するにあたって欠くべからざることだし」

　オーガスタは部屋にいるほかの面々を見まわした。誰も満足そうな顔はしていなかった。ここで拒絶すれば、みな気分を害するにちがいない。社交の催しに参加しつつ、計画を進め、大学進学を主張できないわけはない。「わかった。社交シーズンにデビューするわ」オーガスタは目を狭めて兄のマットに鋭い目を向けた。「だからって、大学に進学したいという夢をあきらめるわけじゃないから」

　兄は唇を引き結んでうなずいた。「その話はあとで続けよう」

「伝えておかなければならないんだけど――」オーガスタは息をついた。「親戚のプルーデンス・ブラニングに連絡をとって、付き添いを務めてくれるかどうか訊いたの」

　マットの黒っぽい眉根が寄った。「誰だって？」

「あなたは覚えていないかもしれないわね」母が手をひらひらさせて言った。「司祭のジョージ・ペインと結婚したマーサ・ヴァイヴァーズの娘よ。プルーデンスはあなたよりひとつかふたつ若くて未亡人なの。ご主人は近衛騎兵連隊所属の軍人だったけれど、ワーテルローで亡くなったのよ」

「そうなの」母がプルーデンスのことを覚えていてくれたのはうれしかった。「ご主人がスペインとポルトガルに派遣されたときはプルーデンスも同行したの。だから、外国に慣れているのよ」マットがもうひとつ頭が生えたとでもいうような目で見つめてきたが、オーガスタはかまわず続けた。「イタリア語とポルトガル語とスペイン語も話せるし」

「もちろん、だからこそ、彼女と連絡をとったんだろうさ」マットは痛みをこらえるようにしばし目を閉じた。「おまえのおかげでずいぶんと頭を悩まさなきゃならない」

オーガスタはグレースの手をきつくにぎって立ち上がった。「話を聞いてくれてありがとう」

いくつものうなずきとこわばった笑みが返ってきた。廊下に出ると、ウォルターだけでなく、グレースの十五歳になる妹たちで、双子のアリス・カーペンターとエレノア・カーペンター、オーガスタのじつの妹であるマデリン・ヴァイヴァーズが待っていた。

アリスが唇に指をあて、エレノアがオーガスタの手をつかんだ。

「来て」マデリンがささやいた。「向こうの部屋の控えの間から話が聞けるわよ」

一行はオーガスタを連れてめったに使われない応接間のなかへ急いではいっていくと、ひとつの扉を開けた。扉の向こうは食器室を思わせる小部屋だった。ただ、皿や銀器の代わりに、棚は簿記や書類やペンやインク壺で一杯だった。こんな部屋がここにあるのをどうして知らなかったのだろう?

「うんと静かにしなきゃだめよ」双子のどちらかが小声で言った。

「マット、あの子がイタリアに行くのを許すなんて、考えることさえしないでほしいわ」母の声が扉越しにはっきり聞こえてきた。「だめとはっきり言ってくれたほうが親切だったわね」

クリスタルの触れ合う音がし、しばし沈黙が流れたあとで、マットが答えた。「ぼくに言わせれば、オーガスタがもっと学びたいと思うなら、その機会を与えてしかるべきですよ」

「ええ、でも、イタリアはだめよ」母は叫ばんばかりに言った。

「ペイシェンス、おちつくんだ」リチャードが言った。「きみにだってよくわかっているはずだ。ワーシントンが行くのを許すとしたら、ちゃんと彼女が保護されるようにするってことは」

「マット」母がまた言った。「キャロ・ハントリーの身に何があったか、忘れていないでしょう？」

「キャロ・ハントリーって誰？」とマデリンがささやき、オーガスタもほかの子供たちも肩をすくめた。

「キャロ・ハントリーって誰だい？」とリチャードが訊いた。

「わたしの友人で元はレディ・キャロライン・マーティンデールですわ」グレースが答えた。「名付け親とヴェネツィアで暮らしていたんですけど、ヴェネツィアのとある貴族が彼女は自分と結婚すべきだと思いこんだの。ハントリーはその貴族から守るために彼女と結婚した」

「きっと彼女だって自分は安全だと思っていたはずよ」母が指摘した。

オーガスタはうなりたくなった。その手の話を母ほどよく覚えている人はいない。そう、絶対に結婚しなきゃならないはめにはならないようにしよう。少なくとも、学位をとるまでは。

「さあ、ペイシェンス」リチャードが言った。「この問題は気の毒なワーシントンにまかせよう。ぼくらの力が必要になったら知らせてくれ」

「ありがとう、そうしますよ」とマットが言った。

グレースの書斎から廊下に出る扉が閉まった。そしてまえ触れなく、控えの間の扉が開き、双子が向こうの部屋に転がりこんだ。マデリンがあいだにいて止めてくれなかったら、オーガスタも転んでいたことだろう。

床から立ち上がる妹たちをマットはじっと見つめていた。「何もかも聞いたんだろうな。それとも、もう一度聞きたい部分があるかい？」

「キャロ・ハントリーについて詳しく知りたいわ」とアリスが言った。

「今はだめよ、アリス」グレースの目が笑みをたたえて光った。「オーガスタ、わたしたちはあなたが学問を続けられる方法をこれからも探すからね」義理の姉は立ち上がった。「行きましょう。もうすぐお茶よ」

「マット？」マデリンが訊いた。「わたしたちが立ち聞きしているとどうしてわかったの？」

「おまえたちは自分で思っているほど静かじゃなかったからな」マットは彼女の三つ編みの片方を引っ張った。「さあ、行くんだ。朝の間で会おう」

その日二度目にオーガスタはその書斎をあとにした。「この程度で済んでよかったのかも」

ウォルターが横に並んだ。「マットが聞く耳を持たなかった可能性もあるからね」

「お母様が問題だわ。きっとありとあらゆる紳士をわたしに引き合わせてくるわよ」

「ありとあらゆるということはないさ」ウォルターはにやりとした。「望ましい花婿候補じゃないと」

「それでも大勢いすぎるのよ」人生にもっと多くを望む娘を母はどうして単純に受け入れてくれないのだろう？「少なくとも、心の準備はしておくわ」


ロンドンの波止場の倉庫で、フィニアス・カーター＝ウッズ卿はメキシコから持ち帰ったたくさんの箱を見まわした。「赤い印がついた箱はリンカーンシャー行きだ」大半がそうだった。いつか自分に遺贈されたその領地を訪ねなければならない。「残りはグローヴナー・スクエアの兄の家に送って、屋根裏にしまいこまれないようにしてくれ」

「了解」フィンの秘書であり、ときに書記であり、雑用係であり、友人でもあるボーマンが指示を待っているふたりの運搬人のひとりに合図した。「いつまた出発するか決めたのかい？」

それは微妙な問題になりそうだった。「一カ月以内にヨーロッパに発ちたいんだが、妻を探すと兄に約束したからね。成り行きにまかせるしかないかな」

「つまり――」ボーマンはフィンに厳しい目を向けた。「イギリスに留まるつもりはないと兄上には言っていないんだな」

「計画をすべて明らかにする時間がなかったとだけ言っておくよ」ボーマンの言うとおりだ。兄のドーチェスター侯爵には、またイギリスを離れるつもりでいることを話さなければならない。ドーチェスターとその妻が、四人の娘だけでなく、ひとりかふたり息子を作っていれば、弟を無理に結婚させようとはしなかったことだろう。ただ、彼らが弟にならば息子が生まれるとどうして考えたのかは、フィンにはわからなかった。

「兄上は喜ばないだろうな」

それは控えめな表現だった。出発の直前まで兄にはそれを告げまいと決心している。「今シーズンはロンドンに留まることになる。妻とするにふさわしい女性をぼくが見つけられなかったと兄が認めてくれたら、きっとまた喜んで発《た》たせてくれるはずだ」

「どこぞの若いご婦人に目を惹かれたらどうするんだい？」

まったく！　ボーマンもか？「どうしてみんな突然ぼくに足枷をはめようとするんだ？」

「そういうこともあり得ると言っているだけさ」ボーマンは肩をすくめた。「メキシコ・シティでも、あのセニョリータにあやうくつかまりそうになったじゃないか」

「ぼくが望んだわけじゃない」フィンは指をクラバットの下に走らせた。「あそこから脱出できたことについては、きみの鋭い目に感謝するしかないけどね」その女性がフィンの飲み物に何かを入れたことにボーマンが気づかなかったら、彼女が彼の部屋に忍びこんできたときに窓台に隠れているのではなく、眠りこけていたかもしれない。ありがたいことに、イギリスの貴婦人はそこまでひどいことはしない。「それについてはあまり口外しないほうがいいな」最後のトランクが馬車に積みこまれた。「ドーチェスター・ハウスに行ってそこで暮らさなければならないんだから」フィンはホテルに泊まるほうがよかったが、兄はいっしょに暮らすようにと言ってきかなかった。「明日は時間がない。兄が仕立屋のウェストンとの約束を入れたから」そう言って悔しそうにすり切れた革のズボンを見やった。「どうやら、ぼくは望ましい花婿候補になるには充分な衣服を持っていないらしくてね」

フィンが馬車に乗りこむと、そのあとにボーマンが続き、後ろ向きの座席にすわって言った。「ちゃんとした従者を雇うことにしたかい？」

馬車は狭い通りを走っていた。「誰かを雇って、一カ月か二カ月で首にするのは嫌だな」

「いっしょに連れていけばいいさ。ヨーロッパは極東やメキシコとはちがう。雇うとすれば、きみの道具の手入れのしかたを心得ている人間じゃなきゃならないが」

「たぶん、きみの言うとおりだな」窓の外へ目をやり、フィンは社会があまり変わらないことに驚いていた。今も変わらずむさくるしい場所で暮らす貧しい人間がいて、そんなことには無頓着な金持ちがいる。「きみもこれまでは手を貸してくれたが、次の旅行の準備で忙殺されるだろうからな」

「ずっとそればかり言ってるな」ボーマンの声はメキシコの乾燥地帯ほども乾いていた。

「ぼくたちはまだきみの兄上の家に足を踏み入れてもいないのに」

兄を嫌っているわけではなかったが、兄の家に一週間客として滞在し、またそこを去れればいいのにと思わずにいられなかった。そんなことが可能なわけはなかったが。王立研究所《ロイヤル・インスティテューション》（一七九九年に創設された科学に関する研究所）に論文を提出し、手紙を書き、旅に必要な書類を集め、その他細々したたくさんのことをしなければならなかった。残念ながら、論文以外は、フィンが彼を結婚させようという義理の姉の思惑や家族のもくろみのために文字通り踊らされているあいだ、そのほとんどをボーマンに頼らなければならなかった。

「お守りは持っているかい？」ハイチの魔術師の魔術を信用するなどばかばかしいことで、ご利益があるかどうかはわからなかった。ペテンにすぎないかもしれない。しかし、娘が四人生まれて跡取りを作らなければと躍起になった兄がフィンに目を向けたときに、頼れるものにはすべて頼らなければと思ったのだった。何にしてもやってみる価値はある。

# 2

オーガスタと、じつの姉でロスウェル公爵夫人のルイーザと、義理の姉でケニルワース侯爵夫人のシャーロットと、その共通の友人で親戚でもあるマートン侯爵夫人のドッティは、オーガスタが彼女の寸法に合わせてデザインされたドレスの試着を終えると、婦人服仕立屋をあとにした。その後は夕方までほぼずっと、贅《ぜい》をつくした買い物にふけり、買い物を終えると、シャーロットのタウンハウスに戻ってきた。今彼女たちには、お茶と、ビスケットとパンとチーズとプラムタルトからなる軽食が供されたところだった。

「あなたたち三人がデビューしたときは、わたしはまったく注意を払っていなかったにちがいないわ」オーガスタは手を伸ばして姉のシャルトリュー種の猫コレットを撫でた。

「あなたはまだ勉強中だったもの」ドッティが指摘した。

「本に鼻を突っこんでね」そう言ってルイーザがシャーロットのグレート・デーン犬アビーにこっそりチーズをひとかけやった。

シャーロットはお茶を飲んだ。「今シーズン、あなたに結婚の意思がないことはわかっているけど、あなたが出会う紳士全員にそれを告げてまわるつもりはないわ」

「どうして？」オーガスタは嘘をつくのは嫌だった。姉たちやドッティのように、紳士の求愛を許すような印象を与えたら、それは不実だ。「誰にもまちがった期待を持たせたくない」

「殿方の意欲をかき立てる存在にもなりたくないでしょうに」シャーロットが冷ややかな声を出すと、ルイーザがナプキンを唇にあてて肩を震わせた。

何がそんなにおかしいの？「言っている意味がわからないわ」

「男性って決まって――」ドッティが説明した。「手にはいらないものは何でも特別魅惑的だと思うのよ」

考えたこともないことだった。それでも、今思えば、ベントリーはシーズンを通してルイーザにつきまとっていた。ルイーザが彼と結婚することはないと誰もが確信してからも。ハリントンもシャーロットに対して同じことをしていた。ただ、シャーロットの場合は、ケニルワースと出会うまで気持ちは揺れていたが。それでも、どちらも別の男性と結婚した。

「それについてお姉様たちはどうしたの？」

「男性の気持ちをくじきたいなら」ルイーザが言った。「親切にはしても、特別な好意を見せてはだめだってグレースに言われたわ」

「残念ながら――」シャーロットは顔をしかめた。「それも必ずしもうまく行くわけじゃないけど」

「男性とふたりきりでいるのを人に見られてはだめよ」ドッティの声はまじめだったが、目がいたずらっぽく輝いていた。「わたしの場合やシャーロットの場合はいい結果に終わったけど、今シーズン中に結婚したくないなら、気をつけないと」

「催しでは絶対にひとりにならないようにしなきゃ」レディ・ベラムニーのパーティで出会

うほかの女性たちと親しくなることもできるかもしれない。「紳士をほかの誰かの罠から救おうとして、自分がとらわれることもないようにするわ」

「それでいいわ」ルイーザが言い、ドッティとシャーロットは笑った。「いつでもわたしたちやわたしたちの夫たちを頼っていいのよ」

親切な申し出だったが、必要はないだろう。それがどれほどむずかしいことだというの？　田舎の集まりで目にしたことから言って、自分のことばかり話したがる男性がほとんどだ。ロンドンでも彼らに話させておけばいいだけのこと。


フィンは送った荷物がちょうど届いたときに兄の家に着いた。まえに訪問したときの経験から、きっと家の正面の緑の間をあてがわれるのだろうと思っていた。ありがたいことに、その部屋の隣にはめったに使われない小部屋があるのだ。

「サドック」父の執事で、今は兄に仕えている執事にフィンは呼びかけた。執事はお辞儀をした。「悪いが、この箱をぼくの部屋の隣の部屋に入れておいてくれ」

「かしこまりました。旦那様と奥様は朝の間でお茶を飲まれることになっております」

「よかった。ちょっと腹が空いていたんだ」サドックに来訪を告げる間も与えず、フィンは家の奥へ向かった。

朝の間に近づくと、兄と義姉のヘレンが自分の名前を口にしているのが聞こえてきた。フィンは足音を忍ばせてゆっくりと近づいた。

「望ましい花嫁候補のリストはもう作ったのかい？」兄の声にはどこかおもしろがるような響きがあって気に入らなかった。

少ししてヘレンが答えた。彼女がドーチェスターに険しい目を向けているのが見えるようだった。「まだよ。デビューしたてのご婦人たちのためのレディ・ベラムニーのパーティが今夜あるの。わたしがそのパーティに参加しているあいだに、あなたはフィニアスと旧交を温めていればいいわ」

「デビューしたてのご婦人だとどうかな……ああ、何ていうか——その立場にふさわしい人がいるかな」

「どことも知れない場所へとっとと旅立ってしまう男性に我慢できる女性なら、誰であってもふさわしいと言わざるを得ないわね」ヘレンの口調は厳しく、まちがいなく辛辣だった。

「結婚したい女性が見つかったら、旅は止めると約束していたぞ」そうだよ、チェス、弟を守ってくれ。

「メキシコのときもほかのときも、同じことを言っていながら、結局いなくなったじゃない」ヘレンの声は相変わらず厳しいままだった。

「ヘレン、それは公平じゃないよ。彼をメキシコに送ったのはうちの父だって、きみにもわかっているはずだ」

「ふつうの紳士のように振る舞っていたら、イギリスに留まっていられたのにね」

背後で重々しい足音がし、時計が時を告げた。フィンは開いている扉をノックしてなかに足を踏み入れた。「こんにちは。お土産を持ってきたんだ」そう言って部屋のなかに兄とヘレンしかいないことには気づかなかったかのようにあたりを見まわした。「姪たちは？」

辛辣なことばなど何も口に出さなかったかのように、ヘレンが彼のところへすばやく寄った。「フィニアス、また会えてうれしいわ」そう言って、油布でくるまれた包みに目を向けた。「ソファーにすわって、荷物はテーブルの上に置いたら？」

「そうさせてもらうよ」フィンはお辞儀をし、差し出された彼女の頰にキスをした。

執事がお茶のトレイを持った使用人を従えて部屋にはいってきた。

「ちょうどいいところへいらしたわ」ヘレンは彼とは反対側にある小さなほうのソファーに腰を下ろしてお茶を注ぎ出した。「娘たちもすぐに降りてくるし」

それが合図だったかのように、甲高い声が廊下から聞こえてきた。フィンの四人の姪が乳母を従えて部屋にはいってきた。

「フィン叔父様、ほんとうに叔父様なの？」七歳の長女エマが彼のまえに立った。エマは彼を覚えている唯一の姪だろう。フィンが国を離れたときにはシスリーはたった三歳だった。

「ああ」フィンに抱きしめられ、エマは彼の首に腕を巻きつけた。「さあ、シスリーにこんにちはを言わせてくれ」母親と同じブロンドの髪と大きな青い目をした幼い女の子は用心しながら近づいてきた。フィンは身を折り曲げて腕を差し出した。シスリーは抱き上げられるままになり、すぐに四歳のアンと二歳のロザンナがソファーの彼の隣にすわった。「エマ、テーブルの上の包みを開けてみてくれるかい？　お土産の人形がはいっているはずだ。メキシコで作られた人形さ」フィンは兄とヘレンに目を向けた。「おふたりにはココアを持ってきたよ」

「ご親切に」こわばった笑みを浮かべたヘレンにエマが鍵のかかった銀の小箱を手渡し、妹たちに明るい色のドレスを着た布製の人形を配った。

「フィン叔父様」シスリーが彼の腕を引っ張った。「どうして人形はみな黒い髪なの？」

「メキシコではもっとも一般的な髪の色だからだよ」

「向こうではほんとうにこんな服を着ているの？」エマが人形を持ち上げ、モスリンのシャツと刺繍のはいったベストと模様のはいった赤いスカートをしげしげと眺めた。「わたしたちの服とはずいぶんちがうのね」

「これはメキシコの先住民であるアステカ族の女性なんだ」もしくは、アステカ族が着ていたらいいとヨーロッパ人が思う服だ。先住民が好む一枚布だけを身に着けた人形はヘレンが家に持ちこませてくれなかっただろう。「スペインのご婦人方はきみらと同じような恰好をしている」

「わたしもこれを着る」アンが乳母に人形を掲げてみせた。「作って、お願い」

「できるかどうかやってみましょう、お嬢様、さあ――」乳母は女の子たちに集まるよう身振りで示した。「子供部屋に戻ってお土産をしまったら、お散歩に出かける時間ですよ」

「ここにいてほしいな」いてくれないと困るというほうがあたっている。「姪たちとよく知り合いになりたいからね」

義姉は、あなたの思惑はわかっているという目で彼を見た。「家に戻ってきたのだから、娘たちと仲良くなる時間は山ほどあるわ」そう言って足を止めて待っている乳母にうなずいてみせた。「行っていいわ」女の子たちが部屋を出ていくと、ヘレンは立ち上がった。「兄弟水入らずにして差し上げましょう」

ヘレンが部屋を出ていくまでフィンと兄は立ったままでいたが、やがて元の場所にすわった。

まったく！　またすぐに出発するつもりだとドーチェスターに言わなければならないが、どんなふうに切り出したらいいだろう？　義弟はこの家に留まったためしがないとヘレンが兄に思い出させたあとではなおさらに。嘘をついたわけではなく、約束したことなど一度もないだけなのだが。

「さて」兄はサイドテーブルのところへ行き、ふたつのグラスにワインを注いだ。「おまえが妻を探すことについて話し合ったほうがいいだろうな」

「誰か心あたりでも？」兄が仲人を買って出ると思ったわけではなかった。フィンはグラスを受けとり、ありがたく赤ワインを飲んだ。

「いや、いない」ドーチェスターはグラスをまわして眺めた。「ヘレンが夜会に行くつもりらしいから、そこで誰か思いつくかもしれないな」そう言ってフィンに目を向けた。「おまえにあてがあるわけでもないんだろうし」

「もちろんないさ」ぼくは昨日戻ってきたばかりだ。どうしてあてなどあると？　会話は途絶えた。ほんとうはまだ結婚したくないと兄に告げる方法が見つかりさえすればいいのだが。「強い愛情を抱けない女性とは結婚するつもりはない」それで選択肢はかぎられるはずだ――正確には、なくなるはず。

「ああ」兄も即座に同意した。「おまえに犠牲になるとは思ってほしくない」

当然、フィンはまさしくそう思っていた。「妻を探すのに期限をもうけたいな」いずれにしても、国を離れる日程をはっきり決める必要があった。「一カ月か、多くても六週間もあれば、望ましいご婦人には全員お目にかかれるはずだ。シーズンの途中でロンドンにやってくるご婦人は別だが」彼はワインをもうひと口飲んだ。この会話が終わったら、ボーマンにブランデーの瓶を持ってきてもらおう。「愛情を感じられるご婦人が見つからなかったら――」ああ、なんて愚かしく聞こえることばだろう。「短いあいだヨーロッパに行ってきたい。秋にまた戻ってきて再度花嫁探しに努めると約束するよ」

ドーチェスターはグラスのワインを半分飲み、しばらくフィンをじっと見つめた。やがてため息をついた。「おまえが結婚したいと思っていないことはわかっている。ぼくのことを不公平だと思っていることも」フィンは口を開いたが、ドーチェスターは片手を上げて制した。「最後まで言わせてくれ。どちらも嘘だとわかっていることをおまえが言うまえに。爵位の継承が危機に瀕していることに異論はないはずだ」ボーマンは兄と義姉の寝室にお守りを置けただろうか。「引きつづき息子を作る努力はするが、おまえにも自分の役割をはたし、結婚してもらいたい」

「わかってるさ」兄にはっきり嫌だと言うわけにはいかなかった。フィンは髪を指でかき上げた。「今シーズン、結婚する女性を見つけられるよう最大限努力すると約束するよ。ただ、それなりの時間が過ぎても、兄さんたちの要望に応えられなかったら、フランスを訪れるのを許してほしい。遠くへ旅に出ることはしないから」絵画でしか見たことのない教会などの建物を研究するためには、遠くへ旅に出る必要はない。「じっさい、パリに行くだけでも、かなりのことを成し遂げられるはずだ。ヨーロッパが選択肢にあったら、メキシコへ行こうとも思わなかったわけだからね」その点を強調する必要があると思ったのはなぜか、自分でもわからなかった。旅してまわることについて義姉にとやかく言われることが神経に障っていた。「兄さんとヘレンが次は男の子を授かるよう祈っているし」

兄はうなじをこすったが、口の端は持ち上がっていた。おそらくはフィンが頭を下げ、神に祈るように両手を組み合わせていたからだろう。「わかった。シーズンの半分が終わるまでに結婚しようと思うご婦人が見つからなかったら、ヨーロッパに行っていい。ただし、九月には、再度花嫁探しに戻ってくるのが条件だ」

やった！　運命に感謝しなくては。自由が約束された。「妻を見つける努力をするよ」

「そうしてくれるとわかっているさ」兄は首を振った。「ただ、正直、おまえがノートルダムを見つけるより先に花嫁を見つけられたら驚きだろうな」

ノートルダム大聖堂は壮麗だが、フィンが真に見たいのは、建築学的にすばらしい、パリで最古の建物と言われるオテル・ド・クリュニー（現国立中世美術館。十三世紀にブルゴーニュのクリュニー修道会の修道院長の別邸として建てられた）だった。それでも、兄が理解してくれているのは少々意外だった。「たしかにな。すまないが」

「いや、謝らなきゃならないのはぼくのほうだ」ドーチェスターはワインをもうひと口飲んだ。「跡継ぎを作る義務はぼくにある。弟に頼らなきゃならないということはあってはならないんだ」

「それはぼくたちにはどうにもできないことさ」あのくそお守りに効き目があればいいが。兄たちが次の子を授かるまで、結婚を回避することはできるだろうか？　それがいつになろうとも。

「幸いなことに――」兄は顔をしかめた。「女の子には持参金を用意しなければならないとはいえ、息子が多すぎるよりは金がかからないそうだ。とはいえ、少なくともひとりは息子がいなきゃならないが」

「さっきも言ったけど、ぼくも精一杯努めるよ」フィンは立ち上がりかけた。

「明日の十一時以降、おまえのためにあれこれ約束を入れておいた」ドーチェスターの顔にかすかな笑みが浮かんだ。「望ましい花婿候補として振る舞うと同時に、それらしく装ってくれなくちゃならないからな」

新しい衣服が必要であることはフィンにもわかっていた。正直に言えば、今着ている服は少々くたびれている。フィンは立ち上がって頭を下げた。「おおせのままに」

「ぼくの従者に頼んでおまえの従者を雇ってもらおう」兄はグラスを干して下ろした。

「従者選びにはボーマンもかかわらせたいな」そうすれば、海外を旅行することに異を唱える従者を雇わずに済むはずだ。「どんな人間がぼくに合うかわかっているから」

　ドーチェスターは何かたくらんでいるのはわかっているぞとでもいうように眉を上げた。

「好きにすればいい」

　数分後、フィンはボーマンを見つけた。「お守りを置く場所を見つけたかい？」

「きみが言っていたとおりだった。両方の部屋を使っていた」フィンは秘書がそれをどうしかめたのか訝ったが、それを知りたいとは思わなかった。「両方のベッドの頭板とマットレスのあいだに置くことができたよ」

「よくやった」フィンはひとりほくそ笑んだ。運に恵まれれば、来年の今ごろは、兄にも跡継ぎができ、自分は結婚しなくてよくなるはずだ。

「イギリスにはどのぐらい留まることになるんだい？」ボーマンが声をひそめた。

「長くて六週間。たぶん、一カ月もあれば充分だろう」全部のご婦人を吟味して拒絶するのにそれだけあれば足りるはずだ。お洒落と社交界へのデビュー以外のことに関心のある若いご婦人などいるはずもない。もしくは、学ぶように命じられたこと以上の知識を持ったご婦人など。

# 3

その日の午後、オーガスタが家に戻ったときには、マダム・リゼットからのいくつかの包みが待っていた。

「こんな美しいドレス、めったに目にしませんよ、お嬢様」ゴバートが裾と袖に刺繡のはいった淡青色のモスリンのドレスを持ち上げた。「お嬢様が参加なさる最初の催しに間に合うように届いたんです」

ゴバートはオーガスタよりも五歳年上の経験豊富なお付きのメイドで、昨年ロンドンから田舎に戻るまえに、グレースのお付きのメイドのボルトンから紹介されたのだった。お付きのメイドとして仕えてくれるあいだに、ゴバートはオーガスタがどこへ行くにも喜んでついていくとはっきり言ってくれていた。

「マダム・リゼットは芸術家と言われているのよ」別のドレスを持ち上げたゴバートにオーガスタは言った。そのドレスは薄雲に覆われた太陽を思わせた。それらは何シーズンかまえに姉たちが身に着けたものよりもいっそうすばらしく見えた。「わたしを見ることなく、これらを作り出したんだから、たしかに芸術家にちがいないわね」

「きっとお似合いですよ」ゴバートは別の包みを開け、真珠が袖にぐるりとつけられ、ボディスにもちりばめられた、ピンクの夜会用ドレスをとり出した。「今日の夜はピンクのドレスをお召しになりますか？」

「ええ、お願い」ドッティの妹のヘンリエッタ・スターンがその日ロンドンに到着したと聞いていたオーガスタは、彼女は今夜の催しに参加するだろうかと考えた。ヘンリエッタとはそれほど親しいわけではないが、少なくとも、知っている誰かがそこにいることになる。彼女とは何度か会ったときも仲良くできた。「銀色のスパンコールのついたショールも？」

「ドレスに合いますわ、お嬢様」

その晩、オーガスタは母と姉のルイーザに付き添われて社交界の重鎮であるレディ・ベラムニーの家に足を踏み入れた。

「奥方様、ペイシェンス」レディ・ベラムニーはルイーザの手をにぎり、母の頬にキスをした。「レディ・オーガスタ。お元気？」レディ・ベラムニーの鋭いまなざしを受けて、オーガスタはいつものように吟味されているような気分になった。

「元気ですわ、レディ・ベラムニー」オーガスタはお辞儀をした。「またお会いできて光栄です」

「こちらこそ」それだけ言うと、レディ・ベラムニーは次のふたりの女性に挨拶した。

「ねえ」母が言った。「お話ししたい女性が何人かいるの。またあとで会いましょう」

母はすぐに明るい色や淡い色のドレスのなかにまぎれこんでいった。

「どうしてあなたがレディ・ベラムニーに何も言われずに済んだのかわからないわ」ルイー

ザが感心するように言った。「シャーロットとわたしはそうはいかなかったもの」

「彼女には、お母様といっしょにこのお宅を訪ねて何度か会っているの」オーガスタは姉にほほ笑んでみせた。「わたしに対して言わなきゃならないことはすでに全部言ってしまったんだと思うわ」そう言って知っている顔はないかと応接間を見渡した。「ねえ、あそこにドッティとヘンリエッタがいる」

「ドッティの妹さんが到着していたとは知らなかったわ」ルイーザはオーガスタの腕をとって友人たちのほうへ向かった。

「そう、今日の夕方よ。彼女が今夜参加するといいなと思ってお手紙を送ったの」ドッティたちはほかの五人の女性たちといっしょだった。「ほかの方たちはどなた？」

「フェザートン子爵夫人と、赤いドレスを着たその娘さんのメグはホークスワース侯爵夫人よ。若い女性はデビューしたばかりのジョージアナ・フェザートンにちがいないわね。とても薄い色のブロンドの女性はハントリー伯爵夫人のキャロで、その隣にいるマホガニー色の髪の女性はハントリー伯爵の妹のレディ・ドリー・キャルソープ。今年は彼女にとって二度目のシーズンよ」

つまり、あの方が元はレディ・キャロってわけね。極めて美しい人で、とても幸せそうにも見える。「ドリーってめずらしい名前ね」

ルイーザは妹を別の女性に紹介するために足を止めた。「ウジェニー、わたしの妹のレディ・オーガスタ・ヴァイヴァーズを紹介させてくださいな。オーガスタ、こちらウィヴンリー子爵夫人よ」

その女性は褐色の髪とクリームのような肌の色をしていた。フランス人の婦人服仕立屋マダム・リゼットによく似ている。初めまして《アンシャンテ》」ウィヴンリー子爵夫人の茶色の目が歓迎するように光った。「どうやら、わたしたちみんな、妹の付き添いを務めているようね」そう言ってより明るい茶色の髪とサファイアを思わせる目の若い女性をまえに引き出した。「わたしの義妹のレディ・アデリーン・ウィヴンリーを紹介させて。アデリーン、ロスウェル公爵夫人と妹さんのレディ・オーガスタ・ヴァイヴァーズよ」

レディ・アデリーンは優美に膝を曲げてお辞儀をした。「奥方様」そう言って背筋を伸ばすと、オーガスタが差し出した手をとった。「会えてとてもうれしいわ、レディ・オーガスタ」

ルイーザとレディ・ウィヴンリーはおしゃべりをはじめていた。「わたしもあなたに会えてうれしいわ、レディ・アデリーン。あなたの義理のお姉様はフランスの方？」

「ええ」義姉にちらりと目を向けて彼女は愛情をこめた笑みを浮かべた。「義理の従姉でもあるの。ウジェニーが若いころにわたしの叔父が彼女のお母様と再婚したのよ。ウジェニーはデンマーク領西インド諸島のセント・トーマスで育ったの」

「とてもきれいな方ね」そして優美でもある。彼女のせいでほかの女性たちのほとんどがわずかに野暮ったく見えるほどだった。

レディ・アデリーンは軽い笑い声をあげた。「それに魅力的な人だけど、何にしても不正があるとなると、とんでもなく腹を立てるの。兄のこともお行儀よくさせているわ。うちの両親もできなかったことなのに」レディ・アデリーンはオーガスタと腕を組んだ。「デビューしたばかりのほかの女性たちにご紹介するわ」

「あなたにはわたしのお友達のミス・スターンをご紹介するわ」オーガスタはレディ・アデリーンをヘンリエッタが立っているところへ導き、紹介を行った。

少しして三人は、先ほどルイーザがドリーという名前だと教えてくれた女性とその場にいたほかの女性たちに紹介された。ドリーは本名のドーカスが嫌でドリーと呼んでほしいとのことで、めずらしい名前の謎が解けた。

ほかに人がいないときは互いにファーストネームで呼び合おうとレディ・ドリーが提案してきて、オーガスタはうれしくなった。姉たちも同じようにしているようだったからだ。

「あなたたちは夫となる人に何を望むの？」ドリーがみんなに訊いた。

アデリーンは片方の肩をすくめた。「結婚するまえの兄のような人は嫌だわ」

「それはどうして？」とオーガスタは訊いた。

アデリーンの唇が引き結ばれた。「遊び人だったのよ」

「だったら、わたしもそれに心から賛成するわ」レディ・ウィヴンリーはどうやって夫をお行儀よくさせているのだろうとオーガスタは思わずにいられなかった。

「わたしの夫となる人は、笑わせてくれると同時にキスしたくさせる人じゃなきゃならないわ」ジョージアナが言った。「多少兄に似ていてもかまわない。フェザートンに。キットは紳士の鑑《かがみ》だから」

「わたしにもほかの人にもやさしい人がいいわ。それで、わたしが愛せる人」とヘンリエッタが言った。

「あなたはどうなの、ドリー？」とオーガスタは訊いた。

「会ったら、そうとわかるはずとしか言えないわ」ドリーはため息をついた。「きっと家族の血筋なの。母も姉も最初の二シーズンのあいだには結婚しなかった。あなたはどうなの、オーガスタ？」

オーガスタは下唇を嚙んだ。夫を探していないと打ち明けるべき？　みんな母と同じように驚愕して友達をやめてしまう？　いいえ、ヘンリエッタは驚いても、非難まではしないかもしれない。何と言っても、彼女はわたしが新しいことを学ぶのが好きだと知っていて、彼女には大学に行きたいという話をしたこともあるのだから。それに、罠に落ちるのを避けるために、彼女たちに力を貸してもらうのが最善かもしれない。オーガスタは息を吸った。好意を持ってもらえるか、もらえないか。「わたしは夫を探すまえに大学に行こうと決めているの」

「大学？」アデリーンは声をひそめて言った。「でも、どこの？」

ほかのふたりの女性は目を丸くした。ヘンリエッタは眉を上げただけだった。「本気なのね？」

「ええ」オーガスタはうなずいた。「イタリアのパドヴァにある大学。正式に入学を許されればの話だけど」それから、これまで練った計画について語った。「エステルハージー侯に仕えているフィリップ・フォン・ノイマン男爵がパドヴァ大学のジュゼッペ・アンジェローニ教授と交流があって。教授とはわたしもお手紙のやりとりをしているの。教授はわたしの入学が許可されるべきだと思ってくださっているわ」オーガスタが声を張りあげなくてもいいように身を寄せていたほかの女性たちはうなずいた。「問題のひとつは母なの。わたしの結婚を心から願っていて、できれば、わたしが殿方に惹かれてイギリスを離れたくなくなってほしいと思っているわ」

ドリーの目がさらに見開かれた。「お母様はあなたの保護者なの？」

「いいえ。兄のワーシントン伯爵がわたしの保護者よ」

それ以上話を続けるまえに、オーガスタの母がほかの女性といっしょに近づいてきた。「レディ・ドーチェスター、わたしの次女のレディ・オーガスタを紹介させてくださいな」母はオーガスタが信用ならないと思っている笑みを浮かべた。「オーガスタ、こちら、ドーチェスター侯爵夫人よ」

「お会いできて光栄です、レディ・ドーチェスター」オーガスタはお辞儀をした。その女性はオーガスタと同じぐらいの娘がいる年ではあり得なかった。「あなたにもデビューする妹さんがいらっしゃるんですか？」

「お会いできてこちらこそ光栄よ」レディ・ドーチェスターは母に目を向けた。「おっしゃったとおりにきれいな方ね」レディ・ドーチェスターはオーガスタに目を戻した。「いいいえ、妹たちはみな結婚していて、娘たちはまだずっと幼いわ。ところで、あなたが言語や地理に詳しいというのはほんとうですの？」

レディ・ドーチェスターは成長した息子のいる年には見えなかったが、何かしらの思惑があって紹介されたのはまちがいない。でも、それは何？「ええ。情熱を注いでいるのはたしかですわ」オーガスタは大学に入学するつもりでいることを話そうかと考えたが、母のまえでは何も言わないことに決めた。「いつか外国を旅してまわりたいと思っています」

レディ・ドーチェスターの緑の目が、背後で蠟燭がともされたかのように輝いた。「あなたにぴったりの紳士と結婚すれば、きっとヨーロッパに連れていってもらえるわ」

オーガスタはほかの若い女性たちの紹介を急いで済ませた。何かたくらみが進行中であるのはたしかで、とらわれたくはなかった。

ドーチェスターが居間にはいってくると、フィンは読んでいた新聞を下ろして待った。兄の手には一枚の紙がにぎられていた。「夜会にヘレンを迎えに行くんだが、いっしょに行くかい？」

いったいどうしてチェスは弟がそんなことをしたいだろうと思ったのだ？ 答えることばを考えるのにしばらく時間がかかった。「ヘレンは街用の馬車を使ったんだと思ったよ」

「ああ、そうさ。でも、家に送り返してきた……何時に催しが終わるかわかっていたから」紙をにぎる兄の指に力が加わった。「ぼく自身が妻を迎えに行ったほうがいいと思ったんだ。

そうしている紳士も多いそうだから」

　妻を探している男も多い。そして花嫁市場にいる若い女性のほとんどがそこにいるのだ。幸い、フィンはすでにクラバットをほどいていた。あくびが出たふりをする。「出かけるなら着替えなきゃならないし、もうベッドにはいりたくてたまらないよ。ここ何日か、一日が長かったし、航海はもっと長かったからね」

「だったら、また明日の朝に」気の毒なチェスは与えられた唯一の役目に失敗したかのように見えた。

「また明日」フィンは立ち上がって伸びをすると、顔をこすった。「おやすみ」

　それから、ゆっくりと階段へ向かい、重い足取りで階上《うえ》へのぼった。国を離れることについて、兄のことはすでに説得していたが、ヘレンの問題は別だった。少なくともひとりは義弟に会わせたい女性を見つけたのはまちがいない。だまされるつもりのないフィンには紹介が行われることがわかっていたが、それを先延ばしできれば、そのほうがよかった。ロンドンじゅうの花嫁候補が集まった家で身動きとれなくされるつもりはなかった。そこから逃げ出せなくなるかもしれない！

　フィンは部屋にはいってクラバットを引き抜いた。

「やあ」ボーマンが本を下ろして立ち上がった。

「ここでいったい何をしている？　もう寝ていると思っていたぞ」フィンはクラバットを椅子に放り、ウェストコートを脱ぎ出した。

「きみの兄上の従者がぼくを見つけて、従者候補のリストを見てくれと言い張るのでね。多少ならず心外な様子だったから、きっときみが彼の助言を拒んだんだろうと思って」

「ぼく個人の使用人を兄の従者が独断で決めるのを拒んだだけさ。きみはぼくの望みをわかっている。いっしょに旅する従者を雇えばいいというのはきみの考えだ。だから、きみがそういう人間を雇ってくれなくちゃ」フィンは上着を脱いだ。「きみの部屋はどこだい？使用人の部屋がある一画じゃないといいんだが」

「侯爵の秘書の隣の部屋さ。広くはないが、最近慣れていた部屋よりは広い」

それはまあ予想どおりだった。なんと言っても、ボーマンは上流の人間なのだから。少なくともフィンに言わせれば。彼の母親は司祭の娘で金持ちの商人と結婚した。フィンがボーマンに出会ったのはイートンで、その後ふたりはともにオックスフォードへ進学した。ボーマンがフィンのために働いているのは、父親に旅の費用を出すのを拒まれたからにすぎない。ただ、ボーマンはもう秘書を務める必要はなかった。メキシコを出るまえに、彼が商人ではなく紳士らしく振る舞っていることを評価していた母方の大叔父が自立できるだけの財産を遺してくれたと知らせる手紙を受けとっていた。「きみがそれでいいなら……」

「いいんだ」秘書は悲しげな笑みをくれた。「階級ということになると、イギリスの使用人たちをごまかすことはできないからね。彼らに関するかぎり、ぼくの父の階級だけが問題なのさ」

「使用人たちはきみを紳士としてあつかったほうがいいな。ぼくからドーチェスターに言っておこう」フィンはズボンを脱いだ。義姉との夕食に求められた衣服だった。

「ほかに何かあるかい？　なかったら、ベッドにはいることにするよ」

「ない」秘書はあくびをした。「朝は侯爵の従者がお着替えを手伝いに来てくれるってさ」

ピッカレルか。父の従者だったころから嫌っていた使用人だ。フィンが武器を身に着けていなかったのはボーマンにとって幸運だった。彼は武器としてはまったく役に立たない小さな枕を拾い上げた。「これを投げつけるまえにとっとと出ていってくれ」

ボーマンは笑って身をかがめ、扉から出ていった。「おやすみ、旦那様」

「やめてくれ」廊下を去っていく秘書の忍び笑いが聞こえてきた。

すぐに眠りに落ちたフィンは、ベッドカーテンが勢いよく開かれ、ベッドに光があふれて目を覚ました。

「おはようございます」ドーチェスターの従者のピッカレルが鼻を鳴らした。

「おはよう、ピックル」従者を苛立たせようと、フィンは子供のころに呼んでいた名前を使った。

しかし、このうるさい年寄りはそれを意に介さなかった。「おひげを剃りましょうか？」

ピックルにだけは切れ味鋭い道具を用いて触れられたくなかった。「いや、自分でやるのに慣れている。訊いてくれたことには礼を言うが」

「ご自分でとは。異教徒の習慣ですね」使用人は彼にかろうじて聞こえる声を出した。「わかりました。三十分後に戻ってきてお着替えを手伝います」

三十分後、フィンがすっかり着替えを済ませて椅子にすわっていると、ピックルが部屋にはいってきた。フィンは立ち上がって上着の裾を引っ張った。「着替えは済ませた。ぼくがどこへ行ったか、おまえが頭を悩ませないように待っていた」

お辞儀をするまえに従者の顔に嫌悪の表情が浮かんでいたのはたしかな気がした。「結構でございます」

おそらくは、こうした態度の下品さや、紳士が自分ひとりで着られる服について、兄に報告されることとだろう。

フィンは朝のお茶の味を口のなかに感じられるほどだった。朝食の間に近づいていくと、ヘレンの声が聞こえた。「昨日の晩、どうしてフィニアスを連れてこられなかったのか、理解できないわ」

「眠っているのを起こしてほしかったとは言わないだろう？」

フィンは笑いそうになるのをこらえた。たいてい兄は妻の言いなりだったが、こうやって抗うときもあるのだ。

少ししてヘレンはため息をついた。「ええ、そうね。ワーシントン伯爵の妹のレディ・オーガスタに紹介できたらよかったんだけど。彼女はフィニアスにぴったりよ。わたしにはわかるの」

テーブルにカップが置かれる音がした。「どうしてそう思うんだい？」

「高い教育を受けていて、言語と地理に関心があるの」お茶が注がれる音以外、しばらく部屋は静まり返った。「彼女のお母様のレディ・ウォルヴァートンによれば、レディ・オーガスタは学問好きの変わり者というわけじゃないそうよ。とてもきれいでお行儀もすばらしいの。どんな会話にもついていけるし」

言語と地理？　フィンはあざけるように胸の内でつぶやいた。おそらく、フランス語とイタリア語が少しわかって、地図とはきれいな色が塗られたものとみなしているのだろう。

「たしかにフィンが好きそうなタイプの女性のようだな」兄はあたりさわりなく言った。

「来週、シーズンが始まったら――」ヘレンは続けた。「彼女のお母様がレディ・オーガスタのためにロスウェル・ハウスで舞踏会を催すのよ。そのときまでにフィニアスが夜会服を手に入れていたら、彼女に紹介するわ」

フィンはうめきたくなった。まあ、遅かれ早かれそういうことになったにちがいない。早くその女性に会えば、それだけすぐに排除できる。義姉はあと何人ぐらいの女性と会わせるつもりだろう？　おそらくは何十人も。数週間とはいえ、ずいぶんと長い時間になりそうだ。

# 4

窓から陽光が射しこむなか、オーガスタが朝食の間を出ようとすると、仲良しのウォルターが駆け寄ってきた。彼はオーガスタの手をつかみ、引っ張ってどこかへ連れていこうとした。「いっしょに来てくれなくちゃならないよ」

「わけがわからないわ」彼がこんなふうに振る舞わなくなってもう何年も経っていた。「どうしたの？」

ウォルターはひそかに笑みを浮かべた。「すぐにわかる」

ウォルターとともに近づいていくと、ソートンが玄関の扉を開けてくれた。「レディ・オーガスタ、ミスター・カーペンター」

執事のとがめるようなまなざしもウォルターの高揚した気分を下げることはなかった。ふたりで石段を降りたところでオーガスタは足を止めた。

二頭の葦毛がつながれ、青緑色に金の縁のついた座席の高いフェートン（二頭立て軽四輪馬車）が目のまえの通りに停まっていた。オーガスタ付きの馬丁のジョーンズが満面の笑みを浮かべ、使用人のデュラントが馬車のそばに立っている。

「これ、わたしの？」目にしているものが信じられなかった。シャーロットとルイーザはシーズンのあいだ、一台のフェートンをふたりで使っていたので、オーガスタはまさか自分が一台持てるとは思ってても見なかったのだった。

「ぼくのじゃないよ」ウォルターはからかうように言った。「それに、家族でこの青い色をきみほど好きな人間がほかにいるかい？」

「ああ、すごい」オーガスタはシンデレラの馬車さながらに消えてなくなるのではないかと恐れるように、ゆっくりと馬車に歩み寄った。「きれいだわ」

「たいていのフェートンほど座席は高くないな」ウォルターが指摘した。「それに、もっと安定がいい」

「誰が買ってくれたの？」

「ここへまわしてきたのは旦那様の馬丁ですが、買ってくださったのはお母さまとお継父様《とう》です、お嬢様」とデュラントが言った。

新しい革と馬のにおいがただよってきて、オーガスタは馬車のそばで足を止めた。手を伸ばし、ベルベットのような馬の鼻を撫でてやる。「きれいな馬たちね」

「見たこともないほどきれいな牝馬たちです」ジョーンズがもう一頭の馬の鼻を撫でてやると、馬は彼の手に鼻息をかけて鼻を鳴らした。「それで多くのことがわかります」

たしかにそう。ジョーンズは体が大きくなりすぎるまえは騎手として訓練を受けていた人間だ。オーガスタは馬車のまえへとまわった。「試し乗りに行かなきゃ」そう言ってウォルターに目を向けた。「いっしょに来たい？」

「もちろんさ！」ウォルターは踊り出しそうになった。

「デュラント、わたしが着替えるあいだ、馬を歩かせておいて」オーガスタはできるだけ急いで家のなかにはいり、階段を駆けのぼりそうになるのをどうにかこらえた。「ゴバート」オーガスタは部屋にはいりながら呼びかけた。「馬車用のドレスに着替えなきゃ」

「お出ししてあります、お嬢様」

紺の縁がついた青い馬車用の新しいドレスがベッドの上に置かれていた。オーガスタはすぐさま着替えると、ボンネットをかぶった。

「たのしいひとときを、お嬢様」

「ええ、ありがとう」

二分も経たないうちに、オーガスタはウォルターとともに馬車に乗り、指に手綱をからめていた。

ウォルターはタウンハウスのてっぺんを指差した。「子供たち全員が見ているよ。あとでみんなのことも乗せなきゃならない」

オーガスタは弟妹たちに手を振った。「ええ、勉強が終わったらね」ボウルに数を書いたくじを入れて順番を決めよう。年の順では公平ではない。一番下はいつも最後になる。「ハイドパークを一周しましょう。それから、グローヴナー・スクエアに行って、シャーロットやルイーザやドッティに新しい馬車を見せるの」

公園には芽吹きはじめたばかりのクリノキがそばに立ち並ぶグローヴナー門からはいった。

周回路やロットン・ロウ沿いにも大きな木々が並んでいる。まもなくオーガスタは昨晩出会った女性のひとりである、レディ・ドリーが馬丁を従えて鹿毛の去勢馬に乗っているのを見つけた。

向こうもすぐにオーガスタに気づき、速歩で近寄ってきた。「おはよう。早朝の外出をたのしむ女性がわたしひとりじゃなくてよかった。こうして馬に乗ると、その日一日心がおちつくの」

「うちではふつうのことよ」ルイーザも夜が明けてすぐに馬に乗りに行っていたものだ。「義理の姉の弟のミスター・カーペンターを紹介させて。ウォルター、こちら、レディ・ドリー・キャルソープよ」

「おはようございます、ミスター・カーペンター」ふいに彼が誰かわかったという表情がドリーの顔に表れた。「たしか、あなたはうちの弟のハロルドに会ったことがあるはずよ」

「ええ」ウォルターはうなずいた。「彼の姉上だとすぐにわかってしかるべきでした。お会いできて光栄です」

「ようやくお会いできてうれしいわ」ドリーはオーガスタに顔を向けた。「ミスター・カーペンターはかわいそうなハロルドが困っているときに助けてくれたの。感謝してもしきれないわ」ドリーの目がフェートンに向けられた。「きれいな馬車ね。誰が作ったものかご存じ？」

「見当もつかないわ。知りたければ、継父に訊いておいてもいいけど」オーガスタは笑みを浮かべた。「朝食のあと、これが待っていたの。ウォルターによると、ふつうのフェートンほど座席は高くないそうよ。たぶん、設計に変更を加えたのは母じゃないかと思うわ」

「でも、なんてすてきな贈り物なの」ドリーは馬に馬車をぐるりとまわらせた。「あなたのお継父《とう》様の馬の趣味はすばらしいわね」

「ええ、馬たちについてはほんとうにうれしくて」馬車も馬もイギリスに残りたいと思わせるためのものではないかという疑いは強かったが、それでも、ここにいるあいだはたのしめるはずだ。

しばらく馬車道をいっしょに進んでいたが、やがてドリーが言った。「ここでお別れするわ。速駆けして晴らしたい鬱憤がまだあるの。よかったら、ほかの人たちにも連絡するから、今日の午後、いっしょに公園に行きましょう」そう言って顔をしかめた。「たぶん、歩かなきゃならないでしょうけど」

「たぶん、そうね」オーガスタは笑った。「でも、うちの義理の姉が大きなランドー馬車(向かい合わせの座席がある開閉式の幌を持つ四輪馬車)を持っているから、それを使ってもいいわ。姉が子供たち全員を乗せられる大きさのを作らせたの」

「そうなの」ドリーは身震いした。「そう聞くと、歩くのもそれほど悪くないと思えるわ。またあとでね」

ドリーが馬で去ると、オーガスタはウォルターに目をやった。ウォルターが寄宿学校に行ってしまったときはほんとうにさみしかった。「あなたが彼女の弟に会ったこと、どうしてわたしは知らなかったの？　ハロルドという子の話はあなたから聞いたこともなかったわ」

「でも、フィリップがハリーの話をしたのは聞いたはずだよ。じっさい、ハリーはぼくというよりフィリップの友達なんだ。ぼくが両方の面倒を見ているだけで」

フィリップ・カーペンターは昨年イートンにはいったばかりの一番下の弟だ。「助けたって話だったけど、何をしてあげたの？」

「年上の子たちがフィリップとハリーをいじめていたんだ」ウォルターは肩をすくめた。「通過儀礼みたいなものさ。ぼくはふたりの仲間といっしょにいて、たまたまその現場を目撃した。それで、仲裁したんだ。いじめは二度と起こらなかった」

仲裁。女性のあいだでは、どちらかに罰を与えるという意味だ。マットが男の子たちにボクシングを教えようとしたときには、グレースはまったく感心しなかった。それでも、マットには自分が何をしようとしているかわかっていたにちがいない。「あなたがそこで助けになれてよかったわ」

「誰でもそうするさ」ウォルターはまた肩をすくめた。その一件のことを話すのは気まずいようだった。「チャーリーもぼくに同じことをしてくれた」

それは意外ではなかった。ウォルターの兄であるチャーリーはみんなの面倒を見ている。マットとチャーリーが、そして今はウォルターも、紳士がいかに振る舞うべきかのお手本となってくれているのはうれしかった。

オーガスタは馬たちを元来たほうへ向かせた。馬たちは完璧に言うことを聞き、じっさい、指示される必要はまったくないほどだった。オーガスタは公園の門に達すると、グローヴナー・スクエアへ向かい、ロスウェル・ハウスのまえで馬車を停めた。

ふたりの男の使用人が走り出てきた。ひとりは馬の頭のほうへ行き、もうひとりはオーガスタに手を貸して馬車から下ろした。「お嬢様、奥方様は広場にいらっしゃいます」

「ありがとう。探してみるわ」

「目印は――」

「ええ、わかってる。大勢の集団よね」

「そのとおりでございます、お嬢様」

ウォルターが馬車をまわりこんできて、腕を差し出した。「姪や甥がどのぐらい成長したか見るのはたのしみだな」

「最後に会ってから一週間も経たないのに？」姉たちやドッティはロンドンにやってくるや、子供たちを連れてワーシントン・ハウスに来ていた。

彼らを見つけるのに時間はかからなかった。ルイーザとシャーロットとドッティは――全部で四人の――子供たちといっしょに毛布の上にすわっており、そのまわりを子供部屋のメイドや男の使用人、アビー、アルシア、ミリーという三頭のグレート・デーン犬とクロエ、コレット、シリルという三匹のシャルトリュー種の猫が囲んでいた。犬たちはよちよち歩きの子供たちについてまわっている。シャーロットの息子でリース伯爵の小さなヒューゴーはほかのみんなから離れすぎたらしく、シャーロットの犬のアビーに追い戻されようとしていた。子供部屋のメイドがヒューゴーの双子の妹であるコンスタンスを抱き上げている。ほかの二頭の犬もドッティとルイーザの子供たちに対して、同じように番犬の役割を演じていた。「ああ、まるで動物園ね」挨拶のために立ち上がった姉たちやドッティに対してオーガスタは笑い声をあげた。「グレート・デーンたちはいると思ったけど、猫たちにはびっくりだわ」

「広場の真ん中で何をしているの？」とウォルターが猫の一匹を撫でながら訊いた。「きっと散歩していると思ったのに」

「こうする予定じゃなかったのよ」ルイーザが飛び跳ねる娘のアレクサンドリアを支えながら言った。「アレクサンドリアといっしょに出かけたの。もちろん、ミリーを娘から引き離すことはできなかったわ。そうしたら、クロエもいっしょに来たいと思ったらしくて。シャーロットはすでにここにいて、あとからドッティが加わったのよ」

それほど遠くないところに、見たことのある女性が四人の子供たちといっしょにいた。そのうちのひとりは、オーガスタの二歳の姪と甥と同じぐらいの年に見えた。「あれってレディ・ドーチェスターかしら？」

シャーロットがオーガスタの視線を追った。「ええ、でも、いっしょにいる殿方は誰かしら？」

少しして、レディ・ドーチェスターが義理の弟のフィニアス・カーター＝ウッズ卿と四人の小さな娘たちを紹介した。フィニアス卿は紹介されたときにオーガスタに鋭い灰色の目を向けたが、適切なことしか言わず、その後は彼女にまるで注意を向けなかった。

その体格は――長身で肩幅が広く――マットや姉たちの夫たちを思い出させた。髪は最新流行の髪型よりはずっと短い。レディ・ドーチェスターがこの義弟を結婚させたいと思っているなら――結局、彼女にはまだ息子がいなかったのだ――さほど大変な思いをせずに花嫁は見つかるだろう。少々荒削りではあっても、とてもハンサムな人だった。それでも、仕立屋に連れて行く必要はあるだろうが。今着ている少々くたびれた服はあまり相手に好感を与えそうにない。

「叔父様はメキシコから戻ってきたばかりなのよ」レディ・ドーチェスターの長女のエマが言った。

アンは派手な服を着た人形を掲げた。「わたしたちにお人形のお土産をくれたの」

メキシコ？ オーガスタは再度フィニアス卿に目を向けた。ほかの誰よりも濃い肌色をしている。船に乗っているあいだに日に焼けたにちがいない。そう、そうに決まっている。何週間も日にさらされることで肌は荒れてしまうものだ。

これまで何度も思ったことだが、オーガスタは自分も旅ができたらと思わずにいられなかった。イタリアで大学に入学できれば幸運だ。しかし、これはアステカ族とその言語について知るいい機会と言える。フィニアス卿にそれを習得するだけの関心があったならいいのだけれど。「向こうにいらっしゃるあいだにナワトル語を学ばれたりはしませんでした？」

# 5

フィンは若いご婦人からそんな質問が発せられるとは思いもしなかった。ぽかんと開きかけた口をしっかりと閉じる。

ナワトル語？

高貴な生まれのイギリス女性がアステカ族の言語についてどうして知っているのだ？　この女性がきっとヘレンが話していた、よく本を読む若い女性にちがいない。

「学びました。彼らの建物について知りたい情報を得るには、その言語を話す必要があったので」その若い女性――名前は何だった？――の目がステンドグラスの窓から射す陽光のように輝いた。なんとも驚くべき色だった。まるで瑠璃《ラピスラズリ》だ。「アステカ族の言語のいくつかが英語にはいってきているのはご存じでしたか？」

「ええ、たとえば、トマトとかチョコレートですね」女性はそんなことは誰でも知っているというような目をくれた。「アステカ族の詩を読むことでその言語を忘れないようにはできるんですけど、最近話す機会がなくて。話す能力を失わないためには、練習を続けることが重要だと思うんです」

たしかによく本を読む女性かもしれないが、ナワトル語を学ぶ方法があるはずはない。自分の能力を過信していることについて多少へこませてやろう。ナワトル語で彼は言った。

た。

「〝神よ、われに力を与えたまえ〟」

「〝状況を変える力を持っているのは自分だけよ〟」彼女はすぐさま同じ言語で言い返してきた。

何てことだ！　ほんとうに話せるのか。「どうやってナワトル語を学んだんです？」

気取った笑みが一瞬彼女の唇に浮かんだ。「ミスター・ジョン・マーズデンが教えてくれたんです」冷ややかで簡潔な答えだった。「去年、うちの地元の司祭様を訪ねていらしたときに」

「だったら、きみはこの国ばかりか、ヨーロッパのほとんどの国の誰よりもアステカ族のことばに詳しい人ということになる」

彼女は優美に頭を下げ、ナワトル語でつぶやいた。「あなたはヘソというわけじゃなかったのね」

フィンはその比喩を聞いて笑わずにいられなかった。ナワトル語はどこまでも叙述的なことばなのだ。「ヘソのような役立たずにならないように努めています」思い出した！　レディ・オーガスタだ。「あなたのご都合のいいときに、喜んでナワトル語でお話ししますよ」

またも彼女は彼をじっと見つめたが、今度は〝本気か〟と考えているのは明らかだった。さっきまでぼくが相手を見下す気取り屋のようなことばを発していたせいだろう。「ありがとう。ご提案をお受けしますわ」

誰かがため息をついた。ウォルター・カーペンターとして紹介された少年だ。「オーガスタが少なくとも現代の七カ国語を話したり読んだりし、いくつか古代の言語も知っていて、それ以外にも読める言語が多少あるということをお知らせしておいたほうがいいと思います」彼はフィンをじっと見つめた。「ぼくだったら、彼女を見くびったりはしませんね」

「たしかに」フィンはきっぱりとうなずいた。「そのことは今、身にしみて教えられたよ」

レディ・オーガスタとまた話がしたいとそちらへ目を向けたが、彼女は彼女にそっくりの姉のロスウェル公爵夫人と話しながら、ロスウェル・ハウスを指差していた。家のまえには座席の高いフェートンが停まっていて、馬車にはこれまで見たこともないほどに立派な二頭の馬がつながれていた。

「きれいな馬車ね、オーガスタ！」公爵夫人は声を張りあげた。

ほかの女性たちも立ち上がり、子供部屋のメイドによちよち歩きの子供たちをまかせた。

「あれを操るあなたはきっとおとぎ話の王女様のように見えるわ」とエマが言った。

フィンは女性たちや小さな子供たちのあとをついていった。みな馬と馬車を検分する気のようだ。

ヘレンが彼の腕に手を置いて引き留めた。「レディ・オーガスタのことはどう思った？」

「恐ろしいほどに聡明な人だ」そして美しい。アステカのほとんどの女性たちが身に着けているような刺繍のはいった短い衣装に身を包んだ彼女を見たかった。「こうして会うように仕組んだのかい？」

「そういうわけじゃないわ。レディ・オーガスタが馬車を操って通り過ぎ、ロスウェル・ハウスのまえで馬車を停めるのを見たの。公爵夫人とほかのご婦人たちがここで子供たちといっしょにいるのを知っていたから、あなたが彼女に会うにはぴったりの機会だと思ったわけ」ふたりはほかの面々が集まっている場所に到達しようとしていた。「あなたから見て聡明すぎる？」

「そんなことはないよ」社交界には賢すぎるが。彼女にとってその聡明な頭脳のはけ口がないのは気の毒だった。「それどころか、大いに見こみありと言ってもいい」そう言っておけば、ヘレンもそれ以外の女性との見合いを手配しないはずだ。

フィンは馬車と馬たちを惚れ惚れと眺めている集団に加わった。フェートンはしっかりした作りで、高速の馬車にしては頑丈だった。馬たちは数ギニーはしたにちがいない。会話を聞いていると、公爵夫人も彼女のふたりの友人も馬車を操るようだった。

レディ・オーガスタが馬たちに人参をやり終えたところで、公爵夫人の小さな娘がむずかり出した。子供といっしょにいた大きなグレート・デーンがその頬をなめ、申し訳なさそうに公爵夫人に目を向けた。

「アレクサンドリアをなかに連れていかなければ。お昼寝の時間なの」

レディ・オーガスタは姉を抱きしめ、馬車の通り側の座席にまわった。そこでは彼女の義理の弟が乗るのに手を貸そうと待っていた。それが使用人だったら、フィンはその役目を代わったことだろう。ヘレンには感謝しなくては。レディ・オーガスタは魅力的な女性であることがわかってきた。

フィンはみずからを叱責した。女性には惹かれないつもりだったはずだ。数週間で国を離れるつもりなら。しかし、レディ・オーガスタが巧みに手綱をとって馬車を走らせ、広場から出ていくのをじっと見つめている自分に気がついた。彼女はほかにどんな才能を持っているのだろう？

義理の姉が彼をつついた。「彼女のデビューを祝う舞踏会でダンスを踊ってほしいと頼むべきだったわね」

「そのことをすっかり忘れていた」

「まあ」ヘレンはむっとしたように言った。「水曜日にはいつもオールマックス（上流階級の社交クラブ。定期的に舞踏会を開いていた）があるから。後援者の誰かから、彼女とワルツを踊る許しを得ればいいわ」その唇にかすかな笑みが浮かんだ。「それも若い女性の好意を得る方法よ」ヘレンは振り返り、子供たちが子供部屋のメイドたちといっしょに歩いているほうに目を向けた。「でも、まずはドーチェスターに仕立屋のウェストンのところに連れていってもらわなければ。彼よりもあなたの肩幅がずっと広いのは残念ね。そうでなかったら、あの人の上着を借りられたのに」

この三年のあいだ、フィンがしてきたような運動の半分も兄がしていたら、同じ大きさの上着を着ていたことだろう。「今朝十一時に予約をとってくれてあるよ」

「だったら、急いだほうがいいわね。もうあまり時間がないわ」

フィンはわかったとつぶやいた。兄が妻の言うことに逆らわないのも無理はなかった。そのほうがずっと楽にことが運ぶ。

家に戻ってすぐにフィンとドーチェスターは仕立屋に向かうことになった。

「今朝、新しい従者を雇ったそうだが――」兄は道を横切ってボンド街へとはいりながら言った。「きっとその従者がおまえの服を調べて、必要なもののリストを作ってくれるはずだ。もちろん、必要とあれば、ピッカレルも手を貸すし」

「きっと新たな従者は」――それが何者であれ――「充分経験を積んでいて、ピックルの力に頼る必要はないはずだよ」

兄の顔に渋い表情が浮かんだ。「彼のことをピックルと呼ぶのをやめれば、おまえも彼とずっとうまくやれるんだがな」

「彼はぼくを好意的に見ていないからね。ずっとそうさ。兄さんがどうして彼に我慢しているのかわからないよ」

「まあ、ひとつには、ぼくはおまえのように口を開けば侮辱するようなことを言ったりしないからさ」兄が言い返してきた。ふたりはしばらく黙って歩いた。「おまえが腹を立てているのはこの花嫁探しのせいなんだな」

それもある。「そうなのかもな。司祭のまえに引っ立てられるまえに、もっとやらなきゃならないことがある気がするんだ」

「おまえの気が楽になるかどうかはわからないが――」ドーチェスターはフィンに横目をくれた。「ぼくも結婚したときには心の準備ができていなかった気がするよ。でも、ヘレンと出会った。父は別の見合いの話をしていたんだが、ぼくを結婚させたいなら、ヘレンの父親と話をすればいいと言ってやったんだ」

「兄さんとヘレンが恋愛結婚だとは知らなかったよ」兄が義姉と出会ったとき、自分はどこにいた？　オックスフォードだ。チェスとヘレンが結婚したときには、大学を終えるまであと一年あった。

兄はうなるような笑い声をあげた。「恋愛結婚というよりは欲情結婚だな。少なくとも、ぼくのほうは。幸い、その結果うまくいったが」

欲情結婚？　なんとも奇妙な言いまわしだ。ただ、恋愛結婚があり得るなら、欲情結婚もあり得るだろう。それでも、互いへの敬意や友情や関心にもとづいて結婚するほうが、単に欲情にもとづくよりも生産的な気はした。とはいえ、結婚においては欲情もそれなりの役割を演じなければならないはずだ。

刺繡のはいった一枚布に身を包むレディ・オーガスタの姿がまた心をよぎった。

まったく！　早々にイギリスをあとにしなければ。


その日の夕方、オーガスタは友人となったドリー、ヘンリエッタ、ジョージアナ、アデリーンにグローヴナー・スクエアのマートン・ハウスで会った。ふたりの男の使用人と三人のメイドに付き添われた五人は、ハイドパークへと出発した。

「シーズンに向けて計画を立てる必要があると思うの」ジョージアナが言った。「知らないうちに誰かの花嫁になっているのは嫌だもの。望ましく見えて、じつはそうじゃない紳士とかかわりたくもないしね」彼女はほかの面々に意味ありげな目をくれた。「ホークスワースと出会うまえのわたしの姉メグの身にそういうことが起こったのよ」

「誰が夫として望ましくて、誰がそうじゃないかは、きっとうちの兄が知っているわ」オーガスタは言った。とはいえ、今年のワーシントンは妹についてそれほど心配しないかもしれないが。わたしは結婚するつもりはないと言ってあるのだから。それでも、ヘンリエッタについてマートンがマットに力を貸してほしいと頼むのはまちがいない。「いつでも兄に訊けばいいわ」

「うちの兄のハントリーも紳士たちに目を配っておくつもりだって言っていたわ」ドリーが付け加えた。「リトルトンのときにもっとうまく立ちまわるべきだったから」

「リトルトンって誰？」とオーガスタは訊いた。

「別に誰でもないわ」ドリーはしかめ面から陽気な笑顔に変わった。「ああ、いい天気ね」

「あなたたちのお兄様たちのお力添えをあてにできるのはうれしいわ」アデリーンは息を吐いた。「結婚まえよりはずっとましになったとはいえ、うちの兄のウィヴンリーが助けになるとは思えないから。父が貴族院の仕事でこれほどに忙しくなかったらいいんだけど」

オーガスタと友人たちはハイドパークに着き、馬車道の横の歩道を歩き出した。三月の末にしては気持ちよいほどに暖かい日だった。マツユキソウと紫色のクロッカスがくさむらからつぼみをのぞかせはじめていた。木々の葉も芽吹いている。あと一週間かそこらで若葉が茂ることだろう。オーガスタはこの季節のパドヴァはどんな感じだろうと思わずにいられなかった。

何人かの紳士が馬車や馬で通りしなに速度を落として目を向けてきた。彼らには何かの催しで会うことになるのだろうか。男性たちが紹介を受けずに自己紹介するわけにいかないことはありがたかった。

黒い去勢馬に乗った見覚えのあるハンサムな紳士が近づいてきて馬の足を止めたため、オーガスタは目をぱちくりさせた。黒い巻き毛を最新流行の髪型に切りそろえ、若葉色の目をした紳士だ。ほほ笑むと右頰にえくぼができた。「レディ・ドリー、お会いできてうれしいな」

ドリーはわたしを見ていたから後頭部しか見えなかったはずなのに、どうしてわかったの？

ほんの一瞬、ドリーは目を閉じ、額に縦皺を寄せた。次の瞬間には、顔に明るい笑みを浮かべ、首を下げた。「リトルトン様、ロンドンにいらっしゃるとは存じませんでしたわ」

「昨日着いたばかりです」リトルトン卿は警戒するような目を彼女に向けた。「あなたはロンドンに来てだいぶ経つんですか？」

「ええ、かなり」ドリーはオーガスタとほかの友人たちのほうに顔を向けた。「ご婦人方、望ましく見えてそうじゃない紳士という話がありましたけど、リトルトン様をご紹介させてくださいな」みなが小声で挨拶すると、ドリーは続けた。「リトルトン様、レディ・アデリーン・ウィヴンリー、レディ・オーガスタ・ヴァイヴァーズ、ミス・フェザートン、ミス・スターンですわ」

　リトルトン卿はまた笑みを浮かべ、優美にお辞儀をした。「ご婦人方、お会いできて光栄です。首都でたのしい時間をお過ごしください」ドリーに目を向けると、その笑みが消えた。

「また会えるといいんだが、レディ・ドリー」

「それは避けがたいことでしょうね」ドリーは浅くお辞儀をした。「では、よい一日を、リトルトン様」

　リトルトン卿は二本の指で帽子に触れ、馬を速歩で進めた。

「癪に障る人だわ」ドリーは息を吸って吐き出した。「散歩を続けましょうか？」

　沈黙の同意によって一行はまた歩きはじめた。

　いったいふたりのあいだに何があるの？　ドリーに訊いてもよかったが、ドリーとはそこまで親しくない気がした。

「どうして彼が望ましくないの？」とジョージアナが訊いた。

「結婚したいと思っていないからよ」とドリーが答えた。「それなのに、女性に彼女こそ太陽であり、月であり、星であると思わせるの」

　きっとドリーは彼と恋に落ち、がっかりさせられたのだ。

「どうでもいいことよ」彼女はまた笑顔になった。「ねえ、ターリー様がやってくるわ。きっとリトルトン様を探してらっしゃるのよ。とても仲がいいから。でも、ターリー様は望ましい殿方よ」

ターリー卿は――その父は一年半まえに亡くなったのだったが――結婚してパリにいるエリザベス・ハリントンの兄だった。エリザベスと同じようにブロンドの髪ときれいな空色の目をしている。彼も馬の足を止めてドリーに挨拶した。またもドリーが紹介を行った。

ターリー卿が去ると、ジョージアナの目がしばらく彼のあとを追った。「とてもハンサムな人であるのはまちがいないわね。爵位を受け継いでまもないのよね？」

「一年かそこらまえよ」ドリーがジョージアナにちらりと目を向けた。「彼の爵位が重要？」

「いいえ、全然」ジョージアナは笑みを浮かべた。「うちの姉の結婚相手は公爵の跡取りかもしれないけど、母の許しを得るには子爵で充分よ」

「ヘンリエッタ、あなたのご両親はロンドンにいらっしゃるの？」とオーガスタは訊いた。

「わたしが結婚することになったらね」ヘンリエッタは無頓着に肩をすくめた。「自分たちが首都に来る理由はないと父が言うの。ドッティと祖母がいるから、それで充分だって」

散歩を終えるころには、ほかにも多くの紳士と出会った。そのなかには彼女たちが知り合いになりたいと思う紳士もいたが、ひとりかふたり、ドリーが警告を発した紳士もいた。

「さあ、計画に話を戻しましょう」ジョージアナがみんなに輪を作らせた。「わたしたち、お互いによく気をつけて、かたまっていなきゃならないわ。誰かがどこかへ行って長く戻ってこなかったら、残った人たちはその人を探しに行くの。でも、最初からひとりでどこかに行ったりしないほうがいいわね」

「つまり、紳士がわたしたちをテラスに連れていこうとしたらってことね」アデリーンが言った。「あとのみんながすぐそのあとを追う」

「そのとおり」ジョージアナはうなずいた。「それでいい？」ひとりひとりみなうなずいた。

「オーガスタ、わたしたちが参加する最初の催しはオールマックスを除けば、あなたのデビューを祝う舞踏会よ」

「そうね」オーガスタは目をくるりとまわしたくなった。「わたしが大学に行きたいと家族に告げるまえに母が計画してしまったの」

「それでも」友は続けて言った。「練習するのにぴったりの機会だわ」

「お互い約束を果たすための筋書きを考えてもいいわね」アデリーンが提案した。「オーガスタ、何がどこにあるか、あらかじめたしかめるために、わたしたちがロスウェル・ハウスを訪ねられるよう手配できる？」

「もちろんよ」姉のルイーザもすばらしい考えだと思ってくれるはず。「家のことを知らなかったら、お互いどうやって助け合えるというの？」

「姿を消した仲間を見つける練習をするのよ」とアデリーンは言った。

「サーディンズみたいね」とオーガスタが言うと、ほかの面々が何を言っているのかわからないという目を向けてきた。「ひとりが隠れて、ほかのみんながその人を探すの。隠れ場所を見つけた人がどんどんそこに集まって押しくらまんじゅうになる遊び。スペインの遊びよ」

「まさにイワシ《サーディン》の群れね」ヘンリエッタが笑った。

「今週のオールマックスには参加する？」オーガスタは経験を分かち合う友人がそこにいたらすばらしいだろうと思った。

「ドッティとマートンといっしょに参加する予定よ」とヘンリエッタが言った。

「わたしには母と兄と姉が付き添ってくれるわ」とジョージアナ。

「キャロとハントリーが連れていってくれることになってる」とドリーが答えた。

「わたしも兄と義理の姉と行くことになっているわ。お兄様は行きたくないって文句を言ったんだけど、ウジェニーが、あなたがそうしたかったら家にいてもいいけど、わたしは気に入った相手とダンスするって脅したの」アデリーンはくすくす笑った。「どっちでもかまわないって思わせるような口ぶりだったけど、兄はほかの紳士が彼女と踊るのを嫌がるのよ。それで、わたしたちに付き添うことになったの」

　みんなといっしょに笑いつつも、オーガスタはアデリーンの兄のような兄を持たずに済んでよかったと思わずにいられなかった。

　この友人たちとは、姉とその友人たちと同じぐらい親密になりたかった。すでにその兆しは見えているが、彼女たちは自分が国を離れたあとも友達でいてくれるだろうか？　それとも、戻ってきたときには新たな友人を見つけなければならないのだろうか？

# 6

「あなたは驚くほどおちついているのね」二日後、オールマックスのまえに馬車が停まると、ルイーザが言った。「シャーロットとわたしはひどく緊張したものよ。義理の妹のルシンダなんか、具合悪くなりそうになっていたわ」

オーガスタは建物の簡素な外観を見やった。ダンスを踊るのはたのしいだろうし、踊ってほしいと申しこまれることは大いに期待しているが、それ以外はどうでもよかった。後援者を怖いとも思わなかった。レディ・ジャージーは長年母の友人であり、エステルハージー侯爵夫人とその夫には、ドイツ文学や、イタリア語のさまざまな方言や、スラブ系の言語のいくつかについて教師を探す手伝いをしてもらったことがあった。

「それは信じられないわ」ルイーザが動揺することはめったになかった。扉が開き、オーガスタが馬車から降りるのに使用人が手を貸してくれた。

「ぼくもだ」ロスウェルが馬車から降り、ルイーザが降りるのに手を貸すために振り返った。

「それでも、ほんとうのことよ」ルイーザは夫が差し出した腕をとり、オーガスタが彼のもう一方の腕に手を置いた。

三人はテーブルが置かれた大きな部屋のまえを通り過ぎた。夜食が供される部屋とのことだった。舞踏場の長い窓には青いカーテンがかけられ、突き出した小さなバルコニーの上では、楽団が楽器の調律を行っていた。

舞踏場にはいっていくと、すぐにオーガスタの母が近づいてきてほほ笑んだ。「緊張しないで。きっと大丈夫だから」

オーガスタは目を天に向けたくなった。母に、好奇心以外は何も感じないと言ったところで意味はない。何と言っても、有名な舞踏会のことは嫌と言うほど聞かされていた。オーガスタはその催しにふさわしい装いをしていて、ダンスや振る舞い方も心得ていた。おまけに誰かと親しくなりたいという願いもなかった。そう、心配する必要はまったくなかったのだ。

ダンスフロアの向こうでドリーがオーガスタの目をとらえてほほ笑んだ。ドリーは彼女によく似た背の高い男性と話をしていた。兄のハントリー伯爵にちがいない。レディ・ハントリーの姿もあった。ほかの友人たちのなかでは、ジョージアナだけがそこにいた。ヘンリエッタとアデリーンもすぐに到着することだろう。

少しして、二十代後半と思われるひとりの紳士が近づいてきてお辞儀をした。「ロスウェル、奥方様」

「ああ、そう」ロスウェルがオーガスタに目を向けた。「オーガスタ、ボトムリー子爵を紹介してもいいかな？　ボトムリー、義理の妹のレディ・オーガスタ・ヴィヴァーズだ」

「はじめまして、ボトムリー様」オーガスタは子爵に対するのにふさわしいお辞儀をし、手を差し出した。

ボトムリーはお辞儀をしながらオーガスタの指に触れた。「お知り合いになれて、この夕べがよりよいものになりました、レディ・オーガスタ。ダンスカードに空きがあるといいんですが」

「ええ、もちろん」オーガスタは礼儀正しい笑みを浮かべてみせた。「よかったら、次のダンスをごいっしょできますわ」

そのダンスはオーガスタの好きなダンスのひとつであるスコットランドのリールだった。ダンスがはじまるまで、ボトムリーはそこに留まり、天気やオーガスタの知らない人のことについて話していた。

ダンスが終わって姉と義兄のところに戻ると、さらにふたりの紳士が紹介を待っていた。ひとりはオーガスタとカドリールを、もうひとりはカントリーダンスを踊った。

フィニアス卿が兄と思われる――血は争えず、よく似た――紳士とレディ・ドーチェスターといっしょにはいってきた。

そのころには、幸運にも許可証を手にした社交界の選ばれし面々で舞踏場は込み合っていた。オーガスタのいるところから遠くないところで、ひとりの若い女性が大きな笑い声をあげ、すぐさまたしなめられた。

ドラモンド＝バレル夫人がひとりの紳士をともなって近づいてきて、ルイーザが耳打ちしてきた。「彼とはダンスをしなきゃならないでしょうけど、彼の政治信条はきっと気に入らないわ」

「あの男性がそんな意味のある話題を持ち出すなんて本気で思っているの？」オーガスタは小声で答えた。「これまでのところ、そんな人はいなかったわ」

ルイーザが答えるまもなく、ドラモンド＝バレル夫人はお辞儀をした。「奥方様、レディ・オーガスタ。リットン様をワルツにふさわしいお相手として推薦させてくださいな」

「ありがとうございます」オーガスタはお辞儀をした。「リットン様、お会いできて光栄です」

「こちらこそ」リットンはお辞儀をしてから腕を差し出した。ワルツの最初の調べが流れた。

彼はダンスが上手だった――ほとんどの紳士がそうだった――が、ほかの紳士たちと同じく、会話は乏しかった。天気の話や、シーズンをたのしんでいるかどうかという話題よりも、政治について意見を言い合うほうがよかったのだが。

しかし、次にルイーザとロスウェルのそばに戻ったときには、フィニアス卿がそのそばにいた。オーガスタがダンスの相手を見送るとすぐに彼は言った。「レディ・オーガスタ、残っているダンスはありますか？」

空いているダンスはあった。その夕べ最後のダンスが。そのダンスを踊ったら、姉たち同様オーガスタも夜食をとって家に帰ることになっていた。義兄はオールマックスの食事について辛辣な文句を言っていたので、もしロスウェルが意見を通したら、夜食をとることすらなく帰ることになるだろう。

「天気の話をしないと約束してくださるなら」

ルイーザは目を覆って首を振った。ロスウェルは肩を震わせた。

フィニアス卿は笑い声をあげた。「天気についてぼくは何も意見はないと保証しますよ。これまで慣れていた気候よりもずっと寒いということ以外は」

ロスウェルはにやりとした。「ルイーザ、オーガスタもきっときみと変わらないとワーシントンには言っておいたんだ」そう言ってルイーザを少し引き寄せた。「オーガスタはいつも勉強で忙しかったから、みんな彼女のほうが物静かで与《くみ》しやすい女性になると思っていたけど、ヴァイヴァーズ家の女性を社交界に解き放つと、こういうことになるってわけさ」

「知性を陳腐な会話の陰に隠している若い女性ばかりじゃないことを運命に感謝しますよ」

フィニアス卿は腕を差し出した。「踊りますか、レディ・オーガスタ？」

ダンスがはじまって少しすると、オーガスタはその晩でもっともたのしいひとときを過ごしていた。フィニアス卿はすばらしいダンスのお相手であるだけでなく、会話の内容で笑わせてもくれたのだ。

「そう、ぼくは舗装された中庭に面した狭い出窓に隠れて、その女性が寝室から出ていってくれるのを待ったんです」オーガスタを見て彼は悲しげな笑みを浮かべた。「そんな話を若い女性にするべきじゃないんでしょうね」

「たぶん、多くの場合は。でも、わたしはすごくおもしろいと思いましたわ。きっとセント・ルシア島へはカナリア諸島からまっすぐ向かう航路をとったんでしょうね」

フィニアス卿は驚愕したように目を丸くした。「その航路についてどうして知っているんです？」

「地理学は情熱を傾けている学問のひとつなんです。もちろん、そこには貿易風についても含まれますわ」若い女性は何も知らないものだと思う人が多いことにはいつも驚かされた。「星によって航路を知る方法もわかっていますわ。それを実践する機会はまだありませんけど」

「そう言えば、きみが地理学を熱心に学んでいると義理の姉が言っていた。きみがナワトル語を話すことにびっくりして、それ以外のことを訊くのを忘れていましたよ」ふたりはまたぐるりとまわって位置を変えた。「きみの弟さんはきみがいくつかの言語を話すと言っていなかったかな？」

「ええ」オーガスタは自分がいくつの言語を話すかを彼に思い出させることはしないでおいた。幼いころからさまざまな言語を習得してきたのだった。「多種多様であることがおもしろいんですけど、多くの点で同じだったりもします。起源はちがっても、同じ単語を多く持つ言語もあります」

「ナワトル語はミスター・マーズデンのもとで学んだと言っていましたね。ほかの言語について専門家の訓練を受ける機会はあったんですか？」

「運よく、うちの家族がつてを頼って、学者など、学ぶ助けになってくれる人を見つけてくれましたわ。わたしは五歳のころにはイタリア語の読み書きができました」

「すばらしい」彼の灰色の目が彼女に向けられた。それ以上親しくなるのはまずいと警戒させるようなまなざしだった。

フィニアス卿と話をするのはとても楽だった。彼はもっと質問をしたそうに見えたが、オーガスタは共通点の多い紳士を見つけたいとは思っていなかった。計画を実行するのがむずかしくなるだけだ。

大学に行きたいという願いを奇妙だと思わずにいてくれそうな人ではあったが、たしかなことはわからない。オーガスタはその意思を口に出さないよう気をつけた。「どうしてアステカ族の寺院を研究しようと思ったんです？」

「寺院だけじゃなく、彼らの住まいの基本構造についてもです」目が合い、彼の目が熱を帯びたように見えた。「父がギリシア風の建物を建てさせたときに建築を学びたいという思いが募ったんです。ヨーロッパを旅して中世の教会などの建物を調べてまわりたいと思ったんだが、戦争のせいで、家族がメキシコへ行くことを勧めてくれたんです」

「メキシコではたのしかったんですか？」イギリスのものとまったくちがう建物を研究するのはどれほど心躍ることだろう。

「ええ」笑みを浮かべると、少年っぽい顔になった。「離れなければならなくなって残念でした」再度くるりとまわったときに、彼はリットンが見つめてきているのに気づいた。「ところで、あの伯爵とダンスしなくて済む言い訳が必要になったら、ぼくと約束があると言ってやればいい」

「たぶん、リットン様のことね」今晩いっしょに踊った伯爵は彼だけだった。フィニアス卿の申し出はありがたかった。あの伯爵とのダンスはたのしくなかったからだ。

「そのとおり」フィニアス卿は目をぐるりとまわしかけた。「おもしろい人間になろうと努めても、死ぬほど退屈な男だから」

オーガスタは笑うまいと努めたが、忍び笑いがもれてしまった。「そんなことをおっしゃるなんてひどいわ」

「でも、ほんとうのことだ」彼はまた伯爵に目をやった。「ぼくはわかって言ってるんですよ。八年の長きにわたっていっしょの学校に行っていたんだから。彼はぼくと仲間になりたがったが、それもぼくの父が侯爵だからだった」

チャーリーもつてを作るためだけにオックスフォードに入学する人間がいると言っていた。伯爵が家族についてしきりと訊いてきたのも道理だ。「そんなはびこってくるキノコみたいな人間、貴族じゃなかったら、何て呼ばれるのかしら」

「この場合は、〝貴族であってもはびこってくるキノコ〟でしょうね」彼は彼女にゆがんだ笑みを見せた。意思に反して、オーガスタは息ができなくなった。これはよくない兆候だ。

フィンはもっと早くレディ・オーガスタにダンスを申しこむべきだったと思った。そうすれば、彼女もリットンとダンスをせずに済んだかもしれない。「まちがいない」そしてレディ・オーガスタは賢い人だ。うまい具合に会話を自分のことからフィンのことに移した。

フィンは彼女がどうやってそれほどの知識をそれほど早く学ぶことができたのか、知りたかった。「言語を混同することはないんですか？」

「いいえ、絶対に」彼女は軽く首を振った。「書くにしても話すにしても、言語については記憶力がいいんです。何年もまえに学んだ詩を暗唱することもできます」

レディ・オーガスタが男だったら、やすやすと外交官になれたことだろう。やはり、最初の印象は正しかった。彼女は社交界の男たちを震え上がらせるような女性だ。「エジプトの象形文字を解読しようとしたことは？」

「あります」フィンがその場にいるなかでもっとも魅力的な人間だとでもいうように彼女は笑みを向けてきた。彼が会ったなかで彼女ほど魅惑的な女性はいないというのがほんとうのところだったが。「とても変わっていますよね。なぞったものや写したものを調べることはできましたけど、エジプトに行って本物の象形文字を見てみたいですわ」

彼女とはひと晩じゅうでも会話していられそうだった。もともとは望んでいなかったダンスだったが、終わりに近づくと、残念に思わずにいられなかった。これほどあっという間に過ぎる時間を過ごしたのは初めてだった。「明日、ハイドパークへ馬車に乗りに行きませんか？」

しばらくのあいだ彼女は首をわずかに一方に傾げた。「ええ、でも、わたしの馬車で行きたいですわ。それでかまわなければ」

「ええ、かまいません」そうしてくれれば、兄から馬車を借りずに済む。「ワーシントン・ハウスに五時にうかがいます」

「たのしみにしております」ダンスが終わり、ふたりはお辞儀をし合って彼女の姉と義兄が待っている場所へと向かった。

「夜食に残らなくてもかまわない？」と彼女の姉が訊いた。「どうして訊くの？」

レディ・オーガスタは一瞬間をおいてから言った。「ロスウェルが薄いお茶と堅くなったパンが嫌いだって思い出したのよ」

「それについてはずっとまえに思い出していたと思うけれど」レディ・オーガスタは小さな忍び笑いをもらした。「わたし自身、お義兄様のことは責められないわ」

フィンは彼女が残ってくれて話を続けられたならと思った。「では、レディ・オーガスタ、奥方様」彼はお辞儀をした。「ご機嫌よう」そう言ってオーガスタの手をとった。「明日まで」

「ええ。馬車に乗りに行くのをたのしみにしておりますわ。ご機嫌よう、フィニアス様」

自分も退散できたならと思いつつ、フィンは兄と義姉のもとへ戻った。

「ダンスはどうだった？」フィンがそばへ行くやいなやヘレンが訊いた。

「すばらしいひとときだった」嘘をつく理由はなかった。レディ・オーガスタとはまわりのみんなに気づかれるほどに何度も笑い合い、ほほ笑み合ったのだから。「明日、いっしょに馬車に乗りに行くことになった」

兄は咳払いをした。「つまり、ぼくの馬車を使いたいということだろうな」

「いや、彼女の馬車で行く」ふたりとも眉を上げたので、フィンは笑いそうになった。

「ほんとうに？」ヘレンが最初に気をとり戻して訊いた。

「たのしみだよ。ぼくはほんの少し目にしただけだが」——ほんとうにほんの少しだが——

「彼女は馬車の操り方に長けていた」少なくとも、そうだろうとは思った。

「そうか」ドーチェスターはつぶやいた。「ワーシントンもウォルヴァートンも愚かな男という評判は得ていない。彼女が座席の高いフェートンを与えられているとしたら、安全な馬車の操り方を知っているとみなさなきゃならないな」

「たぶん、そうなんでしょうね」ヘレンはドーチェスターの腕に手を置いた。「レディ・ケニルワースも公爵夫人も高速の馬車の操り方を心得ているわ」そう言ってフィンに目を向けた。「ほかにまたダンスを踊りたいと思ったご婦人はいたの？」

「いなかった」レディ・オーガスタと過ごしてからは、ほかのどんな女性も死ぬほど退屈に思えた。「正直、もう家に帰りたいぐらいだ」

残念ながら、ヘレンはまだ情報収集を終えていなかった。

馬車に腰をおちつけると、ヘレンは言った。「あなたとレディ・オーガスタは話すことがたくさんあるみたいだったわね。話題がお天気のことじゃなかったのは明らかだったし」

「驚くべき女性だよ」これまで会ったどんな女性ともちがう。「彼女が多言語《ポリグロット》を話す人だってことは知っていたかい？」

馬車のなかの照明は薄暗く、義姉の額に縦皺が寄っているのしか見えなかった。「ポリグロットって？」

「複数の言語を話す人さ。エジプトの象形文字も読めるそうだ」

「それって墓に彫られた、のたくった線のこと？」ヘレンは何かを疑うような口調で言った。

「え、ああ」彼女の目が狭められた。いったい何がいけないんだ？「古代に書かれた文字さ」

ヘレンの唇が淑女らしからぬ形に引き結ばれた。「レディ・オーガスタは学問好きの変人じゃないって彼女のお母様は断言していたのに」

「ああ」そのことを考慮に入れるべきだった。これまで会った、学問好きとして知られている女性のほとんどはレディ・オーガスタのようではなかった。彼女とちがって、自分がどう見えるかをまるで気にしていないような野暮ったいドレスに身を包んでいた。ボディスから焦らすように持ち上がった胸のふくらみがわかるだけ襟ぐりの開いた青いドレスを着たレディ・オーガスタは光り輝いて見えた。学問好きの変人とみなされる女性はあんなにほほ笑みもしないだろう。彼女たちの誰といっしょにいても、そのせいで自分が硬くなることは絶対にないはずだ。ヘレンはまだ彼の答えを待っていた。「彼女を学問好きの変人と呼ぶのは適当じゃないだろうな。単にとても知的で、その能力を発揮できる機会を与えられているだけさ」

ドーチェスターはごまかしているのはわかっているぞというような目をフィンにくれた。

「そう……たぶん、あなたの言うとおりなんでしょうね」ヘレンは見るからに当惑して言った。

兄は馬車の天井に目をやって首を振った。フィンは笑い出してヘレンの怒りを買わないよう、唇をきつく閉じていた。

「レディ・オーガスタの最初のワルツのお相手としてリットンがクレメンシア・ドラモンド＝バレルに推薦してもらったときには、あなたが彼女とのダンスの機会を失ったと思ったわ」

どうやらこの会話は終わっていないらしく、今晩のことについて徹底的に追及されるようだ。「レディ・オーガスタは彼を気に入っていなかった。会話する能力に欠けていると思ったようだよ」

「リットン様のことはよく知らないけど、彼は妻を探している伯爵なのよ」

おそらく、オーガスタに求愛するには競争相手がいると言いたいのだろう。

リットンは十度でも伯爵になればいいが、レディ・オーガスタがあの気取り屋を望むことはないだろう。

「フィンが言うように――」ドーチェスターがヘレンの手を軽くたたいた。「きみが心配することは何もないと思うよ。レディ・オーガスタはあの一家のほかの女性たちと同じタイプの女性のようだ。爵位に気を惹かれることはないだろうよ」

「そうならいいんだけど、彼女のお姉様はじっさい公爵と結婚したじゃない」ヘレンの口ぶりは辛辣であり、疑うようでもあった。「それに、義理のお姉様の妹は侯爵と結婚したし」

フィンは兄の意見に賛成だった。それでも、レディ・オーガスタの振る舞いには、結婚してくれるよう彼女を口説き落とすのは大変そうだと思わせるところがあった。結婚したくないと思う男が結局困ったはめにおちいるのは、そんなふうに感じるからだ。レディ・オーガスタと会話してたのしいひとときを過ごしつつ、彼女への思いを募らせることがないよう、うまく身を振らなければならない。

# 7

翌日の午後、フィンは五時きっかりにワーシントン・ハウスに到着した。レディ・オーガスタの支度ができるのを待つつもりでいたのだが、意外にも、花の刺繍のはいった黄色の馬車用ドレスと胸をぴったり包む短い上着に身を包んで春の陽光のように見える彼女は、彼が家に招じ入れられたときには、手袋をはめているところだった。

「こんにちは」彼はお辞儀をした。

「こんにちは」執事が扉を開けておいてくれた。「行きましょうか?」

レディ・オーガスタは彼の腕をとるのではなく、まっすぐフェートンに向かった。フィンは彼女よりまえに馬車に到達するのに大股にならなければならなかった。「乗るのを手伝わせてください」

「ありがとう」彼女は手をとってもらおうとするように手を差し出した。しかし、彼は手をとることはせず、両手で彼女の腰をつかんだ。腰のくびれと尻のふくらみを感じてての ひらが熱くなる。フィンははっと息を呑んだ。つまり、身に着けているコルセットが短いのだ。そういうことは言っておいてもらわないと。まずい状況になりつつある。馬車に乗りに行くのはやめて、彼女の体に体を押しつけ、自分のものにしたくなる。

レディ・オーガスタは身動きを止めた。呼吸が速くなり、目が見開かれる。フィンはすばやく彼女を座席に持ち上げた。

ぼくはいったい何を考えていたのだ？

ことばを発することなく、彼はフェートンをまわりこんで座席にのぼった。思ったとおり、レディ・オーガスタが二頭の馬に合図し、馬たちはきびきびと広場から出発した。思ったとおり、彼女は馬車の操り方が上手だった。それでも、まっすぐまえを向く姿には無視されているような気にさせられた。彼女を責めることはできないが、こんなふうに黙ったままでいるわけにもいかない。抱き上げたことを謝ろうかと思ったが、さらにぎごちない空気になるかもしれなかった。おまけに、自分は少しも悪いとは思っていなかった。

フィンは首とクラバットのあいだに指を突っこもうとしたが、手袋が厚すぎた。「馬車を操るのがとても上手ですね」

レディ・オーガスタはすばやく笑みを浮かべてみせた。「ありがとう。ふと思ったんですけど、わたし同様、あなたもロンドンの社交界は初めてなんですね」

ああ、世間話か。ふたりのあいだに惹かれ合うものが生じたあとではしかたのないことだった。「ええ。メキシコに旅立つまえにはあまりロンドンで過ごす時間もなかったので。スコットランドやウェールズの古い城を調べてまわるほうがおもしろかった」

「それはすばらしかったでしょうね」うらやましそうな声だった。連れといっしょに湖水地方へハイキングに行くことすら許されていないのかもしれない。

若い女性が生活においていかに制約されているかを強く意識せずにいられなかった。「ええ」馬車はハイドパークに着き、門をくぐった。「この時間、公園がどれほど込み合っているか忘れていましたよ」

そう聞いて彼女は笑みを浮かべた。「社交界の全員がここにいると思いますわ」

ふたりはそれぞれ知り合いに会釈した。見た目のいい鹿毛に乗ったボトムリー卿が近づいてきた。「レディ・オーガスタ、カーター＝ウッズ、こんにちは」ボトムリーのことは学校時代から知っていた。別に敵意を感じているわけではないが、今は邪魔に思えた。

フィンとレディ・オーガスタは挨拶を返した。「その、レディ・オーガスタ、これはあなたの馬車ですか？」

「ええ」当然ながら、彼女が馬車を自慢に思っているのは明らかだった。

「フィン」ボトムリーが言った。「馬車から降りてぼくがレディ・オーガスタと馬車に乗るあいだ、馬を押さえていてくれないか？」

「ぼくがここにこのまま乗っていてどうしていけない？」フィンは言い返した。「レディ・オーガスタといっしょに馬車に乗りたかったら、自分で計画するんだな」そう言って少し当惑した様子のレディ・オーガスタに目を向けた。「行きましょうか、レディ・オーガスタ」

「ちょっと待って」馬車が動き出すと、ボトムリーが言った。「明日、ぼくといっしょに馬車に乗りに来ないかうかがいたい」

「悪いな、ボトムリー」フィンが答えた。「ぼくは明日、別の約束があるんだ」

一瞬、相手はあっけにとられた顔になった。それから、馬を速歩にして馬車に追いつくと、声を張りあげた。「きみじゃないよ、ばかだな。レディ・オーガスタに言ったんだ」

彼女のみずみずしい濃いピンク色の唇からくすくす笑いがもれた。

行く手に四人の年輩の女性を乗せたランドー馬車が現れた。「ボトムリー様」帽子に大きな羽根をいくつもつけた女性が声をかけた。「大騒ぎして、どうなさったの？　お行儀よくなさい」ボトムリーの顔が真っ赤になった。オーガスタは唇をきつく引き結んだが、口の端は持ち上がっており、それほど長く笑いを我慢できそうもないようだった。ボトムリーを叱責した女性は誰だろうとフィンは思った。やがてその女性はフィンに目を向けた。「フィニアス様、お目にかかるのはあなたが子供のころ以来ね」

「レディ・ベラムニーよ」オーガスタが彼に耳打ちした。

それでフィンにも理解できた。兄に警告されていた、社交界の恐ろしい重鎮のひとりだ。

「レディ・ベラムニー、またお目にかかれて光栄です」

レディ・ベラムニーはオーガスタに目を移した。「よろしい」それから、また彼に目を戻した。「外国を旅してまわってきても、あなたのお行儀は悪くなっていないようね」彼女はまたボトムリーに軽蔑するような目を戻した。「イギリスを離れたことがないのに、まだお行儀を覚えられない人とはちがって」

オーガスタは顔をそむけた。おそらくは声を殺して笑っているのをレディ・ベラムニーに見られないようにするためだろう。ボトムリーは何か小声で言い、馬上でできるかぎりのお辞儀をして馬を進めた。傷ついた自尊心をなぐさめているのはまちがいなかった。フィンに関するかぎり、なんとも満足の行く成り行きだった。こんなたのしいひとときを過ごせるとは思っていなかった。

レディ・オーガスタは手綱をふるい、馬車はまえに進んだ。フィンはつかのまふたりきりになったそのときを利用しようと決めた。「レディ・オーガスタ、明日もまたいっしょに馬車に乗ってもらえますか？」

彼女はようやく彼に目を向けたが、その目には涙があふれていた。どうして泣くようなことに？　なぐさめる方法を考えていると、彼女が震える声で言った。「いいわ。でも、わたしを笑わせないなら」

ああ、笑いすぎの涙か。それはまったくの別問題だ。「ずいぶんと決まりが多いようだね、レディ・オーガスタ」フィンはできるだけ堅苦しい声を保った。「ぼくは天気の話をしてはならないし、きみを笑わせてもならない。だったら、何をすれば？」

「馬車の操り方はご存じ？」彼女は喉を締めつけられているような声を出した。

「もちろん」それがどうしたというのだ？

「よかった」彼女は手綱を彼の手に押しつけ、両手で顔を覆うと、抑えていた笑いに屈した。少なくとも丸々一分も経ってから、おちつきをとり戻し、手綱をとり返した。「ありがとう」

「どういたしまして」まだ返事をもらっていなかった。「きみを笑わせすぎたので、もういっしょに馬車には乗ってもらえないのかな？」

「まさか」彼女は笑みを浮かべた。「あなたとは思っていたよりもずっとたのしく過ごしているわ」

それはどういう意味かとフィンが訊くまえに——こんな心を乱される女性は初めてだ——リットンが馬で近づいてきた。

「レディ・オーガスタ、フィニアス」フィンの名前は口のなかにすっぱいものでもあるかのように発せられた。リットンはフェートンに目を向け、それからフィンを見た。「新しい馬車をほかの人間に操縦させるとは驚きだな」

「誤解だよ。これはレディ・オーガスタのフェートンだ。ぼくは幸いにも少しのあいだ、手綱をとらせてもらっただけさ」

男は鼻を鳴らした。「レディ・オーガスタ、ぼくがこうして停まったのは、明日の晩のレディ・ウォルヴァートンの舞踏会で夜食まえのダンスをお願いするためです」

レディ・オーガスタはすばやく仮面のような表情になった。「ごめんなさい、そのダンスは予約済ですわ。フィニアス様が申しこんでくださったの」

申しこんだことを彼女が覚えていてくれたことはとてもうれしかった。気取った笑みを浮かべてフィンはリットンを見やった。「そのとおり」

リットンはヒキガエルでも呑みこんだような顔になった。「カントリーダンスは空いていますか？」

オーガスタはリットンに無邪気な目を向けた。三曲目が空いていますわ。たしか、コティヨンですけど」

「ありがとう、レディ・オーガスタ。そのときにまた」リットンは頭を下げて馬を進めた。

フィンはリットンと踊らなくて済むようにしてやれたらよかったのにと思った。ただし、メキシコでは、女性と二度以上踊ったら、それは婚約したに等しいとされる。レディ・オーガスタには好意を抱きつつあったものの、そうなると込み入ったことになる。


オーガスタはリットン卿がさっさと去ってくれたことにほっとしていた。まえもってダンスカードを埋めるに足るだけの紳士と知り合っていればよかったのだが。催しのまえに、ダンスの申しこみを断るなら、そのダンスのお相手に別の紳士を見つけていなければならないとグレースと母には言われていた。それだけでなく、舞踏会のあいだ、空いているダンスを申しこまれたら、それも受け入れなくてはならず、受けなければ、その晩はそれ以降ダンスをしないことにしなければならない。

「予約は一杯だと言ってやればよかったのに」とフィニアス卿が言った。

「そうできたら、言っていましたわ。ダンスや振る舞いについて、若い女性にいくつ決まりがあるかご存じないんですの？」

彼はその質問について考えているようだったが、やがて首を振った。「知っているのはたったひとつだね」

「だとしたら、教えてさしあげますわ」男性とダンスを踊らないときのことや、婚約しているのでないかぎり、ひとりの男性と二度より多く踊ってはならないこと、大声で笑ってはならないが、紳士が気の利いたことを言ったと自負しているときには礼儀正しく必ず笑わなければならないことなど、これまで教えられてきた多くのことについて説明を終えるころには、彼は顔から飛び出してしまうのではないかと思うほどに目を丸くしていた。

「若いご婦人たちがみんな同じように振る舞うのも無理はないな」彼はゆっくりと言った。

「そのとおりよ」オーガスタはしめくくりにとどめの一撃を加えることにした。「それから、女性は知性をまったく見せてはならないということはご存じ？」

「義理の姉の話からそうじゃないかとは思っていた」彼は考えこむような声を出した。「でも、きみは知性を隠したりしていない」

「ええ。うちの姉たちやレディ・マートンもそう。うちの家族はとても進んだ考えなの」母以外は。母はオーガスタを結婚させようと躍起になっている。「でも、たいていの男性は本物の会話をしたいなんて思っていないから。そう、ほかのことを考えながら、ひたすら適切な答えを返すのは楽なことですわ」

「驚きだな」と彼は言ったが、彼女に対してというよりはひとりごとのようだった。フィニアス卿がそれについてそれ以上考えることはないだろう。結局、そうした決まりが彼に影響をおよぼすことはないのだから。

ワーシントン・ハウスに着き、オーガスタはフェートンを停めた。彼を彼の兄の家まで送ってもよかったのだが、グローヴナー・スクエアからバークリー・スクエアまでの短い距離でも、馬丁か同乗者なしに馬車を走らせることは許されていなかった。

「嫌なやつがダンスを申しこんできたら、どうなるんだい？」

一瞬、オーガスタは信じられないという目で彼を見るしかなかった。彼は聞いた話についてずっと考えていたのだ。オーガスタは笑みを浮かべた。「簡単よ。下品な人だったら、紹介されることもないから、ダンスを踊ることもないわ」そう言ってから、彼に話したことを思い返した。「紹介されていない紳士とダンスを踊ることはないという話はしたはずですわ」

「ああ。それはたしかに聞いた。ただ、知り合いになるべきじゃない紳士にきみがうっかり紹介される状況がないとは思えなくてね」

「その場合は、兄が介入するでしょうね」それもあまり丁重ではない方法で。

「ああ、それはそうだ」フィニアス卿はまだ決まりについて考えているかのようにわずかにうなずいた。

「オーガスタ」馬車のそばにウォルターが立っていた。「あまり長く馬を立たせておかないほうがいいんじゃないかな」

「あ、そうね。もちろんよ」フィニアス卿とどのぐらい長くここにすわったままでいたの？「時間の感覚を失っていたわ」

「心配要らないよ」ウォルターが鼻を鳴らした。「ダンスの相手について学術的な議論を聞くことになるとは想像したこともなかったけど」

オーガスタはフィニアス卿と目を見交わし、ほほ笑み合った。「お暇《いとま》したほうがよさそうだ」

「わたしも家にはいりますわ」そう言いつつも、ここに留まって彼と話をしていたかった。ウォルターが彼女の側に来て助け下ろしてくれたが、それがフィニアス卿であったならと思わずにいられなかった。

それでも、彼に馬車の座席へと持ち上げられたときの反応をまた見せたくはなかった。あまりに心乱されることだったからだ。

フィニアス卿は馬車をまわりこんでそばに来ると、彼女の指を手にとり、指の節にキスをした。「また明日」

腰に触れられたときに上半身に走ったのと同じ熱が腕に走った。「ええ、また」この反応にはひどく混乱させられた。オーガスタは彼をじっと見ると、振り返って家へと石段を登った。それから、またくるりと彼のほうに体を向けた。「行かないと」

フィニアス卿は妙な目をくれた。わたしがおかしくなってしまったと思っているの？　たしかにおかしくなってしまった気がする。「ああ、ぼくも帰らないと」

もう一度振り返りたくなる思いを振り切ってオーガスタは玄関へ向かった。わたしはイタリアへ行く。男性に妙な感情を抱く余裕はない。

家にはいるとすぐに、いつフェートンに乗せてくれるかと妹たちやフィリップに攻め立てられた。家族のこの大騒ぎはありがたかった。フィニアス卿については考えたくなかったからだ。

オーガスタは手を上げた。「ちょっと待って」オーガスタは子供たちを見まわした。幼いふたりは手にボンネットを持っている。メアリーは期待をこめた目で見上げ、片方の爪先を突き出した。革靴を履いているのもわかった。メアリーとテオドラなら同時に連れていける。

「メアリーとテオを連れていくわ」双子とマデリンは抗議をはじめたが、オーガスタは三人を黙らせた。「あなたたち三人は誰も出かける準備ができていないけれど、メアリーとテオはできているから。戻ってきたら、あなたたちの誰かとフィリップを連れていくわ。それから、次のふたりよ。今日は近くをちょっと走らせるだけよ。すぐに夕食のために着替えなきゃならないんだから」

子供たちとバークリー・スクエアをまわる試し乗りを終えるころには、夕食のために着替える時間を過ぎていた。子供たちはみな馬車の操り方を教わっており、手綱を操って角を曲がりたがったが、道が混んでいたため、いつか朝早く連れていくと約束しなければならなかった。

夕食後、母とリチャードがお茶に加わった。母はソファーのオーガスタの隣にすわった。

「フィニアス様といっしょに馬車に乗るのをたのしんだようね」

「ええ」まったく、母はレディ・ベラムニーと話をしたにちがいない。何にしても秘密にしておくことなどできないとわかってしかるべきだった。

「よかった」母はうれしそうにほほ笑んだ。「レディ・ドーチェスターによると、フィニアス様はとても尊敬されているそうよ。彼が王立協会《ロイヤル・ソサエティ》と王立研究所に論文を提出することになっているのは知っていた？」

「そう聞いても意外じゃないわね」オーガスタはお茶を飲み干した。彼のことは考えたくなかった。洞察力にあふれた考え方やきらめく銀色の目については。笑わせてくれることも。触れ合ったときに起こったことについては絶対に。

母はお茶のカップを口に持ち上げてオーガスタに目を向けた。「明日も彼と馬車に乗りに行くのよね」

どこでそれを聞いたの？「え、ええ。わたしの舞踏会では夜食まえのダンスを踊ることになっているわ」オーガスタはあくびをする振りをし、手で口を覆った。「ベッドにはいらなければ。明日は忙しい日になるから」カップを下ろし、皿をテーブルに置くと、オーガスタは立ち上がった。「おやすみなさい」

「失礼してよければ」グレースも立ち上がった。「子供たちの様子を見たいので。おやすみなさい」

母も立ち上がった。「わたしたちも帰ったほうがいいわ。オーガスタの言うとおりよ。明日はてんてこまいの一日になるから」

オーガスタとグレースとマットが母とリチャードを玄関まで送ると、グレースがオーガスタの腕をとった。「ほんとうに今シーズンで結婚したくないなら、あなたのお母様の期待を高めないほうがいいわ」

ああ、まったく！　どうしてそれを考えなかったの？

「フィニアス様といっしょに過ごす時間を制限するわ」

グレースは眉根を寄せた。「あなたがそうしたいならね。彼といっしょの時間をたのしんでいるのはたしかみたいだけど」

オーガスタはため息を押し殺した。ウォルター以外では、興味深い会話を交わせる紳士は彼だけだった。「いっしょにいるのはとてもたのしいんだけど、わたしの心は決まっているから。できることなら、大学に行きたい」

オーガスタは義姉におやすみの挨拶をして寝室に向かった。フィニアス卿とは、あまり人目につかないときにいっしょに過ごせばいいのかもしれない。

# 8

翌日の午後、フィンはまた五時にワーシントン・ハウスにやってきた。今度は大きな真鍮のノッカーを使わなければならず、それには急いでやってきたように見える使用人が応えた。

「なかへどうぞ。レディ・オーガスタを探してまいります。舞踏会の準備に家じゅう大わらわでして」

舞踏会の準備をしている家に居合わせたことがあるわけではなかったが、それでも……。

「レディ・オーガスタ自身、舞踏会の準備に加わっているというのかい？」

使用人はおかしくなってしまったのかと言いたげな目で彼を見た。「その、レディ・オーガスタだけでなく、奥様も旦那様もミスター・ウォルターもほかのお子様たちもみんなです。ウォルヴァートンご夫妻も」

どうやら自分が家庭について受けた教育は甚だしく欠けていたようだ。「〝さあ、こい、マクダフ〟（『マクベス』の台詞）。ぼくもできるだけ手伝うよ」

「わたしはフランクリンです。ここにマクダフという人間はいないと思います。レディ・マートンが使用人を送ってくださったので、そちらにはいるかもしれませんが」使用人は踵《きびす》を返した。「こちらへどうぞ」

どうやらシェイクスピアの作品は読んだことがないようだ。シェイクスピアはその戯曲を庶民に向けて書いたのだから、何とも残念なことだ。

「舞踏会はロスウェル・ハウスで開かれると聞いた気がするが？」たしかヘレンがそう言っていた。

「その予定でしたが、なんらかの事故があって」使用人はフィンに目を向けた。「指令を受けたボウ・ストリート・ランナーの警吏たちがロンドンじゅうに送られました」

家じゅう大慌てなのも不思議はない。レディ・オーガスタは椅子にかけられたさまざまな色の大きな帯状のシルクに囲まれていた。使用人はフィンの来訪を告げるまえに呼ばれてどこかへ行ってしまった。

レディ・オーガスタは頭痛を抑えようとするように額に手をあてていた。もしくはすでに頭痛に襲われているのかもしれない。「ほんとうにこれをしなくちゃならない？　舞踏会はあと数時間ではじまるのよ。飾りつけの布地を吊るしている時間なんてないわ」

「それほど時間はかからないわよ」レディ・マートンがレディ・オーガスタに請け合った。

オーガスタの姉の公爵夫人が目を上げ、ぐるりと顔を巡らした。「何か部屋と部屋を結びつけるものが必要なのよ」

そう聞いて初めて、フィンは扉が開けられ、家の片側全体がひとつの部屋のように見えることに気がついた。三人の少女たちの指示を受けた使用人たちが春の花で一杯の花瓶を急いで運んでいる。ウォルター・カーペンターは大きな鉢植えのヤシの木を部屋のどこに置くか決めていた。

「金色のがとてもいいと思うわ」レディ・ウォルヴァートンが提案した。

そのことばを聞いて、フィンはシルクに目を戻した。いや、金色は派手すぎる。

「わたしは緑のが好きよ」レディ・ケニルワースが意見を述べた。「でも、オーガスタには合わない色ね」

どうしてレディ・オーガスタに合わないのだ？　そのとき、彼女が馬車用のドレスを着ているのに気がついた。こっそり抜け出して馬車に乗りに行こうとしたところをつかまったのかもしれない。彼は心のなかで緑をレディ・オーガスタにあててみた。レディ・ケニルワースの言うとおりだ。まったく似合わない。黄色と白のシルクはよく似合う。

彼が咳払いをすると、女性たちは邪魔者は誰かと一斉に首を巡らした。「こんにちは。レディ・オーガスタとぼくは馬車に乗りに行くことになっていましたが」

レディ・ウォルヴァートンはかすかに目を険しくし、唇を引き結んだ。

「意見を言わせてもらえば――」彼は生地を指差した。「黄色と白がいいと思います」

レディ・ウォルヴァートンの顔からしかめ面が消え、彼女は部屋を見まわした。「フィニアス様のおっしゃるとおりね。その二色なら、異なる壁紙や花ともぴったり合うわ」

公爵夫人もきっぱりうなずいた。「ロスウェルとケニルワースはどこ？　あのふたりにも手伝ってもらわないと」

「外にいるよ」とウォルターが言った。「庭の装飾を手伝っている」

「ぼくが喜んでお手伝いしますよ」フィンはまたシルクに目をやった。「どうすればいいか、どなたかに教えてもらわないとなりませんが」

「鉢植えの配置は終わったよ」ウォルターがそばに来た。「でも、こういうのはやったことがないな」

「この布地には輪っかがついているの」レディ・オーガスタが長いシルクの生地を手にとり、ぱっと見ではほとんどわからない輪を示した。「そして、壁には鉤《かぎ》がついているわ。むずかしいのは、布を組み合わせる部分よ」

「下で誰かが生地をねじって梯子の上の人に手渡していくようにすれば、うまくいくかもしれない」フィンは生地がどう見えるかを思い浮かべようとした。

できるだけたくさんの梯子を持ってくるようにと使用人が外に送られた。すぐに黄色と白のシルクが壁の上のほうに沿って垂らされた。

「たしかに――」一時間後、オーガスタはできあがった布の飾りを見て言った。「ずっとよくなったわ」

明るい笑みを向けられて、フィンは彼女を腕に抱いてキスしたくてたまらなくなった。

「ご提案に感謝しますわ。完璧でした」

「どういたしまして」フィニアス卿はさっとお辞儀をした。

オーガスタの兄弟と義理の兄とマートンが応接間のフランス窓の外にいたが、自分たちの成したことにとても満足げだった。

「ランタンを吊るしたんだ」とマットが言った。「庭には暗い場所はなくなった」

「わたしたちの望んだとおりね」グレースがメアリーとテオとともに応接間にはいってきた。

「ありがとう、あなた」

「きみの役に立つためにぼくがいるんだからね」グレースを見つめるマットの目がきらりと光り、それは何を意味するのだろうとオーガスタは訝《いぶか》らずにいられなかった。

「こっちも終わったようだよ」とウォルターが言った。「おなかが空いた。夕食ももうすぐのはずだ。着替えてくる?」

フィニアス卿がオーガスタのそばに来た。「夕食?」

「わたしたち、子供たちといっしょに早い時間に食事するんです。みんなロンドン時間に慣れなくて」そのことにはほほ笑まずにいられなかった。その子供たちも急速に成長しつつある。「慣れないのはわたしたちみんなもそうだけど」

「着替える必要はないわ」とグレースが言った。「そのあとで舞踏会のために着替えなきゃならないんだから」

「わたしたちといっしょに夕食をいかが?」オーガスタは低い声を保った。

「ぜひそうしたいところなんだが、きみの舞踏会にみすぼらしい恰好で参加しないためには、夜会服の最後の試着に仕立屋のところに行かなくちゃならない」

残念だったが、しかたのないことだった。オーガスタは手を差し出した。「お手伝いいただき、ありがとう。馬車に乗りに行けなかったことに腹を立てずにいてくださったことも」

彼は彼女の指をとってお辞儀をした。「きみが包囲されているように見えたときに、どうして腹など立てられる？」

　まえと同じように、触れられてオーガスタの血が全身を駆け巡りはじめた。それでも、オーガスタは笑わずにいられなかった。「まさにそんな気分だったわ。今晩また会いましょう」

「たのしみにしているよ」彼の目の端に皺が寄った。「ぼくのしたことを褒めてもらったのも誇りに思うしね」彼が手を放すと、オーガスタは物足りなく感じた。なんて奇妙なの。

「見送りは要らない」

　着替えをしているときに初めて、今夜着る予定だったドレスが部屋の飾りと同じ黄色と白だったことを思い出した。彼の提案があれほどに気に入ったのも不思議はない。そればかりか、黄色いオーバードレスに刺繍されている花は舞踏場に飾られた花と同じ色だった。

　妹たちが一斉に部屋にはいってきて、そのあとにグレースと母が続いた。

「わあ」マデリンと双子が同時に言った。「舞踏場とおそろい！」

「舞踏場じゃないわよ」テオが三人に顔をしかめてみせた。「それらしく見せているだけ」

「とてもきれいだと思うわ」メアリーが爪先立ってオーガスタの頬にキスをした。

　母が長い真珠のネックレスをくれ、ゴバートが首にまわしてくれた。グレースは真珠のイヤリングをくれた。

　おそらく今夜はたのしい夕べになるだろう。

数時間後、オーガスタが出迎えの位置にいると、フィニアス卿がまた挨拶をした。「ぼくは預言者になるべきだったな」

「ほんとうに。部屋の装飾を話し合っていたときには、ドレスのことなど考えもしなかったの」

彼は小さな忍び笑いをもらした。「そう聞いても驚かないな。きみは誰を最初に殺してやろうか決めかねているという顔だったから」フィニアス卿は少し身を寄せてきた。「今夜、この部屋にいる女性たちのなかできみが一番きれいだ」

「ありがとう」すでに何度も聞かされたことばだったが、褒められたことはありがたかった。そして、彼が言うと、そのことばもちがって聞こえた。もっと心からのことばに思えた。

「あとで会いましょう」

グレースの弟でスタンウッド伯爵のチャーリーがオーガスタを最初のダンスに導いた。彼はみんなが夕食の席についたときに到着し、準備に参加しなかったことで、冗談でさんざん文句を言われていた。

彼女がいっしょに踊ってほしいと頼んだときには、チャーリーは探るような目をくれた。

「ほんとうにほかにいっしょに踊りたいと思う紳士がいないのかい？」

「ええ、誰のことも選びたくないから、訊いてくる人みんなにもうお相手はいるって断ったの」

「だったら、いいさ。喜んでお相手するよ」

残念ながら、その後踊った男性たちとは、みなオールマックスのとき以上の会話をすることはなかった。とはいえ、それについて文句を言うべきではない。そのおかげで、夏の早い時期にイタリアへ向かう計画について考える時間ができたのだから。少なくとも、フィニアス卿と踊るときには、会話はたのしいものになるはずだ。

ようやく件《くだん》の紳士がそばへ来てお辞儀をした。「ぼくの番のはずです」

「ええ、そうですわ」オーガスタは彼の腕にそっと指を置いた。そのささやかな感触が全身を目覚めさせた。彼の手が腰にあてられると、その感覚がさらに募った。きっと触れ合うたびにこうなるわけではないはず。

「死ぬほど退屈してたのかい？」音楽がはじまり、ふたりはまわりはじめた。

彼がこちらの気分をそれほどに察してくれていたのは驚きだった。「話を聞いているふりをしながら、ひとりたのしんではいましたわ」

「そうじゃないかと思った。ぼくもアステカ族の建造物について話してきみをうんざりさせようか？」彼の目がおもしろがるようにきらりと光った。「今晩、ほかのご婦人たちに対しては、それをすばらしくやってのけていたからね」

「それは不親切だわ」ほとんどの女性にはまったく理解できないことだろう。

「たぶんね。でも、相手の話にうっとりしているふりをするきみも褒められたものじゃないと言えるよ」

「たしかに」それは彼の言うとおりだった。それでも、そうしたからといってどんな害があるというの？「ナワトル語でアステカ族の建造物について話せばいいわ」

「この一曲じゃ、まったく足りないよ」フィニアス卿がほほ笑むと、オーガスタの体が熱くなった。

たしかに足りないが、今晩最高のダンスにはなるだろう。

フィンがレディ・オーガスタを家族との夜食の席へ導くと、彼はふと逃げ出したくなる感覚に襲われた。妻を探しているとしたら、オーガスタ――そのほうがレディ・オーガスタよりもずっといい……互いのあいだに敬称で呼び合う距離はないほうがよかった――はまさしくふさわしい女性だった。もしかしたら、後まわしにするよりも、さっさと兄の望みに従って跡継ぎを作ることを考えるべきなのかもしれない。何と言っても、彼女にはほかに思いを寄せている男はいないようなのだから。見たところ、誰も彼もが極めて退屈だと思っているようだった。オーガスタが花嫁市場にいるのはたしかだ。結婚しなければならないとしたら、相手がぼくではどうしていけない？

彼女の目に見える美しさ以上に魅惑的なのはその頭脳で、姿形と同じだけ、いや、それ以上にすばらしかった。

また、ふたりには共通点も多く、急速に親しい友人同士になりつつあった。さらに重要なことに、彼女といっしょに送る人生が想像できた。ふたりのあいだには豊かな漆黒の髪とラピスラズリのような青い目の赤ん坊が生まれることだろう。

とはいえ、ことを急ぎたいとは思わなかった。まだ知り合って日も浅く、結婚は一生の問題だ。時間をかけ、彼女に対して今抱いている感情が続くものか、自分が真に結婚したいと思っているのか見極めるのだ。それまでは、彼女の期待を高めないようにしよう。

最初に馬車に乗りに行ってからあまりにすぐに次の約束をとりつけたことで、すでにヘレンから叱責されていた。上流社会の人間がこぞって出かける時間に外出するような、おおやけの場での無害な行為が噂を呼ぶのは奇妙なことに思えた。オーガスタが説明してくれた決まりをヘレンからも聞くことになった。舞踏会でもその他の催しでも、二度目のダンスを踊ってはいけない。何を望むか決心がつくまでは。

三つのテーブルを合わせた席が一行のために確保されていた。フィンはオーガスタのために椅子を引いてやってから、ほかの紳士たちといっしょに女性たちのところへ持ち帰る料理を選びに行った。フィンは若者として〝シーズン中のロンドン〟にいたことがなかったため、ありがたいことに、紳士として何を期待されるかを兄がわざわざ説明してくれていた。ドーチェスターが最初は見合い結婚を望んでいたのも不思議はない。女性に求愛するよりもずっと単純にことが運ぶからだ。

幸い、イギリスの慣習はメキシコで学ばざるを得なかったスペインの決まりよりはずっと単純だった。

「オーガスタと何を話し合っていたんです？」スタンウッド伯爵が訊いた。

「アステカ族の建造物についてさ」フィンはそこにある料理のほとんどをオーガスタが気に入ってくれるといいがと思った。何と言っても、これは彼女の舞踏会なのだから。彼はマッシュルームのタルトを選んだ。「メキシコにいるあいだに研究したのでね」

スタンウッドはロブスターのパティを指差し、フィンはそれも皿にとった。「おふたりが話していたのはスペイン語じゃなかった」

「ああ、アステカ族の言語だよ。彼女が練習したいと言ったので」ほかに彼女は何を食べたいだろう？

スタンウッドはなるほどというように鼻を鳴らした。

「オーガスタはレモンタルトも好きだ」とケニルワースが教えてくれた。

フィンはもうひとつのタルトにも手を伸ばしたが、そのときふと、縁結びをたくらんでいるのはヘレンひとりではないはずだと思った。慎重に振る舞わなければならない。自分が結婚したいかどうかもわからなかったが、オーガスタの感情を傷つけたくはなかった。いっしょにいるのはたのしく、ほかの誰かといるよりも彼女といるほうがいつも喜ばしかったが、しばらくはそこで留めておいたほうがいい。結婚したら、ヨーロッパへ行くという計画のすべてに終止符が打たれるのが一番の問題だった。

# 9

オーガスタが友人と買い物に出かけるために着替えていると、扉をノックする音がした。「わたしが出ます、お嬢様」ゴバートが扉を開け、そこにいた人間と小声でことばを交わした。「お出かけになるまえに、旦那様がお会いになりたいそうです」

兄の書斎に呼ばれることはほとんどなかった。「何の用かしら」

「わたしにはわかりません、お嬢様」メイドはオーガスタの髪に最後のピンを差した。「デュラントも聞いていないそうで」

マットがわたしのイタリア行きを許す決断をしたのではないかしら?

胃のあたりが締めつけられた。もしだめだと言われたらどうしよう? これまで計画したことが無に帰すことになる。そうなったら、どうしたらいい? オランダの大学もひとつの選択肢で、そこならイギリスからそれほど遠くない。オランダなら許してもらえるかもしれない。唯一の問題は、そちらの大学には誰も知っている人がいないということだ。それだけでなく、パドヴァ大学ほどの名声もない。それでも、どこへも行けないよりはましなはず。

マットがいいと言いますように。お願いします。

オーガスタは考えを巡らしながら兄の書斎へと急いで階段を降りた。

書斎に着くと、グレースがマットの机のまえの椅子のひとつにすわっていた。

彼女が空いている椅子を手で示した。「どうぞ」

オーガスタは笑みを作りながら椅子に腰を下ろして待った。

マットは唇を引き結び、机に腕を置いていた。「おまえあてに結婚の申しこみが四つ届いている」

一瞬、驚きのあまり、オーガスタはことばを発することができなかった。大学のことではなかったのだ。「理解できないわ。誰がわたしと結婚したいというの？　誰のこともそんな気にさせたりしていないのに」しかし、そんなことは明らかに問題ではなかった。でも、そう、マットは申しこみと言った。結婚を強要されるわけではなく、望みがかなうまで、どんな紳士の申しこみも断ればいいだけの話だ。「お断りすると言って。その人たちとは結婚したくないわ」

「オーガスタ――」グレースの唇の端が持ち上がった。「誰から申しこまれたのか知っておいたほうがいいわ。そのうちの誰かがあなたにじかに申しこんできたら、気まずくなるかもしれないから」

オーガスタは息を吸ってうなずいた。「わかったわ。誰が申しこんできたの？」

マットは机の上に置かれた一枚の紙に目を落とした。「リットンの申しこみは、自分が夫としていかに望ましいかと、自分と結婚して伯爵夫人になったら、きみがいかに敬われるかということに終始しているな」

夫を探していたとしても、リットン卿とだけは結婚しないだろう。「リットン様が別のお相手を見つけられるよう、祈っているわ。ただ、わたしの友達の誰かではありませんように」

マットは眉根を寄せた。「いずれにしても、ぼくも彼との結婚には反対しただろうな」そう言ってまた紙に目をやった。「ランスロット・サマースビー卿は、自分が次男だからといって、申しこみを拒絶しないでほしいと熱烈に懇願している」兄は天井に目をやった。「それで、おまえのために書いた詩集をおまえに渡してほしいそうだ」机の上に一冊の本をすべらせてよこすと、マットは苦悩するように大きくため息をついた。「おまえのことは遠くから見ていただけだが、おまえにとって自分が完璧な回虫になると、詩を読めば納得してもらえるそうだ——これはぼくではなく、彼のことばだが」

「自分のことを回虫だと言うの？」そんな奇妙なことはこれまで聞いたこともなかった。

グレースが椅子の肘かけに肘をついて両手に顔をうずめ、笑い出した。「ランスロット様はご自分があなたにとって完璧な相手になるって詩を読めば納得できるとおっしゃってるのよ」

そもそもランスロット卿って誰なの？　パーティでちらりと見かけた、ブロンドの巻き毛でつねに青いサテンの上着とズボンを身に着けている非常に若い男性の姿が——若いと言ってもオーガスタよりは年上だが——心に浮かんだ。「その人、成人しているの？」

「ああ」マットはうなるように言った。「かろうじて。父親も許してくれるだろうと断言しているが、父親の公爵が許さなくても、おまえの持参金で楽に暮らせるはずだそうだ」

そんなばかげた結婚の申しこみは聞いたこともなかった。オーガスタはおちついた態度を保とうとしたが、唇の端が上がり出し、すぐにも目に涙が浮かぶほどに大笑いすることになった。顔のまえで手を振る。「詩集ですって？　結婚に同意させるための？」

横ではグレースも大笑いしていた。マットは険しい顔を保とうとしていたが、口の端がそれを裏切っていた。オーガスタは気の毒なランスロット卿を見たら、冷静な顔を保っていられるかどうかわからなかった。

「次に行こうか？」マットが笑いそうになるのをどうにかこらえた顔で訊いた。「おまえが夫を求めているなら、次のふたりの紳士は一考に値する。アイルズベリー卿とミスター・シートン＝スマイスだ」

「おふたりともすてきな方よ」とオーガスタも認めた。「それでもお断りだわ」マットは引き出しを開けて紙をなかに入れた。オーガスタは兄がまた目を向けてくるのを待ってから訊いた。「わたしがパドヴァ大学に進んでいいかどうかについては決断を下したの？」

「絶対にだめよ！」その声にオーガスタはうなるような声をもらした。母が突然書斎にはいってきたのだ――それが家族の習慣になりつつある。「もうあなたもイタリアの大学に進むなんてばかげた考えは捨てていると思っていたんだけど」

「ペイシェンス」マットの声には警告するような響きがあった。母に対して兄がそんな声を使うのは初めて聞いた。「それを決めるのはぼくです」

「あなたはこの子の保護者かもしれないけれど、わたしは母親よ」母はハンカチで目を拭いた。「この子の身に何かあったら、絶対にあなたを赦さないから」そう言って鼻をかんだ。「それだけじゃなく、マデリンとテオについてはわたしの夫が保護者になるようにできるだけのことをするわ」

妹たちにとって何とも不公平なことだった。オーガスタはゆっくりと息を吸って吐いた。ああ、困った！　妹たちに害がおよぼされるかもしれないときに、イタリアへ行くのを許してほしいと言い張るのは正しいこと？　テオは逃げ出すだろうが、マデリンに何ができるかはわからない。オーガスタの心は揺れ動いた。妹たちのために、自分の望みはあきらめるべきかもしれない。

ふと、テオは十二歳でマデリンは十五歳だと思い出した。ふたりとも自分で保護者を選べる年だ。つまり、母が脅しを実行に移すのは不可能だということ。

「お義母様、マットはどうするかまだ決めていないのよ」グレースの穏やかな声が部屋に広がった緊張をやわらげた。「それに、オーガスタが進学を許されるとしたら、あり余るほどの保護を受けることになるわ」

その最後のことばを聞いて母の顔がまた好戦的なものに戻った。「だめよ」

もううんざり！　母は娘がイタリアに行くことについて考えてみるふりすらしていなかった。「わたしが大学へ行くことの何に反対なの？」

母は険しい目をやわらげた。「わたしはあなたが大学に進学するのに反対しているわけじゃないわ」一瞬、母は当惑した顔になった。「大学に行きたいという思いは理解できないけど、あなたがオックスフォードやケンブリッジやセント・アンドリュースに行けるなら、反対はしない。でも、イタリアに行ったら、影響力のある人であなたを守ってくれる人は誰もいないのよ」

影響力のある人。それならどうにかできるかもしれない。フォン・ノイマン男爵に連絡してみればいい。男爵はパドヴァ大学のアンジェローニ教授と連絡をとるにあたって、とても助けになってくれた。「心配なのはそれだけ？」

「ええ」母は額をこすった。「たいしたことじゃないと思っているようだけど、そうじゃないわ。わかるでしょうけど、この話はこれでおしまい」

「いいわ」オーガスタは自分の反応が曖昧であるのはわかっていた。「ここへ呼ばれるまえは買い物に行くつもりだったの」そう言って立ち上がり、お辞儀をした。「またあとで」

「オーガスタ」母に呼び止められ、オーガスタは扉のところで足を止めた。「アイルズベリー様もシートン＝スマイス様もお相手としてはすばらしいわ。アイルズベリー様はオールトン公爵の跡取りで、シートン＝スマイス様はランカスター公爵の跡取りよ」

オーガスタは深く息を吸って吐いた。「どちらにも関心はないわ」そう言ってマットに目を向けた。「結婚の申しこみについて知らせてくれてありがとう」

なぜか、涙が目を刺し、オーガスタはまばたきでそれを払った。すぐに男爵に手紙を書こう。きっとパドヴァで後見人となってくれる〝影響力のある人〟を知っているはずだ。

自室に戻りボンネットに帽子用のピンを刺したところで、扉をそっとノックする音がした。

「オーガスタ、グレースよ」

グレースが部屋にはいってくると、オーガスタは義理の姉の腕のなかに飛びこんだ。「どうしてこんなにむずかしいの？」

「オーガスタ、世間が女性に望まないことを女性がしようと思ったら、たやすくはいかないものよ」

オーガスタは義理の姉に心地よく抱擁されたまましばらくそこに立っていた。「たぶん、そうね。もしかしたら、フォン・ノイマン男爵がわたしの後見人を見つけてくれるんじゃないかと思うの」

「オーストリア大使館の人？」

「ええ。ほかに力になってくれる人は思いつけないわ」

オーガスタの身を離し、グレースは唇の端を持ち上げた。「ソーンヒルご夫妻を訪ねましょう。世界じゅうを旅してまわってきた方たちだから、誰かご存じかもしれないわ」

ソーンヒル夫妻のことを変わり者と思う人たちもいたが、社会的立場の高い彼らは好きなように振る舞うことを許されていた。フィニアス卿と過ごす以外では、ソーンヒル夫妻のサロンは、オーガスタが身を隠す必要のない唯一の場所だった。「すばらしい考えだわ！　男爵に力になってもらえなくても、レディ・ソーンヒルならきっと力になってくれる」

「明日、またサロンが開かれるの」グレースは言った。「そこにお邪魔しましょう」

「どうもありがとう」オーガスタの心をつかんでいた不安と緊張が消えてなくなった。ほんとうにグレースは望み得るかぎり最高の義姉だ。「これがわたしにとってどれほど大事なことか、理解してくれているのはあなただけのような気がするわ」

グレースはゆがんだ笑みを浮かべた。「たぶん、親戚のジェーンならわかってくれるかもしれないわ」

「おっしゃるとおりね」若いころ、ジェーン・カーペンターはヘクター・アディソンと恋に落ちた。彼女の父はふたりの結婚を許さず、ヘクターはインドに送られた。ジェーンは父に反発し、父が決めた結婚相手を教会の祭壇で拒絶した。そして今から三年まえ、ヘクターがイギリスに戻ってきて、ふたりは結婚したのだ。

「さて」グレースは言った。「目に冷たい水をあてて、買い物に行きなさい。請求書はわたしに送ってね」

「お母様があなたとマットからマデリンとテオを奪うことはできないと思うんだけど、そうよね？」その可能性が唯一計画をあきらめる理由となる。

「もちろん、将来のことは予測できないけど、まずペイシェンスはリチャードを説得しなきゃならないし、リチャードには、ふたりが結婚するまでわたしたちがこの件を裁判で争うこともできるとわかっているはず。マットをあなた方の保護者から外すには、わたしの叔父の申し立てが必要だしね」

「ありがとう」オーガスタは義姉をまた抱きしめた。どうにか夢をかなえられそうだ。

〈フェートンズ・バザール〉やブルトン街や〈ハッチャーズ〉で数時間かけて満足いく買い物をし、オーガスタは新しい手袋と洒落た縫いとり飾りのあるストッキングと、何色かのリボンと四つのバッグと三つのボンネットを手に入れた。グレースの言ったとおりだ。買い物をするとずっと気分がよくなる。友人たちもいい買い物をしていた。外は暖かくて心地よく、太陽が輝いている。昨日の雨が空気も地面もきれいにしてくれていた。ライラックの花が満開で、木々には若葉が茂っている。

「ハイドパークに散歩に行く？」ヘンリエッタがピンで留めた時計を見やった。「もうすぐ五時よ」

「包みを持っては無理よ」オーガスタは買い物の包みを持った使用人たちに目を向けた。

「申し上げてよければ、お嬢様」声をあげたデュラントにオーガスタはどうぞというようにうなずいた。「お嬢様方がガンターズに行かれたいならば、フレッドと——」デュラントはヘンリエッタの使用人を顎で示した。「私が荷物をワーシントン・ハウスに持っていき、それぞれのお嬢様方のお宅へ届けさせますが」

「なんて賢い提案なの」オーガスタは彼にほほ笑みかけた。「ありがとう」

メイドのひとりが鉛筆をとり出し、包みに印をつけると、男の使用人たちはその場を離れた。使用人たちが戻ってきたときには、令嬢たちはアイスクリームを食べ終えていた。オーガスタはデュラントに硬貨を二枚をそっと手渡した。「わたしたちが家に戻ってからアイスを食べて。きっとフレッドも食べたいはずよ」

「ありがとうございます、お嬢様」

オーガスタたちがハイドパークを半分ほどまわったところで、大きな白い牡馬が制御不能になったように向かってきた。散歩をしていたほかの人々は散り散りに逃げ出している。

「逃げて！」オーガスタが叫び、彼女も友人たちも蹴散らされないように木々の陰に走った。デュラントが彼女のもとへ駆け寄ろうとした。「その場を動かないで！」

疾走してくる馬に乗っている人間がいるかどうかもわからないうちに、ランスロット卿が地面に飛び降り、オーガスタの両手をつかんだ。「レディ・オーガスタ、ぼくに言わせてください。きみのことをずっと愛して――」

相手を思い切りへこませてやろうと、オーガスタが口を開けたところで、ランスロット卿は宙に持ち上げられ、数フィート投げ飛ばされた。顔をしかめたフィニアス卿が倒れたランスロット卿のそばに行き、ブーツを履いた足でしっかりと胸を踏みつけた。「このよちよち歩きの青二才の犬ころめ」フィニアス卿の声は石ほども固かった。「ぼくが起き上がるのを許したら、レディ・オーガスタに謝るんだ。彼女に近づいて恥ずかしめたことだけでなく、無茶な忌まわしい行動によって命を危険にさらしたことを。そうしたら、家に帰って、自分はロンドンにいるのを許されるには未熟すぎると父親に告げるんだ。もう一度その姿を目にしたら、今度は手加減しないからな。そのときはこの拳をちょっとだけ味わわせてから、きみの父親を訪ねていって、きみがどんな見世物を披露したか話してやる」ランスロット卿の顔は赤くなり、目は恐怖に飛び出し、唇は魚のようにぱくぱくと動いた。「わかったか？」

「ああ」ランスロット卿は何度か頭を縦に振った。「わかった。ぼくはただ――」

「言い訳は聞きたくない」フィニアス卿は低く冷たくうなるようにことばを発した。

「そう」ドリーがつぶやいた。「これだけは言えるけど、こんなすごい場面を目にしたことはこれまで一度もないわ」

オーガスタも同意した。「わたしもこんなことをまのあたりにしたのは初めてよ」

「本のなかでしかないわね」ヘンリエッタはふたりの男性をじっと見つめた。

「主人公が愛する女性を救う本ね」アデリーンはため息をついた。

フィニアス卿が自分を愛していないことはたしかだが、彼が騎士道精神を持ち合わせているのは明らかだった。

「でも、ぼくは彼女を愛しているんだ」ランスロット卿が早口で言った。

「きみは紹介すらされていないじゃないか」乾ききったその声を聞いて、オーガスタはレモネードを飲みたくなった。「きみが社交界にいるのを許されるべきじゃないもうひとつの理由だな」若者が自分で立ち上がるのを許さず、フィニアス卿はランスロット卿のクラバットをつかんで引っ張り起こした。それから、馬の手綱をとり、オーガスタの使用人に手渡した。

「この男と馬をセント・ジェームズ・スクエアのケンドール公爵の家にお連れしてくれ。レディ・オーガスタが無事に家にお帰りになることはぼくが保証する」

デュラントはオーガスタに目を向けた。

「わたしは大丈夫」オーガスタは請け合った。「必要とあれば、姉が家までの付き添いを用意してくれるわ」

「かしこまりました」デュラントはランスロット卿に嫌悪の目をくれた。「行きましょう、ランスロット様」

友人たちと歩き出すまで、人ごみができていることには気づかなかった。レディ・ベラムニーを含む四人の年輩の女性の乗ったランドー馬車が停まっていた。「なんて恥ずかしい」レディ・ベラムニーの黒い目はランスロット卿を追っていた。「彼のお母様にひとこと言ってやらなければ」そう言ってオーガスタに目を向けた。「今シーズンのどの催しにも彼は招かれないでしょう」レディ・ベラムニーは集まった人々を見まわした。「みなさんもう行っていいわ」

「ありがとうございます、レディ・ベラムニー」オーガスタは馬車が去り、見物人が散っていくのを見守った。

フィニアス卿がお辞儀をした。「あんなばか者の標的にされてお気の毒でした」

「先ほどはありがとうございました」そう言われても、彼はまるで何事もなかったかのような様子に見えた。「正直、わたしにはどうしていいかわからなかったので」

「それも驚くにはあたらない」彼は笑みを浮かべた。銀色の目がおもしろそうに光った。「ハイドパークの真ん中でプロポーズしようとする、男の姿をした制御不能の仔犬に対して、どう振る舞っていいか誰も教えてくれたりはしないものだから」

「ええ」オーガスタは笑った。なんておもしろい言い方をするの。最悪の状況を喜劇のように思わせてくれた。「それについては教育を受けていませんでしたわ」

「家まで送りましょうか？　それとも、お仲間は足りていますか？」大丈夫であることをたしかめるように、彼はオーガスタの顔を見つめた。

「さっきも言いましたけど、お友達とグローヴナー・スクエアに戻ります。そこからは姉が家まで送ってくれるでしょう。お力添えに感謝いたしますわ」

「どういたしまして」フィニアス卿はまたお辞儀をしてから、何事もなかったかのように歩み去った。

なんて驚くべき人。自分が夫を探していないのが残念な気がするほどだった。

# 10

　あのばかなランスロットがレディ・オーガスタとその連れの女性たちに馬でまっすぐ向かっていったときには、フィンは心臓が喉から飛び出そうになった。幸い、女性たちはとり乱して時間を無駄にしたりせず、すぐさま馬の進路から外れるだけのおちつきを保っていた。

　しかし、あの頭が空っぽのばかが馬から飛び降りて彼女の手をとったときには、その顔に一発くらわしてやりたいとしか思わなかった。とはいえ、そんなことをすれば、いっそう大騒ぎになってしまったことだろう。ランスロット——そもそもそんな名前をつけたのが誰であれ、問題を起こすと予想してしかるべきだ——が決闘を申しこんでくるかもしれないと思わないでもなかったが、あの半人前の男がそれを思いつきもしないようだったのはありがたかった。

　公爵が不逞の息子を、どこであれ、彼がこれ以上彼自身に害をおよぼすことのない場所へと送り出してくれるといいのだが。そう考えてみれば、あのばかには何か職務が必要なのかもしれない。若者に好きにさせておいてもいいことは何もない。

　青二才の片をつけてレディ・オーガスタに目を向けたときには、彼女がまったく狼狽していないことに驚いた。いや、驚くべきではなかった。知り合って短いとはいえ、彼女はつねにどこまでも理性的だったのだから。あれほどに若い女性としては称賛すべき性質だった。

そのまま彼女といっしょにいてもよかったが、その必要はないようだった。計画に従い、フィンはこれまで数週間、同じ催しでオーガスタと二度ダンスを踊ることはしなかった。話をするにも不適切なほどに長くはしなかった。自分の声の響きに酔いしれているかのようなリットンとはちがって。部屋や庭にはいってくるやいなや、まっすぐ彼女のもとへやってくるボトムリーともちがって、フィンは彼女が気づいてくれるまで待った。シートン＝スマイスは壁や柱に寄りかかって彼女の一挙手一投足を見つめており、アイルズベリーが彼女に結婚の申しこみをすることにホワイツで賭けた人間もいた。

オーガスタが彼以外のすべての紳士に、一様に礼儀正しいだけの表情を向けるのでなければ、彼女がほかの誰かに気持ちを募らせるのではないかと心配になったかもしれない。フィンは雄鶏さながらに胸をふくらませずにいられなかった。いっしょにいるときは、天気といったつまらない話以外のありとあらゆることについて話をした。彼女が興味を抱かないことはほとんどなく、彼やほかの誰かが言ったことをけっして忘れなかった。彼女が他人のまちがいを指摘するのは大いにおもしろいと思った……自分のときは別だったが。

心のなかで自分を揺さぶり、フィンはまた歩き出した。少なくともしばらくはオーガスタを心から追い出さなければならない。一週間もしないうちに王立協会に論文を提出することになっていた。調査によってわかったことを王立研究所で発表してほしいと頼まれてもいた。

どうしてぼくは結婚することまで考えているのだ？　望ましい女性に出会わなかったら、国を離れていいと兄も言ってくれたではないか。問題は何も考えずにその約束をしたことだった。オーガスタへの自分の気持ちがどうなるか、このまま見届けたほうがいいのだろうか？

心のどこかでは、こうして心が揺れているのはばかばかしいと思っていた。ヨーロッパが待っている。計画に従ってはいけない理由は何もなかった。多くの研究者とちがって、フィンは自分の資産を持っており、後援者を探す必要もない。しかし、結婚するとしたら、オーガスタこそが関心を惹かれる女性だとわかっている自分もいた。正直に言えば、ひと晩の肉体的悦び以上に心奪われる女性に出会ったのは彼女が初めてだった。彼女のような女性にはもう会えないかもしれない。

長く温めてきた夢をあきらめるか、いっしょにいて幸せになれる女性との結婚をあきらめるかを選ばなければならないのだ。

一週間後、王立協会に論文を提出してドーチェスター・ハウスに戻ってきたフィンは、ボーマンを見つけて大陸へ発つための手配がどうなっているかたしかめることにした。とはいえ、決心がついたとはとうてい言えないのはまえと同じだった。結婚するとしたら、必要とあれば計画を反故にしなければならない。義理の姉の居間のまえを通りがかると、臓腑がよじられるような泣き声が聞こえてきた。

まったく、立ち聞きするのは愚かしいことだ。何事にも屈しないヘレンが泣いているのはいったいなぜか、知りたくもなかった。

ちょうどそのとき、兄が険しい顔で部屋から出てきた。

どうして足を止めてしまったのだ？　そのまま自分の部屋へ行けばよかったのに。「どうかしたのかい？　ヘレンが病気とか？」

「心の痛みを病気と考えるならな」ドーチェスターはフィンに揺るがないまなざしをくれた。「ぼくに跡取りを作れないことで、ぼくや家族への義務が果たせないでいると感じているんだ。それは彼女のせいじゃないとぼくがどう言い募っても、楽観的になれないのさ」兄はフィンの肩先へ目を向けた。「ときおり、ああやって耐えられなくなるんだ」

ああ、なんてことだ！「わかるよ」

「そうかい？」兄は眉を上げげた。「彼女は爵位を受け継ぐ次の世代がいない事実に心が引き裂かれる思いをしている。そうやって心配するのも理由のないことじゃない。ヘレンの父親の爵位は跡継ぎがいないことで失われかけたんだから。八人の娘を遺して父親が亡くなってから、母親が息子を産んだのはまさに神の思し召しだった」

兄の気分を明るくするためだけにでも、もしくは、また逃げ出そうと計画していることへのやましさをやわらげるために、フィンは浮ついた答えを返したかった。しかし、それはうまくいかないだろう。自分にとって不必要な厄介事も、ドーチェスターとヘレンにとっては真に心悩ますことなのだ。

「ああ、わかる」家族のことも考えなければならなかった。兄と義姉が息子を授からず、自分が旅の途中で命を落としたらどうなる？　親戚はいる。しかし、その誰も爵位にふさわしい人物ではなく、侯爵家は衰退してしまうことだろう。もっとあとまわしにしたいと思ってはいても、家族への責任は自分の願望を上まわるものだ。ぼくは結婚しなければならない。

「さて、失礼していいかな。用事があるので」

夢をあきらめ、どうしたらレディ・オーガスタに結婚の申しこみを受け入れてもらえるか考えるという用事が。

オーガスタに求愛しているほかの紳士の誰もうまくいっていないのは傍目にも明らかだった。理解できないのは、彼女が自分と結婚するかもしれないと、どうしてあの男たちが考えたかだ。

彼女はぼくに好意を持ってくれてはいる。それはたしかだ。しかし、結婚に同意してもらうのにそれで足りるだろうか？　足りないとしたら、いったい何を求めるのだろう？


それから二週間経っても、オーガスタへの求愛において進展があるのかどうかフィンにはわからなかった。何度かダンスは踊り、ときにはひと晩に二度踊ることもあった。オーガスタはフィンの兄の馬車に乗りに行くことにも同意してくれた。いっしょにいるときには、政治や、家族や、貧しい人々の窮状や、それについて彼女がどう力になっているかについて話した――フィンは自分ももっと何かすべきだと思わずにいられなかった。

彼が自分の領地を持っていると彼女が知ったときには、農業や領地の管理について語り合った。ほかのすべてと同様に、そうしたことにも彼女は知識豊富だった。

会話はたのしく、話題が尽きることは一度もなかった。それでも、彼女が何かを隠しているような気はした。彼自身と同じように。そして、フィンがほかの女性たちと会話をすることもあったが——オーガスタとのダンスを待っているあいだに何かすることが必要だったので——結婚しなければならないとしたら、毎朝いっしょに目覚めてもいいと思える女性が彼女だけであるのを確信することになるだけだった。

暖炉の火が起こされるくぐもった音が聞こえる以外、家のなかがまだ静まり返っているころに、フィンは厩舎へ向かった。新しい鹿毛の馬ペガサスの試乗をすることに心は逸《はや》っていた。馬丁はすでに起きていた。ライアンというフィンより年上の厩舎長が若い馬丁との話をやめた。「新しいやつを試したいんですね、フィニアス様」

「そのとおりさ」フィンが馬のところへ行くと、馬もそばに寄ってきた。フィンは馬に人参をやり、首を撫でてやった。「今朝はどんな調子だい？」

「こいつはまさに上品な紳士ですよ」厩舎長のライアンは言った。「準備いたしましょう」

「ぼくが自分でやれる」とフィンが言うと、苦々しい顔をされただけだった。使用人の仕事は使用人にまかせてくれたほうがいいと伝える顔だ。「ぼくが自分で自分の馬に鞍をつけられるのはわかっているはずだ。おまえが教えてくれたんだから」

「お好きなように。でも、それを習わしにしないほうがいいですよ」厩舎長は馬具庫のほうへ歩み去った。

まあ、教訓にはなった。数分後には、ライアンに頼んだほうがずっと早かったことを認めざるを得なかった。フィンは鞍にまたがった。「ありがとう」

「お互いをよく知るまでは、ゆっくりやってください」

一瞬、教えを受けている子供に戻った気がした。「心配要らない、そうするさ」

ハイドパークにはいるとすぐに、オーガスタがきれいな葦毛の牝馬に乗っているのを見つけた。姉の公爵夫人と馬丁もいっしょだ。

フィンは三人のほうへ向かって馬を駈足させた。「おはようございます」

「おはようございます」くもった空すら輝かせるような笑みを向けられて、フィンの心も明るくなった。「こんな朝早く、馬に乗りに来てらっしゃるとは知りませんでしたわ」

彼女が来ていると知るまでは来ていなかった。「以前は馬がいなかったので。ようやく兄にタッターソールズ（有名なロンドンの馬市場）に連れていかれたんです」

「お兄様、おやさしいのね。女性は競売に参加するのを許されていないけれど、とてもたのしそうだわ」オーガスタは注意を彼の馬に向けた。「ハンサムな子ね。名前は何て言うんです？」

「ペガサス。女性に許されていないことはたくさんあるようだね」

「ええ」オーガスタはため息をついた。「アステカ族の女性はスペイン人に征服されるまで、男性と同等に扱われていたって聞いたわ」

「そのとおりだ。でも、ひとつきみもありがたいと思うことがあるよ」彼は彼女の気分を上げようとして言った。「スペイン人は女性の扱いに関するかぎり、ぼくらよりもずっとひどい」

「うちの家族がこれだけのことをわたしに許してくれていることをありがたく思わなくては」オーガスタは馬を速歩にし、彼に作った笑みを向けた。「馬を駆けさせましょう」

多少走らせても馬にとって害はないはずだ。フィンは彼女のあとに続いた。行く手でオーガスタが道の端に到達した。「いっしょに駆けてくださってありがとう。思いきり速く馬を駆けさせたのは久しぶりだわ」

「風のように走る馬だね」彼女の葦毛の牝馬は自分が特別なのはわかっているとでもいうように首を上下させた。「名前は？」

「ゼファーよ」オーガスタは手を伸ばして馬の首を撫でた。彼に向けた目にはおもしろがるような光があった。「思いきり馬を駆けさせられるのも早起きの得ね」

ふたりは彼女の姉が待っているところまで馬を歩かせた。「今朝、馬に乗りに来てくださってよかった」

「ぼくもそう思うよ」

オーガスタの魅惑的な濃いピンク色の唇がフィンの注意を惹いた。ここにふたりきりだったなら。彼女を馬から下ろして息が切れるまでキスをするのに。「レディ・オーガスタ――」彼女は彼のほうに顔を向けた。「ぼくをフィンと呼んでくれないか？　もちろん、ふたりきりのときだけだが」フィンは少年っぽく見えるように作った笑みを彼女に向けた。「フィニアス様と呼ばれるよりずっといい。ぼくらは友達同士になった気がするから」

「わたしをオーガスタと呼んでくださるなら」彼女は一瞬、はにかむように目を下に向けた。そんなことをする姿を見るのは初めてだった。何とも言えずかわいらしかった。「わたしも充分親しい友人同士のような気がしているから」

「ありがとう。きみの信頼を裏切らないように気をつけるよ」公爵夫人が馬で近づいてきた。

「そろそろ帰る時間だと言われるんじゃないかな」

オーガスタも彼の視線を追った。「たぶんそうね。またあとで会いましょう」できるだけ頻繁に。「よい一日を」

「あなたも」彼女は姉のほうへ馬を進め、フィンはひとり残された。

毎朝彼女とともに目覚め、ちがう種類の運動をするのはどんな感じだろう？　彼女の黒っぽい色の巻き毛が枕に広がり、眠そうでみだらなラピスラズリ色の目が見つめてくるのを想像しただけで、彼は姿勢を整えなければならなかった。兄が欲情結婚と言っていたのを思い出す――欲望に駆られての結婚と言ってもいい。夫婦生活をはじめるには完璧にすばらしいやり方だ。

オーガスタを自分のベッドに連れこみたいのはまちがいなく、それは単なる友情とはまったく言えなかった。彼女についてはすべてが好ましかった。求愛するのは時間の無駄で、単純にプロポーズすべきなのかもしれない。

一時間後、フィンは朝食の間にはいっていった。皿を持ってサイドボードへ向かうまえに、義姉が言った。「今日はレディ・ソーンヒルの応接間にお邪魔することになっているわ」へレンが新聞から目を上げた。「多種多様なお客様がいらっしゃるサロンよ。レディ・ソーンヒルはレディ・ワーシントンのお母様の親しいご友人でもあったの」

つまり、異なる類いの人々を招待するのを許されているご婦人というわけか？　それとも、レディ・オーガスタがそこにいると？「わかった。何時にうかがうことになっているのかな？」

「たいていみな好きなときに出入りしているわ。わたしたちは三時ぐらいにここを出たほうがいいわね。場所はそれほど遠くないの。公園に馬車に乗りに行くまえに話したい人と話す時間は充分とれるわ」

レディ・ソーンヒルの家に着くと、驚いたことに、執事にそのまま応接間へと案内された。一見したところ広々とした広間に見えたが、よく見てみると、収納式の引き戸を開けることでふたつの部屋をつなげていることがわかった。

そばで義姉がため息をついた。「あの方たち、どうして旅のあいだに見つけた衣服を身に着けなきゃならないのか理解できないわ」

義姉の視線を追うと、四十代後半から五十代前半ぐらいに見える男女が刺繍のついた派手な色の長いローブを身に着けていた。「中国の衣装のようだ」

「わたしには見当もつかないわ」ヘレンは息を吸った。「来て。紹介するから」

少しして、フィンはレディ・ソーンヒルに挨拶していた。「やっとあなたにお会いできて光栄ですわ、フィニアス様。メキシコにいらしたそうね」

オーガスタが話したのか？「あなたも海外をよく旅してまわってらっしゃるそうですね」

「そういう意味ではわたしたち、とても幸運だったの」レディ・ソーンヒルは空いたばかりの椅子を示した。「アステカ族について話してくださいな。アメリカ大陸には行ったことがないんです」

それから三十分ほど、フィンは南アメリカの文化や建造物について話した。「スペイン人がやってきてからも、多くが残されているのは驚きでした」

レディ・ソーンヒルは唇を引き結んだ。「新たな領土を求める国の多くが、土着の人々やその社会を撲滅したり、それに近いことをしたりしているというのは、本来の目的から逸脱しているわ。わたしは最初、中国が外国人を排斥していることに驚いたけど、彼らも自国を守りたいんだってわかるようになったのよ」

「それはそのとおりだと言わざるを得ませんね。アステカ族が同じようにしていたら、スペインの統治下には置かれなかったでしょうし」

レディ・ソーンヒルは立ち上がった。「あなたのことを長く引き留めすぎたわ。どうぞ、ほかのお客様たちに自己紹介してまわってちょうだい。ここでは儀礼的なことはなしにしているの」彼女の黒っぽい眉根がかすかに寄った。「唯一の例外は、若いご婦人と知り合いたい場合よ。その場合はわたしのところに来て。紹介するから」

知り合いになりたい若い女性がいるかどうかはわからなかったが、これだけの集まりではあり得なくはないかもしれない。「ありがとうございます」

フィンがふたりのフランス人の芸術家と会話をしていると、そのうちのひとりが叫んだ。

「ああ、あの恐ろしくも美しいレディ・オーガスタがいらした」

フィンは片眼鏡を持ち上げた。ほかの男ならそう感じるだろうとは思ったが、そんなことは口に出して言うべきではない。「恐ろしい？」

「あ、ムッシュウ、こっちが言ったことを何から何まで覚えているご婦人を口説こうとしたことがありますか？」フランス人は身震いした。「ひどく心乱されることです《トレ・デコンセルタン》」そう言って軽く肩をすくめた。「でも、彼女とは恋に落ちずにいられません。どうしようもないんです」

オーガスタがフィンの目をとらえ、近づいてこようとした。そばまで来ると、フィンは彼女の手をとり、唇へと持ち上げた。彼女の頬がピンク色に染まり、唇の端が持ち上がった。

「すでにムッシュウ・ブーダンとお知り合いになったようね」

「ああ」フランス人は大げさにお辞儀をし、オーガスタは首を下げた。フィンは目をくるりとまわしたくなった。「芸術家だそうだが」

オーガスタは片方の眉を上げた。「そのことばどおりに受けとらなければならないんでしょうね」

「マドモアゼル、ひどい人だ。ぼくはただ、ひらめきがほしいだけで。きみがモデルになってくれたら――」

「その可能性は極めて低いと言わざるを得ないわ」そのことばはそっけなく発せられた。

オーガスタはフィンの腕に指先を置いた。触れられた部分が熱くなる。「ほかのお客様とも交流しませんか？」

「きみのいいように」フィンは導かれるままにその場を辞した。「ムッシュウ・ブーダンには心奪われないんだね？」

「彼のことをほとんど知らないときのほうがずっと魅力的だった気がするわ」その声には抑揚がなかったが、何かもっと強い思いがかすかに感じられた。「画家だというんだけど、描いたものをスケッチひとつ見た人がいないの。絵の注文をもらえそうなときですら」

オーガスタがあの男を怖がらせたのも不思議はない。話題を変えたほうがよさそうだ。

「レディ・ソーンヒルはサロンで外国の衣服を身に着けるんだね」

それを聞いてオーガスタは笑みを浮かべた。「そうなの。うちの姉たちが言うには、舞踏会を開くときもそうなんですって」

「それは驚きだ」義姉は今以上にけしからんと思うだろう。「その舞踏会に招かれてみたいな」

「きっと招かれるわ」オーガスタはそこでことばを止めた。「舞踏会が開かれるのはシーズン後半になってからだけど」

兄の主張が通ったら、フィンもまだここにいるはずだ。そして運に恵まれれば、オーガスタと婚約していることだろう。これまでのところ、彼女について好ましくないところは見つからず、好ましいところは数多くあった。彼女との人生は決して退屈することはないだろう。

「しばらくはイギリスにいらっしゃる予定なの？」ふたりは窓辺のベンチのところまで来て

いた。オーガスタはクッションを整えて腰を下ろした。

フィンは窓のそばの椅子に腰かけた。「たぶん」

「大陸の大きな大聖堂を見に行けないのは残念ね」

フィンもそう思っていた。オーガスタは旅をしたいのだろうか？　口に出して言ったことはなかったが、きっとそうだ。彼女にはどこかおちつかない思いがあるようで、それにフィンも反応していた。「大陸にはいつか行くよ。ところで明日、ぼくと馬車に乗りに行ってくれるかい？」

オーガスタは暗いまなざしをくれた。「明日はボトムリー様と約束しているの。今日はシートン＝スマイス様で、明後日はティラートン様」

シートン＝スマイスがまだ求愛を続けている理由はわからなかった。「どれについてもあまりうれしそうじゃないね」とはいえ、その様子はフィンには極めて喜ばしいものだったが。彼と過ごす時間については、オーガスタはいつもたのしんでいた。「どうして行くんだい？」

「母がそうしてほしいと思っているから」オーガスタは顔をしかめた。「行かなかったら、変に思われるからって」

「きみはもちろん、変に思われたくはないわけだ」一カ月まえだったら、おかしなことだと思ったかもしれないが、今はそうは思わなかった。社交界がどれほど悪意あるものになるか、身に染みてわかっていたからだ。

「こういう催しのときだけは、ありのままの自分でいられるの」

まだ馬車に乗りに行く返事をもらっていなかった。「三日後に馬車に乗りに連れていってもいいかい？」

「いいえ」オーガスタは笑みを浮かべた。「でも、わたしの馬車に乗ってくれたらうれしいわ」

「そのほうがいいな」フィンは彼女をほほ笑ませたことがうれしかった。

これまで以上に、お互いいっしょにいれば幸せになれると確信できた。オーガスタにはすぐに結婚を申しこむことになるだろう。

# 11

そよ風が木々の葉を揺らした。オーガスタはハイドパークを馬で出ていくフィンの後ろ姿を見つめた。名前で呼んでほしいと頼まれた日以来、彼はずっと彼女と同じ時間に馬に乗りに来た。オーガスタの馬丁が丁重に距離をとってくれたので、フィンと思い通りの速さで馬を走らせながら、ありとあらゆることについて話ができた。ただ、今朝は、姉がいっしょに馬に乗りに来ることにしたのだった。

オーガスタがバークリー・スクエアへ馬を向かわせようとすると、ルイーザが隣に並んだ。「家までは馬丁が付き添ってくれるわ」

「そうでしょうね」意外にもルイーザはしばらく黙りこんだ。「フィニアス様とはうまくいっているようね。最後にわたしがあなたといっしょに馬に乗りに来て以来、毎朝会っているようだし」

「友達同士だから」ありがたいことに、彼は結婚を申しこんでこなかった。姉が何も言わないでいるので、オーガスタは続けた。「彼とは共通点が多いの」

「あなたはいくつも結婚の申しこみを断ってきたわ。夫を見つけることを考えたことはあるの？」

「まだないわ」ルイーザがその話を掘り下げないでくれるといいのだけれど。「わたしはまだ大学に進みたいと思っている」

ルイーザはふうっと息を吐いた。「お母様がイタリアへ行くのは許さないと言っているのは知ってるわ」

「後見人なしにはね。今、後見人になってくれそうな人を探しているの」フォン・ノイマン男爵に手紙を送ったところ、男爵はさっそく、後見人となってくれそうな家族を見つけてくれたのだった。

「それでうまくいくと本気で思っているの？」姉は正気かと問うような目をくれた。「オーガスタ、お母様はあなたのその計画に断固反対しているわ」

こういう会話はしたくなかった。「イタリアが遠すぎるというなら、わたしが入学できる大学がオランダにもあるわ」

「もし、何らかの理由で――」姉は片手を上げ、世界を表すように弧を描いた。「大学に進めなくなったら、フィニアス様を花婿候補と考えられる？」

「きっと彼はわたしを妻にしたいとは思っていないわよ」そう、彼とはこれ以上ないくらいにうまくやっており、そのうえとてもハンサムだ。怒ったり笑ったりしたときに銀色に変わる目が好きだった。それでも、フィンがわたしに特別な関心を寄せていると思わせるような態度をとることはなかった。ああ、日によっては二度ダンスを踊ることもあるが、それはほかの男性も同様だ。ただ、ほかの男性のように、花や詩を送ってきたり、美しいと褒めたりすることはなかった。「きっとお姉様は自分の見たいように物事を見ているのよ」母が姉にそうさせているのでなければ。「もしくは、お母様が見たいように」

「わかったわ。ここでお別れするわね」ふたりはマウント街とカルロス・プレイスの角に来ていた。そこからなら、ルイーザも家までひとりで帰れる。

「今日のお母様のガーデンパーティのときに会いましょう」オーガスタは姉と言い争いたくなかった。

「わたしの言ったことを考えてみて」ルイーザは馬を進めたが、肩越しに目をくれた。「わたしたちはあなたに幸せになってほしいだけなんだから」

オーガスタは母と姉が——意見を同じくする人がほかにもいるかどうかはわからなかったが——大学に入学するよりも、結婚して子供を持つほうが幸せだと思っていることが理解できなかった。

その日の午前中にオーガスタはまたマットの書斎に呼ばれた。

まさかさらに結婚の申しこみがあったはずはない。オーガスタはうなるような声をもらした。何人の男性が、わたしが彼らと結婚したがっていると思っているの？　それでも、ほかにどうしようもなかった。パドヴァで後見人になってくれる人が見つかるまでは、兄も、妹は大学に入学するとはおおやけに言えないのだから。そして、兄が書斎に来てくれと言うのは、結婚の申しこみがあるときだけだった。

オーガスタは廊下を進み、家の奥にある兄の書斎へ着くと扉をノックした。「どうぞ」部屋にはいると、机のまえに置かれた革の椅子にすわった。ライラックの花の香が庭に向かって開かれた窓からただよってくる。

兄は三人の名前が書かれた紙を掲げた。この調子で行くと、誰ともダンスを踊れなくなる。

「今度は誰？」

「フォザリンゲールとベルモントとターナーだ」マットは紙を下ろし、不行跡を責めるようにじっとオーガスタを見つめた。「こんなことはルイーザとドッティとシャーロットのときは起こらなかった」

「わたしのせいだというような目で見ないで」どうしてこんなに多くの紳士が自分と結婚したがるのか、オーガスタにはまったく見当もつかなかった。「わたしは礼儀正しくしているだけで、結婚の申しこみを受け入れるかもしれないと思わせるようなことは何もしていないわ。いっしょに散歩して会話することすらしていないのに」フィンは別だが。それでも、彼とは単なる友人同士で、彼がいっしょにいてくれることがありがたかった。「その誰と話したときも、話題は天気のことか、彼ら自身のことか、彼らが何を考えているかばかりだったし」

「たぶん、そのせいだな」兄はため息をついた。「持参金も多いきれいな女性で、自分語りに耳を傾けてくれるとしたら、その女性を求めずにいられる男は多くない」

オーガスタは兄の言ったことをしばらく考えた。「もしかして、相手に合わせすぎているのかもしれないわね。わたしが夫を探しているなら、男性にはもっとずっときつくあたるもの。みんなわたしの無関心を誤解しているのは明らかだわ」

「ありがたいのは、これがそれほど長く続くはずがないことだな」マットは笑みと呼ぶにはあまりにお粗末な笑みを浮かべた。「おまえに結婚を申しこむ望ましい紳士はすぐに底をつくだろうから」

「こういうことに耐えてくれてありがとう」自分がそれに耐えずに済むのはありがたかった。

「よくも悪くも、ぼくの義務だからね」兄は紙を引き出しにしまった。「拒むべきじゃない相手ができたら、教えてくれ」

「ええ、もちろんよ。誰もいないでしょうけど」花婿とするにふさわしい紳士がいなくなれば、母との問題もすぐに解決するだろう。望ましい人が残っていなければ、母も結婚してほしいとは思わないはずだ。「お母様は今日のパーティの準備を手伝ってほしいと言っているの。それと、出かけるまえに終えてしまわなければならないことがあって」

「少なくとも、天気はもちそうだ。たのしんでおいで。グレースとぼくもちょっと寄るよ」

一瞬、兄は額に皺を寄せた。「おまえの母親はおまえにとって最善となることを望んでいるだけだということはわかっておいてくれ」

「わたしにとって最善だとお母様が思うことをね」オーガスタは言い返した。「ええ、わかっているわ」

オーガスタは兄のそばへ行って頬にキスをした。「あなたほどやさしいお兄様はいないわ」

「ぼくもできるかぎりのことをしているだけさ。さあ、たのしんでおいで」

フィンはぴりぴりしながら寝室を行ったり来たりしていた。今日はオーガスタに結婚を申しこむ日になる。誰にも聞かれないところでは名前で呼び合う仲だということは心強い事実であっていいはずだが、そうではなかった。親しくなったのはたしかだが、彼女とのあいだでわずかでもロマンティックと言えるひとときを持ったことはない。それでも、友情は夫婦関係を結ぶにあたってすばらしい土台となるはずだ。兄のことばを借りれば、彼女に対して欲情もしている。これほどまでに必要とされている跡継ぎを作るのもむずかしいことではないだろう。それどころか、彼女への思いが深まればそれだけ、その温かい体に沈みこみ、彼女の唇が腫れ、目が情熱にくもるまでキスしたくなった。

オーガスタとの人生が退屈なものになることは想像もできなかった。いつか子供ができ、子供が大きくなったら、ヨーロッパを旅することもできるだろう。中世の教会などの建造物を研究したいという思いは変わらなかった。

彼女にプロポーズしたほかの紳士とはちがって、フィンは彼女が学者や知識豊富な人々とのやりとりを続けるよう促すつもりだった。彼女にそれを約束できる男はほかにいないにちがいない。

フィンはオーガスタの兄に話を通さないことに対するやましさを心から払いのけた。女性に申しこむにはそうするのがまっとうなやり方だ。それでも、聞いた話では、すでに申しこんだ誰ひとりとして、いい結果には終わっていなかった。誰もワーシントンより先に進めなかったのだ。

クラブでは、オーガスタが誰と結婚するかという賭けも数多く行われ、そこにフィンが居合わせることもあった。断られた男たちが酔っ払ってくだを巻く姿も目にした。何人が申しこんで彼女の兄に即座に断られたのか、大体の数もわかっていた。

彼女について思いちがいをしていた男たちの何人かに、彼らが酔っ払っているときにそっと探りを入れたこともあったが、たいていその理由はよくわからなかった。

しまいにある晩、シートン＝スマイスが言った。「彼女は男の話に耳を傾けるんだ。決して話の邪魔もしない。そうされると、自分が特別な人間になった気分がするのさ」

耳を傾ける？　ああ、たしかに、彼女は博識な考えを述べたり、賢明な反論をしたりするのに、相手の話に耳を傾けなければならない。それでも、これらの男たちの誰にしても、そんな会話を彼女としていたとしたら驚きだった。

「彼女の注意を惹いているのは自分だけだという気にさせられるんだ」最近断られたばかりのグレイ卿はブランデーを飲みながら言った。

「ぼくの愛人ですら、レディ・オーガスタほど熱心に耳を傾けてはくれないよ」ティラートン伯爵はワインのお代わりを注いだ。「適切な答えを返しつつ、決して話をさえぎろうとはしない」そう言ってワインをひと口飲んだ。「シートン＝スマイスの言うとおりさ。男を特別な存在と思わせるんだ」

ばかな連中だ。

どうやら、オーガスタがしていることを正確にわかっているのは自分だけのようだ。彼女がばかな男たちを無視しているにすぎないということを。賢い彼女は頭脳のほんの一部を使って男たちの話に耳を傾け、別の部分でほかの何かをしているのだ。古代ヘブライ語を翻訳するといったようなことを。

一瞬、オーガスタについての誤解を解いてやろうかと思ったが、そんなことをしてもいいことは何もないだろう。じつはまったく注意を払っていなかったと男たちが知ったら、彼女の評判に瑕《きず》がついてしまうかもしれない。社交界は型にはまらない人間には邪悪な牙をむきかねない。それに、彼女自身も慎み深い若い女性であると思わせようと精一杯努めているのだ。オーガスタの真の姿を知ったら男たちは震え上がるだろうとフィンが思ったのは、これが初めてではなかった。

わからないのは、申しこむすべての男たちを彼女の兄が即座に断っていることだった。話を聞くかぎり、ワーシントンは妹に訊くことすらしていないようだ。まるで妹に結婚してほしくないかのように。しかし、母親であるレディ・ウォルヴァートンの望みについてヘレンが話してくれたことからして、それは道理に合わなかった。レディ・ウォルヴァートンはオーガスタを結婚させようと決意している。オーガスタ自身は兄がそれほど多くの申しこみを断っていると知っているのだろうか？　ばかな疑問だ。もちろん知っているはずだ。それでも、はっきり何とは言えない疑問が、もうすぐ答えに手の届きそうなところに留まっていた。

ああ、忌々しい。たしなみもワーシントンもどうでもいい。オーガスタがぼくを拒絶するなら、理由を聞かせてもらおう。それはぼくには惹かれないということではないはずだ。

目下やるべきことに頭を戻し、フィンはヘレンがくれた紙をとり出した。レディ・ウォルヴァートンの家を何度か訪れたことのあるヘレンが、庭の詳細な見取り図を描いてくれたのだ。幅は広くないが縦に長い庭だった。人目につかない小道がいくつかあり、ひとつの小道のつきあたりには石塀のそばに人目を忍ぶバラの東屋《あずまや》があった。フィンはその東屋の絵を指でたたいた。ここでプロポーズしよう。ほかの客たちから充分離れており、ふたりだけで会話できるはずだ。

願いを聞き入れてくれる神が何であれ、オーガスタが申しこみを受け入れてくれますようにと祈りをささげた。

扉をノックする音がした。「フィニアス」ヘレンの声だ。「出かける時間よ」

フィンは最後に一度鏡に目をやった。そのときが来た。「すぐ行くよ」

レディ・ウォルヴァートンのガーデンパーティに到着するや、フィンの目はオーガスタに惹きつけられた。これだけ大勢の客がいるなかでどうしてすぐに彼女を見つけられたのか自分でもわからなかった。つねに彼女を意識している状態が何週間も続いているような気がした。

義姉の絵のとおり、庭はいくつもの花壇や小道や噴水を組み合わせて作られていた。下にラベンダーが植えられ、ツゲの木の生け垣で区切られたバラの茂みがあり、バラの香りがあたりを満たしていた。女性が水差しから水を注いでいる姿をかたどった、おそらくはイタリアで作られたものと思われる大理石の噴水の小さな水音が、客たちの声に混じってかろうじて聞こえてくる。噴水から三つの小道が庭の奥へと延びていた。

フィンは知り合いに挨拶しながら、人ごみを縫うようにしてオーガスタのほうへ向かった。ときおり娘を結婚させたい母親たちが、娘との会話に誘いこもうとしてきた。彼が次の跡継ぎを作らなければならないかもしれないということは、秘密であって秘密でないようなものだったのだ。幸い、フィンは少しのあいだ天気の話をしてその場を辞す巧みな技を身に着けていた。

いつものように、オーガスタは友人たちに囲まれていた。「ご婦人方」フィンはお辞儀をした。「お会いできて光栄です」

女性たちが彼に挨拶してすぐに、何人かのほかの紳士たちもその輪に加わり、ひとりひとり女性たちを庭の散策に誘ってその場を離れ、最後にフィンとオーガスタが残された。

フィンはまわりに目を向け、声の聞こえるところに誰もいないことを確認した。「オーガスタ、ぼくと庭を歩かないかい？」婚約したら、もっと庭を見てまわってもいい。しかし今は、機会が失われるまえにプロポーズしなければならない。長くふたりきりではいられないだろう。「きれいな庭だ」

「ええ」オーガスタは彼の腕に指を置いてにっこりした。「義理の姉のひいお祖母様が植えたの。それから、お祖母様、お母様、グレースが引き継いで手入れしてきたのよ」

ふだんと同じように、オーガスタとフィンの会話は深まり、植物栽培や植物の原産地、構造などについて語り合っていた。怪しむように眉を上げる紳士がひとりならずいて、フィンの目を惹いた。グレイ卿は手で口を隠して忍び笑いをもらした。

ようやくフィンとオーガスタはバラの東屋へ続く小道までやってきた。葉の生い茂った植物や花のせいで人の声はくぐもって聞こえた。東屋まで来ると、フィンは彼女と向き合うように体の位置を変え、片膝をついた。「オーガスタ」

「え、まさか！」オーガスタの顔に驚きだけでなく、失望と恐怖が入り混じった表情が浮かんだ。目に涙が浮かぶ。期待していた反応とはまるでちがった。「あなたもなんて嫌よ！」

オーガスタは踵を返し、小道を家へと歩き出したが、やがて足を止め、脇道にはいっていった。

なんてことだ！　オーガスタの感情の爆発に驚き、フィンはしばらくその場に釘づけになった。こともあろうに、あんなことばを聞くとは……。いったい何がいけなかったのだ？どうして彼女はあんな強い反応を見せたのだ、と自問するほうがいいかもしれない。誰かに傷つけられたことがあると？　彼女に手を出した男がいるなら、その悪党を見つけ出して殺してやる。しかし、よく考えてみれば、そんなやつがいたなら、ワーシントンがすでに命を奪っているはずだ。

フィンは足を速めた。「オーガスタ、待ってくれ！」オーガスタはそのことばを聞くまいとするように肩をすくめた。「少なくとも、最後までは言わせてくれないか？」

オーガスタはくるりと振り向き、追っていた彼にぶつかりそうになった。顔には怒りがありありと浮かんでいる。「あら、勘違いだったの？　わたしに結婚を申しこもうとしていたんじゃないと？」

「勘違いじゃない。ぼくと結婚してくれと言うつもりだ」彼は指で髪をかき上げ、帽子を落とした。「ほかの男たちを断ったのはわかっているが、ぼくらは友達同士だ。親友と言ってもいい」

「ええ、そうよ。そしてわたしはあなたを信頼していた」また目に涙が浮かび、オーガスタはそれをまばたきで払った。「だからこそ、あなたはわたしにプロポーズすべきじゃないの」

フィンはなぐさめようと手を伸ばしたが、オーガスタはさっと両手を後ろにまわした。まるで裏切られたとでも言いたげだ。まったく、イギリス一の無作法者になった気分だ。それでも、あきらめるわけにはいかない。こうなったら。「いい友達でいることは、結婚するすばらしい理由になる」

「フィン、たとえあなたがわたしを愛してくれていても――」すすり泣くような声になる。「そうじゃないわけだけど、わたしは今シーズン、結婚するつもりはないの。パドヴァ大学に入学を許されているから」

「大学？」まるで有名なボクサーのジャクソンその人から拳をくらったかのように、体じゅうから空気が押し出され、めまいがしてことばを発することがむずかしくなった。「パドヴァ」としわがれた声でことばを押し出す。「イタリアの？」

オーガスタは顎をこわばらせてうなずいた。

ふいに、彼女の家族それぞれの振る舞い方がちがっていたことに納得がいった。対立があったのだ。兄のワーシントンはオーガスタの望みを支持しているが、母であるレディ・ウォルヴァートンは結婚によって娘に夢をあきらめさせようと精一杯努めていたのだ。ぼくと結婚させることによって。

当然ながら、大学に行きたいという思いは家族以外には話していないはずだ。そう、もしかしたら、特別な女友達には打ち明けたかもしれない。彼女たちは互いに目を配っていた。彼女が自分には打ち明けてくれなかったことに少しばかり心が痛んだが、いかに親しくなったとはいえ、フィンが男だからというのが理由だろう。彼女の目的を理解したり容認したりする人間は上流社会にはほとんどいないはずだ。

大学に進学したいという彼女の希望は前例がないわけではない。パドヴァ大学は女性の入学を認めたことがある。ほぼ二百年もまえのことではあるが、認めたことはたしかにあったのだ。その事実をうまく利用すれば、大学がまた女性の入学を認めることはあり得るし、彼女の入学を認めたのは明らかだ。

ああ、まったく！　そうだとしたら、どうしたらいい？　どうやって結婚してくれるよう彼女を説得できる？　イタリアで学ぶ機会に匹敵するものは何もなかった。彼女ほどの知性の持ち主にとっては。さらに言えば、フィンが彼女の立場であっても、彼のために留まろうとはしないだろう。

# 12

「ええ、イタリアよ」オーガスタは言った。どうしてフィンはほかの人たちのように兄に話を持っていかなかったの？　たとえほかの紳士も直接申しこんできていたとしても、彼を断るのはほかのどんな男性に対するよりもずっと辛かった。

フィンのことは大好きだったのだから。事情がちがえば、恋に落ちていたかもしれない……。

こんなことをあれこれ考えていても無駄だ。勉強するためにパドヴァに行くのだから。大学を終えたら、結婚するだろうけれど、そのまえはない。大学に行かなければならないというわたしの思いを理解してくれる男性がいるとすれば、それはフィンしかいない。それも時間をかければだろうけど。

フィンは何か言おうとするように口を開いた。

それでも、これ以上深刻な事態になるまえに、言うべきことは言わなければ。オーガスタは声をやわらげようとした。「わたしもばかじゃないわ。あなたが跡継ぎを作るために妻を必要としているのはわかっている。お兄様のお子さんは四人とも女の子だから。レディ・ドーチェスターがなぜあなたを望ましい女性たちに紹介するのか、唯一考えられる理由はあなたに結婚してほしいと思っているからよ。そしてそれは息子がほしいからにちがいない。

そうじゃない？」

「きみほど賢い人はぼくの知り合いのなかにいないよ。そしてきみの言うとおりだ」フィンは悲しげな目をくれ、また髪を指で梳いた。立ってしまった髪を直してあげたくなるほどに髪が乱れた。「ぼくと結婚しても、旅はできるよ。ぼくは大陸の建築を研究したいと思っているからね」

ふたりならそれができると彼は思っているかもしれないが、そうなることはないだろう。「女性が結婚したらどうなるか、わたしにはわかっているの」オーガスタは期待するようなまなざしの彼と目を合わせることができなかった。「赤ちゃんが生まれるわ。グレースにはふたりもいる。まだ結婚して三年なのに。姪や甥のことは大好きだけど、子供を持てば、したいと思っていることができなくなる」フィンはまわりの植物と同じように、地面に根が生えたかのようにじっと動かずにいた。「ごめんなさい。あなたのご家族に跡継ぎを作るには、別の女性を見つけてもらわなきゃならないわ」

オーガスタが脇を通り過ぎても、彼はまだ動かなかった。少なくとも、理解はしてくれた。もしくは、理解してくれたと思いたかった。オーガスタは母のパーティに戻るためにゆっくりと庭を通り抜けた。きっと母とレディ・ドーチェスターはフィンがプロポーズするつもりであることを知っているにちがいない。臆病ではあったが、プロポーズを断ったとあのふたりが知る瞬間を目にしたくなかった。脇の扉からはいって客たちを避けるのが一番かもしれない。

力強い手に腕をつかまれた。そう、フィンが永遠にその場に留まっていると考えるべきではなかったのだ。彼は彼女を振り向かせた。これほど真剣な顔の彼を見るのは初めてだった。「ぼくがきみを愛していないことはわかっていると言ったね。どうしてわかる?」

ふたりはあまりに近くにいたため、オーガスタは目を合わせるのに首をそらさなければならなかった。彼の目は嵐のまえの雲を思わせた。彼女は息を吸った。この人といっしょにいられなくなるのはどれほどさみしいことだろう。「あなたはわたしを愛しているようには振る舞っていないから」彼は口を開きかけたが、オーガスタは急いで続けた。「そしてそう、誰かを愛している男性がどんなふうに振る舞うものか、あなたに教えるつもりはないわ。あなたがわたしを愛しているかのように振る舞いはじめるのは嫌だから」聞いた話では、エリザベス・ハリントンがそういうことを経験したそうだ。わたしは同じ目に遭うつもりはない。

フィンは一歩近寄った。彼の体の熱さが呼びかけてくるようだった。たとえ彼が愛してくれているとしても、何も変わらない。わたしは行かなければならないのだから。彼の顔に傷ついた表情が浮かび、オーガスタの心も痛んだ。懸命に彼の指を見るようにする。「行くわ」

フィンはやけどでもしたかのように手を下ろした。「わかった。きみが出発するまえにまた会おう」

「きっと会わざるを得ないと思うわ」まだこのシーズンをやり過ごさなければならないのだから。ふたりの友情にはここで終止符が打たれてしまったけれど。フィンが今何を言おうと、きっともう二度とわたしとは話したくないはずだ。プロポーズしてきたほかの男性たちのなかでも、プロポーズを断ってからもダンスをしたいと申しこんできたのはたったひとりだ。心の底から湧き上がってきた悲しみをオーガスタは押し戻した。今それについてよくよ考えているわけにはいかない。自分は言わなければならないことを言ったまでだ。それでこの件はおしまい。

庭の一方の側に沿った小道を通り抜け、オーガスタは厨房の扉のまえを通り過ぎて脇道から広場に出た。そこでワーシントン・ハウスからスタンウッド・ハウスへと広場を横切ってくるグレースとばったり会った。

グレースが眉根を寄せた。「オーガスタ、どうかしたの？　親友を亡くしたような顔をしているわよ」

ある意味そのとおりだった。オーガスタは何度か大きくまばたきして涙をこぼすまいとした。どうしていきなり泣きたくなったの？　大泣きしたり、とり乱したりしたことは一度もないのに。何ともうんざりすることだ。「あなたはうちの母のパーティにいるんだと思っていたわ」

「エリザベスの様子を見に戻っていたのよ。さっき大泣きしていたから」グレースはオーガスタの腕をとった。「いっしょに来て。何であれ、おいしいお茶を飲んで話をすると気分がましになるわよ」

グレースにすべてを打ち明けなければならない。ほかの誰かよりもこの親切な義姉に打ち明けたほうがいい。

数分後、ふたりはグレースの書斎で腰を下ろしていた。あいだにあるテーブルにはお茶のトレイが置かれている。

グレースはオーガスタにカップを手渡した。「さあ、何があって動揺しているの？」

上等の磁器の縁を指でなぞりながら、オーガスタは言った。「フィン――フィニアス様がプロポーズしてきたの。わたしはイタリアの大学に行くから結婚しないと答えたわ。うちの母が行くのは無理と言っていて、マットが行かせてくれようとするのをむずかしくしているのはわかってる。それでも、わたしが大学に行く方法はあるはずよ。このあいだ、フォン・ノイマン男爵からお手紙を受けとったの。パドヴァでわたしの後見人になってくれそうな家族を知っているそうよ」オーガスタは顔を上げて義姉に目を向けた。「それが母の条件で、条件は満たしたの」

「フィニアス様のことはとても好きでしょう」とグレースは言った。グレースもほんとうはわたしを結婚させたいと思っているの？

「ええ、でも、結婚するまえに大学に行きたいの。それだけじゃなく」愛していないと彼が認めたことは――それはちがうと言わなかった以上、認めたも同然だったが――思っていた以上にぐさりと心に刺さった。「彼はわたしを愛しているわけじゃないのよ」

「ほんとうに？」

「ええ。そう言っていた」

「そうなの」グレースはしばらくお茶を飲んでいた。考えごとをしているときにいつもそうなるように、額に縦皺が寄っている。しばらくしてカップを下ろした。「ちょうど親戚のジェーンとヘクターがヨーロッパへ行くことになっているの。先日、あなたにいっしょに行かないかと訊いてきたわ。ただ、あなたのお母様があなたが大学に行くのにあれほどに反対しているので、黙っていたの。あなたが大陸へ旅行することにも反対するんじゃないかと思って」それはすべてを完璧に解決してくれる。オーガスタは飛び上がって義姉を抱きしめたくなった。「旅行の招待を受けたことをあなたのお母様に言うなら、今がいいかもしれないわね。いっしょに行きたかったら、ジェーンたちが、学期がはじまるまえにパドヴァに着くように手配して、あなたを後見人になってくださる方のところに送り届けられるかもしれないけれど、そのことはお母様には言わないでおくの」

「ええ。ええ、もちろん行きたいわ。あなたがそのことを黙っていたなんて信じられない！」オーガスタはテーブルをまわりこんでグレースの腕のなかに身を投じた。

「ええ、まあね」グレースはオーガスタを抱きしめた。「これだけ多くの子供たちを育てるには、多少たくらみを用いないとね」

マットと結婚するまえにグレースが弟妹の保護者となるために苦戦したことは言うまでもなく。「いつ出発なの？」

「約一週間後よ。ヘクターはすでに何もかも手配しているわ。あなたは荷造りしていくつか頑丈な靴を注文すればいいだけよ。トランクも要るでしょうね。マットが通行証を手配するわ。マダム・リゼットに新しい馬車用のドレスをひとつかふたつ作ってもらえないかたしかめてみましょう。数週間パリのハリントン家に滞在することになるから、旅の衣装がもっと必要だったら、パリであつらえればいいわ」

オーガスタは自分が目を丸くしているのを感じた。「このことをいつから知っていたの？」

「何日かまえよ。エリザベス・ハリントンに特別郵便で手紙を送って答えをもらう暇はあった。エリザベスはあなたに会えたらうれしいとお返事をくれたわ」

兄がこんなすばらしい女性と結婚してくれて、なんと幸運だったことだろう。「マットは知っているの？」

義理の姉は顔をしかめた。「知らせていい部分はね。彼はあなたのお母様にほんとうのことを言ってしまうでしょうから。今はあなたがパリに招待されていることは知っているわ。あなたがフィニアス様の申しこみを断ったと知ったら、ペイシェンスもあなたがしばらくロンドンを離れるほうがいいと思うはずよ」グレースはオーガスタを抱いていた腕を緩めた。

「あなたがパリを離れたら、マットにすべてを話すわ」

それで決まり。わたしはヨーロッパへ行き、ジェーンとヘクターがパドヴァまで送り届けてくれる。そしてそのあとは後見人になってくれる家族のもとに滞在するのだ。付き添いを引き受けてくれる親戚のプルーデンスに手紙を書き、後見人を探してくれた男爵にも知らせなければならない。

体から緊張がほどけた。大学に行ける。そして母もそれに反対はできない。

グレースの書斎の扉をノックする音がした。「どうぞ」

ソートンが部屋にはいってきてお辞儀をした。「奥様、レディ・ウォルヴァートンがレディ・オーガスタとお話しなさりたいそうです」

「お母様がお客様たちを置いてここへ来るなんて信じられないわ」いい兆候ではあり得ない。

「ここへお連れして。お茶をまたお願い」グレースはオーガスタに自分の隣にすわるよう合図した。「おちつきを保つのを忘れないで」

「そうするわ」オーガスタは急いでカップを手にとり、テーブルの反対側にまわった。

少しして、母がモスリンのスカートを揺らしながら部屋にはいってきた。眉をゆがめ、唇を引き結んでいる。母がこれほどに怒っているのを見るのは初めてだった。

「オーガスタ・キャサリン・アン・ヴァイヴァーズ、気の毒なフィニアス様に嘘をつくなんて信じられない。まえにも言ったけど、あなたがイタリアであれ、ほかのどこであれ、大学に進むことはないのよ」

少なくとも、母はプロポーズを断ったことを怒っているのではない。オーガスタはグレースにすばやく目をやり、口を閉じておくことにした。

「お義母様《かあ》」グレースがソファーを示した。「お茶を召し上がって」

「ええ、もちろん」母はそこにほかの誰かがいたことにそのとき初めて気づいたかのようにまばたきした。「怒ったりしてごめんなさい。あまりに腹が立って」完璧におちつきをとり戻し、母は花模様のチンツのクッションの上に腰を下ろした。「そう、オーガスタの嘘について話し合わなければ。オーガスタがあんなことを言うべきでなかったことには賛成してくださるわね」

　淹れ立てのお茶が運ばれ、グレースがそれぞれのカップにお茶を注いだ。「どうしてそんな話になったんです？」

「フィニアス様のお義姉様であるレディ・ドーチェスターはフィニアス様がプロポーズすると期待していたの」母はオーガスタに怒りに満ちた目をくれた。「ふたりがとてもうまくいっているようだったから、みんなこの子が彼の申しこみを受けるだろうと思っていたわ。フィニアス様が庭の散策からオーガスタを連れずに戻ってきたときに、レディ・ドーチェスターが何があったのか訊いたの。オーガスタは大学に入学を認められていてパドヴァに行くことになっているので、結婚したくないそうだとフィニアス様は答えた」母は大きく息を吸った。「もちろん、わたしたちのまわりにいたみんながその話を耳にしたわ」

　グレースは口を引き結び、眉根を寄せた。「今夜にはロンドンじゅうにその話が広まってしまうわね」

「どうしていいかわからないわ」母は文句を言った。「この子は少なくとも十人の申しこみを断ってきたのに、今度はみんながこの子のことを学問好きの変わり者と思うでしょうよ。そういう噂は消えることがないわ。この子が夫を見つけることは永遠になくなった！」

「お母様、今シーズンで結婚しなくちゃと思わなくていいっておっしゃったじゃない」オーガスタは冷静な声を保って言った。

「そういうことじゃないのよ！」母はぴしゃりと言った。「すでにあなたを満足させるのはむずかしいという評判が立っているのに、それがいっそうひどいものになったということなの」母は額をこすった。「時が経てば乗り越えられるというものじゃないわ」

しばらく誰もことばを発しなかった。こんな状態で、義姉はどうやってヨーロッパ行きの話を持ち出すのだろう。

「わたしに考えがあるわ」グレースはカップを膝に載せた。「親戚のジェーンとそのご主人がパリに行く予定なの」オーガスタはグレースが話すあいだ、母をじっと見つめていた。その顔に変化はなかった。「それで、オーガスタもいっしょに来ないかと訊いてきているの。レディ・ハリントンもオーガスタに訪ねてきてほしいとおっしゃっているし」

嘘はひとつもなかった。話の全部ではないというだけで。もちろん、パリからどこへ行くことになるか、グレースは言わなかった。それだけでなく、オーガスタは力のある誰かに後見人になってもらうことという母の要求を満たしていた。おまけに母はマットを責めることもできない。兄は知らないのだから。

「どうやら、それに賛成するしか選択肢はないようね。オーガスタはしばらくロンドンを離れていたほうがいいでしょうから」母はため息をついた。「たぶん、フランスにしばらくいれば、大学に進みたいなんてばかばかしい望みもなくなるでしょうし」母は額をこすっていた手で今度はこめかみをさすった。「いつ出発するの?」

「一週間後よ。ヘクターが海峡を渡るのに個人所有の小型帆船を手配したの。カレー港で旅行用の馬車と馬が待っているそうよ」グレースはオーガスタの母を力づけるような笑みを浮かべた。「ヘクターはずいぶんまえから計画していたの。かなり大勢の人間を連れていくことになるわ。居心地のよさも安全も犠牲にするつもりはないってわけ。オーガスタにはきちんと付き添いをつけるし。彼女付きのメイドと男性の使用人と馬丁もいっしょに行かせるつもりよ」

オーガスタは、付き添いを務めるのは親戚のプルーデンスだと付け加えたかったが、母の相手はグレースにまかせたほうがいいと思い直した。

母はお茶には手をつけないまま、ソファーから優美に立ち上がった。「いいわ、反対はしません。オーガスタ――」母は娘に不機嫌な目をくれた。「出発まえに会いましょう」

「ええ、お母様」オーガスタは喜びに叫び出したいところを、控えめな声を保った。

扉が閉まり、母の足音が聞こえなくなると、安堵の息を吐いた。「ほんとうに怒っていたわね。今週は催しへの参加をとりやめるべき？」

「怒っていたのはたしかね。でも、その怒りも長くは続かないわよ」グレースはお茶の残りを飲んだ。「いいえ。あなたは不名誉なことをしたわけじゃないんだもの。これ以上何も話さなくていいわ。わたしが招待状をたしかめて、どの催しに参加したらいいか決めるから。あなたがヨーロッパへ行くという噂はすぐに広まるわよ」そう言って笑みを浮かべた。「それどころか、あなたのお母様がガーデンパーティに戻ったときに、あなたの旅行の話を自分から言い出したとしてもさほど驚かないわね。そうなったら、あなたがこれまでどおりロンドンで遊びまわるとは誰も思わないでしょう」

旅行できることで浮き浮きしていた気分が霧散し、オーガスタは母を失望させたことにやましさを感じはじめた。「こんな問題を引き起こしてごめんなさい」

「オーガスタ、あなたは問題なんか引き起こしていない。ただ、あなたのお母様が望むものとはちがうものを望んでいるだけ」グレースはオーガスタに腕をまわした。「何もかもなるようになるわ。必ずそうなると信じる理由があるの」

それほど楽観的になれればいいのだけれど。「ジェーンとヘクターは大学に行きたいというわたしを変だと思うかしら？」

「多少はね」グレースはオーガスタの背中を軽くたたいた。「若い貴婦人がふつう望むことじゃないから。でも、ジェーンにはわたしが話しておくわ。納得してくれたら、きっとあなたの支えになってくれる。何と言っても、彼女はわたしの親族に逆らってわたしの味方をしてくれた人なんだから」

「そしてヘクターは世界じゅうを旅してきた」

「そうよ。もっと大事なことに、彼はドッティのお父様のように、真の急進派なの。世界じゅうを旅することで、男も女もみんなが政府に意見できなきゃならないと思うようになった」

マットが書斎にはいってきた。「ペイシェンスと今話したんだ。オーガスタがジェーンとヘクターといっしょに旅行すると言っていた」マットはオーガスタに目を向けた。「スタンウッド・ハウスではじまった噂話によると、それはたぶんいい考えのようだな」

「噂話？」グレースが眉を上げた。

「オーガスタが大学に進みたがっているという話をフィニアスがついもらしてしまったんだ。フィニアスとともにレディ・ソーンヒルが否定しようとしてくれているが」

オーガスタはうなだれた。母の言ったとおりだ。わたしは学問好きの変人の烙印を押されることになる。もしかしたらもっと悪い烙印も。「どんな招待状も届かなくなるわ」

「きっとあなたのお母様ができるかぎり噂を鎮《しず》めようとするでしょうよ」

「ほんとうにヘクターたちと行きたいなら、弁護士を呼ばなければ。おまえに関してヘクターに権限を委任しなければならないからな」

オーガスタは大学に行きたいとばかり思っていて、自分の人生がどれほど変わってしまうかについては考えたことがなかった。家族のことは恋しくなるだろうが、大陸へ行き、大学にはいることは、夢がかなうということだ。それをあきらめるつもりはなかった。母にはああ言われたが、きっと結婚する心の準備ができたときには、自分にぴったりの紳士がそばにいてくれるはずだ。その紳士がフィンではないというだけで。

# 13

「フィニアス」フィンはスタンウッド・ハウスからこっそり帰ろうとしたところで、ヘレンの声に止められた。「何があったの？　レディ・オーガスタはどこ？」

その答えは彼が知りたいぐらいだった。そして、ああ、ヘレンの質問のどちらにも答えたくなかった。「レディ・オーガスタにプロポーズして断られたんだ」そう言えば、義姉もそれ以上質問してこないはずだ。「彼女がどこにいるかは知らない」

「でも、わからないわ」ヘレンの口の端がわずかに下がった。「あなたたちはとてもうまくいっているようだったのに」

どうやら、ヘレンがこのまま解放してくれることはなさそうだ。フィンはまわりに目をやった。声を低く保てば、誰にも聞かれずに済むかもしれない。「レディ・オーガスタは誰とも結婚するつもりはないんだ。イタリアで大学に入学する計画だそうだ」

「大学！」ヘレンは叫ばんばかりに言った。「イタリアで！」

ヘレンがそんな反応を見せても責められなかった。自分も同じ反応をしたのだから。しかし、世界じゅうに知らせるような真似をしなくてもいいはずだ。「声を低くして」

「うちの娘はイタリアには行かないわ」レディ・ウォルヴァートンの氷のように冷たい声がしてフィンはぎょっとした。ああ、なんてことだ。ヘレンと馬車に乗るまで口を閉じておくべきだった。「もちろん、大学に進むこともないし」レディ・ウォルヴァートンはフィンに首を下げた。「しばらく失礼しますわ」

フィンは義姉の腕をとった。「ぼくらは帰ったほうがいい」

「レディ・ウォルヴァートンが戻ってらっしゃるまでどこにも行けないわ」ヘレンは彼の腕を軽くたたいた。「すぐにレディ・オーガスタも気が変わるんじゃないかと思うし」

しかし、フィンは彼女が自分との結婚を強制されるのは望まなかった。それぱかりか、ワーシントンがオーガスタの望みを支持しているらしいことをヘレンは考えに入れていない。ともかく、ヘレンを引きずって連れ出すわけにもいかず、オーガスタには彼の助けが必要かもしれなかった。すでにご婦人方の何人かはささやきを交わしており、オーガスタが話題になっているのはまちがいなかった。「いいさ。彼女が戻ってくるまで残ろう」

まもなく、芸術を愛するレディ・ソーンヒルが彼らのところへやってきた。「お聞きになったことはたしかですか、フィニアス様？　どこであれ、大学が女性を受け入れるとは信じられないんですが」そう言ってほほ笑んだ。「ただ、個人的にはその分野で進歩があったなら、拍手喝采しますけど」

レディ・ソーンヒルならそうだろう。しかし、これはうっかり秘密をもらしてしまったことをなかったことにするいい機会になる。「聞きまちがいの可能性が高いかもしれません、レディ・ソーンヒル。プロポーズを断られて、気持ちが乱れていたせいで、ちゃんと聞いていなかったんです」イタリアと大学ということばを口にした理由を思いつかなくては。「彼女はもしかしたら、イタリアから輸入された噴水のことを言っていたのかもしれません」

「そうにちがいないわね」レディ・ソーンヒルはよしというような目をくれた。それから、イタリアの芸術家や美術学校や戦前イタリアからイギリスに持ってこられた、たくさんの美術品についての話をはじめ、レディ・ウォルヴァートンが戻ってくるまで、うまくオーガスタについての噂を止めてくれた。

戻ってきたレディ・ウォルヴァートンはまっすぐフィンに歩み寄った。「すみませんが、先ほどまで娘がヨーロッパに行くことは知らされていなかったんです。娘はレディ・ワーシントンの親戚のミセス・アディソンとそのご主人といっしょに、大陸へ長期の旅行に出ることになっているんですって。パリのレディ・ハリントンのところにも滞在するそうで」

「ほうらね、フィニアス様」レディ・ソーンヒルは勝ち誇ったように言った。「あなたはレディ・オーガスタの言ったことを誤解したのよ」

「たしかに」フィンはほっとしたと同時に悔やむような印象を与えようと努めた。「女性が大学にはいりたがっていると思うなんて、ぼくがばかでした。それもイタリアでなど。プロポーズを丁重に断られて心が乱れるあまり、レディ・オーガスタのおっしゃったすべてを誤解してしまったようです」そう言ってお辞儀をした。「誤解を解いてくださってありがとうございます、レディ・ウォルヴァートン。ぼくは家に帰らせていただきます」

「ええ、そうね」レディ・ウォルヴァートンは首を下げた。「お気持ちはお察しします」

今度はヘレンも言い争わず、レディ・ウォルヴァートンの頬にキスをした。「すぐにまたお会いしましょう」

「たのしみにしてますわ」レディ・ウォルヴァートンもヘレンの頬にキスをした。「ワーシントンがもっと早く教えてくれていればと思うけれど、どうやら、一日か二日まえに招待されたそうで、彼は貴族院でとても忙しくしていたから」

「まったくよね」ターバンをした年輩の女性のひとりが言った。「わたしも夫がいるのを忘れかけるほどよ。あまりに多くの時間をホワイトホールで過ごすものだから」

また話題はオーガスタのことから離れた。悪い噂を呼んだかもしれないことから、レディ・ソーンヒルがまわりの注意をそらしてくれたことにフィンはほっとした。

問題は、もうほかのどんな女性とも結婚できないのはたしかだということだ。つまり、何とかオーガスタを説得して結婚に同意させなければならない。その唯一の方法は、彼女を追ってヨーロッパへ行くことだ。計画を立てなければ。

それ以上なすすべもなく、フィンは義姉を広間から玄関へと導いた。家のまえで馬車が待っていた。兄の家に着くとすぐに、使用人に命じてボーマンを呼びにやった。

秘書兼友人が到着するまで、フィンは苛々と寝室を行ったり来たりしていた。

ボーマンはノックもなく部屋にはいってきた。「檻に閉じこめられた獣みたいだな。どうしたんだい？」

「ミスター・アディソンという人物がどの船でいつフランスへ発つのか調べてくれ。約一週間後のはずだ。ぼくもその船に乗りたい」

ボーマンは眉根を寄せた。「花嫁を見つけて結婚するつもりなんだと思っていたよ」

「そのつもりさ」フィンはにやりとした。「結婚するつもりのご婦人がその船に乗る予定なんだ」

友は口をぽかんと開けた。「レディ・オーガスタがヨーロッパに？」

「ああ、ぼくらも行くぞ」久しぶりに最高の決断をした気がした。

翌朝、フィンは早く起き、朝食の間に一番乗りした。ヘレンのいないところで兄と話がしたかったからだ。幸い、長く待つ必要はなかった。

「いい朝だな」フィンが何を食べようか選んでいるときに、ドーチェスターが扉からなかにはいってきた。フィンはまだ食べ物の量の多さに慣れていなかった。旅をすると考え方が質素になるのは奇妙なことだ。「よくもないか？　レディ・オーガスタにおまえが断られたとヘレンから聞いたぞ」

フィンは皿を一杯にしてテーブルに置いた。「彼女が来週ヨーロッパに行くという話も聞いたかい？」

「そんなようなことを言っていた気がするよ」兄は皿をとってサイドボードへ向かった。

「ぼくは彼女を追っていくつもりだ」フィンは兄とテーブルをはさんで向かい合う席についた。

「え？」チェスがあまりにすばやく振り向いたので、皿に載せたハムが飛んで数フィート離れた場所に落ちた。「彼女を追ってヨーロッパに？」

「ああ」フィンは自分と兄のカップにお茶を注いだ。「彼女がぼくを拒んだ唯一の理由は、旅をしたいからなんだ。それについては彼女を責められない」

チェスは眉をゆがめた。「若いご婦人にしてはかなりめずらしい願いだな」

「どうして？」フィンも眉を上げた。「今も大陸には大勢のご婦人方がいるじゃないか」

「大勢のなかに夫を探しているご婦人はあまりいない。少なくとも、ご婦人方が探すべき相手は向こうにはいない」

ことばには気をつけなければならない。昨日は考えなしに発言したことで、あやうくオーガスタの評判に瑕をつけるところだった。「どんな年齢のご婦人だって、身内に付き添われて旅する機会を奪われるのはおかしいと思わずにいられないよ」

「へえ」チェスは皿を一杯にし、テーブルの上座についた。「ぼくに何を言おうとしているんだ？」

「ぼくは彼女を追っていくつもりだ」どうやら最初にそう告げたときには、意図が明確に伝わらなかったようだ。兄がじっと揺るがないまなざしを向けてくるあいだ、フィンはお茶を飲んだ。

しばらくして、チェスは言った。「それで、結婚して跡継ぎを作るという約束は？」

「もちろん守るつもりだ」これまで約束を破ったことはなかった。「イギリスにいるのと同様に、大陸でも結婚して子供を作ることはできる」

「彼女に対してそこまで本気なのか？」チェスはカップを手にとり、ふだんとちがうことなど何も起こっていないというようにお茶を飲んだ。

「ああ」部屋の静けさが深まり、フィンはベイクドエッグを食べはじめた。

兄は眉をゆがめ、疑うような目をくれた。「結婚について彼女の気を変えさせられると？」

「そう思っている」彼が――少なくとも彼女が子を身ごもったり、出産したりするまでは――旅をすることを止めないとわかったら、オーガスタもきっと結婚に同意してくれるはずだ。何と言っても、興味を同じくすることがこれほどに多いのだから。大学にはいりたいという望みについてはどうしていいかはっきりはわからなかったが、何か妥協点を見出せるはずだ。

ドーチェスターの顔にゆっくりと笑みが広がった。「欲情しているんだな」

フィンはそれについてしばらく考えた。欲情しているだけでなく――彼女とベッドをともにするのはたのしいだろうが――彼女の知性に畏敬の念を感じてもいた。一瞬、オーガスタが愛ということばを口にしたときのことが胸を刺した。友人同士でも互いへの強い欲望があれば、結婚するのに充分のはずだ。結局、それが愛へと変わることになる。両親も兄もそうだった。

フィンは兄の質問に答えるように笑みを浮かべた。「ああ」

「まあ、ヘレンは喜ばないだろうが、おまえが子作りをはじめると約束してくれるかぎり、きっと彼女を説得することはできる」チェスはトーストを咀嚼して呑みこんだ。「おまえはヘレンに何も言わなくていい」

「出発の準備で忙しくなるからね。一週間しかないんだ」オーガスタが乗る船をボーマンが見つけてくれるといいのだが。きっとロンドンの船会社にあたればわかるはずだ。

「おまえも出発するまでは夜の催しに参加したほうがいい。少なくとも、これがおまえにとってどれほど重要なことか、ぼくが妻に理解させられるまでは」

それは面倒だった。それでも、ボーマンが日々進捗状況を報告してくれるはずだ。おまけに、夜には出発準備のためにできることもあまりない。「わかった。準備のほとんどはボーマンを頼りにできると思うから」

「そうしなきゃならないだろうな」チェスはふたりが朝食を終えるまでそれ以上ことばを発しなかった。「旅行のための書類や紹介状の手配に助けが必要なら、ぼくが喜んで手を貸すよ」

「ありがとう、そうさせてもらうよ」兄のことばを聞いて、フィンは銀行を訪ねなければならないことを思い出した。「レディ・ハリントンとは誰か、知っていれば教えてくれ」

「ハリントン伯爵夫人さ」チェスは即座に答えた。「夫はマーカム侯爵の跡取りでパリのイギリス大使館でサー・チャールズ・スチュアート大使の副官を務めている」

「できれば、サー・チャールズとハリントン伯爵両方への紹介状がほしい」

チェスはうなずいた。「手配しよう」

フィンは朝食を終え、椅子を後ろに押して立ち上がった。「理解してくれて助かるよ」

「約束を守ってくれれば、ぼくは誰よりも話のわかる兄になるさ」チェスは皿の横に置かれていた新聞を手にとった。

「約束は守る」大学に行くまでは結婚しないというオーガスタのことばが本気だとしたら困りものだが。どうしたらそれをあきらめさせられるだろう？　もちろん、あれほどに知的な女性だから、赤ん坊を産んで講義に出ることもできるだろうが。

ああ、雇ったばかりの従者のマッソンにイギリスを離れることを言い忘れていた。彼はじっさい、これ以上はないほどにすばらしい従者であることがわかった。シーズン中に必要とされるものについての助言が非常に的を射ているだけでなく、誰とでもうまくやれる人間だったのだ。ピックルとさえも。

一段抜かしに階段をのぼり、フィンが寝室へ行くと、従者がメイドに部屋の掃除を指示していた。

メイドが部屋を出ていくまで待ってフィンは言った。「一週間後にヨーロッパへ向けて出発する。ただ、兄が話をするまで、そのことはレディ・ドーチェスターには知らせない」

「トランクが少々問題ですね」従者は片側に首を傾けた。「でも、奥様に告げ口する人間に知られないよう、何度かに分けて家から運び出すことはできるはずです。トランクは屋根裏ですか？」

「あ、いや」フィンはトランクがひとつしかないことを忘れてしまっていた。それもヨーロッパへ行くには小さいトランクだ。イギリスへ戻ってきてから購入した衣服をすべて入れるには絶対に足りない。「ぼくが持っているのはこの隣の部屋にあるひとつだけだ」

「でしたら——」マッソンはきびきびとうなずいた。「まったく問題ありません。必要なトランクを買ってよければ、すべて私が手配いたします」

「ああ、もちろんだ」フィンは安堵の息をついた。ヘレンに知られることなく準備を進められそうだ。「ボーマンと相談してすべてを手配してくれ。またあとで。今夜出席予定の舞踏会があるはずだ」

「おおせのままに」マッソンは手帳をとり出してメモをとった。

フィンは自分専用の居間へ行った。今夜オーガスタとダンスを踊る約束を得なければ。机につくと、圧縮紙を一枚とり出して書きはじめた。

親愛なるレディ・オーガスタ
今夜レディ・ベラムニーの舞踏会でワルツを一曲予約させてください。

書いたものを見て眉根を寄せる。単刀直入すぎる。フィンは紙を丸めて暖炉に放った。

三度書き直したが、どれも暖炉に放ることになった。

面と向かって頼むしかない。昨日ああしてプロポーズした以上、ダンスを踊ってもらうためには直接説得するのが一番だ。マントルピースのクルミ材に金めっきの縁がついた時計に目をやると、まだ八時過ぎであることがわかった。訪問には早すぎるが、弟妹のために朝食を早くとるとオーガスタも言っていた。

フィンは寝室に戻った。「マッソン、何時間か外出してくる。十時にケアリー街の〈セブン・スターズ〉で会おうとボーマンに伝えてくれ」

オーガスタと話すのにそれほど時間は要らないはずだが、彼女がいっしょにいてくれるなら、できるだけ長くいっしょにいたかった。

「かしこまりました、旦那様」従者は着替え室から返事をした。

フィンは扉を開け、廊下の左右に目をやってから部屋を出た。これから数日のあいだへレンを避けられれば、すべてはうまくいく。

家を出ると、辻馬車を呼んだり、兄の馬車を借りたりするよりも、歩くほうを選んだ。数分後、フィンはワーシントン・ハウスの扉をノックしていた。背の高い銀髪のやせた男が扉を開いた。

「どうぞおはいりください」執事がお辞儀をし、正午まえに客人が来るのはいつものことととでもいうように振る舞った。「ご家族は朝食をとっております。ただ、ご来訪を奥様に告げてまいります」

少しして、執事が戻ってくると、フィンはそのあとから廊下を進んだ。「フィニアス・カーター＝ウッズ様です」

案内された細長い部屋は、人であふれんばかりだったが、その多くがまだ家庭教師についてて勉強しているような子供たちだった。年下のふたりの少女ともう少し年上の三人の少女には見覚えがあった。ウォルターは首を下げたが、食べ物を口に押しこむのに忙しくしていた。

彼の年のころはフィンも同じだった。もうひとり、ウォルターよりも年下の少年がフィンに目を向けた。あの日やはり部屋の装飾を手伝っていた少年だ。ワーシントンの姿はどこにも見えず、レディ・ワーシントンの右隣に空席があった。

「フィニアス様」レディ・ワーシントンはおすわりくださいというように手で示した。「ごいっしょしてくださいな」

朝食が終わるまで待つと言おうかと思ったが、オーガスタの顔にためらうような表情が浮かぶのを目がとらえた。そんな彼女を見るのは嫌だった。みぞおちにナイフを突き立てられてねじられたような気がするほどに。結婚の申しこみは断られたが、自分のことはいつも信頼してくれていいのだとわからせなくてはならない。

「ありがとうございます」彼はお辞儀をした。「喜んで」

# 14

いったいフィンがここで何をしているの？　それもこんな時間に？　再度プロポーズをしに来たのでないことをオーガスタは心から願った。

そんな物思いをすばやく遮《さえぎ》るようにグレースが言った。「オーガスタ、紹介をお願い」

それはそうね。フィンは舞踏会の準備を手伝ってくれたとはいえ、妹たちやフィリップにちゃんと会ったわけではなかった。オーガスタは無理に笑みを浮かべ、背筋を伸ばすと、フィンをじっと見つめている妹たちに目をやった。「マデリン、アリス、エレノア、テオドラ、メアリー、フィニアス・カーター＝ウッズ様を紹介するわ」妹たちがそれぞれ朝の挨拶をするまで待ってから続ける。「フィニアス様、こちらはわたしの妹たちです。レディ・マデリン・ヴァイヴァーズ、レディ・アリス・カーペンターとレディ・エレノア・カーペンター、レディ・テオドラ・ヴァイヴァーズ、レディ・メアリー・カーペンター」

フィンは優美なお辞儀をした。朝食の間で子供たち相手にというよりは舞踏会で公爵夫人にするようなお辞儀だった。「ご婦人方、お会いできて光栄です」

双子とマデリンは忍び笑いをもらした。テオは公爵夫人のようにうなずいた——テオは愚かな若いご婦人にはならないだろう。一瞬、オーガスタはテオが何か気恥ずかしいことを言うのではないかと思ったが、テオは黙ったままでいた。妹がじょじょに大人っぽくなってきていることにどうして気づかずにいたのだろう。

メアリーは、秘密はすべて暴いてやるとでも言いたげに探るような目をフィンに向けた。「フィニアス様」オーガスタは続けた。「ウォルターにはもうお会いになりましたね。その隣にいるのは弟のフィリップ・カーペンターです」

「おはよう」フィンは少年たちにほほ笑みかけながら言った。

「おはようございます」ふたりは声をそろえた。

この家の住人でここにいないのは、兄を除けば、家庭教師のミス・トーラートンとミスター・ウィンターズだった。ふたりはこの時間を授業の準備をして過ごすことを好んだ。おそらくは、一日がはじまるまえに静かな時間を過ごしたいのだろう。

オーガスタは席に戻ってお茶を飲み干し、お代わりを注いだ。幼い妹たちがフィンを質問攻めにしてくれればいいと思ったが、残念ながら、彼女たちは誰かを赤面させるのをやめるぐらいには成長したようだった。

フィンがグレースの隣にすわるとすぐにグレースが訊いた。「どういうご用で訪問してくださったんです?」

一瞬、フィンは目をみはった。恐怖に怯える鹿を思わせる目だった。オーガスタは思わず笑い出しそうになったが、どうにか笑みを隠した。彼は、子供たちがいなくなるまで訊かれないと思っていたようだ。「今夜のレディ・ベラムニーの舞踏会でレディ・オーガスタにダンスを踊ってほしいと頼みに来たんです」彼はオーガスタに目を向けた。「参加されるようでしたら」

オーガスタは口をぽかんと開けて彼を見つめたくなる衝動と闘った。これは結婚に同意させるための別のやり方にすぎないの？　それとも、わたしの友達でいつづけたいとほんとうに思っているの？

今夜ダンスはしたかった。彼とダンスをしていけない理由はない。「喜んでダンスのお相手をしますわ」

「よかった」彼の形のよい唇の端が持ち上がった。「ひとつ残っていれば、ワルツをお願いしたい」

オーガスタはため息をつきたくなった。ひとつどころではなく残っていた。状況は悲惨で、姉たちは夫や友人にダンスを申しこませると約束してくれていた。「二曲目のワルツを予約しますわ」

「夜食まえのダンスをお願いしたかったんだが」フィンの声は低かったが、ぜひにという響きがあった。

ふたりの視線がぶつかった。不満そうな顔だけど、この人は何を期待しているの？「わたしたちは夜食まで残らない予定なんです。その必要がないので」

メアリーがフィンに無邪気な目を据えていた。「オーガスタはあと何日かでヨーロッパに行くの。どのぐらい向こうにいるのかわからないのよ」

よく言ってくれたわ、メアリー。彼は何と答えるだろう。

「教えてくれてありがとう」フィンの笑みがかすかに薄れた。「それについては聞いている。ロンドンのほとんどの人と同じようにね」彼はオーガスタに目を向けた。「今日の午後、いっしょに馬車に乗りに行こうと誘ってもいいですか？」

「申し訳ないけれど、オーガスタは今日、予定で一杯なんです」グレースがフィンにほほ笑みかけた。「やることは山ほどあるのに、それをする時間がほとんどなくて」

彼にもそれはわかっているにちがいない。これまで多くの時間を旅に費やしてきた人だから。でも、もしかしたら、メアリーがああ言ったとはいえ、わたしがどのぐらい長く旅に出るつもりでいるか、知らないのかもしれない。

傍目にはほとんどわからないように自分を叱咤したらしく、彼は悲しげににやりとした。「すみません。海外への旅行の準備にどれほど時間をとられるものか、誰にもましてぼくにはわかっているのに。馬車に乗りに行く代わりに、何かお力になれることがあれば、手助けさせてください」

フィンが謝ったことで、部屋に募りつつあった緊張が緩んだ。オーガスタは止めていた息を吐いた。双子とマデリンは小さな忍び笑いをもらした。フィリップとウォルターは挨拶してその場を去り、メアリーとテオは目を見交わした。何について目を見交わしているのか、オーガスタは知りたいとも思わなかった。

フィンは朝食を終え、お茶を飲み干すと立ち上がった。「朝食をごいっしょさせていただき、ありがとう」そう言ってオーガスタにお辞儀をした。「ダンスをたのしみにしていますよ、レディ・オーガスタ」

「玄関までお送りしますわ」オーガスタも立ち上がって言った。廊下を半分ほど進んだところで彼女は足を止め、彼のことも立ち止まらせた。「馬車のことはごめんなさい」

フィンは彼女に触れようとするように手を伸ばしたが、その手を下ろした。「謝らないでくれ。旅にどれほどの準備が必要かぼくにはわかっているんだから」そういって笑みを浮かべた。「準備をひとりで全部やるんじゃないとしても、決断を下すことが山ほどある。ぼくのほうこそ、それを考えなかったことを謝るよ」

「その、ありがとう」旅立ったら、彼が恋しくなるだろうが、彼が理解してくれたことはうれしかった。「あと数日、あまりお目にかかれないかもしれないので今言っておきますけど、花嫁探しに幸運を祈っていますわ」

「そのことばをありがたく受け止めるよ」彼は口の端を持ち上げてゆがんだ笑みを浮かべた。「きみが夢を持っていることを責めているわけじゃないが、きみが行ってしまうことで、ぼくの花嫁探しはずっと困難なものになった」

「ええ、そうね」オーガスタは顔からほつれ毛を払いのけた。「きっとあなたが愛せるご婦人が見つかるわ」

フィンは彼女の手をとってキスをした。その唇の熱が腕にのぼった。ああ、どちらも手袋をはめていないことを忘れていた。少しまめのできた彼の手の強さが強烈に意識され、オーガスタは彼の手から指を引き抜いた。「今晩また」

「また」フィンは首を下げると、ソートンから帽子とステッキを受けとり、玄関から出ていった。

ソートンが扉を閉めるまで、オーガスタはフィンの後ろ姿をじっと見ていた。今夜が過ぎたら、一切の催しに参加するのをやめるべきだろう。

「オーガスタ」グレースが言った。「ゼファーをいっしょに連れていくかどうか決めなくちゃならないわよ。ヘクターが教えてくれって」

「ぜひいっしょに連れていきたいわ」置いていくものがあまりに多かったが、馬は連れていきたかった。

「わかったわ。伝言を送っておくわね。三十分以内に出かけられるよう準備をして」

「そうするわ」今朝のフィンにはほんとうに驚かされた。わたしのことを愛しているなら――いいえ！　それについて考えるつもりはない。彼と恋に落ちたりしても、頭痛の種になるだけのこと。

フィンは悩みなど何もないというようにワーシントン・ハウスから外に出た。しかし、こうして出てきてよかったのだ。オーガスタが額に落ちた巻き毛を払った瞬間、それに触れ、指を彼女の髪に差し入れて引き寄せ、彼女が結婚に同意するまで思いきりキスしたくてたまらなくなっていた。そのことを考えれば考えるほど、彼女を妻にしたい気持ちが募った。

手にキスをしたときには、彼女も何かを感じているのはまちがいない気がした。ヨーロッパへ行くとあれほど強く決心していなければ――そして、彼女の母が何を言おうと、オーガスタは大学へ行く夢をあきらめていないのだ――ぼくと結婚したいと思わせられるかもしれない。それもすぐに。今の彼女は高根の花と言える。それでも、最良のものは多少苦労しても手に入れる価値がある。根気よく挑むだけのことだ。結局は彼女もぼくが完璧な結婚相手だとわかるだろう。恋愛結婚ではなくても。ほかのどんな男よりもぼくこそが彼女を幸せにできる。

フィンは足を止めて時計を引っ張り出した。徒歩でもボーマンとの待ち合わせには充分間に合って酒場に到着するだろう。しばらく歩いて頭をはっきりさせなければ。目下の問題よりも、オーガスタのみだらな姿ばかりが頭に浮かんでしまうからだ。

秘書とはコーヒーハウスで会うほうがよかったが、そういう店は紳士の客も多く、会話を又聞きされて噂がヘレンの耳に届く危険もあった。フィンはヘレンに知られるまえにドーヴァー海峡に向けて出発したいと思っていた。

リンカーン法曹院などがあるリンカーンズ・イン・フィールドからほど近いその酒場は、ロンドンの法律家に人気の場所だった。店内は比較的空いていた。正面の窓から離れた席にすわると、すぐさまきちんとした装いの若い女性が近づいてきた。

「おはようございます。エールかコーヒーをお持ちしますか？　それともお食事なさいますか？」

コーヒーを頼もうかと思ったが、思い直した。「エールを一杯頼む」

「ただちに」女性は急いでバーへ向かった。

店の女性がエールを運んできたのとちょうど同じときにボーマンが酒場にはいってきた。

「同じものを」

「かしこまりました」女性はテーブルにジョッキを置き、また急いで下がった。

ボーマンはフィンと向かい合う席にすわった。フィンはジョッキを秘書のほうへすべらせた。「何かわかったかい？」

「ほとんどの部分をミスター・アディソンは自分で手配している。長年東インド会社にいたので、港まわりに大勢友人がいるんだ」ボーマンはエールを飲んだ。「彼と一行は個人所有の小型帆船サラ・エリザベス号で海峡を渡るつもりだ」

くそっ。オーガスタと同じ船に乗れる可能性はないのか。「そうなると、ぼくらはどうなる？」

「たまたま――」秘書はにやりとした。「サラ・エリザベス号と同じときに同じ航路をとる船がほかにあった。それに予約を入れたよ。キャサリン号だ」ボーマンは手帳をとり出してテーブルの上に置いた。「船についてはミスター・アディソンが自分で手配したが、ほかのことはあるインド人にまかせている。カレーの港に着いたときに彼らの一行に合流できないか、その男に接触してみた。旅は道連れということばにのっとってね。その男はミスター・アディソンに訊いてみるそうだ。彼にはぼくの名前だけ教えておいた」

「よくやってくれた。ほかには何が必要だ？」

「馬と旅行用の馬車だな。馬についてはきみにまかせるよ。馬車はどこで買えばいいか、人から教えてもらった。リネンも買わなきゃな。これまで持ち歩いていたのはぼろ布みたいなものだから」

「馬車用の馬と乗馬用の馬かい？」フィンは頭のなかでリストを作った。

ボーマンはうなずいた。「たしか、アディソンの馬たちは明日出発するそうだ。大陸で使う馬車についてはフランスで作らせたらしい」

「ぼくらもそうしたほうがいいんじゃないか？」馬については兄にタッターソールズに付き合ってもらえるだろう。フランスで馬を借りることも考えたのだが、馬がどんな状態か知れたものではなかった。

「その必要はないはずだ。アディソンはぼくらが乗ってもあり余るほどの馬車を作らせたそうだから」秘書はテーブルの上で手帳をすべらせてよこした。「ほかに必要なものはここに書いてある」

フィンは几帳面な文字を読んだ。フランスで市場を見つけられるまでの食料。トランクはすでに手配済みだ。そこに書かれたもののほとんどはマッソンにまかせられる。「防水のマント？　持っているだろう」

ボーマンは眉をゆがめて言った。「貧乏貴族に見られたいのかい？　それとも、金持ちに？　大陸では、ぼくらが宿代や食事代を払えないように見えないためには、ちゃんとした恰好をしたほうがいい」

なるほど、ボーマンに旅行の計画を任せてよかった。「きみの言うとおりだ。パリのほかにどこへ行くのかわかっているのかい?」

「アディソンがぼくらを連れとして迎えてくれるまではわからない」ボーマンはテーブルの上のジョッキをもてあそんだ。「アディソンがぼくらが加わるということをレディ・オーガスタに知らせるかもしれないが、それはわかっているのかい?」

まったく考えていなかった。いつからぼくの頭は働かなくなったのだ? オーガスタについていくことばかり考えていたせいで、それに対して彼女がどう反応するかは考えてもみなかった。すぐにこちらの意図は見透かされ、まったくもって気に入らないと思われるはずだ。フランスに着いてすぐに彼女たちの一行に加わるよりも、もっとあからさまでない方法をとらなければならない。向こうで彼女にいっしょにいたいと望んでもらえる方法を見つけなくては。

懐中時計をとり出して時間をたしかめ、兄がまだ家にいてくれることを祈った。「カレー港からパリまでは五日だな」

ボーマンはうなずいた。「当然ながら、途中何度か泊まろうと思ったら、もっとかかる」

「きみの言うとおりだ。レディ・オーガスタにぼくが彼女の一行に加わりたいと思っていることは知られたくない。彼女が到着したときに、ぼくらはすでにパリにいるほうがいいかもしれない」いくつか訪れたい街はあったが、そのせいで計画に遅れが出てはならない。彼女の一行がパリへまっすぐ急行するとしたら驚きだが。

「そうなると、準備の時間が短くなる。ぼくはマッソンと話をしないと」

「二、三日のうちに出発することは可能かな？」フィンはエールをひと口飲んだ。とてもまいエールだった。

「船会社の人間と話をするよ」秘書はそこでことばを止め、手帳に何か書きつけた。「今日の夕方までには答えが出るはずだ」

「ありがとう」フィンはテーブルに何枚か硬貨を置いた。「またあとで」

フィンは酒場を出ると、辻馬車を停めた。ゆったり歩いている暇はない。まずは銀行へ行き、ヨーロッパにいるあいだに金を引き出せるよう手配した。次は王立研究所だった。

入口への石段をのぼっているあいだに、アステカ族の鎮痙薬についての論文を発表する暇はないだろうと多少悔やむ思いに駆られた。広間に立っている使用人の脇を通り過ぎ、書記官の事務室へ向かうと、開いた扉をノックした。

「フィニアス様」研究所の書記官のクーパーが片手の手紙ともう一方の手のペンを掲げた。薄くなった白髪交じりの頭は嵐に遭ったかのように乱れている。「すみませんが、すっかり手がふさがっておりまして」

「残念ながら、きみの仕事を増やすことになりそうだ」論文の発表を中止するのは嫌でたまらなかったが、しかたなかった。今週末までロンドンに留まっていたら、オーガスタが到着するまえにパリに着くことはできない。「予定よりも早く大陸に向けて出発することになってね」

書記官は金縁眼鏡を外して鼻をこすった。「いつ出発なさるんです？」

「遅くとも明後日には」内心フィンは身を縮めた。二度と論文を発表してくれと言われなくなる可能性も高かった。

クーパーは汚れた眼鏡越しに目を向けてきた。「明日の午後二時にお時間はありますか？」

「ある」無理にでも時間を作ろう。「終わったらすぐに帰らなければならないが」

「ええ、もちろんです。論文の発表者のひとりが突然発表の時間に到着できないと言ってきたんです。元々のあなたの時間をその方に割り振ればいい。よかった。ほんとうによかった」書記官はひとりごとのようにつぶやき、机に広げた大きな筆記用紙に何か書きつけた。

「お寄りいただいて、ほんとうにありがとうございます、フィニアス様」

「こちらこそ、助かった」フィンは踵を返して廊下に戻った。うまくいった。運命が味方してくれているということならいいのだが。

# 15

「お嬢様」ソートンが言った。「何かほかにお手伝いできることはありますか？」

オーガスタは玄関脇の窓から目を、心をフィニアス・カーター＝ウッズから引き離した。もういなくなっていてもいいのに、彼は外で足を止めて時計を見ている。危険な人だわ。どうしてそう思うのか、はっきりしなかったが、そう思わずにいられなかった。なお悪いことに、彼をじっと見つめていたことを兄の執事に知られてしまった気がした。「馬車は三十分以内に用意できる？」

「ええ、お嬢様。奥様のご命令どおりに」

「着替えたほうがいいわね」フィンが何か企んでいるという感覚は振り払えなかった。それが何かわかるといいのだけれど。

寝室に行くと、黄色い馬車用のドレスが用意され、メイドのゴバートが待っていた。「トランクはいくつ必要かわかった？」

「ええ、お嬢様。リストはお嬢様のバッグのなかです」着ているドレスのレースがほどかれ、別のドレスを着せられるあいだ、オーガスタはじっとしていた。「親戚の方からお手紙が届いております。まえにも拝見したことのある筆跡でした」

「よかった」最後に受けとった手紙で、親戚のプルーは付き添いを務めてくれることを承諾していた。洗面台の上に置かれた手紙を手にとって封を開ける。

親愛なるオーガスタ

わたしは雇った馬車で五月十二日の午後にそちらに到着予定です。いっしょに旅ができることをどれほどたのしみにしているか、ことばでは言えないぐらいよ。

あなたを愛する親戚のプルー

「彼女は明日の午後ここへ来るわ。グレースに伝えてこなくちゃ」オーガスタが部屋を出ていこうとすると、礼儀正しくもしっかりと手で止められた。

「お嬢様、お出かけのまえにここへお戻りになりたくないなら、帽子をかぶり、手袋とバッグをお持ちください」

「ああ、そうね」ゴバートがボンネットをななめに頭にかぶせ、右耳の下でリボンを結んでくれるあいだ、オーガスタは鏡を見ていた。「正直、旅に出ることにとてもわくわくしているの」

「わたしもです、お嬢様」メイドは一歩下がった。「さあ、できました」

あまりに急いでいたため、オーガスタは廊下でグレースにぶつかりそうになった。「ああ、そこにいたのね。プルーから手紙が届いたの。明日の午後に到着するそうよ」

「彼女があなたの付き添いを承諾してくれて、ほんとうによかったわ」グレースはオーガスタと腕を組み、階段のほうへ向かった。「ジェーンは小さなトミーには手が足りていると言っているんだけど、あなたがどこかへ出かけたいと思うたびにジェーンに頼らなくて済むのはいいことだわ」

「ジェーンも、ずっとわたしの付き添いを務めなくて済むしね」オーガスタとグレースは階段を降りた。

「ソートン」グレースが執事に声をかけた。「ミセス・ソートンに、ミセス・ブラニングが明日の午後、到着すると伝えてちょうだい」

あれほどに陽気な家政婦がどうして決して感情を顔に表さないソートンと結婚したのか、いつもオーガスタは不思議に思わずにいられなかった。

「かしこまりました、奥様」執事はにこりともせずお辞儀をした。「謹んで申し伝えます」

まもなくオーガスタとグレースは街用の馬車でブルトン街の旅行用トランクの店へ向かっていた。

店にはいると、扉のベルが鳴った。大きさのちがういくつもの収納箱、トランク、帽子箱などが店じゅうに展示されている。片側にはそろいの五つのトランクが置いてあり、オーガスタはこれは売り物なのだろうかと思った。トランクはすぐにもほしい。

ふたりの男性——ひとりは兄の従者に似ていた——が話をしていた。従者に似ていないほうが目を上げた。「お客様、すぐにご用をうかがいます」

「わたしたちのために急いでくれなくていいわ」とオーガスタは言った。旅行用トランクを買ったことはない。というか、どんなトランクも買ったことがなかったので、少し見てまわりたかったのだ。そろいの黒いトランクを見れば見るほど、これをそのまま買えばいいのではと思わずにいられなかった。

従者に似ているほうの男性が店を出ると、もうひとりの白髪交じりの男性がオーガスタとグレースのそばにやってきた。「ブリッグズと申します」と言ってお辞儀をした。「何をお探しですか？」

「あのトランクを買いたいわ」オーガスタがそろいのトランクを指差した。

「申し訳ありません」店員は眉根を寄せた。「残念ながら、今店を出ていかれた方がお求めになったところです」

それは残念。すぐに必要だったのに。「もうできあがっているトランクはほかにありますか？」

「残念ながらございません。すぐにお入り用ですか？」

「数日のうちに」まあ、それは嘘だけど。別の店を探さなければならない。

ブリッグズはしばらく顎を指でたたいていたが、やがて言った。「革を張るだけになっているトランクがいくつかございます。仕上げるのに三日もかからないでしょう。よければ外に張る革やなかの装備を選んでいただくこともできます」

なかの装備？　それがどういうものか見当もつかなかった。「装備ってどういうものか教えていただけます？」

「喜んで。こちらへどうぞ」ブリッグズはふたりを店の奥の片隅に導いた。そこにはさまざまな形の入れ物のようなものが棚に飾られていた。「これらはトランクのなかに入れて使うもので、使い方はお望みに応じて変えられます」そう言ってトレイのようなものを手にとった。「たとえば、これには携帯用の書き物机を入れられるようになっています。ほかのさまざまなもの専用の仕切りもございます」

「それってとても役に立つわね」グレースが別の形のトレイをじっくり眺めながら言った。

一時間後、オーガスタは新しいトランクのなかの装備を選び終えていた。

「それで、外に張る革はここからお選びいただけます」先ほど見た黒い革に加えて、さまざまな色合いの茶色の革もあった。「お望みでしたらトランクに真鍮の留め鋲もつけられます」

トランクを選ぶのはドレスをあつらえるのと同じぐらいおもしろかった。「トランクは黒い革にして、トランクにかける革ひもは褐色にしてもらえます？」

「もちろんです」店員は笑みを浮かべた。「何でもお望みのままに」

平素、何でもお望みのままにと言われることは多くなかった。「黒い革で、褐色のひもと真鍮の留め鋲のついたトランクがいいわ」

「すばらしい」店員はにっこりした。「ほかにお入り用のものはありますか？」

すでに五つのトランクとふたつの旅行かばんといくつかの帽子箱と小さめの旅行かばんを選んでいた。「それで充分よ」

ブリッグズはカウンターへ急ぎ、オーガスタが買ったものを書き出しはじめた。「住所をうかがえれば、三日以内にお届けいたします」

グレースが、請求書とトランクがワーシントン・ハウスに送られるよう手配した。

「お買い上げ、ありがとうございました」ブリッグズはふたりのために扉を押さえてくれた。

店から歩道へ出ると、オーガスタは小さいことが気になり出した。「これで足りるといいんだけど。ゴバートとほかの使用人たちの分も考えなきゃならないわ」

「足りなかったら、たしか屋根裏にいくつかトランクがあったはずよ」グレースが力づけるような口調で言った。「さあ、マダム・リゼットのお店へ行って、あなたの旅行用の衣装をどうするか考えましょう」


オーガスタとグレースがワーシントン・ハウスに戻ってまもなく、友人の令嬢たち、ドリー、ヘンリエッタ、アデリーン、ジョージアナがオーガスタの居間へ案内されてきた。

「いったい昨日は何があったの？」ヘンリエッタがオーガスタを抱きしめて訊いた。

「騒ぎのすぐあとで訪ねてきたかったんだけど、わたしたちみんな母親たちに明日まで待ちなさいって言われて」ジョージアナが次にオーガスタを抱きしめて言った。

「ヨーロッパですって！　今週中に？」ジョージアナの次にオーガスタを抱きしめたアデリーンが言い、ほかはふたつのソファーに分かれてすわった。

「フィニアス様があなたのことをうっかりもらしたあとで、レディ・ソーンヒルが助け船を出したの」ドリーがオーガスタの頬にキスをした。「それで、フィニアス様はすぐさまその話に乗って、あなたに断られてがっかりするあまり、あなたの話をちゃんと聞いていなかったが、たしかにあなたは親戚といっしょにフランスに行くと言っていたと認めたのよ」彼女は目を天井に向けた。「もちろん、その話をみんな信じたわ。だって、女性が話しているときに耳を傾ける殿方なんていないから」

すべてが丸くおさまったことにオーガスタはほっとした。極めて賢明な言い訳で、彼はまだ友人でいてくれている。オーガスタはお茶を頼むために呼び鈴のところへ行ったが、扉をノックする音がして、使用人が大きなトレイとふたつのティーポットを持ってはいってきた。オーガスタがお茶を注ぎ、生姜ビスケットの皿をまわすのを友人たちは待った。

ヘンリエッタがビスケットを手にとった。「何があったの？」

事実を友人たちに話せるのはありがたかった。

「みんなの推測どおり、フィニアス様がプロポーズしてきたの。彼がわたしに結婚を申しこもうと思っていたなんて想像もしていなかった」

友人たちはおかしくなってしまったのかという目でオーガスタを見つめた。

「オーガスタ」ドリーが辛抱強く言った。「彼とはほかの男性と過ごす以上の時間を過ごしていたじゃない。彼が花嫁を探しているのは明らかだったし」

「まず兄に訊くこともしなかったのよ」フィンがわたしと結婚したがっているのを知らなかったのはわたしだけだったの？

「まあ、ワーシントン様に話しても、ほかの男性はうまくいかなかったわけだし」ヘンリエッタが冷ややかな声で指摘し、アデリーンとジョージアナがうなずいた。

「いずれにしても、わたしは断ったの」フィンとの会話を何から何まで話す必要はない。オーガスタはお茶をひと口飲んだ。「イタリアに行って勉強するつもりだって説明したのよ」思い返してみれば、彼は最初、それを聞いてぎょっとした様子だった。「わたしはプロポーズされたことに驚いて、ここへ戻ってくることにしたの。それで、グレースと会って、話し合った。そのときに、親戚のジェーンとそのご主人がヨーロッパじゅうを旅することにしたのを聞いたの」

「フランスだけじゃなく」とドリーが言った。

「ええ。パリに行ってから、別の場所に移動する旅」オーガスタは母をだましていることに少しばかりやましさを感じはじめていた。「そのことをうちの母は知らないけれど」

ジョージアナが指をひらひらさせた。「あなたのお兄様が知っていれば、問題ないわ」

オーガスタは話題を変えなくてはと思った。「レディ・ソーンヒルが助け船を出したって言った？」

「ええ」ドリーがより詳しく説明した。フィンが言いまちがえたのだとレディ・ソーンヒルがみんなに信じさせ、そこへオーガスタの母が戻ってきて、オーガスタが単にパリへ行くのはたしかだと言ったのだった。

「もう催しには参加しないの？」とアデリーンが訊いた。

「今晩のレディ・ベラムニーの舞踏会には参加するわ」オーガスタはそれが最後の催しで

あってほしいと思っていた。「やることが山ほどあるし、付き添いを務めてくれる親戚が明日到着するの」

「誰かに訊かれたら――」ドリーが言った。「あなたがフランスに行くことはだいぶまえから計画されていたって話すわ。フィニアス様はあなたにプロポーズするのにあなたのお兄様の許しを得なかったってことも」

「だから、プロポーズされてあなたがびっくりするあまり、家に帰らなきゃと思ったって」ジョージアナがカップを下ろした。「大丈夫なの？　あなたのためにわたしたちにできることはない？」

「ないわ」オーガスタは首を振った。「会いに来てくれてありがとう」

「もう一度みんなで集まれるまえに出発しないでよ」アデリーンがオーガスタの頰にキスをした。

オーガスタは友人たちを玄関まで送った。彼女たちのことも恋しくなるだろう。

その晩、オーガスタは姉とともにロスウェルの腕に手を置いてレディ・ベラムニーの家にはいった。三人はレディ・ベラムニーに挨拶をすると、舞踏場へ進んだ。

「最初は誰とダンスをするの？」とルイーザが訊いた。

「お相手がいないの」フィンに最初のダンスを予約できると言えばよかったと思ったが、彼に気が変わったと思わせたくはなかった。

「ちょっと待っていてくれ」と言ってロスウェルがその場を離れた。そしてブロンドの紳士のところへ歩み寄り、挨拶を交わした。すぐに紳士がうなずき、ロスウェルはその紳士を連れてオーガスタのところへ戻ってきた。「レディ・オーガスタ、もうターリー子爵には会ったと思うが」

義理の兄にキスしてもよかった。「ええ。こんばんは、ターリー様」

相手はお辞儀をした。「お会いできて光栄です。パリのぼくの妹を訪ねてくださると聞いています」

オーガスタはうなずいた。「そのとおりですわ。そのことにほんとうにわくわくしていますの。妹さんはパリが大好きなんでしょうね」

「たしかにそうですね」ターリー卿はほほ笑んだ。「昨日手紙で、あなたが訪ねてくるかもしれないと伝えてきました。またあなたにお会いできればうれしいと」ロスウェルが咳払いをした。「レディ・オーガスタ、最初のダンスをぼくと踊っていただけますか?」

「ありがとうございます、ターリー様」オーガスタはほほ笑んだ。「喜んで」

ターリー卿はダンスが極めて上手だったが、オーガスタはさほどたのしめなかった。旅の装いと荷物が準備できた今、旅のことに心奪われていたからだ。幸い、ターリー卿はしつこく会話を求めてくる人ではなかった。

姉のところへ戻してもらうときに、部屋へはいってきながらふたりの既婚婦人が話している声が聞こえてきた。

「レディ・オーガスタがフランスに旅立つことになったんだから――」ひとりのご婦人が

言った。「うちのメアリーをフィニアス様に引き合わせる催しについてヘレン・ドーチェスターと相談してみるわ」

目がちくちくした。フィンのことを考えてはだめ。彼は結婚しなければならないが、その相手はわたしではあり得ないのだから。

「ペイシェンス・ウォルヴァートンが気の毒よ」もうひとりが言った。「最初の娘さんはとてもいい縁に恵まれたのに」

母を傷つけたと思うと、罪悪感のせいで全身に震えが走った。それでも、いつかは自分も結婚するつもりではあり、あと三年もすれば、マデリンがデビューすることになる。

オーガスタはもうひとりの女性が何と答えるか耳をそばだてたが、そのころには女性たちは離れすぎていた。フィンとダンスする予定がなければ、家に帰りたいと頼んでいたことだろう。

二度と彼に会えないないようにした。わたしがイギリスに戻ってくるころには、フィンには妻と子供がいるだろう。彼には愛のある結婚をしてほしかった。

結婚を申しこんできた紳士のなかで、〝愛している〟と言ってきたのはたったひとりだったが、わたしがランスロット卿と結婚することは絶対にない。そう言えば、フィンはあの若い貴族をたくみに排除してくれた。あれ以来、ロンドンでランスロット卿の姿を目にすることはなかった。

リトルトン卿が近づいてきてお辞儀をした。「レディ・オーガスタ、空いているダンスはありますか？」

ドリーはこの人を嫌いかもしれないが、その申し出はオーガスタにはありがたかった。

「次のダンスが空いていますわ」

「ありがとう、レディ・オーガスタ」

リトルトン卿はオーガスタ自身のことについて質問してくれ、いっしょに踊るのはたのしかったが、その後フィンの腕に抱かれてワルツを踊ったのに匹敵するものではなかった。それにありがたいことに、フィンはふたりのあいだに恐ろしいことなど何もなかったかのように振る舞ってくれた。

「王立研究所での論文発表が明日に日程変更されたんだ」オーガスタはフィンに導かれてターンしていたが、以前より少しだけ互いの体が近くなっているのはたしかだった。

「どうしてそういうことに？　日程はふつう、まえもって決まっているものじゃないの？」

「到着が遅れている人がいるようでね。ぼくと日程を交換することになった」真剣な銀色のまなざしを向けられて、オーガスタの胃のあたりで蝶がはためいた。「きみにも聞きに来てほしい」

王立協会とちがって、王立研究所は論文発表の場に女性が出席するのを許しているが、行っていいものかしら？　それに、どうして彼は来てほしいというの？「あなたさえよかったら、うかがうわ」

「ありがとう」フィンは笑みを浮かべた。「きみの馬車に乗せてくれるかな？　歩いても行けるけど、論文を持っていくことになるからね。それに、そのまえに王立協会の書記官と話をしなきゃならないし。王立研究所には二時までに行かなきゃならないんだ」

「あなたってどうしようもないわ」それでも、オーガスタは軽い笑い声をあげた。それがふたりで過ごす最後の機会になるかもしれないとは考えないようにしながら。

# 16

オーガスタとのワルツがなかったら、フィンは舞踏会への参加を見合わせていただろう。そうできたなら、彼女とのダンスのときに現れて、終わったらすぐに去っていたはずだ。そうしなかったふたつのおもな原因はオーガスタとヘレンだった。どちらの女性もフィンが何をするつもりか知りたがっただろう。

秘書と従者と兄が有能だったおかげで、明後日の早朝には出発する準備が整うはずだが、オーガスタもヘレンもそのことは知りようがなかった。論文を発表することがこれほどに重要でなければ、数時間のうちに出発してもいいぐらいだった。

その日の午後、ドーチェスター・ハウスに戻ったときには、店にたったひとセット残っていた出来合いのそろいのトランクをうまく買えたとマッソンに告げられた。ボーマンは旅行用の馬車を見つけていた。注文を受けて作られたものだったが、理由は不明ながら、注文主から納品を断られた馬車だった。兄は六頭の馬車用の馬と二頭の乗馬用の馬を買うにあたって、交渉を手伝ってくれた。マントンの銃器店にも連れていってくれ、フィンはそこでドイツ式のライフルを購入した。大陸でそれほど問題に直面するとは思っていなかったが、何があるかはわからない。馬車に備えておく銃も二丁買った。

フィンが兄の書斎で紹介状を書いてもらっていると、ボーマンがそこへ加わった。

れば、翌日の潮に乗って出発できる」

兄はグラスを下ろした。「そんなにすぐに？」

「ええ」ボーマンは言った。「風向きは変わりつつあり、持つのもほんの数日と予測されています」

「だったら、出発する準備ができているのはよかったな」チェスは顔をしかめた。「ただ、おまえはなるべく早く出発したほうがいいと思う。おまえがあまり姿を見せないのは、レディ・オーガスタに断られた傷心を癒すためにひとりになりたがっているからだとヘレンには言っておいたが」

ボーマンは問うように眉を上げた。

「そんな言い訳も長くはもたないだろうしね」フィンはため息をついた。自分が出発したとヘレンが知ったときの兄の立場には身を置きたくなかった。彼は秘書に目を向けた。「今日も何かの催しに同行してほしいと思っていたようだ。幸い、マッソンが警告してくれたけど」

「ああ、そうだな」兄は言った。「おかげで必要なことを終えることができた」

「馬丁はどうする？」とボーマンが訊いた。

ああ、まったく！　少なくともふたりの馬丁と同じ数の御者がいなくては出発できない。

「ぼくを見るなよ」チェスは言った。「厩舎に余っている人間はいないんだから」兄が呼び鈴のひもを引っ張ると、すぐに執事が部屋にはいってきた。

「お呼びですか？」

「急遽馬丁と御者が必要なんだが、どこで見つけられる？」

「数分お待ちいただければ、お答えできます」兄の執事はお辞儀をして書斎を出ていった。

そのことばどおり、執事は五分後に戻ってきた。「〈エヴァリー職業紹介所〉がもっとも評判がいいようです」そう言ってチェスに一枚の紙を手渡した。「ほかに何かご用はありますか、旦那様？」

その質問を聞いて、フィンは論文の発表会について告げるのを忘れていたことを思い出した。「明日の午後、王立研究所で論文を発表するんだ」フィンは少しばかり胸をふくらませ、笑みを浮かべずにいられなかった。ようやくその喜びが心に押し寄せてきた。

「それはすばらしい知らせだ！」ボーマンはフィンの手をにぎった。「よくやった」

「ほんとうにすばらしい知らせです」執事はお辞儀をした。「お父上も自慢に思われたことでしょう」

「父なんかどうでもいい。ぼくが弟を自慢に思うよ」チェスがフィンにワインのお代わりを注いだ。「明日、シャンパンでお祝いしよう。論題は？」

「アステカ族が発見した鎮痙薬についてだ」フィンは上等の赤ワインをひと口飲んだ。すぐにフランスワインを自由に選べるようになる。オーガスタがワインを好むかどうかを調べておこう。

執事が部屋を出ていくと、兄がフィンにメモを手渡した。フィンはそれをボーマンに渡した。「幸運を祈る」

ボーマンが立ち上がった。「問題があったら、知らせるよ」

「雇った連中には厩舎の近くの宿屋で待機するようにさせてくれ」とフィンは言った。「馬車への荷物の積みこみを手伝ってもらうために、遅くとも明日の午後にはそこにいてほしい」

「きみのトランクを厩舎に運ぶには荷車を手配してある」ボーマンは部屋から出ようとして足を止めた。「ぼくらは明け方に厩舎で馬車に乗りこむことにするかい？」

「それはいい考えだ」人目を忍ぶ冒険といったところも悪くない。「ぼくは人目につかないよう窓から外に出るよ」

兄がため息をついた。「窓から外に出るのはだめだ。厩舎から出発するのもな。おまえは立場にふさわしく、ここから出発する」

「つまらないな」フィンは言い返した。

「それがぼくの役目だからな」チェスは不満そうに言った。「その英雄ぶったおふざけはご婦人のためにとっておくんだな。きっと褒めてくれるぞ」

今フィンは、オーガスタが見たことのない背の高いブロンドの紳士と踊る様子を眺めていなければならなかった。彼は義姉のほうに顔を向けた。「あれは誰だい？」

「ターリー様よ」フィンは眉を上げた。ヘレンの顔に苦悩の色がよぎった。彼女は一瞬目を閉じた。「ターリー子爵。どうしてレディ・オーガスタにそんなに注目するの？　もうすぐ旅立ってしまうのに」

なぜなら、ほかの誰でもなく、オーガスタを欲しているからだ。そして、彼女がほかの男と踊っているのを見るのは嫌だった。しかし、義姉の質問には答えず、ただ肩をすくめた。

「ドーチェスターの言うとおりだったのね」ヘレンは明るい茶色の髪の若い女性をともなった既婚婦人に笑みを向けた。「彼女にひどく傷つけられたってわけ。そう――」ヘレンはフィンと腕を組んだ。「それを乗り越える方法はたったひとつよ。別の女性を見つけなければならないわ」

まったく！　そんなことは少しも望んでいなかった。それでも、引っ張っていかれるのを拒むことはできず、気がつくと、すべてのダンスにお相手が決まっていた。

「もう一曲お相手のいないダンスがあるわね」ヘレンは舞踏場を見まわして言った。

「ああ」ヘレンはちらりと目をくれた。「レディ・オーガスタに二度目のワルツをお願いしたんだ」

「あなた、物笑いの種になっているわよ。彼女に拒絶されたことはみんなが知っているんだから」

拒絶されたとはきつい言い方だ。結婚する気をなくさせられたと言うほうがいい。そのほうがずっといい。それも彼女の気を変えさせるまでのことだが。「決めるのはぼくだ」

「いいわ。でも、新しい女性を探す心の準備はしておいてね」ヘレンは答えを待たずにその場を離れた。

オーガスタとのワルツのまえにもうひとつダンスを耐えなければならなかった。今晩よりまえには会ったこともない、ミス・キャドウェルという女性だった。フィンはお辞儀をした。「ミス・キャドウェル、踊りましょうか？」

「ええ、フィニアス様」彼女はお辞儀をし、彼が差し出した腕をとった。ダンスもなかばまで来たところで、彼女は言った。「目であの方を追ってらっしゃるの、ご自分でわかってらした？」

くそっ。傍目にわかるほどとは思っていなかった。「すみません」

「別の女性を見つければ、彼女のことを乗り越える助けになりますわ」ダンスによってふたりはまた離れた。フィンは相手に注意を集中させようとした。やがてミス・キャドウェルは笑った。「あら、その表情。わたしはだめですわ。これだけは言えますけど、ここに来たのは両親に無理強いされたせいなんです。もう結婚したいお相手はいるので」

フィンは自分がどんな表情をしていたのだろうと訝り、笑みを作った。「義理の姉にも同じことを言われましたよ。ぼくは物笑いの種になっていると」ふと、そんなふうにばかな姿をさらしているとすれば、明日以降、ロンドンからいなくなる理由の説明が必要だと思った。さもなければ、国を離れたことをオーガスタに知られてしまう。「何日かひとりになる必要があるようです。領地に戻るのが妥当でしょうね」

「逃げ出すんですか?」ミス・キャドウェルが言った。

「そう言われるかもしれない。でも、イギリスに戻ってきてから、田舎に行っていないんです。きっと反対されるでしょうが」

「そうなさったほうがいいと思いますわ。彼女が出発するまで待っていたら、痛ましく見えるでしょうから」

「ええ、おっしゃるとおりですね」

数分後、オーガスタにも同じ嘘をくり返していた。

「お戻りになったときにリンカーンシャーをお訪ねになったほうがよかったんだわ。ロンドンに来なきゃならなかったのは残念ね」オーガスタは彼の目を探るように見た。フィンの胸が痛み出した。

ターンのときに彼は彼女を近くに引き寄せた。「それでも、きみに会う機会を逃したくはなかっただろうな。これほどに博識で賢明な友人ができたのは初めてだから」

「わたしもあなたとはたのしいひとときを過ごしたわ」ふたりの目が合い、フィンは明るい青いまなざしにとらわれた。「正直、あなたに会えなくてさみしくなるわ」

「もう二度と会えないみたいに言うんだね」

「ええ」オーガスタはしばらく口をつぐんだ。「夜の催しにはもう参加しないことにしたの」

彼女にキスできたなら。「そんなに嫌なのかい?」

オーガスタは悲しげな笑い声をあげた。「あなた以外、今夜のダンスのお相手はみんな姉や義理の兄の友人たちなの」ふたりはまたターンし、オーガスタの唇の端が持ち上がってゆがんだ笑みの形になった。「もしこのまま残ったら、ほんとうに最悪だわ」

残ったとしたら、ぼくと結婚することになるだろう。「フランスでたのしく過ごせるさ」

当を得たことばだった。今度は彼女も本物の笑みを浮かべた。「〝ストラスブールの誓い〟の実物を見たいと思っているの」

「古フランス語で書かれたものかい？」彼女の頭にはほかにどんな事実が詰まっているのだろう？

「ええ」さらに笑みが深まった。「そうよ。これまで実物の文書を見たことがなくて。写ししか」

ぼくがやるべきことはそれだ。パリに着いたら、彼女がその文書を見られるよう手配しよう。ぼくがヨーロッパへついてきたことに腹を立てたとしても、それによって赦してくれるかもしれない。

「幸運を祈るよ」幸運はぼくが手配してみせよう。

一瞬、オーガスタは悲しそうな表情を浮かべたが、何度かまばたきした。「さみしくなるわ」

「ぼくもさ」ああ、話題を変えたほうがいい。さもないと、どちらも感傷的になってしまう。

「すべてなるようになるものさ」

「義姉もそう言っていたわ」ダンスが終わり、オーガスタのお辞儀に彼もお辞儀を返した。

「そろそろ家に帰ります。あなたもリンカーンシャーでたのしいひとときを」

「ああ、きっと」結婚したあとに彼女をそこへ連れていったらたのしいだろう。

フィンはオーガスタとその家族とともに玄関の間に出た。彼女を脇に引っ張ってキスできたなら。一瞬目が合ったが、すぐに彼女は黒っぽい色の濃いまつげを伏せた。まつげの先端が上向きにカールしていることをそのとき初めて知った。

しばらくのあいだ、オーガスタは大理石の床を眺めていることにしたようだ。「これでお別れだと思う」

フィンは彼女の手を持ち上げて細く小さな指にキスをした。「お別れじゃない。少なくとも明日の論文発表には来てくれるんだろう？」

オーガスタは目を上げて何か言うかに見えたが、やがて首を振った。「どうしてそのことを忘れることができたのかしら？　今夜は思っていた以上に気もそぞろだったんだわ」


オーガスタは馬車に乗りこむまえに首を巡らした。フィンは舞踏場に戻っていくところだった。彼との会話が恋しくなるだろう。わたしが戻ってくるまで待っていてくれるだけ、彼がわたしを思ってくれていたなら。でも、彼には家族に対する義務がある。

「フィニアス様のことがとても好きなのね」ルイーザのことばを聞いてオーガスタは姉のほうに顔を向けた。「そして彼のほうもあなたを好いている」

好いてはいても、愛してはいない。そのことは忘れないようにしなければ。「ええ。彼はいいお友達よ」

「お友達以上の存在になれるかもしれないわ」ルイーザは甘い口調で言った。

「ルイーザ」姉の夫ロスウェル公爵の声が馬車のなかに響いた。「今、縁結びをしてもしかたないだろう」

「わたしはただ、オーガスタに幸せになってほしいだけよ」と姉は言った。

まったく。お母様みたいな言い方。「わたしは旅に出られて幸せよ」

「結婚して、夫といっしょに旅することもできたのに」ルイーザは自信に満ちた口調で言った。でも、姉はいつもそうだ。

オーガスタは馬車の壁に頭を打ちつけたくなった。「お姉様やシャーロットやドッティのように？」いいかげんにして。「わたしがヨーロッパに行くことにはあなたも賛成してくれたんだと思っていたわ」

「あなたが恋に落ちているとは知らなかったから」

フィンと永遠の別れを告げかけたのを姉に見られていなければよかったのに。明日の約束を覚えてさえいれば。「わたしは恋に落ちてなんかいないわ！」落ちているのかもしれないが、そうだとしても、いいことは何もない。フィンはわたしを愛していないのだから。

薄暗い馬車の明かりのなかでも、姉の顎がこわばるのがわかった。「そんなことば信じないわ」

「でも、ほんとうだもの。それに、赤ちゃんがいては、旅に出られないわ。ご自分やシャーロットやドッティをごらんなさいよ。誰もパリにさえ行っていないじゃない」

「わたしたちにはここで果たすべき責任があるからよ」ルイーザは眉をゆがめた。「あなたとフィニアス様にはないけど」

オーガスタについてはそうかもしれないが、フィンはちがう。それでも、ひとつ極めて重要な事実は残る。「ルイーザ、彼はわたしを愛していないのよ。プロポーズされたときにそう訊いたら、そのとおりだって言っていたわ」

ロスウェルの眉が上がった。「ほんとうかい？」

それはどういうこと？　オーガスタは顔をしかめてみせた。「ほんとうよ」

「彼があなたを愛していたら、状況はちがったの？」姉がさらに訊いた。

「ここを離れるのがもっと辛くなったでしょうね」それは嘘ではなかった。「わたしは結婚して赤ちゃんを産むまえにほかにしたいことがあるのよ」どうしてそれをほかの人にわかってもらうのがこれほどにむずかしいの？「それでも、彼がわたしを愛していないという事実は残るわ。そして、彼には結婚する義務がある。ドーチェスター様は跡継ぎ作りを弟に頼っているんですもの」

「ああ、まったく」ルイーザがあまりにうんざりした声を出したので、オーガスタは噴き出しそうになった。「まだ子供は四人じゃない。レディ・ドーチェスターはいつか息子を産むにちがいないわ」

この会話は終わらせなくては。「わたしはヨーロッパに発つのよ。この話はこれ以上したくない」

「いいわ」ルイーザは両手を放り上げた。「好きにすれば」

「ええ、するわ」話はそれで終わりのはずだった。しかし、相手がルイーザとなると、どうなるかは誰にもわからない。

ロスウェルが小さな忍び笑いをもらした。「オーガスタはきみと同じぐらい頑固なんだな、ルイーザ」

姉が胸のまえで腕を組むのを見て、オーガスタは笑みを隠した。これでもうひとつの障害を乗り超えた。

明日出発できればよかったのだけれど。残念ながら、トランクが必要で、旅の衣服もそろっていない。親戚のプルーもまだ到着しておらず、ジェーンとヘクターにもまだしなければならないことが残っていた。

しかたない。我慢して、旅が予定どおりに進むと信じるしかない。フィンについては、どれほど思いが募っても、ふたりの運命はそれぞれにちがう道を用意したのだ。彼と彼との友情のことは心から追い出してしまわなければ。

# 17

翌日、フィンは一時十五分すぎにワーシントン・ハウスに到着した。もちろん、オーガスタは出かける準備ができていた。「雨のおかげで空気が澄んでよかった」

「ええ、そうね」オーガスタは最初に馬車に乗りに行ったときのように、まっすぐフェートンに向かった。「わたしの馬車は覆いをかけることもできるんだけど、一度も使ったことがないの」

フィンは大股で男の使用人の脇をまわりこみ、彼女が馬車に乗るのに手を貸そうとそばへ行った。腕を差し出すと、彼女はしばらくそれをじっと見てから彼の上着の袖にそっと指を置いた。「論文の発表をたのしんでくれるといいんだが」

「発表するのがあなたですもの。きっとたのしいわ」オーガスタはフィンにすばやく笑みを向けた。そして馬丁が後ろに乗りこむと、二頭の馬に進めと合図した。

「王立協会までの道はわかっていると思うが」道は馬車や荷車やその他の乗り物で込み合っていた。行き交う貴族たちのために道を掃除している少年もいた。

「今朝、ロンドンの地図を調べて、兄の御者とも相談してどの道を行くかを決めたの。これまでこれほど川に近いところには行ったことがないから」

二十分後、ふたりはサマセット・ハウスのまえに馬車を停めた。

「すばらしい経路だったよ」そう言いつつ、わかっていたことだった。オーガスタは何にしても完璧にやり遂げる女性だ。「すぐに戻る」

フィンは馬車から飛び降りて扉のなかにはいり、使用人に挨拶すると、建物を出て馬車に戻った。王立協会にはたいした用もなかったのだ。オーガスタと馬車でもっといっしょに時間を過ごしたいという思いもあったが、何よりもバークリー・スクエアから王立研究所のあるアルベマール街までは極めて短い距離しかなく、その距離を馬車に乗せてくれとはさすがに言えず、まずは王立協会に寄ってもらったのだった。

フィンは馬車に戻った。「次は王立研究所だ」ふたりは決められた発表の時間のほぼ十分まえに到着し、フィンは馬車から飛び降りてまわりこんだ。そして彼女に異を唱える暇を与えず、ほっそりした腰をつかんで彼女を下ろした。そんなことをするのはまちがっているのかもしれないが、必要よりも少しだけ長く腰をつかんだままでいると、うれしいことに、彼女が頬を染め、息を呑んだ。「ぼくが発表をはじめるまえに、きみのすわる場所を確保するよ」

「ありがとう」きれいに頬を染め、彼女は目を伏せて彼の腕をとった。

「レディ・オーガスタ」彼女の馬丁が馬の頭のほうへまわった。「どのぐらいかかりますか？」

オーガスタはフィンに目を向け、フィンが答えた。「一時間もかからない」

「わかりました。近くで馬を歩かせておきましょう」

「やっと着いたな」フィンとオーガスタが扉のところまで行くと、ドーチェスターが呼びかけてきた。

オーガスタは疑うように目を細めた。「お兄様がいらっしゃるとは言わなかったじゃない」

「正直言って、ぼくも知らなかったんだ」いったい兄がここで何をしている？「発表のことは昨日、話のついでに知らせただけで、話題はすぐに変わった。夕食のときも今朝も、兄は何も言っていなかった」

オーガスタと目が合い、じっと見つめられるうちに、フィンはもじもじしたくなった。

「わかったわ。帰りはお兄様の馬車で帰れるわね」

「それもわからない」フィンは近くに来た兄にちらりと目をやった。「今日は貴族院かどこかに行くんだと思っていたよ」

「これを聞き逃すわけにはいかないからね」兄はお辞儀をした。「レディ・オーガスタ、ぼくが馬車で送れると弟に知らせなかったことで、あなたにはお詫びしなければ」

オーガスタはこわばっていた口元を緩め、お辞儀をした。「まったくかまいませんわ、ドーチェスター様」

「弟の発表が終わったら、彼を家に送ってもらうようお願いしなければならない。残念ながら、ぼくはすぐさま委員会の会合に向かわなければならないので」

「ぼくはここにいるんだぞ」悪さをした子供のように兄に扱われるのは心底嫌だった。それとも、チェスはわざとそうしているのだろうか？　兄はオーガスタの顔に浮かんだむっとした表情に気づいたのか？

「ああ、もちろん、そうさ。おまえにも謝るよ。明らかにぼくの失敗だ」

「こうしてここに来たんだから、レディ・オーガスタといっしょにすわればいい」入口の扉が開き、フィンはふたりをなかに案内した。

「フィニアス様ですか？」フィンと同い年ぐらいの黒髪できちんとした身なりの紳士がすばやく近寄ってきた。

「はい」フィンはオーガスタと兄を示した。「こちらはぼくの客です」

「私は書記官のターナーです。こちらへどうぞ」

ターナーは三人を片側に窓が並ぶ大きな部屋の奥にあるふたつの椅子へと導いた。部屋のもう一方の端では暖炉に火がはいっている。席はすでに四分の三ほど埋まっていた。「どうぞ」

「終わったら会おう」フィンはターナーのあとから部屋の前方へ向かった。

書記官がフィンを紹介し、知らされていなかった会員に発表者の変更があったことを告げた。その後、フィンは論文を発表した。不思議なことに、気になるのはオーガスタだけだった。彼女は椅子にすわったままわずかに身を乗り出している。彼の言ったことがよくわからないというように彼女が眉根を寄せたときには、フィンはさらに詳しく説明を加えなければならなかったことに気づいた。

一時間後、そこにいた男性やほんの少数の女性にお祝いを言われたあとで、フィンは部屋の奥へ向かった。

オーガスタが彼の腕をとった。「すばらしい発表だったわ。でも、あなたが眼鏡をかけるとは知らなかった」

「弟には眼鏡は必要ないんですよ」ドーチェスターがそっけなく言った。「そのほうがよりまじめに見えるというだけで」

オーガスタは小さな笑い声をもらした。「だとしたら、うまくいったわ。とてもまじめに見えたもの」

「それだけが理由じゃない」フィンは兄に顔をしかめて見せた。「見た目を若干変えなくちゃならないときに役に立つんだ」

「それについては詳しく聞きたくないな」ドーチェスターがお辞儀をした。「お別れを言います。レディ・オーガスタ、大陸までご無事の旅を」

「ありがとうございます、ドーチェスター様」オーガスタもお辞儀をした。

今度はフィンが彼女の腕をとった。「兄が来てくれてよかった。ぼくには思いおよばなかったんだが、きみはメイドか誰かをともなうべきだったからね」

「わたしもそれについては考えなかったわ」オーガスタは顔をしかめた。「でも、ドーチェスター様はごいっしょするのにいいお相手だった。わたしには何も説明する必要がないとおわかりになってからは」

「兄は驚いたにちがいないな」フィンは忍び笑いをもらした。

「そうかもしれないわ」フィンに馬車の座席に持ち上げられて、オーガスタは息を呑んだ。

あまりにすぐに馬車はドーチェスター・ハウスに到着し、オーガスタは馬の足を止めさせた。「これでさよならね」

「さよならじゃない」フィンはまた彼女の目をのぞきこみたかったが、彼女は目を合わせようとはしなかった。彼女の手をとって手袋越しに指にキスをすると、フィンは馬車から降りた。「また会おう」

「たぶん、いつかまた」

オーガスタは馬車を出したが、フィンはその姿が見えなくなるまで歩道に留まっていた。これからの二週間は自分にとってもっとも長い二週間となるだろう。

「フィニアス様はまだお嬢様を見てらっしゃいますよ」馬丁のジョーンズの要らないことばは、オーガスタが心の平穏をとり戻す助けにはならなかった。

「そんなこと知りたくない」彼に二度と会えないことを悲しく思いたくもない。たとえ、愛してくれていたとしても、彼はわたしが大学を終えるまで待つことはできない。

家に着くと、オーガスタはまっすぐ寝室へ向かい、昼間のドレスに着替えて上っ張りをはおった。ロンドンで出会い、今はエジンバラにいる古代史の教授が難問を送ってきていた。オーガスタはそれを解き、自分でもひとつ問題を作って教授に送るよう手配した。

買ってあったフランスの旅行案内書の続きを読もうとしたところで、ゴバートが急いで部屋にはいってきた。「お嬢様、お身内の方がお着きのようです」

オーガスタが玄関の扉のそばに立っていると、旅の付き添いを務めてくれる親戚のプルーデンスが古めかしい旅行用の馬車から外に目を向けていた。馬車とちがって乗っている女性のほうは古めかしいとはまったく言えなかった。ヴァイヴァーズ家特有の褐色の髪にはまだ白いものも交じっていない。青い目の端には小さな笑い皺が広がっていた。

プルーは使用人の手を借りて馬車から降りると、スカートを振って開いた玄関の扉を見上げ、ほほ笑んだ。「あなたがオーガスタね」

「ええ、そうです」手を差し出してオーガスタは笑った。プルーは完璧だった。背の高さは中ぐらいで、オーガスタの姉妹やこれまで会ったヴァイヴァーズ家の女性たちを思い出させ、三十歳という年齢よりはずっと若く見える。それは彼女をとりまく精力的な雰囲気のせいかもしれなかった。「雇った馬車でいらっしゃると思ったわ。きっとこれはちがうわね？」

「最悪でしょう？」プルーはオーガスタの手をとって引き寄せ、抱きしめた。「でも、少なくとも乗り心地はいいの。郵便馬車よりは」歯ががたがたいうような感じはなかったわ」

背の高いやせた女性が馬車から降りてきた。プルーは言った。「わたしが結婚するまえから仕えてくれているの」

「会えてうれしいわ」オーガスタは言った。「うちの家政婦のミセス・ソートンにあなたの部屋を用意させて、わたしのメイドのゴバートに紹介させるわ」ふたりは男の使用人がプルーのメイドからかばんを受けとるのを待ってから石段をのぼって広間へ向かった。広間では子供たちとウォルター——彼のことはもう子供とは呼べなかった——が待っているはずだった。「ここまでの道中はどうだったんです？」

「お茶を少しいただいたら、お話しするわ」とプルーは答えた。

「まずはうちの弟たちや妹たちとマットとグレースにご紹介しなくちゃ。それと、犬たちにつまずかないでくださいね」グレート・デーンにつまずくことがどれほどたやすいか、いつもオーガスタは驚かされた。

プルーが広間にはいって口をぽかんと開けると、オーガスタはまた笑った。「子供たちがたくさんいるって話は聞かされていたけれど、こんなにたくさんとは思っていなかったわ」

プルーは目を細めた。「全員がヴァイヴァーズ家の子供ってわけじゃないわね」

「ちがうわ」見かけが対照的であることを思ってオーガスタは笑みを浮かべた。ヴァイヴァーズ家の子供たちは褐色の髪とラピスラズリ色の目をしているのに対し、カーペンター家の子供たちはブロンドの髪と晴れた夏の空色の目をしていた。

プルーに最初に挨拶したのはメアリーだった。「こんにちは。わたしはレディ・メアリー・カーペンターよ。あなたが親戚のプルーデンスね」メアリーはプルーの手をとった。「わたしが紹介してあげるわ。そうしたら、朝の間でお茶を飲めるし、グレースとマットにも会える」

全員の紹介が終わると、プルーは自分をプルーデンスではなく、プルーと呼んでほしいと頼んだ。「これだけは言えるけど、わたしは思慮深さ《プルーデンス》なんて名前とはかけ離れた人間だから」

双子とマデリンがプルーを先に連れていき、オーガスタはメアリーといっしょに歩いた。

「うまい具合に紹介してくれたわね」

メアリーは満面の笑みになった。「わたしが練習していたら、グレースが、プルーを紹介する役目をしていいって言ってくれたの。とてもいい方ね」

「ええ、うまくやっていけると思うわ。グレースとマットはどこ?」彼らがここにいてプルーに挨拶しないのは妙だった。そう考えてみれば、犬のデュークとデイジーもそうだ。オーガスタがプルーを出迎えたときには、デイジーは広間にいたはずなのに。

「マットが子供部屋にいて、グレースは彼を迎えに行ったの」オーガスタの次の質問がわかっていたかのように、メアリーは付け加えた。「デュークはマットといっしょで、デイジーは使用人がマットたちを迎えに行ったときに、いっしょに上へ行ったわ」

呼ばれたかのように、グレースとマットがグレート・デーンたちを従えて階段を降りてきた。「プルーデンスは朝の間にいるのね?」

メアリーは今や誰もいなくなった廊下に目をやった。「うん。プルーって呼んでって言ってたけど」

「オーガスタ、彼女のことはどう思った?」とグレースが訊いた。

「とても気に入ったわ。あなたもそう思うはずよ」少なくとも、兄と義姉には同じように思ってほしかった。

「ヴァイヴァーズ家の髪と目よ」メアリーが物知り顔で付け加えた。

朝の間にはいっていくと、ほかの家族はプルーのまわりに集まっていた。男の子たちがスペインでの戦争について質問攻めにしている。

犬たちが彼女の手の下に頭を突っこんで自分たちの存在を知らしめたときには、プルーは質問に答えている最中だった。「きれいな犬たちね」

メアリーがマットとグレースを紹介した。

「ここまでいらっしゃるのが大変じゃなかったならいいんですけど」グレースがふたつのソファーのひとつに腰を下ろしながら言った。

「いいえ、まったく」プルーはおもしろがるように目をきらめかせた。「旅は大好きで、ずっと……そう、またどこかへ行かなきゃって思っていたの」そう言ってグレースに目を向けた。「うちの両親は夫がワーテルローの戦いで亡くなってから、とてもよくしてくれたわ。両親がいなかったら、わたしはどうなっていたかわからないぐらい。でも、そろそろわたしも自分のために新しい人生をはじめなくちゃ。旅の付き添いを務めてほしいというオーガスタのお願いは、この上なくいいときに舞いこんだの」プルーはまたほほ笑んだ。「彼女と同じく、わたしもひとりでは旅を許されないから」

「そのとおりね」グレースはプルーに笑みを返した。

十分も経たないうちに、お茶が注がれ、みんなが料理人特製のタルトとビスケットが載った皿を手にしていた。オーガスタは馬車についての質問にプルーがまだ答えていないことを思い出した。「プルー、どんな成り行きで旅用の馬車を手に入れることになったんです？」

プルーはいたずらっぽい笑みを浮かべた。「あなたもご存じのように、わたしは司祭館で母と父を手伝っているわ。そうしたら、地元の名士の息子が、自分の妻としてわたしがふさわしいと考えたの――彼のお母様は驚愕していたけれど。わたしが何を言っても、わたしにはその気はないと彼を説得できなかった」プルーは小さく笑った。「わたしが旅立つつもりでいると彼のお母様が知ったときに、とっとと出発してとばかりに旅行用の馬車をあげると言ってきたのよ」

「あら」グレースは笑った。「彼はあなたが戻ってくると思っているのかしら」

「きっと思っているわ」プルーは顔をしかめた。「とても徳の高い方で、夫の恩恵なしに海外でもどこでも旅をしたいと思う女性がいるとはどうしても思えないってわけ。わたしの気まぐれを許したということで、父に文句を言ったぐらい」プルーはまた笑みを浮かべた。

「かわいそうなお父様。わたしを止めようと思っても、できることは何もなかったから。それに、止めようとしないでくれたのはとてもありがたかった。おかげで、ここまで来るあいだほぼずっと、とてもすばらしい時を過ごすことができたわ」

「妹たちの強情なところがうちの一族の特性だと思ったことはなかったんだが」マットは一瞬目を閉じた。「そうにちがいないと今わかったよ」彼はお茶を飲み終えてカップを下ろした。「きみの父上に同情するな」

「わたしはそれほど気の毒とは思わないわ」プルーは笑った。「母が父以外の誰とも結婚しないと言い張らなければ、ふたりが結婚することはなかったはずだし」そう言ってお代わりがほしいというようにカップを持ち上げた。「さて、いっしょに旅するアディソン夫妻にはいつお会いできるのかしら？　オーガスタによると、やっぱりご親戚だそうね。カーペンター家側の」

「お疲れじゃなかったら、ジェーンとご主人のヘクターと夕食後に会うことになっているの。旅をとり仕切ってくれているのはヘクターよ」

「わたしはまったく疲れていないわ」プルーは身を寄せてきたデイジーを撫でた。「こんなに精力がみなぎっている気がするのも久しぶりよ」

オーガスタがプルーにお茶のお代わりを注ぐあいだ、グレースが、ジェーンとヘクターが若いころに、ジェーンの父親がヘクターとの結婚を許さなかったという話をした。ジェーンは父が選んだ男性との結婚を拒否した。父が耳を貸さなかったので、ジェーンはじっさいに祭壇で異を唱えたのだった。その後、ジェーンの父親が亡くなってからは、グレースの母の付き添いを務めていた。シャーロットのデビューのためにみんなでロンドンに来たときに、ジェーンとヘクターは再会し、まもなく結婚した。「ジェーンも旅がしたいと思っていて、ヘクターはヨーロッパを見せて歩くと約束したの」

「強情なのはヴァイヴァーズ家の女性たちにかぎらないようね」プルーはマットに眉を上げて見せた。

マットは顔を手で撫で、ほかの者たちは笑い出した。

オーガスタの喉が締めつけられた。きょうだいや犬たちがどれほど恋しくなるだろう。それでも、いっしょに行く身内もいて、永遠の別れになるわけではない。

フィンについては――彼に待っていてほしいと頼めなかったのは残念だ。それでも、彼は愛せる女性を見つけなければならないし、それはわたしでない。

「さて」プルーが立ち上がった。「誰かわたしの部屋に案内してくださったら、ほこりを落として着替えをするわ」

「わたしたちが案内するわ」双子とマデリンが声をそろえて言った。

ほかの子供たちもその場を去り、居間は突然空っぽになった。

オーガスタは最後の生姜ビスケットを手にとり、ひと口かじって呑みこんだ。「プルーのこと、どう思った？」

「あなたと同じ意見よ」グレースは呼び鈴のひもを引っ張った。「きっとすばらしい付き添いになるわ」

オーガスタはビスケットを食べ終えると、立ち上がった。「夕食のために着替えてくるわ」

# 18

曙光が夜明けまえの空をピンクと紫と灰色の縞模様に染めていた。ボーマンはうまい具合に御者と馬丁を雇ってくれていた。何人かはフィン自身が面接をしなければならなかったが、すぐにイギリスを離れられ、いつ戻れるかわからなくてもかまわないという人間を見つけることができた。馬丁のひとりは、フィンやほかの者たちが着いたときにドーヴァーで待っていられるよう、前日に乗馬用の馬を連れて出発していた。

馬車の屋根や荷物入れに荷物が積みこまれ、マッソンが馬車のなかに食べ物を入れた大きなバスケットを置いた。

「いったいどこへ行こうとしているの？」ヘレンの怒った声が朝の静けさを破った。寝巻姿で腰に手をあてて扉のところに立つ彼女は、侯爵夫人というよりは漁師の妻といった風情だ。ヘレンの寝室は家の裏手にあった。馬車に荷物を積みこんでいることをどうして知られたのだろう。

「厩舎から出発すべきだったのはわかっていたんだ」フィンは兄にささやいた。彼女の声が聞こえたときには、別れの挨拶の途中だった。

「あとのことはぼくが何とかする。おまえはぼくの合図で出発できるようにするんだ」ドーチェスターは段差の少ない石段をのぼった。「ヘレン、こんなに朝早く何をしているんだい？」

「具合が悪くて」ヘレンはフィンのほうに手を振った。「彼は何をしているの？」

「何日かリンカーンシャーに行くんだ」チェスの声はほんとうのことを言っているかのように抑揚がなかった。「弟が解決しなければならない問題があってね」そう言ってヘレンを腕に引き入れた。「大丈夫かい？　これまで具合が悪くなったことなんかないのに」

「シーズンの真っ最中にリンカーンシャーへ？」ヘレンはフィンをにらんだ。

フィンはヘレンに嘘をつこうかと思ったが、そのまま黙っているほうがいいと判断した。

「ではまた」チェスは追い払うような仕草をし、フィンは御者に馬車を出せと合図して馬車に乗りこんだ。兄はヘレンに目を戻した。「なかへはいろう。具合が悪いなら、ここにいる必要はない」

馬車は揺れながら通りを走り、広場をあとにした。

フィンは帽子を頭上の棚に載せた。「あやういところで脱出できたな」

ボーマンは窓の外に目をやった。「きみがじっさいはリンカーンシャーに行くんじゃないと侯爵はいつ奥方に話すと思う？」

「できれば何日も経ってからがいいな。ヘレンがその話を胸に留めておけるか疑わしいから。レディ・オーガスタに噂が伝わってほしくない」チェスのヘレンに対する最後のことばが心に引っかかっていた。「これまで具合が悪くなったことなどないと兄がヘレンに言っていたのはどういう意味だと思う？」

「奥様が身ごもられているかもしれないのです」マッソンが身を乗り出して言い、バスケットを座席の下にさらに押しこんだ。

「身ごもっている？」フィンは背筋を伸ばした。「それなのに、どちらもひとこともそのことを言わなかった」そう言ってボーマンの目をとらえた。「お守りが効いたんだと思うかい？」

「かもしれないな」ボーマンは肩をすくめた。「妊娠中の女性については詳しくないけどね」

「お守り？」マッソンがフィンとボーマンを見比べた。

「メキシコから戻る途中、ハイチの女性からお守りを買ったんだ。その、男の子が生まれるようにするための」

「よろしければ、旦那様」マッソンが重々しく言った。「そのお守りに私の祈りも加えます」

ボーマンの肩が震え、フィンはにやりとした。「もちろん、いいさ。助けになることは何でも大歓迎だ」

ロンドンから離れるにつれ、馬車のなかの雰囲気が明るくなるように思えた。上流社会の催しに参加することや、せわしなく動きまわって人目にさらされることがどれほど気づまりかわかっていなかったのだった。今は若い女性たちがどう感じているかがよりはっきりと理解できた。じっさい、自分も自分らしくいられたのはオーガスタといっしょにいるときだけだった。いっしょにいると、好きなことを話題にでき、ほかの女性たちは無知だったり、すぐにとり乱したりするが、彼女の場合、そんなことは決してなかった。フィンは女性たちの反応が自分の魅力のためだと思うほど、おごった人間ではなかった。位の高い貴族ではなく、自分の領地と収入があることは家族以外の人間は知らず――ヘレンからも真実を絶対に人に話すなと言われていた――次男であるフィンには乏しい自活収入しかないとみなされているはずだった。貴婦人が彼を望ましいと思う唯一の理由は、次のドーチェスター侯爵の跡継ぎを作ることになるからだ。

ロンドンを離れたほうが……そしてオーガスタがどこへ向かうにせよ、彼女を追うほうがずっとよかった。彼女は次のドーチェスター侯爵を産むかどうかを気にしないばかりか、今すぐは子供をほしがってもいない。

馬車は馬を休ませるために速度を落とした。フランスでは馬を替えられないことを考え、兄が乗り手だけでなく、馬にも楽なように、六頭の馬車用の頑丈な馬を購入したほうがいいと言い張ったのだった。

今回雇った馬丁と御者はみなかつての軽竜騎兵隊の一員で、銃弾の標的にされることなくフランスに戻れるのはありがたいと思っていた。その新たな使用人たちのために必要な余分な武器を兄はすぐさま供与してくれた。オーガスタへの欲望を告白してからというもの、兄は彼がロンドンから逃げ出せるよう、大いに力になってくれていた。

グローヴナー・スクエアを出て十二時間後、フィンたちはドーヴァーのシップ亭に到着した。「部屋があるといいんだが」フィンはそう言って馬車から飛び降りた。メキシコから戻ってきたときに泊まったのもここだった。「やわらかいベッドとおいしい食事があると助かる」

「昨日、急ぎの伝言を送っておいた」ボーマンが次に馬車から降りた。「きみが部屋を見ているあいだに、ぼくはぼくらが乗るキャサリン号と船長を見つけてくるよ」

「旦那様」マッソンが、フィンが期待していた以上に敏捷に馬車から降りた。「ごいっしょして、部屋が満足いくものかどうかたしかめましょう」

「好きにするさ、マッソン」フィンとボーマンは笑みを交わした。「おまえがとりしきってくれたほうがいい結果に終わるだろう」

「おっしゃるとおりです、旦那様」フィンの従者は宿にはいっていった。

幸い、宿は伝言を受けとっており、部屋を使えるようにしておいてくれた。マッソンが部屋を整えるのに忙しくしているあいだ、フィンは酒場にはいっていってエールを注文した。ジョッキを干したところで、ボーマンが同い年ぐらいの紳士を連れて戻ってきた。「こちら、かつて王立海軍におられたロジャーズ船長だ」

「お会いできて光栄です、船長」フィンは手を差し出した。「船はいつ出ます？」

船長の日や潮に焼かれた顔に笑みが浮かんだ。「これから二時間以内か、明日の朝四時に」

約束されている寝心地のいいベッドとおいしい食事が、フランスにできるだけ早く着きたいという思いとせめぎ合った。みな長時間馬車に揺られたことで疲れはてており、使用人のなかに船酔いをする者がいるかもしれなかった。「明日の朝にしましょう。その場合、今日の夕方に馬と馬車を船に積みこみますよね？」

「ええ。暗いなかではできませんので」

フィンは秘書に目を向けた。「乗馬用の馬たちも見つけなきゃな」

「みな宿の厩舎にいる」とボーマンが言った。「ぼくがみんなを集めて船できみに合流するよ」

結局、船酔いするのはひとりだけだった。御者のジョンが馬丁のフリーマンを指差した。

「こいつはこれまでどこで船に乗っても具合を悪くしていました。でも、心配は要りません、旦那様。寝台で横になっていれば大丈夫ですから」御者は眉根を寄せた。「唯一の問題は、起き上がったら、すぐに吐いちまうことです。少なくとも何日かは、まったく使い物にならない」

フィンは笑いたくなった。「まあ、長い航海じゃないのはよかったな」

御者はしかめ面を緩めた。「そのとおりです、旦那様」

みな夕食後はすぐに休み、翌朝は早く起きて船へと運んでくれるはしけのところへ行った。

翌日の正午過ぎに、一行はカレー港に到着した。


子供たちがベッドにはいってから、オーガスタとプルーとグレースとジェーンとマットとヘクターとウォルターが応接間に集まった。

ヘクターがウォルターに目を向けると、ウォルターは肩をすくめた。「ぼくがベッドにはいるには早すぎる。ぼくも計画について聞いてもいいはずだよ。すぐに学校に戻らなくてもよかったら、いっしょに行っただろうから」

マットがワインのグラスを配り、執事がチーズとパンと果物の載った大きな皿を運んできた。全員が腰をおちつけると、マットはヘクターにうなずいてみせた。

「まず、プルーが加わってくれてうれしいと言わせてもらいたい」

「来てほしいと言われて光栄でしたわ」プルーは首を下げた。

「よかった」ヘクターはマットに一枚の紙を手渡した。「パリへ行く途中に寄る宿だ。パリに着いたら、レディ・ハリントンが宿を提供してくれるそうでね」ヘクターはマットがメモに目を通すのを待った。「ドーヴァーのシップ亭は有名で、まったく危険はない。カレーのシャリヨ・ロワイヤル亭はイギリス人に宿を提供し、大いに尊重されている。もちろん、ご婦人方の誰かが散歩したいと思ったら、少なくとも男の使用人ひとりが同行することになるが」

オーガスタには男の使用人だけでなく、専用の馬丁も同行することになっていた。

「港町であるカレーとドーヴァーが一番気がかりな場所だが、どちらにも長くいることはない」ヘクターは顔をしかめた。「風を待たずに済めばの話だが。ほかの町では何の問題もないと思っている」

オーガスタはカレーからパリへの旅が約五日かけてのゆったりとしたものであることを知っていた。もちろん、みな途中泊まって観光をしたいと思っていたからだ。

ヘクターはリストに目をやった。「馬車用の馬も乗馬用の馬も先に送ってあるので、みな休息してカレーで待っていることになる。向こうで使う馬車はフランスで作らせた」

オーガスタも乗馬用の馬を先に送る手配をしていた。しかし、馬車については考えが決まらなかった。「わたしのフェートンと二頭の馬を連れていっていい？」

「ぼくに異議はないよ」ヘクターは彼女の兄に目を向けた。「ワーシントンは？」

「どこかの時点で馬車を手放さなければならないとわかっているならね」マットは眉を上げた。イタリアへ行くと知っているのね！　オーガスタは抑えるまもなく、口をぽかんと開けた。

「ぼくもばかじゃない。パリのレディ・ハリントンのところを訪ねたあと、おまえが何かを計画しているんだろうとは気づいていたさ」

「お母様は？」オーガスタの声は自分でも嫌になるほどに弱々しかった。

「ぼくが知るかぎり、まったく気づいていないし、知らせないほうがいいと思う」

「わたしもそう思うわ」知ったら、母は出発に待ったをかけるだろう。「馬車は置いていくわ」

兄はよしというようにワインのグラスを掲げた。「いい判断だ」

「プルー」ヘクターが言った。「きみには連れて行きたい馬や馬車はあるのかい？」

「ひとつも」プルーはワインをひと口飲んだ。「年寄りの去勢馬のアリーズに旅は無理でしょうし。大陸に着いてから、必要なものを買うことにするわ」そう言ってグラスを下ろした。「旅にかかるお金についての話が出ていないけれど、わたしにも充分な資金があって、自分の分の旅費は払えるということは知っておいてもらいたいの」

「ありがとう」とジェーンは言った。「ご自分の馬や身のまわりの品々についてはご自分のお金で買ってくださいな。でも、旅全般の費用についてはわたしたちに払わせてくれたほうがずっと簡単よ」

プルーはしばし唇を引き結んでからうなずいた。「そうお望みなら」

「じゃあ、そういうことで」とヘクターが言った。「われわれが宿全体を借り切ることもある。そのうちきみの分はいくらと計算するのは不必要に面倒くさいからね。ぼくらはオーガスタの旅費も負担するが、そう、彼女の家族も彼女の旅費を問題なく払えるのはたしかだ」

「おっしゃるとおりね」プルーは引き結んでいた唇を緩め、また笑みを浮かべた。「それについては考えてもみませんでしたわ」

「どうしても自分のお金を遣いたいとおっしゃるなら――」オーガスタは言った。「わたしが勧められたパリの婦人服仕立屋を訪ねるときにいっしょにいらしたらいいわ」

「あら」プルーは両手を組み合わせた。幸せそうな表情が顔に浮かぶ。「またフランスのドレスを手にできるなんて。すばらしいわ！」

オーガスタは再度口をぽかんと開けた。「パリにいらしたことがあるの？」

「ええ、じつは」プルーはうなずいた。「ナポレオンが最初に打ち負かされたときに。でも、ほんの一カ月よ」

パリにいるあいだに訪ねるべき観光名所が話題になった。

「サー・チャールズ大使ご夫妻はとても頻繁に催しを開いているそうよ」とジェーンが言った。「きっとそのどれかにはお招きいただくと思うわ」

「少なくともひとつにはね、ジェーン」ヘクターは忍び笑いをもらした。「招かれる機会はそれよりずっと多いと思うが」

オーガスタはフランスにいるあいだに舞踏会やパーティなどに出席しなければならないとは思ってもいなかった。ほんとうにばかね。「古い時代の協定文書を見たいと思っているんだけど、どうしたら見られるかしら」

「ハリントン伯爵に助力を頼まなければならないだろうね」とヘクターが言った。「力になってくれる人間がいるとしたら、彼だろうから」

「ええ、もちろんそうね。そのぐらい思いついてしかるべきだったわ」何をするにしても、イギリス人なら大使館を通さなければならないのは理にかなっている。パリのレディ・ハリントンの暮らしについてルイーザに知っていることを訊きたかったが、ルイーザはまたフィンのことを持ち出すだろう。彼についての話はもう聞きたくなかった。フィンは田舎の領地に向けて旅立ち、自分はほんの数日のうちに遠くへ去る。それに、シャーロットとドッティもルイーザと同じぐらい、パリでのエリザベスの暮らしには詳しいはずだ。ふたりのうちのどちらに訊くか決めればいいだけのこと。

# 19

翌朝、朝食のあとで、オーガスタは男の使用人を呼んで親戚のドッティが住んでいるグローヴナー・スクエアのマートン・ハウスへ向かった。姉の家の人間に見られないようにブルック街までずっと歩いていった。見つかったら、妹が何をするつもりかたしかめるために、ルイーザがすぐさま追いかけてくるだろう。玄関へと石段をのぼると、扉が開いた。

「おはようございます、レディ・オーガスタ」執事がお辞儀をした。「奥様はお嬢様にお会いできて喜ばれることでしょう」

執事の目がいたずらっぽく輝くのを見て、オーガスタは笑いたくなるのをこらえた。この屋敷の主であるマートン侯爵は、自分の執事がオーガスタの兄の執事ほど厳粛でないことにいつも文句を言っていた。「ありがとう、キンブル。案内してくれなくていいわ」

「そうでしょうね、お嬢様」

思わずオーガスタは笑い声をあげた。「ソートンがもっとあなたみたいだとよかったんだけど」

キンブルの唇の端が持ち上がった。「それは不都合でしょうね。私たちは異なる役割を果たしておりますから。すぐにお茶をお持ちいたしますと奥様にお伝えください」

「そうするわ」ドッティは巻き足の優美なクルミ材の机に向かっていた。「おはよう」

ドッティは肩越しに目をくれた。「おはよう」そう言って椅子から立ち、オーガスタを抱きしめた。「どうしてここへ？」

「エリザベス・ハリントンがパリでどんなふうに暮らしているのか、ちょっと訊きたくて。わたしがジェーンとヘクターといっしょに行くことはご存じでしょう」

「ええ、知っているわ。でも、話のまえにお茶のための呼び鈴を鳴らさせて」ドッティは呼び鈴のひものところへ向かいかけた。

「その必要はないわ。キンブルが持ってくるって」

「よかった。どうぞ」ドッティはソファーを示した。「すわって。わたしから何を聞きたいのか教えてちょうだい」

「エリザベスは催しに参加することは多いの？」

「とても忙しいのよ」ドッティはオーガスタと向き合うソファーに腰を下ろした。「英国大使のサー・チャールズとその奥様が多くの催しを開くだけじゃなく、大使館の高官たちが招かれるほかのパーティも多いの。エリザベスはその役割をうまく果たすことを求められているわ。だから、簡潔に答えるとすれば、答えはイエスね。催しに参加することは多いわ」キンブルがお茶のトレイを持って部屋にはいってきた。執事が下がると、ドッティは言った。「フランスに行けばきっと一時的に催しへの参加から逃れられると思っていたんでしょう？」

「ええ。でも、世間知らずだったとわかったわ」オーガスタは小さくため息をついた。「ここと同じような感じになるのが嫌なだけ」そう言って手渡されたお茶のカップを受けとった。

「あまりに多くの紳士がわたしと結婚しなきゃと思うような状況に」

「きっとマットが必要な情報はすべてヘクターに知らせていると思うわ」ドッティはわずかに首を片側に傾けた。「ルイーザは、フィニアス様があなたと結婚したがっていると思っているようだけど」

「ええ、それはわたしにもわかっているの」この話題はほんとうに必要？「残念ながら、彼はわたしを愛しているわけじゃないの。ヨーロッパを……たのしもうと心を決めていなかったとしても、わたしを愛してくれていない男性と結婚することはできないわ」

「すべきでもないしね」ドッティは皿にビスケットを載せた。「イタリアで勉強したいという考えはあきらめていないのね」

いったいドッティはどうしてそのことを知っているの？「わたしの気持ちが傍目に明らかだとは思わなかったわ」

ドッティは忍び笑いをもらした。「あなたのことをよく知っているわたしたちにだけよ。あなたはとてもひたむきになることがあるから。ミスター・ハーシェル（イギリスの天文学者）が使ったような望遠鏡を家に据えてほしいって言い張ったときのことを覚えている？　そうすれば、惑星が見られるからって……あの惑星はなんて名前だったかしら？」

「天王星よ」とオーガスタは言った。

「そう、それ」ドッティはレモンビスケットをひと口食べた。「それから、天文学について質問できるよう、マットに頼んでハーシェルその人を紹介してもらった」

「〝質問〟したんじゃないわ。学びたかったのよ。ミスター・ハーシェルは妹のキャロラインに紹介してくれて、わたしは彼女から多くを学ぶことができた」

「そうでしょうね」ドッティの肩が震えた。「それであなたは星を頼りに航海する方法を学びたくなり、ヘクターに頼んでそれを教えてくれる船長を見つけてもらった」

オーガスタはため息をついた。「教わったすべてを実践できるよう、一度でいいから自分で航路を決められたならと思うわ」

「たぶん、この旅でこれまで得た知識を活用できるわよ」

ドッティの言うとおりならいいのに。

「パリについての興味が満たされたとしたら、ほかには何かある？」とドッティが訊いた。

「今はないわ」オーガスタはソファーのあいだにある低いテーブルにカップを置いて立ち上がった。「グレースがささやかな送別パーティを開いてくれるの。家族と親しい友人だけを招待して」

ドッティはテーブルをまわりこみ、オーガスタの頬にキスをした。「だったら、そのときに会いましょう。でも、ほかに訊きたいことがあったら、訪ねてくるか、書きつけを送って」

「そうするわ」オーガスタはドッティを抱きしめた。「ありがとう」

ドッティの額に縦皺が寄った。「ひとつエリザベスが言っていたことで、あなたも心に留めておくべきことがあるわ。フランスの男性は女性を口説くのに、イギリスの紳士よりもかなりしつこいそうよ」

それは考えてもみなかった。「きっとエリザベスが色々教えてくれるわね。わたしがほんとうにしたいのはパリで保存されている古い文書を検分することなの。エリザベスに手紙を書いて、それをじっさいに目にするにはどうしたらいいか訊いてみるわ」

「きっとすばらしい時間を過ごせるわよ」

オーガスタは使用人を呼んで家へ戻りはじめた。フランス男性についてドッティが警告してくれたことはありがたかった。パリでは無作法に見えずに催しを避ける方法を見つける必要がありそうだ

フィンにとってありがたいことに、兄が伝言を送って、カレーのル・シャリヨ・ロワイヤル亭に部屋をとっておいてくれたのがわかった。さらに、フィンたちがパリへ向かおうとしているとわかると、宿の亭主はサン＝オノレ街のオテル・ムーリスを勧めてくれ、フィンの要望を書いた手紙をその宿に送ろうと申し出てくれた。

フィンたちは馬たちを休ませるためにカレーで一日過ごしてから、南東の方角のパリへ向かった。

ちょうどいい時間にパリに着きたいと思いつつも、フィンはアミアンの大聖堂の建築を見に行かずにいられなかった。彼らは――というよりもフィンは――その建物にそれだけの明かりをとりこめるようにしたロベール・ド・ルザルシュの設計について質問し、二日間を過

ごした。しまいには、実物の設計図のいくつかを目にすることもできた。

カレーを出て六日目、暗くなるまえに一行はオテル・ムーリスに到着した。マッソンが部屋を整えているあいだ、フィンとボーマンは宿泊客用の応接間でグラスのワインをたのしんだ。

数分後、宿の使用人が部屋の扉のところに現れた。「お客様、あなたの従者がお部屋の用意ができたと言っております」

「ありがとう」フィンはボーマンといっしょに階段をのぼりながら小声で言った。「ぼくはフランス語を話せるのにな」

「たぶん、ぼくらと英語でやりとりすることを誇りに思っているのさ」

「なるほど。いずれにしても今は風呂にはいって食事をとりたいな」

「ぼくもまったく同じ気持ちだ」とボーマンも言った。

そう言いながらもフィンは、オーガスタはいつパリに着き、どのぐらいこの街に留まるのだろうと思わずにいられなかった。いっしょに旅をしようと説得するのにあまり猶予はないかもしれない。

翌朝、フィンとボーマンはイギリス大使館へ行き、すぐさまハリントン卿の事務室に案内された。

「おはようございます」ふたりがはいっていくと、若い男が言った。「フィニアス様」男はお辞儀をした。「ハリントン伯爵がお会いになります」そう言ってボーマンのほうを振り返った。「おすわりください。すぐにお茶が来ますので」

フィンはハリントン卿の部屋へ案内された。「はじめまして」フィンはお辞儀をし、ハリントンに兄が書いた手紙を手渡した。「これは兄のドーチェスターからです」

「ええ、数日まえにあなたがまもなく到着すると知らせるお手紙を受けとりました。どうぞすわってください。同朋にお会いするのはいつもうれしいものです」ハリントンが封を開けて手紙に目を通すあいだ、フィンは部屋を見まわした。明るい部屋で、漆喰を塗った壁がまばゆかった。外に向いた壁には長い窓が並んでおり、その外には小さなバルコニーがついている。金と青のカーテンが淡青色の壁を際立たせていた。部屋の一方の端では、凝った彫刻をほどこした大理石の暖炉が壁一面を占めている。

少しして、ハリントンは顔を上げた。「兄上のお手紙によると、あなたがフランスじゅうのさまざまな大聖堂やその建築様式を目にできるよう、できるかぎり力になってもらいたいとのことですが」

「そのとおりです。ぼくが情熱を傾けていることのひとつでして」ハリントンの秘書がお茶のトレイを持ってはいってきた。「砂糖をふたつとミルクを少々お願いします」

ハリントンはクルミ材の机を指でたたいた。「古代の文書について研究したことはありますか？」

文書？　あるとは言えなかったが、興味を持っている人間は知っていた。フィンはお茶のカップを唇に持ち上げ、ひと口飲んでから訊いた。「どうしてです？」

「わが家に客人が数週間滞在する予定なんです。数名の客人が。そのなかのひとりの女性が〝ストラスブールの誓い〟の原本を見たいとおっしゃっていましてね。残念ながら、フランス国立図書館の館長は女性には閲覧を許さないでしょう。真剣に研究を行っている者のみが閲覧を許されるべきだという考えで」ハリントンはお茶をひと口飲んだ。「もちろん、行くとしたらぼく自身が彼女に付き添いますが、ご婦人にしてはめずらしい要望で、許されないことは多い」ハリントン卿は顎をこすった。「ぼくも認めていいものかどうかわからなくて。ただ、うちの家内には頭が固いと言われました。そのご婦人の学問好きの気質をご家族も支えているというんです」フィンは相手がお茶を飲み干してお代わりを注ぐあいだ辛抱強く待った。ハリントンが要点にたどりつくのに苦労しているのは明らかだ。「そう、むずかしい問題ですから。彼女がご婦人だということで」

ようやくフィンはハリントンに救いの手を差し伸べることにした。「その女性はレディ・オーガスタ・ヴァイヴァーズじゃありませんか？」

ハリントンの顔に安堵の色が浮かんだ。「え、ええ。そうです。ご存じですか？」

「ええ、光栄なことに」フィンはカップを隣にあった小さな丸テーブルに置いた。「フランス国立図書館にぼくが彼女をエスコートできれば幸いです」そうすれば、オーガスタは喜ぶだけでなく、ぼくを高く評価してくれるかもしれない。パリでぼくに会った驚きから気をとり直しさえすれば。

「うちの妻は、彼女のことを輝かしい知性の持ち主だと思っているようです」ハリントンは疑うような声で言った。

「男女関係なく、ぼくが知っているなかで、誰よりも博学で知的な人間です」輝かしい知性？　その通り。オーガスタの輝かしさはダイヤモンドすらくすませるほどだ。「ぼくがメキシコにいるころ、スペイン人から聞いた話ですが、スペインのイザベル一世が亡くなったときには、そのすばらしい頭脳を表すために、棺の上に飾られた像の枕を大きくへこませたそうです。レディ・オーガスタの場合は、もっとずっと大きくへこませることになるでしょうね」

ハリントンはフィンに考えこむような目をしばらく向けてから、立ち上がった。「すばらしい」そう言って手を差し出した。「パリへようこそ。レディ・オーガスタの一行がパリに到着したら、わが家でささやかなパーティを企画しているんです。大使ご夫妻もたくさんの催しを開いている。ぼくの秘書に滞在先を書き残していってくださったら、大使館の催しにきみも招待されるようとり計らいますよ」

フィンは相手の手をぎゅっとにぎり、事務室をあとにした。

ボーマンはハリントンの秘書と会話を交わしていた。「宿に戻れるかい？」

ボーマンは相手の男が手渡してきた紙を受けとった。「大丈夫だ。重要な観光名所、お勧めのレストランと居酒屋、仕立屋と帽子屋のリストをもらった。それから、ミスター・メドベリーにはぼくらの宿泊先を教えておいた」

「ひとつ忠告しますが――」メドベリーが言った。「五区と六区のラテン・クオーターには近づかないことですね。そこの学生たちは国王に不満を抱いています」そう言って顔をしかめた。「彼らだけじゃない。この街にはまだナポレオン支持者がいるんです」

「ご忠告ありがとう。気をつけるよ」

初めて聞く情報だった。オーガスタが到着したら、彼女の身の安全も保てるようにしよう。

「ワーシントン、ぼくに会いたがっていたそうだが？」ヘクター・アディソンはワーシントンの書斎にはいっていった。ワーシントンが結婚によって親戚になったヘクターと、オーガスタのことについて話をしたいと言ってきたのだ。

「ああ。オーガスタについての権限をきみに委託しようと思うんだが、お願いしていいかな？」ワーシントンはこの一週間で五歳も年をとったように見えた。

「心配する必要はないよ。ジェーンとプルーとぼくとで彼女の面倒はしっかり見るつもりだ」ヘクターはワーシントンの机のまえに置かれた革の椅子のひとつに腰を下ろした。

「赤ワインは？」ワーシントンは小さなサイドボードのところへ行ってグラスを掲げた。

「ありがたいね」ヘクターはグラスを受けとった。

ワーシントンは机の上をすべらせてヘクターのまえにひと束の書類を置いた。「これは権限委託の書類と、オーガスタが結婚することになったら、必要となる夫婦財産契約だ」

結婚！　ヘクターはワインをひと口含んだばかりで、ハンカチを口に押しあててそれを噴き出してしまいそうになるのをこらえた。「オーガスタがわれわれといっしょに来る理由のひとつは、まだ結婚したくないからだったと思うが」

ワーシントンはグラスのワインを半分飲んだ。「オーガスタが簡単に落とせる相手だと思われていたのは知っているかい？」

「彼女についてはきみが思いちがいをしているとつねづね思っていたよ」ヘクターは忍び笑いをもらしてまたワインをひと口飲み、相手の反応を待った。ワーシントンが次に何を言うつもりかはわからないが、送別のパーティももうすぐはじまる。ワインを噴き出して上着を汚し、家に戻って着替えをしなければならないのは嫌だった。「アメリカ人なら、〝才気煥発〟というだろうな。あれほど賢い女性をたやすく導けるはずはない」

「そう考えてしかるべきだった」ワーシントンはグラスを干し、お代わりを注いだ。「フィニアス・カーター＝ウッズがオーガスタに関心を寄せているのは知っているかい？」

ヘクターはうなずいた。今ではそのことを知らない者はいなかった。「たしか、レディ・ベラムニーの舞踏会のあとに中部地方に発ったんじゃなかったかな」

「オーガスタにはそう告げている。でも、ぼくは彼がフランスにいるんじゃないかと思う」

それは興味深い話だった。「彼が大きな旅行用の馬車でドーチェスター・ハウスを出発してピカデリーのほうへ向かうのをケニルワースが目にしたんだ。それだけだったら、別にさほどおかしなことはないが、ケントの領地へ急ぎの用事で行っていたマートンが、帰ってくるときにカンタベリーを通り過ぎるフィニアスを見たと言っている」

「ドーチェスターに連絡はとったのかい？　弟の所在を知っているはずだ」

「書きつけは送ったが、まだ彼から返事はない」ワーシントンはワインに目を向け、首を振ってグラスを置いた。

会話の一部がヘクターの心にひっかかった。やがてそれが何であるかを思い出した。「フィニアス卿はボーマンという名前の男を雇っていたりしないかい？」

「さあ。でも、ぼくが知っているはずはないな。どうしてだい？」

「ガーデンパーティの一件があったあと、ひとりの男がぼくの雑用係のバイジュに接触してきて、カレーまでぼくらの船に同乗させてくれないかと訊いてきたんだ。もちろん、バイジュはぼくの許しを得なければならないと答えたが、その後その男から二度と連絡はなかった」

「フィニアスとオーガスタが極めてうまくいっていたのは知っている。大学へ進むという夢がなかったら、オーガスタも彼のプロポーズを受け入れていたかもしれない」ワーシントンはにやりとした。「彼がオーガスタを愛していると認めたらの話だが」

ヘクターは笑った。「恋愛結婚に反対はできないな」

「ああ。ぼくもさ」ワーシントンは書類に目をやった。「ぼくはただ、必要となるかもしれないすべてをきみに託したいだけなんだ」

「きみは彼女の大学へ進みたいという夢を後押ししているんだと思っていたよ」ヘクターはイギリスを離れるまえに、ワーシントンの気持ちをはっきり知りたいと思っていた。

「そう簡単な話だったらいいんだが」ワーシントンは椅子に背をあずけて苛立たしげに息を

吐いた。少しして身を起こした。「オーガスタには幸せになってほしい。みんなそう思っている。つまるところ、それは結婚して子供を持つということだとぼくは考えている。妹は大学へ行くことが自分の花嫁候補としての可能性をいかに損ねるか、よく考えていないんじゃないかと思う。フィニアスが彼女を望むなら――」ワーシントンは顔をしかめた。「ありのままの妹を愛しているのなら、そしてオーガスタのほうも彼を愛しているのなら、ぼくが思うに、妹は彼と結婚すべきだ」

「たとえそのせいでオーガスタが夢をあきらめることになっても？」それを強いられることにオーガスタは同意しないにちがいない。「彼の兄が跡継ぎを作るのに、彼に協力してほしいと思っているという噂はきみも知っているはずだ」

「あのふたりが愛し合っていれば、うまく行く方法をどうにか自分たちで見つけるはずだ」ワーシントンは笑った。「ぼくがそうだったからね。両方が望みをかなえる方法を見つけ出せるかどうかはフィニアス卿次第だ。事実としてぼくにわかってるのはそれだけさ」

ヘクターは書類を軽くたたいた。「これは今日帰るときにもらっていくよ」

「お好きなように」ワーシントンは机の奥からまわりこんできた。「きみはいい友人だ」

「家族ってそういうものさ」ヘクターはワーシントンと握手した。「フィニアス卿がパリに現れないか、〝目を皿にして〟おくよ」

ワーシントンは眉を上げた。「皿？　またアメリカの言いまわしかい？」

「今はみんな平和を享受しているから、アメリカの船の船長や代理人とやりとりすることも多いんだ」ヘクターは部屋の扉を開けた。

「すぐに英語もふたつのちがう言いまわしを持つようになるな」廊下へ足を踏み出しながらワーシントンが言った。

「もうなっていると思うよ」ヘクターはワーシントンのあとから、パーティが行われる予定の家のもう一方の側へ向かいながら言った。オーガスタの兄から聞いたことはジェーンには言うつもりだったが、プルーには言わないでおこうと思った。オーガスタとあまりに近い存在になりつつあったからだ。オーガスタとフィニアス卿とのあいだのことに誰かが影響をおよぼすようなことはしないほうがいい。ひとつだけヘクターが心に決めていることがあった。オーガスタが望まないことを無理強いすることはしない。少なくとも彼女について自分が責任を負っているあいだは。

# 20

オーガスタたちのために グレースが催した送別パーティはすばらしかった。庭で行われ、身内や友人の全員がそこにいた。

「さみしくなるわ」ヘンリエッタがオーガスタに包みを渡した。「お茶よ。みんなから。きっと必要になると思って」

「ありがとう」たしかに上等のお茶は足りなくなるだろう。「向こうから送ってほしいものがあったら、手紙で知らせて」

ヘンリエッタは笑った。「送ってほしいものがすごくたくさんあるのはたしかだけど、みんな試着が必要なものだわ」

「こっちにないような生地を見つけたら、送ってくれてもいいわね」とジョージアナが言った。

「それはいい考えだわ」ドリーがシャンパンのグラスを掲げ、ほかの女性たちにも同じようにするよう促した。「教育的なすばらしい旅に」

アデリーンがシャンパンをひと口飲んだ。「わたしは手紙をもらえればいいわ。わたしも毎週書くから」

「ロスウェルとマートンが外交用の郵便で手紙のやりとりができるようにしてくれたの」と

オーガスタが言った。「手紙を彼らに託してくれれば、あなたの代わりに送ってくれるわ」

餞別のことばと抱擁が交わされ、目の涙をぬぐって、友人たちは帰った。

翌朝早く、オーガスタが手袋をはめていると、マットとグレースが彼女の部屋に来た。メイドはすでにほかの使用人たちといっしょに出立していた。

「もうまもなくだな」兄が妹を抱きしめた。「おまえに必要な書類はすべてヘクターに渡してある。資金が必要になった場合にそれを引き出すための情報も含めて」

「ありがとう」オーガスタは兄を抱きしめ返し、それからグレースのほうに顔を向けた。

「たくさん手紙を書くわ」

「そうね、書かないための言い訳はないわよ」グレースはオーガスタを腕のなかに引き入れた。「大量の紙とペンとインクをあなたのところに送らせるよう手配したから。それに、新しい携帯用の書き物机の使い心地を試してみなきゃならないしね」そう言ってオーガスタに財布を手渡した。「これは何でも好きなものを買うために」

「何もかもありがとう」グレースがいなかったら、旅行に行くこと自体なかっただろう。

「探しているものが見つかるように祈っているわ。あなたが幸せになることだけがわたしたちの望みなんだから」グレースは片方の目をぬぐった。「さあ、ほかの家族にもお別れを言わなくちゃね」

これまででもっとも辛いことになりそうだった。部屋の外では双子とマデリンが待っていた。男の兄弟たちは階段に並び、下のふたりの妹は階段の下にいた。母とリチャードは玄関のところに立っている。

オーガスタは廊下に足を踏み出すまえに、息を吸って吐いた。

「わたしたちのデビューのシーズンには戻ってくると約束して」とマデリンが言った。その両隣にいたアリスとエレノアもうなずいた。

「ええ」妹たちのためにどうにかロンドンに戻ってくる方法を見つけよう。「手紙を書いて」

「書くわ」アリスがまばたきで涙を払おうとしながら言った。しかし、払いきれず、三人ともすぐに泣き出した。

メアリーとテオも目に涙をためてオーガスタをきつく抱きしめた。

「さみしくなるわ」とテオが言った。

「わたしたちふたりともよ」テオの言った意味をはっきりさせようというようにメアリーが付け加えた。

女の子たちは最近刺繍したばかりのハンカチをくれた。テオは白い刺繍をはじめるようになっており、メアリーもその技術をほとんど習得していた。「きれいだわ」

「あなたが帰ってくるときには、もっとずっと上手にできるようになっているわ」メアリーがまたオーガスタを抱きしめた。

チャーリーとウォルターとフィリップはそれぞれ重い袋をくれた。「なかには何が？」

「ぼくらはそれぞれ旅行中にきみに必要となるものを選んだんだ」チャーリーがにやりとした。「でも、それが何かは自分で見てくれなくちゃ」

オーガスタは弟たちを抱きしめた。「あなたたちは女性が望み得るかぎり最高の兄弟よ」

「パドヴァの連中に手本を示してやりなよ」ウォルターが耳打ちした。

「そうなればいいんだけど」高い教育を受けていても、大学は挑戦に思えた。

次はルイーザ、シャーロット、ドッティだった。「わたしたちは何も贈り物を用意していないわ」ルイーザがオーガスタを抱きしめながら言った。「気持ちだけよ」

シャーロットがトランクやかばんを高く積み上げて外に停まっている馬車にちらりと目をやった。「持っていくものは充分あるだろうと思って。きっとありったけの本を持っていくんでしょうし。フランスで買い物をするのはすばらしいという話よ」

「そうだといいんだけど」オーガスタはシャーロットを抱きしめた。

「頻繁に手紙をちょうだい」ドッティがオーガスタをきつく抱きしめた。「必要とあれば、ジェーンの指示に頼ればいいし」

「わかってる。そうするわ」オーガスタは涙を手で払った。

母とリチャードが最後に別れを告げた。リチャードはオーガスタの肩を軽くたたき、小さな財布を手渡した。「これは緊急のときのためにとっておくんだ。いつ金が必要になるかわからないものだから」

「ありがとう」必要になる事態が起こらないように祈ったが、継父は世界じゅうを旅してきた人間なので、そういうものなのだろう。

「すばらしい旅を」母がオーガスタの頬にキスをした。「あなたが戻ってくるのをたのしみにしているわ。手紙を書いてくれるわね」

「もちろん、書くわ」この旅が数カ月では終わらないと知らないのは母だけのようだ。

笑わない執事ソートンがお辞儀をした。「よい旅を、お嬢様」

「ありがとう、ソートン。わたしもそう願っているわ」デュラントが馬車までエスコートしてくれ、自分は御者の隣にすわった。

ヘクターの手を借りて馬車に乗りこむまえに、オーガスタは振り向いて玄関のまわりに集まっている家族に手を振った。そこにはグレート・デーンたちも加わっていた。母はリチャードの胸に顔をうずめ、リチャードは母に腕をまわしている……。もしかしたら、母も真実を知っているのかもしれない。

乗り心地のいい旅行用馬車のなかで、プルーはすでにジェーンとともに進行方向を向いた席にすわっていた。そこにオーガスタも加わった。ヘクターと乳母とトミー――ジェーンとヘクターの二歳の息子――は後ろ向きの席にすわった。この馬車でドーヴァーまで行くのだ。カレーに着いたら、別の馬車が待っている。

御者が馬車を動かし出すと、オーガスタは後ろを振り返った。手を振る子供たちの姿がはっきり見えなくなると、胸が締めつけられた。いとしい家族が見えなくなった。

頬を伝う涙を手でぬぐう。わたしは大人で、世界を見るために、そしてずっとしたくてたまらなかった勉強をするために旅立つところなのだ。悲しむのではなく、わくわくしてしかるべきだ。これは永遠の別れではなく、この旅は若い紳士が毎年行うものとそう変わらないのだから。もっとも、ほとんどの若い紳士よりも、より多くを学びたいとは願っていた。

　オーガスタが見ていると、トミーがまばたきして目を閉じた。トミーは多くの時間を親戚の子供たちと過ごしていた。彼らを恋しがるだろうか？「フランスで待っている馬車はどんな感じなの？」

「フランスで作らせた馬車は一台じゃない。これよりもずっと大きいしね」ヘクターは笑みを浮かべた。「フランスの乗り合い馬車《ディリジャンス》を真似たんだ。フランス式の駅馬車さ。どちらも三つの仕切りがある。まずはぼくらが乗る馬車について教えてあげよう。三つの仕切りのうち、ふたつにはたたむとベッドになる座席がある」ヘクターは馬車の脇についた物入れから板と紙をとり出し、話しながら板の上に置いた紙に絵を描いた。「脇には手袋や本やゲームなど、さまざまな物を入れるたくさんの物入れがある」それから、馬車の絵のまえの部分を指差した。「この御者台には油布の覆いがあって、雨のときは頭上に引っ張り出せるようになっているんだ」

「マットの一頭立て二輪馬車みたいな感じ？」とオーガスタが訊いた。

「まさしく同じ発想さ」ヘクターは馬車の絵に目を戻した。「仕切りの一番広い部分にある座席は茶色のベルベットで覆われている。後ろの部分は革の座席だが、布で覆えるようになっている」

「トミーが乗るのはそこね」とジェーンが付け加えた。「トミーの具合が悪くなったり、座席を汚すようなことがあったりしても、布は洗えるから」

「まえの部分は？」オーガスタはこの馬車にどれほどの工夫がなされているかに興味を抱いた。

「同じくベルベットさ。そこは眠る必要があったり、ひとりになりたかったりする人間が使うことになる。リネン用の棚もあるから、ベッドも簡単に整えられるしね」

オーガスタは自分もひとりになりたくなるかもしれないと思った。「もう一台については？」

「ぼくの従者とジェーンのメイドに希望を訊いた」ヘクターは笑みを浮かべた。「ぼくらは使用人を満足させなければならないからね。その馬車の前方の部分は副御者と休憩が必要な馬丁や乗馬従者のための場所だ。中央はお付きのメイドたちの席で、小さいほうのしきりはぼくの従者と雑用係のための場所となる」

「中央と後部の座席はやっぱりベッドになるの？」とプルーが訊いた。

「それぞれ三つとふたつのベッドになる」とヘクターが答えた。「じっさい、考え得るかぎりのさまざまな要望をすべてかなえた作りになっている」

オーガスタはフランスのディリジャンスについては聞いたことがあったが、それを描いた絵を見たことはなかった。「フランスの駅馬車がどんな感じかどうやって知ったの？」

「もちろん、フランスへ旅したときに知った」オーガスタが、納得いかないという目を向けると、ヘクターは笑った。「パリで仕事があったときに、リヨン行きの駅馬車を見たのさ。すっかり興味をそそられて、よく見てみることにしたんだ」

「ヘクターはトミーが生まれてからずっとこの旅の計画を練ってきたのよ」ジェーンは眠っている息子に目をやった。「出発に都合のいい時期をずっと待っていたの」

「それで、すべてが完璧な時期を待っていたら、永遠に出発できないと気づいたのさ」ヘクターはジェーンに愛情あふれるまなざしを向けた。

「フランスで乗る馬車がこの馬車と同じぐらい乗り心地がいいなら――」プルーが言った。

「ほんとうにありがたいわ。よろしければ、少し昼寝をさせてもらいますね」

そう言って目を閉じた。少し経つと小さないびきが聞こえてきた。プルーはいつもそんなふうに寝られるのだろうか。それとも、戦時下、夫とともに従軍したときにそうした技を見に着けたのだろうか。乳母は緩んでいた布を引っ張り上げてエプロンに結びつけ、トミーをしっかり抱っこすると目を閉じた。すぐにヘクターも眠りに落ちた。

オーガスタはジェーンに目を向けた。「残されたのはわたしたちだけのようよ」

「どうやらわたしたち、できるときに休息するすべを心得た熟練した旅人に囲まれているようね」

「わたしは興奮しすぎていて眠れないわ。いつかは眠れるようになるとは思うけれど」オーガスタは窓の外へ目を向けた。すでにロンドンを出ており、まもなく通行料のかかる道に達するはずだった。「いくつの宿で停まることになっているの？」

「十マイルごとに馬を替えるはずよ」ジェーンも窓の外へ目をやった。「ヘクターが自分の馬の何頭かを配置してあって、ほかの馬を使う許しも得ているわ」そう言って満面の笑みになった。「ついにヨーロッパに向かっているなんて信じられない」

「どうして新婚旅行でパリに行かなかったの？」

ジェーンは小さく肩をすくめた。「グレースとマットが結婚したばかりで、シャーロットとルイーザの付き添いを務めなければならなかったから。わたしがあなたたち子供たちの手助けを続けようと決心したのよ」ジェーンはトミーにやさしい目を向けた。「そうこうするうちに、身ごもったので、また延期することにしたの」

「必ずそういうことになるようね」だからこそ、オーガスタはすぐに結婚したいと思わないのだ。

ジェーンは目を天井に向けてから言った。「でも、まちがっていたわ。世界中で女性は赤ちゃんを産んでいる。わたしが出会ったなかには、夫とともに海に出かけて、船の上で子供を産んだ女性もいたわ。わたしたちの行動を制限しているのは、どちらかと言えば、わたしたちの家族や社会の期待なのよ」

「おっしゃるとおりね」たしかにそれが問題なのだ。他人の先入観。そうした期待に外れたことをしたり、したいと思ったりすると、社会のほうではなく、自分のほうがおかしいと思われてしまう。

「あなたが夢を追いかけていることは誇らしいわ」ジェーンはレモネードのフラスクのひとつを掲げ、オーガスタがそれを受けとった。「そういう機会を手にできる若い女性は多くないもの」

「変わった願望を抱いていて、それを少なくとも家族の誰かが支持してくれている女性は多くないから」母のことが思い出された。「愛する人にとって自分ががっかりな存在だと感じるのは辛いものだわ」

「そうね」ジェーンは自分のレモネードを飲んだ。「わたしは父に対してひどく怒っていて、父はわたしに怒っていたけれど、それでも父をがっかりさせたことは申し訳なく思っていたもの」そう言ってすやすやと眠っているヘクターに目をやった。「でも、自分の決断を後悔したことは一度もないわ」

「ヘクターといっしょになると、ずっと心の奥底ではわかっていたの？」この数日、自分でも嫌になるほどフィンが恋しかった。彼が愛してくれていたら、自分がどうしていたかわからなかった。

「わかっていたとは言えないわね」ジェーンはしばらく窓の外へ目を向けた。「ただ、ほかの誰かを愛することは決してないことだけはわかっていた」そう言ってオーガスタに目を戻した。「あなたもきっとあなたにぴったりの紳士と巡り合うわ。そうしたら、その人はほかの何にもましてあなたを幸せにすることだけを考えるはずよ」

最近まで、大学に行きたいという夢が、花嫁候補としての自分の価値を損ねるとは思いもしなかったのだった。自分の準備ができたら、そこで誰かがきっと待っていてくれると思っていた。しかし、母のガーデンパーティのあとでは、ありのままの自分を受け入れようと思ってくれる紳士は極めて進んだ考えの持ち主でなければならないと悟った。マットがグレースと彼女の弟妹のすべてを受け入れたように、そして、グレースも同じようにルイーザとマデリンとオーガスタとテオを受け入れてくれたように。みんながひとつの大家族となるようにしてくれたように。

　オーガスタはしばらく緑の丘陵地帯を眺めていた。羊や子羊が牧草地に点々と散らばっている。ケントでは木々も低木もほかのどこよりも早く花開くように思われた。わたしも自分にぴったりの紳士に、ありのままのわたしを愛してくれる誰かに出会ったら、望むすべてを手に入れられるのかもしれない。

# 21

フィンはとくに念入りにクラバットを結んだ。マッソンがいくつか予備のクラバットを慎重に腕にかけてそばに立っていた。着替えのなかでクラバットを結ぶことだけはフィンにまかされていた。そして今夜のために完璧に結ばなければならなかった。ただ、これだけ苦労しても、オーガスタが気づいてくれるかはわからない。彼女がフィンの見た目の変化に気づいている様子を見せたことはこれまで一度もなかった。

待ちわびた一行がハリントン・ハウスに到着したのは昨日遅くだった。今夜はレディ・ハリントンが夜会を計画しており、ハリントン伯爵からは、オーガスタも参加すると書かれた短い書きつけとともに招待状が届いていた。

フィンは大使館内の大使公邸でサー・チャールズとレディ・エリザベスと夕食をともにしてから、彼らといっしょにハリントン・ハウスでの夜会へ出かけることになっていた。この十日ほど、オーガスタたちの到着を待つあいだに数多くの催しに出席したものの、そこに彼女がいないのがさみしかった。彼女と話をするのはつねに喜びだったが、そばにいてくれるだけでもよかったと思い知った。アミアンにいっしょに寄っていたら、大聖堂の大きなアーチを形作るのに石がどのように置かれているのか理解し、それを眺めてたのしんでくれたことだろう。パリへ来る途中の町々でも、ともに町中を散策し、それぞれの町のちがいや類似点を評価したにちがいない。

あの日、庭で彼女にキスしなかったのはなんとも残念なことだったとくり返し思った。そう、自分は紳士であり、紳士は告白することなく、未婚のご婦人にキスなどしないものだ。それでも、あの赤いバラ色の唇を味わい、頰のシルクのような肌を撫でていればと思わずにいられなかった。

引っ張られる感じがして気がつくと、従者が懐中時計をウェストコートのポケットにつっこむところだった。鏡をちらりと見ると、片眼鏡も装いに加えられていた。

「サファイアのネクタイピンがよろしいかと、旦那様」

オーガスタの目に近い色の石。「そうしよう」

ここでぼくに会ったら、彼女はどう思うだろう？　驚いて喜ぶか、怒り狂うか？　だまされたと思うかもしれない。正直に言えば、だましたのはたしかだ。それでも、ひとつ彼女がありがたく思ってくれることがある。それは〝ストラスブールの誓い〟を見に行くことだ。明日、彼女とともに見に行く手筈を整えてあった。

マッソンはフィンが上着を着るのに手を貸した。フィンは帽子をかぶり、ステッキを手に持って寝室の扉を抜け、ボーマンが待っている個人用の応接間へはいっていった。「出かけるかい？」

「待っていたよ」ボーマンはソファーから立ち上がった。

宿所有の街用の馬車が彼らを大使館へと運ぶべく、入口のまえで待っていた。二時間あまり経って、すばらしい夕食を済ませたあと、フィンたちはハリントン・ハウスに到着した。客を出迎えたのはハリントンとその妻だけだった。大使夫妻とフィンとボーマンは最初に到着した客ではないようだった。フィンが驚いたのは、これまで会ったことのない大勢の人間がそこにいたことだ。パリに来てからいくつかの催しには参加していたのだが。

イギリスでもそうだったが、ここでもオーガスタの姿はほぼすぐに見つかった。フィンはほかの客たちのあいだをゆっくりと進んだ。義姉に連れまわされない催しでは、娘にお相手を探す母親たちも彼にはさほど注意を払わないことがわかったのは喜ばしかった。結局、フィンは次男にすぎなかったのだから。

オーガスタは彼女と同じ黒っぽい髪でいくつか年上の女性と話をしていた。

フィンはひとり笑みを浮かべながら、彼女の背後に近づいた。「レディ・オーガスタ」

オーガスタが眉を上げて振り向くと、フィンはお辞儀をした。「ここはリンカーンシャーからはちょっと遠くありません、フィニアス様？」

「また会おうと言ったはずだ」フィンは自分にここで会うことはわかっていたはずだとでもいうように、のんきな声を保った。

「そうね」オーガスタはわずかに目を狭めた。「わたしが大陸から戻ってきたら会おうという意味にわたしがとったこともおわかりだったはずよ。いったいここパリで何をしてらっしゃるの？」

「大陸に向かうときみに言うわけにはいかなかったのでね。言っていたら、きっときみはほくを避ける方法を見つけただろうから」

「でも、どうして？」オーガスタはわずかに首を振った。「こんなの――意味がわからないわ。あなたは結婚しなければならなくて、わたしはまだその――」

「子供を産む心の準備ができていない。そう、そのことはよくわかっているさ」一瞬、フィンは彼女が見せているのと同じ苛立ちを覚えた。「きみをじっと見つめている緑の上着の紳士は誰だい？」

「知らないわ。ナントカ伯爵」フィンは信じられないというように眉を上げ、オーガスタはため息をついた。「ああ、もう」そう言って目を天井に向けた。「シャロン伯爵よ」

「きみはここに着いてまだ一日なのに、もう男を惹きつけているんだね」フィンは部屋を見まわし、ほかにも何人かの男がオーガスタと自分のほうに目を向けてきていることに気づいた。

「わたしのせいじゃないわ」オーガスタは伯爵に不機嫌そうな目を向けた。「ロンドンと変わらず、ここにも大勢の独身の紳士がいるというだけよ。すでに惹いている以上の関心は惹かないようにしているんだけど」

「ぼくはもちろんだが、誰もきみのせいだとは言っていないさ」フィンは腕を差し出した。「部屋を歩いてまわらないかい？　ここに来てから、思考を刺激してくれる人々に数多く出会ったんだ。きみも知り合いになりたいと思うはずだ」

オーガスタはこの世の何よりも自然なことというように彼の腕をとった。もしくは、あなたも敵の一員でしょうと示すように。結局、フィン自身、彼女と結婚したいと強く願っていたのだから。「ここへいらしてどのぐらいになるの？」

「まだ一週間あまりさ。ここへ来る途中、アミアンの大聖堂は見たかい？」

「ええ、見たわ」オーガスタの表情が明るくなり、唇に笑みが浮かんだ。「あなたもきっと見たでしょうね」

「見たいと思ったら、その気持ちには抗えなかったのでね」フィンは軽い笑い声をあげた。「設計図を見せてくれるまで司祭にしつこく食い下がったよ」

美しい顔にかすかに縦皺が寄った。「ハリントン様がおっしゃるには、〝ストラスブールの誓い〟の実物を見せてほしいと頼んだのに、わたしが女性で、まじめに学問を追究しているはずはないからという理由で許されないそうなの」

「ぼくもそう聞いたよ」フィンは自分が力になると言ったことをハリントンが彼女に話していないのをありがたく思った。

彼女の目がさっと彼に向けられた。「でも、どうして？」

「ハリントン伯爵がその問題をぼくに話してくれたんだ」フィンは彼女の腕をよりしっかりと抱えこんだ。「それで、ぼくがきみに同行することになった」

「あなたは古フランス語を知らないでしょうに」オーガスタは眉根を寄せ、その問題について考えている顔になった。「わたしがそれを読むあいだ待っているのは、あなたにとって退屈なはずよ」

きみを満足させることが退屈なはずはないとオーガスタに言ってやりたくなる。しかし、彼女はまだそれを耳にするだけの心の準備ができていない。「図書館なんだから、ぼくも何か読むものを見つけるさ」

「ほんとうにそれでいいなら、心からお礼を言うわ」オーガスタはまた彼にほほ笑みかけた。「同行してくれる学者を見つけられるかどうか不安だったの」

「それについては心配要らない」ふたりは開いたフランス窓のところまで来ており、フィンは彼女と外を歩きたくなった。「ぼくが喜んで同行する学者になるよ」

彼女が鈴の鳴るような声で笑い、フィンの心はいっそう明るくなった。ずいぶんと久しぶりに聞く笑い声だった。「あら、わたしたち、お行儀を忘れているわ。プルー――」オーガスタは部屋を見まわした。「いなくなっちゃった」

「どちらかというと、ぼくらのほうがいなくなったのさ。彼女はあそこにいる」フィンはレディ・ハリントンのまわりに集まっている人たちを指差した。そのなかには彼の秘書もいた。

「その人は誰だい？」

「親戚のミセス・プルーデンス・ブラニングよ。彼女のご主人はワーテルローで亡くなったの。それで、わたしの付き添いを務めてくれることになって」

オーガスタはイギリスにいるころよりも幸せそうで気楽そうに見えた。フィンは自分がそこにいるせいだと信じたかった。「パリにはどのぐらい留まるつもりなのかな？」

「たぶん、何週間か」オーガスタは眉根を寄せた。「親戚のヘクター・アディソンによると

――この旅を計画したのは彼なの――今後の旅行の計画については細かい点を詰めなきゃならないんですって。あなたはここに来てから、たくさんの催しに招待されたの？」

「ロンドンとはちがうが、まあ、そうだね」ふたりはまた部屋のなかを歩きはじめていた。

「毎日、誰かが、もしくはどこかの機関が催しを開いているから」オーガスタは逃げ出したいというような顔になった。

「ひとつ忠告しておくよ。夜の催しのことはあまり気にせず、行きたい観光名所を決めてそこへ行くほうがいい。ぼくは観光案内書を買って、注目すべき建物や場所などを数多く見つけたよ」

「誰かにもそう忠告されたわ」オーガスタは目を伏せた。黒っぽい濃いまつげがミルクのような肌に降りた。「〝ストラスブールの誓い〟をわたしが見られるようにしてくださってありがとう」

「きみが自分だけでそれを見るのを許されないのは極めて不公平だと思ったんだ」もうひとつの理由が、彼女が怒っていたら赦してもらうためだということは言わないでおくことにした。

オーガスタは一瞬足を止め、彼に探るような目をくれた。「明日行けます？　ばかばかしく聞こえるでしょうけど、古フランス語で書かれた現存する数少ない最古の文献をじっさいに目にして、においを嗅いで、触れてみたいと長年思ってきたの」

「よくわかるよ。アミアン大聖堂の設計図を眺めたときにぼくが感じたのもそういうことだ。

じっさい、きみができるだけすぐにその書類を見たいんじゃないかと思って、明日の予約を入れてあるんだ」彼女がその誓約を見たいと言った場合に備えて、ほかには何も用事を入れないようにしたのだった。オーガスタに目を向けると、その青い目はおそらくは喜びに色が濃くなっていた。彼女の目がそんな色を帯びるのはほかにどんな喜びを得たときだろう？

「そのあとでカフェに寄ってもいいし」

「それってすばらしいわ！　フランスでは、女性がカフェやレストランで食事をしたり、コーヒーやお茶を飲んだりしてもかまわないと聞いていたの。パリへ来る途中、カフェで食事したりお茶を飲んだりしたかったんだけど、それがほんとうに受け入れられるものかどうかたしかめるまで待ちたいとジェーンが言うので、ここへ来てすぐにエリザベスに訊いたのよ」

「レストランでは女性も大勢見かけたよ」どこのカフェにオーガスタを連れていったらいいか、宿の人間に相談してみなくては。

「ここにいらしたのね」そのとき、オーガスタらがその家に滞在しているレディ・ハリントンがふたりのそばにやってきた。「紹介されたがっている殿方が何人かいらっしゃるの、レディ・オーガスタ」

オーガスタは息を呑んでフィンに目をくれた。「ほかのときにお会いしてはだめかしら？」

その声はあまりに物憂げで、フィンは彼女が学問に集中できる場所へ連れていってやりたくなった。

「残念ながら、今会ってもらわないと」レディ・ハリントンはオーガスタの腕をとった。

オーガスタに助けを求めるような目を向けられ、フィンはふたりのあとを追おうとした。

「ぼくもいっしょに行きます」

「いいえ」レディ・ハリントンは急いで言った。「あなたにはほかのお客様と交流していただきますわ」

そう言われてはしかたない。フィンはお辞儀をしてオーガスタの手をとり、ささやいた。

「明日朝十時に迎えに来るよ。それできみがよければ」

オーガスタは明るい笑みをくれた。「準備しておくわ」

オーガスタはさらに男性たちに引き合わされることに抗議したかったが、受けてきた教えのせいでエリザベスに口答えできなかった。そこで、礼儀正しい笑みを浮かべ、三人のフランス人男性とパリに来てまだ一日かそこらのふたりのイギリス人男性に紹介された。幸い、夜会だったので、ダンスはなかった。数分会話を交わすと、オーガスタは彼らに浅くお辞儀をした。「失礼してよければ、身内の者を探さなければならないので」

フィンはまた友人のように振る舞ってくれており、オーガスタは彼にプロポーズされたことをほとんど忘れることができた。どうしてリンカーンシャーではなくここにいるのかという質問にはまだちゃんと答えてくれていなかったが。それでも、その点についてそれ以上追及したくはなかった。何でも話し合える数少ない人間のひとりがここにいてくれるという事実だけで充分だったからだ。それだけでなく、読みたいとずっと思ってきた誓約書が読めるよう、彼は手配してくれていた。

女性に公平ではない図書館に対して何をしたか彼が話してくれたときには、その灰色の目は溶けた銀のような色を帯び、表情は真剣そのものだった。そのことばが何よりもありがたかったのは、フィンが心からそう思って言ってくれたことだった。

ジェーンが自分にぴったりの男性について話していたことが思い出された。彼が結婚して跡継ぎを作る必要がなく、わたしを愛してくれてさえいれば。

オーガスタは部屋を見まわしたが、彼の姿は見当たらなかった。どこへ行ってしまったの?

もうひとつの応接間にはいると、プルーとジェーンが穏やかに会話を交わしていた。フィンの姿はどこにもなかった。「よければ、部屋に引きとりたいんだけど」

「いいわ」ジェーンが立ち上がって言った。「わたしもいっしょに行くわ。トミーの様子を見たいから」そう言ってオーガスタと腕を組んだ。「たのしんでいる?」

「正直に言っていいの?」ジェーンはうなずいた。「おもしろい本を読んでひとりでいるほうがよかったわ」長距離を旅してわかったなかであまり喜ばしくない点は、馬車のなかで本を読むと気分が悪くなることだった。「いい知らせもあるの。フィン――フィニアス様が、わたしが読みたいと思っていた〝誓約書〟を読めるように手配してくださったの。明日の朝迎えに来てくださるわ」

ジェーンは何歩か歩いてから答えた。「よかったわね。プルーにそれを伝えるべきね。彼女もいっしょに行かないといけないかもしれないから」

「そうね」図書館はほんの一マイルほどのところにあった。「たぶん、歩いていくんだと思ったんだけど、街用の馬車で行く場合は付き添いが要るわね」

オーガスタはジェーンに伝えるのはそこまでにしようかと躊躇したが、話を省くことで嘘をつくわけにはいかなかった。ジェーンからの信頼を裏切りたくはない。「フィニアス様にそのあとでカフェかレストランに行きたいかって訊かれたの」

「ここではみんなそうしているってエリザベスも言っていたわ。だから、異を唱えるわけにはいかないわね」ふたりは階段をのぼり出した。「外の席にすわるかぎりは、プルーを連れていってとも言わないわ」

「わかった」プルーは図書館は好まないかもしれないが、レストランには行きたいと言っていた。「でも、プルーもカフェには行きたいと思うけど」

ジェーンの目の端に皺が寄った。「彼女には朝食の席で訊いてみなきゃね」

翌朝、フィンが到着したときには、オーガスタとジェーンとプルーとエリザベスはまだ朝食の席についていた。ハリントン伯爵でエリザベスの夫のジェオフは大使館に行っており、ヘクターは何かの用事を済ますために出かけていた。

「もう朝食はお済みですの？」フィンがお辞儀をして女性たちに朝の挨拶をすると、エリザベスが訊いた。

「済ませました」彼は笑みを浮かべた。「でも、お茶があれば、ぜひ一杯いただきたい」彼が何ともすてきな笑みを浮かべることにこれまで気づかなかったのは不思議だった。歯もそろっていてひとつも欠けていなかった。

エリザベスはオーガスタの隣の椅子を彼に示した。「あなたがお泊まりの宿はイギリス人向けですってね」

「たしかにそうですが、お茶は家で飲むのと同じとは言えませんね」フィンは椅子を引いて腰を下ろした。

オーガスタは彼のためにカップにお茶を注いだ。「図書館には歩いていきます？ それとも馬車で？」

「外はいい天気だよ。歩いたらきっと気分もいい」彼はお茶をひと口飲んで天国にいるような顔をした。「何日も馬車に乗って過ごしたんだから、きみも脚を伸ばしたいだろうと思って」

「ええ、そうしたいわ。それを考えてくださってありがとう」オーガスタはプルーに目を向けた。「あなたもいっしょに行きたい？」

「訊いてくれてありがたいけど、今日はわたしの付き添いは必要ないはずよ。わたしはマダム・リゼットが勧めてくれた婦人服仕立屋に行くほうがいいわ」プルーの目はしばらくオーガスタに向けられたままだった。「あなたがわたしに来てほしいというなら別だけど」

「じつは来てもらっても、あなたは退屈するだろうと思うの」プルーが来ないのはありがたかった。文書を読むのを急かされたくなかったが、プルーが待っていると思ったら、急がなければいけない気になるだろう。

「だったら、わたしたちみんな、今日の計画は立ったわね」とジェーンが言った。それから、フィンに目を向けた。「レディ・オーガスタに、外で食事をするなら、カフェに行ってもいいという許しを与えたんです」

「おおせのままに」フィンは首を下げて言った。「ぼくも彼女の評判を傷つけたいとは思わないので」

「それはどうも。ちなみに、彼女の使用人も同行することになります」とジェーンは付け加えた。

「もちろんです」フィンはおちついてお茶を飲んだ。

ふたりきりになりたがらないフィンの様子を喜んでしかるべきだった。以前と同じく、ただの友達同士になったことを。それなのに、妙に心が痛んだ。オーガスタはお茶を飲み干した。こんなふうに感じるなどばかばかしいわ。望みはすべてかなったのに。「すぐに準備するわね」

# 22

オーガスタが朝食の間を出ていってすぐにフィンは立ち上がった。「失礼してよければ、レディ・オーガスタを玄関の間で待とうと思います」

「お好きなように」とアディソン夫人は言った。「たのしんできてくださいね。レディ・オーガスタがその文書を読めるようにしてくださったことに感謝いたしますわ」

「どういたしまして」フィンはお辞儀をして部屋をあとにした。

玄関の間に行くと、二十代後半に見える黒っぽい髪の背の高い使用人が脇に控えて待っていた。同行する使用人にちがいない。オーガスタと食事をするあいだ、使用人にも何かすることを考えてやらなければ。

フィンがその使用人のそばに行こうとしたところで、軽い足音が上の階から聞こえてきた。振り向くと、ちょうどオーガスタが階段のてっぺんで足を止めたところで、フィンは息を呑んだ。上の窓から射しこむ光に照らされて、かぶっている小さな帽子が後光のように見え、その瞬間のオーガスタは大聖堂の天使像さながらだった。バラ色の散歩用のドレスの上にはおった短い上着が、豊かな胸を包んでいる。その上着は男をいたぶるためにデザインされたものにちがいない――フィンはそわそわと身動きせずにいられなかった。体にぴったりしたズボンではなく、ゆるいズボンを穿いていたことを神に感謝した。

オーガスタはフィンのまなざしを受けとめて笑みを浮かべた。「ああ、よかった。あなたも出かける準備ができているのね」

それほどに幸せそうな彼女を見るのは初めての気がした。古フランス語の文書をもっと見に行かなくては。そういうものをあといくつ見つけられるだろう？

オーガスタが階段の一番下の段に達すると、フィンはまえに進み出て腕を差し出した。

「行くかい、レディ・オーガスタ？」

オーガスタは彼の肘に手を差しこんだ。「もちろんよ、フィニアス様」

使用人が扉を開けてくれ、ふたりのあとに続いた。ふたりはフォーブール街を抜け、ヴァンドーム広場のそばを通り過ぎる際には、足を止め、馬に乗ったナポレオンの銅像が飾られた円塔を眺めた。

「あの銅像を引きずり下ろそうという試みは成功すると思う？」とオーガスタが訊いた。

「一度ならず試みたという話だけど」

「どうだろう」誰であれ、自分の銅像をてっぺんに飾った塔がほしいなどとどうして思うのだろう？「ここではいまだに彼を好む人が多いからね」

オーガスタは寒いとでもいうように自分の体を抱いた。フィンは彼女を腕に引き入れられたならと思った。「あれほど多くの人に死をもたらした人間に夢中になれるなんて、わたしには理解できないわ」

「ぼくもさ。でも、きっとそれを説明してくれる人が見つかるよ」フィンはまえに進もうとしたが、オーガスタは動かなかった。「オーガスタ?」

彼女の目はまだブロンズ像の男と馬に向けられたままだった。「あ、そうね」オーガスタはまた歩きはじめた。「ちょっと考えごとをしていたの」

「どんな?」そのことで頭が一杯なのにちがいない。オーガスタはイギリスにいるときよりも上の空に見えた。

「彼が大混乱におちいっていた国に秩序をもたらしたのはたしかよ。ヨーロッパ全体を征服しようと試みなかったら、わたしたちにとっても英雄だったかもしれない」

フィンはしばらくそれについて考えを巡らした。的を射た意見だった。「きっときみの言うとおりだな」

オーガスタはため息をついて肩をすくめた。「残念ながら、歴史は変えられないけれど」

数分後、ふたりはフランス国立図書館に着き、大理石の床の広々とした広間に足を踏み入れた。両側にいくつも扉があり、広間の両端から延びる廊下が建物の奥へと続き、階段で上の階へ行けるようになっていた。

「デュラント」オーガスタが使用人のほうを振り返った。「少なくとも一時間はかかるわ。少し街を見てまわったらどう?」

「いいえ、お嬢様。私はここでお待ちいたします」彼の手に布表紙の小さな本が現れた。

「わたしたちは――」

オーガスタが言い終えるまえに、黒っぽい特徴のない衣服に身を包んだ中年男がフランス語で呼びかけてきた。「こんにちは。私はムッシュウ・クレマンです。何かご用ですか？」

「ええ《ウィ》」フィンが答え、フランス語で続けた。「ぼくはフィニアス・カーター＝ウッズです。〝ストラスブールの誓い〟を拝見しに来ました」

クレマンはオーガスタにちらりと目をやった。「ここはご婦人をもてなす場所ではありませんが」

フィンは男に険しい目を向けた。女性といっしょにここへはいってきてその存在をとがめられないと思っていたのは非現実的だったのかもしれない。彼はオーガスタを少しだけまえに引っ張った。「レディ・オーガスタ、こちらはムッシュウ・クレマンだ」男が自己紹介したのが彼女には聞こえなかったかのように言う。「ムッシュウ、こちらはレディ・オーガスタ・ヴァイヴァーズ。かの誓約についてぼく以上に知識豊富だ」

男は不満そうに顔をしかめた。「ハリントン伯爵が館長に連絡してきた若いご婦人はこの方ですか？」

「ああ。しかしながら、彼女が文献を見るのを許されなかったので、ぼくがエスコートを申し出たんだ。ぼくはイギリスの王立協会の会員だ」嘘だったが、誰にも嘘だとはわからないだろう。

「女性の入館は許されておりません」男は背を向けかけた。

オーガスタははるばるここまで来て、尊大ぶった男に止められるつもりはなかった。フィンは男をつかまえようとしたが、オーガスタがフィンの腕を放さなかった。手荒なことをしても助けにはならないからだ。オーガスタは古フランス語を精一杯操って言った。「〝あなたは古フランス語の読み書きはなさるの〟、ムッシュウ？」

男は動きを止めて顔を向けてきた。厳粛な顔に驚きがありありと浮かんでいる。「何とおっしゃいました？」

オーガスタは顎を上げた。「古フランス語で〝あなたは古フランス語の読み書きはなさるのか〟と訊いたんです」

クレマンはフィンに目を向けた。フィンは唇の端を持ち上げて言った。「彼女がその言語を心得ていることはご理解いただけたはずだが」

「でも、どうやって――」クレマンが頭を悩ませているあいだ、オーガスタはできるだけ冷静さを保った。しばらくして、彼はついてくるようふたりに示した。「誰にも言わないでください」

オーガスタの全身にうまくいったという思いが広がった。人生でこれほどにわくわくしたことはこれまでなかった。やったわ！　誓約をほんとうに見られるのね！　学者として扱われるのは初めてのこと。

大学に進むこともこういう感じだろう。夢がかなうということ。

フィンに目をやると、見返してきた銀色の目は誇らしさで一杯だった。彼は首を下げた。ふたりはクレマンのあとから廊下を通り、丸天井で、机がいくつも並んでいる部屋へはいった。

クレマンは鍵束をとり出し、それを部屋の奥にある小さな木製の扉の鍵穴に差しこんだ。

「お好きなところにすわってください。誓約書を持ってまいります」

オーガスタは興奮のあまり身震いした。以前、イギリスにある〝ローランの歌（十一世紀ごろ、古フランス語で書かれた叙事詩）〟を見ようと試みたことがあったが、同行してくれるための時間や資格を持ち合わせている人がいなかった。フィンはその資格を持ち、時間も作ってくれた。「ありがとう」

フィンが答えるまえに、ムッシュウ・クレマンがすり切れた古い文書を持って戻ってくると、オーガスタのまえのテーブルに置いた。「マドモアゼル、最初のページを私のために読んでもらえませんか？　誰かがわが国の古語を話すのを聞いたのはこれまで一度しかないので」

「喜んで」誓約書の最初のページを開くと、手が震え、鼓動が速まった。八百年まえと同じ紙に触れ、同じ文言を読もうとしていることが信じられないほどだった。戦争とそれがもたらした苦難に終止符を打つ文言。オーガスタは息を吸ったが、古フランス語を読むその声は震えていた。「〝神の愛とキリスト教徒、およびわれら共通の救いにかけて、今日これより、神が私に知恵と力とを与えたもうかぎり、私は弟シャルルを万事において助け……〟」

書かれた文字は写しよりも読みやすく、読んでいるうちに、そのことばはまた使ってくれと懇願するかのようによどみなく発せられた。目を涙が刺したが、オーガスタはまばたきしてそれを払った。ほぼ誰もいない部屋に自分の声が響きわたるなか、恍惚とした思いが湧き上がった。読みながら、オーガスタの脳裏に誓約を交わす男たちの姿が浮かんだ。禿頭《とくとう》王シャルル二世が兄弟とのあいだで八四二年に結んだ誓約。

クレマンは途中で退席するものと思っていたが、一時間後、オーガスタが読み終えたときも彼はまだそこにいて黒っぽい目を涙でくもらせていた。

クレマンはハンカチをとり出して鼻をかんだ。「これほどに美しいものはこれまで聞いたことがない。この文書を読む許しがほしいと言い張ってくださったことにお礼を言いますよ」文書を集めると、彼は立ち上がった。「さて、きっと喉が渇いたことでしょう。私の事務室にワインがあります。あなたとお連れの方に一杯差し上げてもよろしいでしょうか？」

「ええ。ぜひワインをいただきたいわ」そうして遇されることが特別であることはオーガスタにもわかった。男性と変わらぬもてなしを受けることが。

クレマンが別の部屋に姿を消すと、フィンの親指が彼女の頬を撫でた。「きみはよくやった」

手を彼の親指にかぶせると、その指が涙を拭いていてくれていたことがわかった。「いいえ、これはわたしたちふたりでしたことよ。あなたがここへ連れてきてくださらなかったら、あの人の気持ちを変えさせる機会は得られなかったはずだもの」オーガスタは彼のてのひらにキスしたくなったが、それは分別ある行動とは言えなかった。「こんなに幸せな気分になるのは初めてだわ」

「ああ」フィンはうなずいた。「わかるよ。一番の夢がかなった感じなんだろうな」そう言ってハンカチを手渡してくれた。「これを使うといい」

オーガスタは目をぬぐって鼻をかんだ。「ありがとう。今日またあなたに借りができたわ」

「そんなことはない」突然彼の声が鋭く真剣になり、オーガスタは驚いた。「ぼくがきみのために何をしようと、ぼくに借りができたなどとは思わないでほしい。きみの役に立てるなら、何でもするつもりなんだから」

またも会話をさえぎるようにムッシュウ・クレマンが戻ってきた。「マドモワゼル、ムッシュウ、こちらへどうぞ」

クレマンはふたりを同じ階の明かりに満ちた部屋に導き、上等の赤ワインをグラスに注いだ。何分か彼女の朗読と古フランス語に対する愛情について話してから、クレマンは言った。「〝聖女ウーラリーの続唱〟はつづりにおいても音においても古フランス語で表された最高の文献です。実物はヴァランシエンヌにあります。そこまでおいでになれるようでしたら、あなたがそれを読めるよう、館長に手紙を書きましょう」そう言ってため息をついた。「ひとつ残念なのは、私自身がそこへ行ってあなたの朗読を聞くことができないことです」

ヴァランシエンヌはパリの北にある街だった。そこへ寄り道してくれるよう、ヘクターを説得できるかしら？　オーガスタはワインを飲み終えた。「それが可能なら、ヴァランシエンヌへ行ってみますわ」

フィンは立ち上がり、彼女に手を差し述べた。「ありがとう、ムッシュウ」

クレマンも立ち上がった。「こちらこそ、朗読を聞かせていただき、ありがとうございました」

クレマンが彼女とフィンの両方の頰にキスをすると、フィンの顔に浮かんだ表情を見てオーガスタは噴き出しそうになった。それからすぐにふたりはデュラントが待っている広間へ出た。「読めましたか、お嬢様？」

「ええ。思っていたとおり、すばらしかったわ」オーガスタはフィンと腕を組み、ふたりは図書館の建物をあとにした。「どこで食事をするの？　おなかぺこぺこよ」

「〈オー・シエン・キ・フュメ〉で。すばらしいレストランという話だ」ふたりは元来た方向へ戻りはじめた。「ここからすぐのところにある」

「図書館に来る途中は緊張のあまり、まわりのことはあまり気がつかなかったわ。眺めて歩くのも悪くないわね」

通りをぶらぶらと歩きながら、オーガスタは装いのちがいに気づき、自分も婦人服仕立屋を訪ねようと決心した。花で飾られた美しいシルクのボンネットをかぶった女性が脇を通り過ぎた。「ちょっと考えたんだけど、途中に帽子屋があったら、妹たちのためにボンネットを買いたいわ。十五歳で帽子が大好きなの」そこで考え直した。「でも、プルーたちといっしょに行くほうがいいかもしれないわね」

「ぼくが装いについて何も知らないと思っているなら、見くびってくれちゃ困ると言わざるを得ないな」フィンは彼女にちらりと目を向けた。「詳しくはないが、何がいいかはわかるつもりだ」

オーガスタは空に目を向けた。「わかったわ。帽子選びを手伝ってくださいな」

帽子屋が見つからないうちにレストランに着いた。

「お嬢様？」デュラントが言った。「私は通りの向こうにある酒場にいたほうがいいかと」

「好きにしていいわ」オーガスタがお金が要るかどうか訊こうとしたところで、フィンが彼にいくつか硬貨を渡した。

「ありがとうございます」オーガスタが見守るなか、デュラントは酒場の外のテーブルについた。

給仕がレストランの表の広い歩道にしつらえられた丸テーブルとふたつの椅子をふたりに示した。フィンはワインを注文した。そのレストランで食べたりワインなどを飲んだりしているほかの人々は、オーガスタよりも洒落た装いに見えた。絶対に婦人服仕立屋を訪ねなければならない。「何を食べるの？」

「給仕が来て今日のお勧めを教えてくれるよ」フィンは彼女のために椅子を引き、オーガスタは丸い籐の椅子に腰かけた。

給仕が説明を終えると、オーガスタは言った。「ポム・フリットって？　食べたことある？」

「あるさ。ジャガイモを薄く切って揚げたものだ。おいしいよ」

そのジャガイモはおいしそうに思えた。「それとステーキ・オー・ポワブル？　きっとこしょう《ポワブル》がかかっているのね」

「ステーキの上にこしょうのソースがかかったものさ。そこにもポム・フリットがつく」

給仕はほかに三つのメニューを挙げていたが。そのうちふたつはイギリスで食べたことがあった。「わたしはこしょうソースのステーキとサラダにするわ」

「ぼくも同じものにするよ。ワインかお茶はどうだい？」

オーガスタはもう一杯ワインを飲みたかったが、酔っ払って家に帰るわけにはいかなかった。「ここにヴィシー水（フランスの有名な天然微炭酸水）はあるかしら？　レストランのなかにはそれを出す店があると聞いたの」

給仕が戻ってくると、フィンは食べ物を注文し、ヴィシー水について尋ねた。ヴィシー水があると聞いてオーガスタは喜んだ。

出てきた料理はすばらしかった。ソースは極上で、外はかりかりでなかがやわらかいポム・フリットは、名前のとおりおいしかった。ヴィシー水は発泡水だった。シャンパンのように。ただ、味はイギリスで飲む湧き水と似たような味だった。

料理も満足いくものだったが、オーガスタが何よりもたのしんだのは、レストランの外で食事をする経験だった。通りを行き交うありとあらゆる類いの人々を眺められるのはおもしろかった。デュラントに目をやると、彼もうまくやっているようだった。まわりの人間と会話すらしていた。イギリス人なのかしら？　もしくはアイルランド人かもしれない。簡単な会話をするぐらいには、デュラントがフランス語を知っている可能性もある。

「イギリスとはちがうだろう？」とフィンが言った。

「ちがうわね」フィンは食事を終えており、グラスのワインをまわしていた。「イギリスでは、歩道にテーブルを出しているレストランがあったとしても、女性がお客になることは許されないもの」

「男がご婦人を守りたいと思っているのはわかる」フィンは眉を上げて首を振った。「でも、社会がこぞって女性を抑えつけようとする風潮は理解できないな」

身内の男性たちが女性を守ったり、守ろうとしたりするのは目にしてきたが、権威を重んじるマートンでさえ、ドッティが正しいと思ったことをするのを抑えることはできないと学んでいた。「わたしもよ。男の人のなかには、女性たちの考えることがまるで自分たちにとって脅威になるというように女性を扱う人もいるわ」

「きみの家族の男性陣はそうは思っていないようだね」

「そう、たいていはね」ドッティとマートンのことをまた思い出し、オーガスタは笑みを浮かべた。「マートンが意見を変えるには多少時間がかかったけれど」

フィンはわずかにまえに身を寄せ、親しい雰囲気をかもし出した。そこにいるのは自分たちだけとでもいうような。「マートンは、結婚まえはずいぶんとちがっていたと聞いた」

「そう言えるでしょうね」オーガスタは笑った。「ドッティのお父様は急進派なの。イギリスの男女全員が投票できるべきだと信じているわ」フィンはぽかんと口を開け、オーガスタはまた笑った。「あなたもそこまで進んだ考えではないのね」

フィンは頭を傾け、片目を閉じた。「それについて明言はできないな。正直に言えば、あまり考えたこともない。領地を受け継ぎ、投票できるようになったときには、ぼくは国を離れていたから、政治にはあまりかかわってこなかったんだ」

「誰もが投票できる時代は来ると言いたいけれど、わたしが生きているあいだに来るとは思えないわ」

「残念ながら、きみの言うとおりだろうね」フィンはワインを飲み終えた。

明日はわたしもワインを飲もう。

教会の鐘が鳴り、オーガスタはピンで上着につけた時計に目をやった。三時になろうとしていた。あまりにたのしくて、あっというまに時が過ぎていた。「戻らないと」

「ああ、そうだね。きみの付き添いをまた許されようと思うならとくに」

フィンが食事の代金を払い、オーガスタの使用人に合図した。ハリントン・ハウスに戻るのには、カトリーヌ・ド・メディシスが考案して植物を植えさせた有名な美しいチュイルリー庭園を通るなど、ゆっくりと時間をかけた。ロンドンにもこうして誰もが行ける庭園があるべきね。「次はセーヌ川を見に行ってもいいわね」

フィンが笑みを浮かべた。「もしくは、ノートルダム大聖堂に行ってもいい」

オーガスタがほほ笑んだ。「もしくは両方でも」

ふたりでゆっくりと歩きながら、オーガスタはこれほどにたのしい時間を過ごしたのはいつ以来か思い出せない気がしていた。フィンもたのしんでいるようだ。その結果どうなるというの？　たぶん、何も起こらない。「フランスで何をしてらっしゃるのか、わたしの質問にちゃんと答えていないわ」

ちょうどそのとき、ふたりは歩道沿いで画家たちが絵筆をとっている場所を通りがかった。

「おもしろいな」

オーガスタは足を止め、パステル画家が若い女性の絵を描いているのを眺めた。「世界じゅうの画家がパリに来て絵を学ぶと聞いたことがあるわ」

またもフィンはパリで何をしているのかという質問をはぐらかした。今度は外で絵を描く画家たちへと気をそらして。画家たちの様子は驚くべきことで、ロンドンでは決して目にしない情景だったが、いったい彼は何を隠しているの？

# 23

「世界中の画家が、パリもそうだが、ローマでも絵を学んでいる」オーガスタといっしょにローマにいる情景はあまりにくっきりと鮮明で、きっと実現するにちがいないとフィンには思えた。

「ええ、もちろん。学校が休みのときはローマを旅するつもりよ」オーガスタは彼の腕を引っ張った。「ねえ、あそこに木炭で絵を描いている女性がいるわ。画家として名を成せるかしら」

「有名な女性画家はたいてい画家の家の出身だ」芸術の分野でも、女性の進出は男に反対されていた。イギリスでこれまでその差別に気づかなかったのはどうしてだろう？　メキシコでスペイン人といっしょにいたときは、それが彼らの文化だと思っていたのだった。男の女性に対する不安がどれほど普遍的なものであるか気づかずにいたのだ。それこそが、女性が能力を充分に伸ばすことを阻んでいる唯一の理由だろう。

「科学者や音楽家の世界の女性も同様よ」ふたりは庭園を通り過ぎ、フォーブール街へはいったが、自分たちが世界を変えられるというように話しつづけていた。

ああ、オーガスタには大学へ進む機会が与えられてしかるべきだ。大学で彼女に学ぶことがそれほどあるとは思えなかったが、望むことを経験してしかるべきだ。その知識を称えられるべきで、それが可能なのは大学においてだけだ。

ふたりがようやくハリントン・ハウスに到着したときには、お茶の時間になっていた。

「お茶をごいっしょしない？」オーガスタが帽子を脱ぎながら訊いた。

「オーガスタったら」アディソン夫人が言った。「フィニアス様とは丸一日ごいっしょだったじゃない。きっとほかのご用があるはずよ」

彼女とはもっと時間を過ごしたかったが、それには彼女の親戚やレディ・ハリントンの監視の目がないほうがよかった。「今夜の舞踏会で会えるかな？」

「ええ」オーガスタはそれについてはあまりうれしそうではなかった。

フィンは彼女の手をとってお辞儀をした。「今晩また」

彼がダンスを申しこまなかったので、オーガスタは当惑して眉根を寄せた。「ええ」

フィンは宿のそばに花屋の屋台があったのを思い出した。幸い、そこへ行くと、花束が残っていた。黄色と白の花を集めた花束は彼女の黄色い馬車用のドレスを思い出させた。

フィンは花屋にいくつか硬貨を手渡し、宿の部屋に戻ると、手袋を脱ぎ、携帯用の書き物机から紙を一枚とり出してサクラ材の机についた。宿のペンとインクを使ってオーガスタに書きつけをしたためる。

親愛なるレディ・オーガスタ
最初のワルツと夜食まえのダンスをぼくと踊っていただきたい。

この花束を気に入ってくれるといいのだが。これはきみを思い出させる。

これを届けた人間はきみのお返事を待つことになる。

きみの友人で僕たるP・C―W

「マッソン」とフィンは呼んだ。

すぐに従者が着替え室から現れた。フィンは従者に花と書きつけを手渡した。「これをハリントン・ハウスのレディ・オーガスタに届けさせてくれ。届けた人間には返事を待つように言ってほしい」

「かしこまりました」

フィンは返事を待つあいだ、部屋のなかを行ったり来たりした。何時間も過ぎた気がしてから、扉をノックする音がした。「どうぞ」

「旦那様」マッソンが手紙を持って部屋にはいってきた。「レディ・オーガスタからです」

「ありがとう」手紙を手にとってひっくり返すと、正確でしっかりした女性の字だった。オーガスタ自身を表すような字。何よりもフィンの注意を惹いたのは、封に押された、開いた本をかたどった印章だった。

フィンは封を開けるのを恐れるかのように手紙を持ったままでいた。親戚の女性がいるまえではなく、ひそかにダンスを申しこむのはいい考えだと思ったのだった。しかし、彼女もそう思ってくれただろうか？　ふつう若い女性は、自分あての手紙でも、最初にそれを読むことはないと聞いていた。しかし、彼女が誰にも監督されずに幅広く文通を行っているのはたしかだ。フィンは息を吸い、封を開けて紙を開いた。

親愛なるフィン
喜んであなたと踊ります。
この花束はきれいね。ありがとう。

あなたの友　A・V

フィンは息を吐き、どうしてあれほどに心配したのだろうと訝った。オーガスタに関するかぎり、ふたりは単なる友達なのだ。ほかの何でもない。問題は、どうしたらそれ以上の存在だと彼女に思ってもらえるかだ。

フィンとボーマンはもうすぐ最初のワルツというときに舞踏会に到着した。フィンはオーガスタ以外と踊りたいとは思わず、そばで促すヘレンがいないので、踊る必要もなかった。
オーガスタはフランスに大挙してやってきたイギリス紳士のひとりとコティヨンを踊っていた。その紳士にオーガスタは、フィンがうつろな顔とわかるようになった表情を向けている。ただ、残念ながら、紳士のほうはべちゃくちゃとしゃべりながら、極めて満足そうな顔をしていた。

まったく。ロンドンで起こっていたのと同じことがここでも起こりつつある。どうにかして男たちが彼女にプロポーズしないようにする方法を見つけなければ。オーガスタは振り向くたびに男にプロポーズされることなく、催しをたのしんでしかるべきだ。知るかぎりでは、イギリス人が通う紳士のクラブは当地にはない。そのせいで、男たちに釘を刺すのもむずかしかった。

彼女の親戚を見つけ、フィンは今のダンスが終わるまえに彼らのそばへ行った。「こんばんは」

アディソン夫妻とブラニング夫人が挨拶を返してきた。

「レディ・オーガスタがあの文書を見られるように手配してくださってありがとうございました」とアディソン夫人が言った。「文書を見られてほんとうに大喜びでした」

古フランス語を話して状況を一変させたのは彼女自身だとオーガスタは話していないのだろうか？「ぼくは建物にはいるのを容易にしただけで、何もしていません。誓約書を読む許可をくだすよう相手を説得したのはレディ・オーガスタ自身なんです」

アディソン夫人は目を丸くした。「そのことについては何も言っていませんでしたわ」

「彼女は謙遜がすぎるんです」

フィンがオーガスタの親戚と会話していると、ダンスの相手であるレイノルズ卿が彼女をそこへ連れてきた。「レディ・オーガスタ」男は大げさな口調で言った。「あなたとのダンスはほんとうにたのしかった」

フィンは目を天井に向けそうになるのをこらえなければならなかった。その目がアディソンの顔をとらえた。彼女の親戚もフィンに劣らず、男の軽薄さを気に入らないようだった。レイノルズ卿とはパリに着いてすぐに会っていた。彼はこの一年大陸を旅してまわっていたが、そろそろ母国に戻るときで、花嫁を見つけるころあいであるのもまちがいなかった。たとえレイノルズ卿がプロポーズしても、オーガスタは受け入れないだろうが、プロポーズするにちがいないという事実だけで、フィンは強い苛立ちを覚えずにいられなかった。

幸い、ワルツのはじまりを告げる音楽が流れた。「レディ・オーガスタ」フィンは手を差し出してオーガスタにお辞儀をした。「ぼくらのダンスだ」

彼女の笑みが魂に火をつけた。オーガスタは完璧な形の小さな指を彼の手に置いた。「ええ、フィニアス様」

フィンは彼女の腰に手を置いたときに体が熱を帯びるのを必死で抑えようとした。どうして彼女は何も感じずにいられるのだ！　しかし、そこで気づいた。ダンスフロアをまわりはじめたところで、彼女の首の脈が速まり、目が暗くなることに。きみはぼくのものだと彼女を説得したかった

オーガスタはフィンと踊るときにこれほどに体がほてる理由を理解できなかった。ほかの誰にもこんな反応は起こらないのに。おそらく、ただ音楽に合わせて体を動かしているのではなく、じっさいにダンスをたのしんでいるせいだろう。目を上げて彼と目を合わせると、その目は嵐のときの雲のようだった。彼に何かよくないことでも起こったのだろうか？

「何かに怒っているの？」

「ぼくが？」フィンはその質問に驚いた様子だった。「まさか。気分は上々さ。明日、ノートルダムに行きたいかい？　そのあとで帽子屋に寄ってきみは妹さんたちに帽子を買えばいい」

「ぜひそうしたいわ。あの大聖堂は見てみたかったの。書記が必要だったら、わたしが喜んで務めるわ」

「いいね」きっとすばらしい書記になってくれるだろう。「また十時でいいかい？」フィンは会話を続けてはいたが、どこか気もそぞろだった。すべてを話してくれてはいないのだ。しかし、自分といっしょでないときに彼が何をしているのか知りたいと思うべきではない。彼も男の人なのだから。もしかしたら、プロポーズしたいと思う女性を見つけたのかもしれない。でも、そうだとしたら、どうしてわたしと一日いっしょに過ごしたいと思うの？　そう、その女性は教会の建築を見たいとは思わないからかも。そうだとしたら、彼にとってお似合いの相手とは言えない。その女性に会ったら、自分が判断をくだしてあげよう。きっとフィンは友達にその女性を紹介するだろう。

そのダンスのあいだも、次に踊ったときも、ふたりは何を見たいかを話し合って過ごした。その晩が終わろうとするころになっても、まだオーガスタは何かを見落としているという、おちつかない思いをぬぐえないでいたが、誰か女性が彼の気を惹いているとは考えなくなっていた。

翌日、ふたりは大聖堂へ行き、何時間か過ごしてから、帽子屋へ行った。顎の下でリボンを結ぶと広いへりが折り曲がる帽子をフィンが見つけた。

「これはどう思う？」そう言ってその帽子をオーガスタの頭上に持ち上げたが、顔をしかめてオーガスタを笑わせた。「かぶってみないといけないと思うよ」

かぶっている帽子を脱いでから、オーガスタはその帽子を試してみた。「ええ、これでいいと思うわ。双子とマデリンが気に入るには、もっと途方もないものが必要だけど」オーガスタは店にいた二十代半ばと思われる若い女性に、店の看板に書かれていた名前を思い出しつつ呼びかけた。「こんにちは。マダム・ベルローズですか？」

「わたしはその娘です。何かお探しですか、マダム？」

「十五歳になる三人の妹がいるんですが、きれいで変わったボンネットが好きなんです。何かデザインしてもらえます？」

「十五歳とおっしゃいました？」と女性は訊いた。オーガスタはうなずいた。「チュールという町で作られた新しい生地があります。それにシルクの花を飾ったらいいのでは。でも、そのお年なら、足し算が必ずしもいいとはかぎらないとわかるようにならなくちゃなりませんね」帽子屋はそう言いながらデッサンをはじめた。描き終えると、オーガスタに薄い生地とリボンと花で飾られた帽子を見せてくれたが、三人がふだんかぶっているものよりも洗練されたものだった。「生地をお見せしますね」

チュールとは目の細かい網のような生地だった。無地のものもあれば、小さな水玉模様のものもあり、金糸や銀糸で刺繡されたものもあった。オーガスタの目は小さな種真珠がつけられた生地に惹きつけられた。次にマダムはスパンコールのついた生地を見せた。「完璧だわ。ボンネットはそれぞれちがう色でなければならないんです」

若い女性は笑みを浮かべた。「ええ、もちろんです」

「それと、チュール生地を何十インチか買いたいわ」新しい生地は友人たちへのお土産にぴったりだろう。店を出るまえにオーガスタは、先ほどマダムの娘が描いたデザインのボンネットを三つ注文した。

オーガスタがフィンの腕に手を置いてふたりは店をあとにした。「あとはメアリーとテオに何か見つけないと」

「あの恐ろしい下のふたりかい？」

オーガスタは一瞬彼を責めようとしたが、その目は見るからに笑っていた。「ええ。何か提案はある？」

「今はないが、考えておくよ」ふたりは幼い少女向けのドレスを飾っている店の窓のまえに差しかかった。「この店を見てみよう」

「こんにちは、マダム。ふたりの女の子のためにドレスを探しているんですけど……」婦人服仕立屋はオーガスタのためにデザインと生地を見せてくれた。オーガスタはグレースが用意してくれた女の子たちの寸法をとり出した。一時間後、夕食や特別な機会に着られる二枚のドレスを注文して、オーガスタとフィンは店をあとにした。

「ほかに何か買うものはあるかい？」とフィンが訊いた。

「みんなに何かしら買わなければならないけれど、ほかの国にも行くから」

「そうだね」フィンは忍び笑いをもらした。数分後、彼は言った。「パリは思ったとおりだったかい？」

「部分的には」彼といっしょにこの街を見て歩くのは愉快でたのしく、ほかの誰もいっしょに来たがらないのは不思議だった。付き添いの役割を演じるはずのプルーでさえも。「夜の催しにはそれほど夢中になれないけれど」

「ぼくもきみとまったく同じ意見だよ」フィンの声は砂埃ほども乾いていた。そうなの？

「だったら、どうして参加しているの？」オーガスタが意志を通せたなら、ほかのことをするにちがいなかった。「誰にも強いられていないのに」

「きみがたのしいひとときを過ごせるようにするためさ」フィンはオーガスタに目を向けた。

「ほかの誰も気づかなくても、きみが死ぬほど退屈しているのはぼくにはわかる」

すべてのダンスを彼と踊れたなら、退屈しないのに。「自分以外のことにほんのわずかでも関心のある男性がもっといればいいのに」

「ああ、まあ……」フィンはそこでことばを途切れさせた。ふたりはセーヌ川にかかる小さな橋のひとつを渡っており、左岸《ラ・リヴ・ゴーシュ》と呼ばれる地域に来ていた。昨日の公園と同様に、川沿いの遊歩道には画家がずらりと陣取っている。「肖像画を描いてもらうかい？」

「たぶん、今度ね」オーガスタはあたりを見まわした。その地域にはたくさんのカフェがあった。「今はとてもおなかが減っているの」

フィンは笑い声をあげた。「ぼくがきみを飢えさせていると言われるわけにはいかないな」

レストランは混んでいたが、外のテーブルがひとつ空いているのを見つけた。メニューはまえに食事したカフェとはちがったが、料理はすばらしいものに思えた。しかし、もう遅い時間で、お茶だけでなく、そのあとに夕食も待っている。結局、ふたりはオムレツとグリーンサラダと皮の堅いパンを選んだ。

ハリントン・ハウスに戻ると、フィンはリュクサンブール美術館に行ってまたレストランで昼食をとるのはどうかと提案した。「またおなかも空くだろうし」

「オテル・ド・クリュニーには行きたくないの？」

「行きたいさ。じっさい、ハリントン伯爵に手配をお願いできないか訊いている」

「うまくいくといいわね」


三週間経つころには、フィンとオーガスタはオテル・ド・クリュニー訪問はもちろん、パリでの観光をしつくしていた。

「明日はヴェルサイユ宮殿に行くの」オーガスタはフィンといっしょにハリントン・ハウスまで歩いて戻りながら言った。

「知ってるさ。きみの親戚のミスター・アディソンがぼくもいっしょに行かないかと誘ってくれた」

「そうなの？」オーガスタの眉がさっと上がった。意外だった。

「嫌かい？」フィンはわずかに顔をしかめ、ためらうような声になった。

「まさか。ただ、わたしたちがどこかへ行くのに、ヘクターがほかの男性を誘ったことはないから。夕食にすら誰も招かないでほしいとレディ・ハリントンにお願いしたぐらいよ」

フィンは彼女を導いて通りを渡った。「だったら、光栄に思うよ」

「そうでしょうね」オーガスタは笑った。

一時間後、ハリントン卿の事務室で内密に話がしたいとヘクターに言われたときには笑えなかった。

「きみに結婚の申しこみが三件来ている」結婚の申しこみだけは扱いたくなかったというような声だ。

「まさか、嘘でしょう」フィン以外の紳士とはダンスを踊るよりほかは絶対にしないようにしていたのだ。オーガスタは下唇を嚙み、そのうちのひとつがフィンからではありませんようにと祈った。彼からのはずはなかった。わたしが大学に進みたいと思っていることをわかっているのだから。

「嘘ならいいんだが」ヘクターはため息をついた。「こういうことが起こるかもしれないと、きみの兄上に警告されていたんだ」

オーガスタは籐の背の椅子にすわり、ヘクターはソファーに腰を下ろした。「申しこみはどなたからで、何てお返事したの？」

てておいた」

「レイノルズ卿、クローヴァリー卿、モルテン伯爵だ。全員にきみは今結婚できないと言っておいた」

オーガスタは鼻に皺を寄せた。「〝今結婚できない〟。あまりいい言い訳とは言えないわね。誰か理由を訊いてきた人はいた？」

「いや」ヘクターは唇の端を下げた。「おそらく、それぞれ推測したんだろう。噂が広まって、こういうばかげたことに終止符が打たれるといいんだが」

オーガスタもヘクターの願いがかなうように祈った。「わかったわ」彼女が立つと、ヘクターも立ち上がった。「喜んでパリを離れます。次に訪れる場所では、舞踏会とかそういう催しには参加しろと言われても参加しないことにします」

ヘクターはふいに大きな笑い声をあげた。「ぼくもそれがいいと思うよ」

# 24

翌朝、オーガスタが朝食の間にはいっていくと、自分が最後に部屋から降りてきたことがわかって驚いた。トミーといっしょに自分たちの部屋で朝食をとるようになったジェーンとヘクター以外の全員がテーブルについていた。「みなさんお早いのね」

「もうこれ以上眠っていられなくて」プルーは横にあったお茶のポットを手にとり、オーガスタのためにカップにお茶を注いだ。「最後にフランスに来たときにヴェルサイユをとっても気に入ったんだけど、夜だったの。お庭を見るのが待ちきれないわ」

オーガスタは砂糖をふたつとミルクをお茶に入れた。「みんなが言うようにすごいところなの？」

「すごいなんてものじゃないわ」とエリザベスが答えた。「革命のときに壊されなくてほんとうによかったと思う」

「まさしく」ハリントン卿が読んでいた新聞を妻に手渡した。「庭はほんとうにすばらしい」

「今ちゃんと食べておいたほうがいいわ。ヴェルサイユでも食べ物は出されるんだけど、それを手に入れられたら、運がいいと言えるぐらいなの。お客が多すぎるものだから」

使用人がオーガスタに半熟卵二個と焼き立てのトーストを持ってきた。「正直、新しいドレスを着るのがたのしみだわ」ここでは若い女性のドレスが淡い色でなくてもいいと知って驚いたのだったが、オーガスタは白が似合った。マダム・リゼットが勧めてくれた婦人服仕立屋は彼女のいとこのマダム・フェリシテだった。マダム・フェリシテは明るい春の花の刺繡や種真珠や銀糸がふんだんにあしらわれた白いシルクのドレスを勧めてくれた。そしてそのドレスには母がくれた真珠をつけることができる。「昼の催しのためにこんな優美なドレスを着るのは妙な気がするわ。まあ、国王陛下の拝謁をたまわったときにも、同じことをしなきゃならなかったけど」

「昼でも夜でも」エリザベスが言った。「フランス宮廷で拝謁するのは変わらないから」

それはたしかにそうだ。オーガスタは朝食にとりかかった。

数時間後、オーガスタとプルーとジェーンとヘクターとエリザベスとハリントンは、二台の馬車がハリントン・ハウスのまえ庭の邸内路にまわされるまで、玄関のところに立っていた。どちらの馬車にもそろいの四頭の馬がつけられていた。片方は黒い馬たちで、もう一方は足の白い濃い鹿毛だった。馬車の後ろの台にはそれぞれひとりずつ使用人が乗っている。同じくお仕着せを着た六人の乗馬従者が馬に乗っていた。オーガスタたちは誰もが地位にふさわしい印象を与えることを求められていて、身に着けている宝石もかなり価値あるものにしていた。

エリザベスは男性たちだけで話ができるよう、女性がひとつの馬車にまとまって乗ることに決めていた。オーガスタが馬車の自分の席につこうとすると、ハリントンが懐中時計をとり出した。「フィニアスには時間ぴったりに出ると知らせたんだが。ご婦人方はよければ先に行ってくれ。すぐに追いつくから」ハリントンがウェストコートのポケットに時計をしまったところで、フィンがまえ庭にはいってきた。「よかった」ハリントンが首を下げた。「紳士淑女のみなさん、準備はできた」

ほかの男性たちと同様に、フィンの上着もベルベットで刺繍がふんだんにほどこされたものだった。色はプルシアンブルーで、襟のまわりや縁や裾に金糸や花の刺繍がちりばめられている。上着は彼の広い肩を完璧なものに見せていた。ウェストコートの花の刺繍は上着とそろいだったが、ウェストコートの裾には小さなクジャクが刺繍されていた。ズボンも同じ青い色だった。宮廷用の剣を身に着け、二角帽子を持っている。イギリスの宮廷の場合と同様に、フランスでも紳士がじっさいにその帽子をかぶることはなかった。

彼が宮廷用の装いをするだろうとは思っていたものの、それほどにハンサムとは思っていなかった。いつからそうなったの？　少なくとも毎日彼とは会っているのに、彼の見かけのことはあまり考えたこともなかった。今、オーガスタは彼から目を離せなかった。

「オーガスタったら」プルーがオーガスタの腕に触れた。「じっと見つめているわよ」

頰に熱がのぼり、鼓動が速くなって呼吸がむずかしくなる。フィンと目が合うと、いつものように彼は笑みを浮かべた。「きみは――」フィンはお辞儀をしつつ彼女から目を離さなかった。「みなさん、おきれいです」

「宮廷に参上するために装う日々はもう過ぎたと思っていたのにな」ヘクターが文句を言った。「ただ、ぼくが通っていたのはインドの王侯やパシャの宮廷だが」

「あなたはとてもハンサムよ、ヘクター」ジェーンが爪先立って彼の頬にキスをした。「向こうで会いましょう」

オーガスタがようやくフィンから目を引き離すと、彼は手を差し出した。「ぼくに手伝わせてくれ」

「ありがとう」彼のてのひらにそっと指を置く。彼に指をにぎられた瞬間にちくちくする感じがはじまった。

またこうなるのはだめよ。

次の瞬間、オーガスタは馬車に乗り、フィンは一歩下がっていた。もう彼のことを考えるのはやめにしなければ。ただの友人なのだから。それ以上ではない。それぞれが選ぶ人生の道はともに歩むことを許さない。

エリザベスに警告されていたとはいえ、ヴェルサイユ宮殿に着いてみると、オーガスタが思っていたよりも大勢が集まっていた。

長いテーブルがしつらえられ、給仕たちが忙しく行き来して皿を並べている。より小さなテーブルと椅子が宮殿の裏の庭のまわりに点在していた。

オーガスタたちはテントの下の台の上にすわっている王と王妃のところへ行き、拝謁した。そのあとは庭を歩きはじめ、知っている人々に挨拶した。

なぜかオーガスタは気がつくとほかの人たちから離れ、シャロン伯爵に庭を案内されていた。

たどっている小道の突きあたりに、ほかの人の目から彼女と伯爵をうまく隠すようなバラの生い茂った東屋があった。「戻らなければ」

「きみがほんとうに戻りたいと思っているはずはない」その声に伯爵は――オーガスタが思うに――誘惑するような響きを持たせようとしていた。じっさいはオーガスタのうなじの産毛が総毛立っただけだったが。

「ほんとうに戻りたいの」オーガスタは彼の腕から手を下ろして踵を返し、戻ろうとした。しかし、その場から逃げ出せるまえに、指で腕をつかまれた。

「レディ・オーガスタ、きみに聞いてもらいたいことがある……内密に」

「きっとそうでしょうね」とオーガスタは胸の内でつぶやいた。どうやって大騒ぎすることなく、この窮地から脱出しよう？

「今、何て？」伯爵は東屋へ向かう小道へ彼女を連れ戻そうとした。「少し話をしたら、亡くなった王妃のお気に入りだった宮殿、プティ・トリアノンへ案内しますよ。きみもきっと気に入るはずだ」

「放して」オーガスタはつかまれた手をほどこうと腕を振り上げた。「あなたとお話などしたくありません」

「ああ、でも、放せない」伯爵はまたオーガスタのほうを振り向き、より近くに引き寄せようとした。「きみは無垢だ。それはわかる。でも、恐れることはない。きみを傷つけたりはしないから、いとしい人《モン・トレゾール》」

オーガスタは短靴の踵を砕石を敷いた小道に食いこませた。どうしてもっと注意していなかったの？　どうして短剣を持ってこなかったの？　このドレスにそれを忍ばせておくポケットがあればよかったのに。

「伯爵殿《ムッシュウ・ル・コント》」オーガスタが会ったことのない、ブロンドの髪で刺繡をちりばめた青い上着を着た若い男性が手を剣へと動かした。「そのご婦人は戻りたいとおっしゃったようだが？」

「きみがここにいて、困ったご婦人を助けようとするとは信じられないな」若者にあざけるような笑みを向けて伯爵はオーガスタの腕を引っ張った。「きみの誤解だ」

「そうは思えないな」もうひとりがふたりのほうに一歩踏み出した。

「レディ・オーガスタ、探していたんだ」フィンの声を聞いて、腕をつかむシャロンの手が緩み、オーガスタは自由になった。

フィンのところへ行ってその腕をとると、伯爵が言った。「ムッシュウ、きみは無関係なことに干渉している」

フィンは尊大な様子で眉を上げた。「たしかにそうだな」

「どんな権利があって？」青い上着の若者のことは無視し、シャロンはフィンにじっと目を据えた。眉が下がり、声に危険な響きが加わっている。さらに不穏なことに、伯爵の手が剣へと動いた。「すぐにここから立ち去るよう求める」

フィンはオーガスタの指に指を重ねた。「喜んでそのことばに従うよ」そう言って両方の男にぞんざいに会釈した。「では、よい一日を」

「こんな無礼なことをして、片をつけてもらうぞ」オーガスタとフィンを止めようとするようにシャロンが動くと同時に、もうひとりもあいだを詰めた。

「片をつける？　決闘で？」オーガスタは驚きを隠せなかった。まさか本気のはずはない。

「それは違法よ」

「強制されるものでもない」フィンがつぶやいた。「ムッシュウ、あなたはどうやら、レディ・オーガスタとぼくが婚約していることをご存じないようだ」

「婚約？」伯爵は理解できないというように首を振った。

ああ、なんてこと！　オーガスタは苛々と息を吐き出した。こういうことが家族の習わしになりつつある。まずはドッティで、次はルイーザ、そしてシャーロット。ルイーザの場合はロスウェルと婚約していると告げたのは彼女自身だったけれど。残念ながら、今この瞬間、異を唱えることはできそうになかった。フィンが決闘で命を落とすことだけは避けたかったからだ。

「彼女はぼくの婚約者《エレ・マ・フィアンセ》だ」フィンは辛抱強くくり返した。オーガスタは精一杯愛情あふれる目で彼を見上げた。

「行きましょう」と言って彼の腕を引っ張る。「戻らなくては。あまりに長く外に出ていたわ」

「おおせのままに」ふたりは伯爵にそれ以上問いを発する暇を与えずにその場をあとにした。

ふいにそばにいた青い上着の若い男が彼らのまえに立ちはだかった。かつてのランスロット卿のような目でオーガスタを見つめている。「きみを救った栄誉はぼくのものだ」

若い男はオーガスタに向かって話していたが、フィンが答えた。「きみの助力には感謝するよ、ムッシュウ」

そう言って一歩まえに進もうとしたが、道を空ける代わりに男は言った。「ぼくなら、きみのために決闘していただろう」

戦いに備えるようにフィンの腕の筋肉がこわばったが、答える声は上品でゆったりしていた。

「きっとそうだろうと思うが、そうしないでもらいたいね。このご婦人は自分のために血が流されるのは嫌でたまらないと思っているんだから」今度はフィンもその男に鋭い目をくれたため、男は一歩下がってその場をあとにした。

オーガスタはフィンに目を向けた。「若い男性ってみんなあんなに芝居がかっているの？」

「若い男は誰もが大いに成熟する必要があるということさ」

宮殿まであと少しというところで、オーガスタは口を開いても大丈夫と判断した。「わたしたち、婚約していないわ」

「パリを離れたら、婚約を解消すればいい」フィンの声には抑揚がなかったが、そのまなざしは険しかった。「あんな男についていくなんて、いったいどういうつもりだったんだい？」

「ヴァランシエンヌに行かせてもらえるよう、どうやってヘクターとジェーンを説得したらいいか、考えようとしていたのよ」

「ヴァランシエンヌ？」フィンはひそめていた眉を緩めた。「ああ。〝聖女ウーラリーの続唱〟か」

「そう」説明せずに済んだのはうれしかった。「〝ストラスブールの誓い〟を見せてくださったムッシュウ・クレマンが、古フランス語の話しことばを知るうえでもっともすばらしい文献だっておっしゃったのをあなたも覚えているはずよ」

「オーガスタ、それがきみにとってどれほど重要なことかはわかっている」彼がほんとうに理解してくれていることがふいにオーガスタにもわかった。「でも、自分のまわりで何が起こっているのか、もっと気をつけなければならないよ」フィンはため息をついた。「シャロンがきみとふたりきりになるのに成功していたら、どういうことになっていたかわかるかい？」

「わたしにキスしようとしたと思うけど――」

フィンは足を止めた。「きみの評判をあやうくすることに成功していたかもしれない」

「あなたのおっしゃるとおりね」じっさい、フィンがいなかったら、そのとおりのことになっていたかもしれない。男性たちに注意を向けられないよう、充分気をつけてさえいればよかったのに。問題は、彼らの誰かが話しはじめると、心がもっと興味深い事柄へと漂っていってしまうことだった。「次からは短剣を持ち歩くようにするわ」

「それなら、踵《かかと》に刃物を隠しておける特別な靴を履けばいい」

「そう、男性の足を踏みつけて痛い思いをさせられるように」そんな実用的な助言こそが必要だった。「それってすばらしい案ね。ありがとう」

「そこまで本気で言ったわけじゃない」フィンは一瞬目を閉じ、目のあいだをこすった。

「アディソンが許してくれれば、ヴァランシエンヌにはぼくが付き添うよ」

「ああ、フィン、ありがとう！」オーガスタは彼に腕を巻きつけたくなった……そしてキスしたくなった。そんな思いはどこから湧いたの？　オーガスタは自分を叱責し、フィンにほほ笑みかけた。「あなたは最高の友達だわ」

そしてこれからもずっと友達でしかない。どれほど彼がハンサムで、いっしょにいるのがどれほどたのしくても。フィンは婚約者でいつづけたいとも思っていない。きっとわたしのことはこれまで持ったことのない妹のように思っているのだ。わたしも彼のことはウォルターやチャーリーのように思うべきなのに……それなのに……だめよ！　フィンのことを考えてはだめ。

フィンは宮殿の近くに集まっている客たちを見まわし、ハリントン伯爵夫妻を見つけた。シャロン伯爵が戻ってきてフィンとオーガスタが婚約しているという話をみんなにするまえに、ハリントン夫妻とアディソンに話をしなければならない。

彼女を自分のものと主張できるのは気分がよかった。残念ながら、それは彼女が望むことではなく、自分が彼女を結婚へと追いこむことも決してないだろう。ふたりで手に手をとって散歩する情景が脳裏に浮かび、フィンを苦しめた。彼女のいない人生をまったく思い描くことができなくなっていた。ベッドのなかだけでなく、いっしょに日常生活を送ったり、旅

をしたりする彼女のいない人生を。最近はハリントン・ハウスに彼女を残してくるのが辛く
なっている。いっしょに家に連れ帰りたくてたまらなかった。
　それはつまり、恋に落ちたということだろうか？　兄は男の場合、いつのまにかそうなる
と言っていた。きれいで望ましい女性とベッドをともにするだけで幸せだったのが、気がつ
けば、その女性なしには生きていたくないと思うようになると。
　ああ、まったく。オーガスタとはまだベッドをともにもしていないのに、すでに彼女のい
ない人生を思い描くこともできなくなっているとは。彼女が喜んで結婚してくれるためには、
何をしなければならないのだろう？
　フィンはオーガスタを彼女の親戚とアディソン夫人のもとに残し、アディソンが何人かの
紳士といっしょにいるところに加わった。アディソンは眉を上げ、フィンはかすかにうなず
いた。上の空のオーガスタを、シャロンがほかの客たちから離れたところへ連れていくのに
アディソンも気づいていた。幸い、フィンが彼女を見つけに行くことに彼は同意してくれた。
「諸君、失礼します」アディソンはそう言ってフィンのあとについてきた。「あの伯爵に対
して含むところは何もないんだ。完璧に立派な男のように見えるからね。ただ、ぼくはオー
ガスタについて責任がある。いったい何があったんだ？」
　フィンは多少ほほ笑まずにいられなかった。「彼女はどうしたらあなたを説得してヴァラ
ンシエンヌに行かせてもらえるか、考えようとしていたんです」
　アディソンは目を丸くした。「ヴァランシエンヌに何があるというんだね？」

「もちろん、〝聖女ウーラリーの続唱〟ですよ」アディソンががっくりと首を垂らして振るのを見てフィンは笑った。「思ったとおりでした。彼女は考えごとをはじめて、ほかのすべてに注意を払うのをやめてしまったんです」フィンは、オーガスタが同行者たちのもとへ戻らなければと主張し、伯爵がそうさせまいとしていたことを説明した。「おそらく、イギリスの紳士の多くも同じことをするでしょうね」そして、しばらくそれについて考えてから言った。「正しいこととは思えないが、そういうものです」

「それだけかい？」アディソンがフィンに向けた目は、その話には続きがあるはずだと物語っていた。

「正確にはそれだけじゃありません」レースのついたクラバットがきつくなった気がした。「ぼくが干渉することにシャロンが異を唱え、決闘を言い出したんです。それで、やむをえず、レディ・オーガスタとぼくは婚約していると告げました」アディソンはため息をついた。「パリを発ったら、婚約を解消できると彼女には言いましたが、婚約していることにすれば、あなたも多少心の平穏が得られるはずです」

「まあ、その噂が広まれば、プロポーズしてきた男たちにオーガスタは結婚できないとぼくが告げた理由になるだろうね」アディソンは手で顔をぬぐった。「ワーシントンも言っていたが、彼女はたやすく申しこみを受け入れそうな女性と思われているようでね」それでも、アディソンは文句を言う代わりに笑い出した。「これからどうしたらいいと思う？」

結婚できない？　それはどういう意味だろう？　それに、ほかの男たち？　見まわすと、あのランスロット卿と同じようにオーガスタをじっと見つめている若い男がいた。「彼女を連れて続唱を見に行かせてください。もちろん、ミセス・ブラニングにも同行してもらうので、不適切なことは何もない。そこへの行き帰りと、文献を見る許しを得るのに時間がかかるので、戻ってくるまで十日ほどかかるはずです」

「それは次の目的地へ発つ準備ができるころだね」アディソンは考えこむように顎を撫でた。「そのほうがいいかもしれない。きみとオーガスタが人々の目のまえから消え、記憶からもなくなれば、噂も鎮まってくれるだろう」

「それだけじゃなく、旅に費やす時間の多さを考えれば、われわれがイギリスへ戻るころには、忘れ去られているかもしれない」

「きみがほんとうに彼女と結婚したいのでなければだが」アディソンは意味ありげな目をくれた。

「ミスター・アディソン、お聞きになっていないといけないので言いますが、ぼくはすでにレディ・オーガスタに結婚を申しこみ、プロポーズは受けないと言われています」プロポーズなど聞きたくもなかったと激しく責められたのだった。

「知っているさ」アディソンはフィンにしかと目を据えた。「でも、きみの気持ちが変わったようには見えなくてね」

クラバットがまたきつく思えた。気持ちは変わったどころか深まっていた。「困ったことに、ぼくは妻を見つけて跡継ぎを作ると兄と約束しているんです。オーガスタはまだ子供を作って家庭を持つ心の準備ができていない」

「それは問題だね。でも、これだけは言えるが、ぼくはジェーンのもとに留まって戦わなかったことをずっと後悔しつづけるよ。彼女がほかの男と結婚しなかったのはほんとうに運がよかったが」アディソンは眉を下げ、顎をこすった。「そう、きみが跡継ぎを作るために結婚したとしても、どのぐらいでそれができるか誰にも決められない」フィンの肩越しに目をやり、アディソンは言った。「ぼくが知るかぎり、女性が大学に進むのと同時に結婚してはいけないという法はない」そう言ってフィンの肩を軽くたたいた。「女性たちを集めて馬車を呼んでくれ。ぼくはハリントンを見つけてくる」

いったい何が起こったのだ？　アディソンは伯爵とのやりとりに動揺する代わりに、望むことをしろとフィンを促してきた。オーガスタに対し、彼女が望むすべてを与えることをはばむのは、兄への約束だけだったが、別の約束のためにすでに交わした約束を反故にすることはできない。それでも、彼女の親戚の言ったことは的を射ていた。結婚したからといって、必ずしも赤ん坊が生まれるとはかぎらない。

# 25

ハリントン・ハウスに戻ると、ヘクターはヴァランシエンヌへ行くための荷造りについてメイドと相談するようオーガスタを部屋へ送り、ジェーンとハリントン夫妻とプルーと話し合いの場をもうけた。彼はオーガスタとフィニアス卿のあいだに起こった出来事を説明した。

「それは幸運だったわ」エリザベス・ハリントンはワインをグラスに注ぎながら言った。「彼女に会わせる紳士に事欠きつつあったから」

「ぼくはそれほどいいこととは思えないな」ハリントンがワインのグラスを受けとった。「彼が嫉妬しているように見えたことはないからね」

「オーガスタがほかの男性たちを気にもとめていないことがわかっていたからよ」彼の妻は指摘した。「フィニアス様とダンスしているときだけたのしそうだったわ」

「まったく」ジェーンはワインをひと口飲んだ。「彼とパリじゅうをうろつきまわるのを許したことで、やましさを感じるぐらいだわ。たとえ使用人を同行させたとしてもね。ロンドンでは許されなかったでしょうから」

「わたしの気持ちを考えてみて」プルーがたたみかけるように言った。「わたしは彼女の付き添いのはずなのに、とてもおしゃれな新しい衣装を手に入れる以外、まったく何もしていないのよ」

ヘクターがグラスを下ろした。「ロンドンにいたら、ふたりは目立っただろうからね。ここでは彼らが歴史的な場所を訪れるのをイギリスの上流階級の人間が目にすることはないはずだ」

「おっしゃるとおりね」とエリザベスも言った。「ロンドンだったら、今ごろは誰かから噂を聞かされていたでしょうから」

「ふたりだけでいっしょに過ごすのを許す以外――」ジェーンは口をすぼめた。「あのふたりがお似合いであることをどう示していいかわからないわ」

「でも、彼が彼女を愛していることはわかっているのかい？」とハリントンが訊いた。「恋する男がすべきことを何もしていないようだが」

横にすわっている彼の妻が彼の膝を軽くたたいた。「オーガスタはよくいる若い女性とはちがうのよ。彼も彼女がしてほしいと思っていることはすべてしてきたわ。あの文献を見られるようにもしてくれた」

「花を贈ったのは一度だけのようだが」どうやらハリントン伯爵はその話題をあきらめられないらしかった。

「それはそうよ」エリザベスが言った。「でも、予期せぬすばらしい心遣いだった。ほかの紳士たちはこの家を花束で一杯にしたけど、オーガスタは気づきもしなかったわ」

「フィニアスがフランス人の伯爵からオーガスタを救ったあとで彼と話をしたんだが――」

ヘクターはひそかに笑みを浮かべた。「かわいそうなあの男は、彼女への気持ちと兄との約束のあいだで心を引き裂かれていた」今度はヘクターも笑いを隠せず、話を続けるまでにしばらくかかった。「赤ん坊は必ずしもすぐに生まれてくるものじゃないと言ってやった。ぼくの言った意味を彼が理解したかどうかはわからないが」

ジェーンはエリザベスに目を向けた。「跡継ぎを得ると言えば、レディ・ドーチェスターについて何か聞いていない？　彼女が跡継ぎを産めるなら、フィニアス様はご自分の気持ちに従うことができ、オーガスタも必要とする殿方を手に入れられるわ」

「ルイーザから手紙を受けとったんですけど、ヘレン・ドーチェスターはまた身ごもられたようよ。残念ながら、出産はクリスマスごろになりそうとのことだけど」

「あのふたりにそんなに長く待ってほしくないな」とヘクターは言った。

「そのことをオーガスタが多少なりとも考えたことがあるとは思えないわ」とエリザベスが言った。

「まあ、今日は多少考えていたわね」プルーがほかの面々に意味ありげな目をくれた。「彼から目を離せないようだったから」

「あら、きっと彼に惹かれているのよ」とジェーンが言った。「彼のほうが自分を愛しているとは思ってもいないんでしょうけど」

「そう、それが問題ね」エリザベスはソファーの肘かけを指でたたいた。「わたしたちに何かほかにできることがあるかしら」

「フィニアスに求愛のための指示書きを渡してもいいな」ハリントンが提案した。

彼の妻はくるりと目をまわした。かつてハリントンはエリザベスへの求愛に必要な項目をまとめた指示書きを祖母とその付き添い人から渡されたのだった。「あの指示書きはあなたを困ったはめにおちいらせただけじゃないの」

ハリントンは妻に熱いまなざしを向けた。「きみを手に入れることになった」

「ヴァランシエンヌに行っているあいだに何か考えてみるわ」プルーは立ち上がった。「失礼してよければ、わたしも荷造りをさせないといけないので」

「うちの大きな馬車を使うよう、フィニアスに書きつけを送っておくよ。そのほうが旅は楽なはずだ」

「旅がずっとすてきなものになるわね」プルーは小さく手を振って部屋を出ていった。

話題は次の目的地に変わった。

「アルプスは越えたくないわ」全部の馬車が一度には越えられないとわかると、ジェーンはその点を断固として譲らなかった。

「越えることにはならないと思うよ。バーデン＝バーデンに行き、それからミュンヘンとウィーンとブダペストへ旅する仮の計画を立てたんだ」

そこでオーガスタが一枚の紙を手に部屋にはいってきた。「マデリンと双子にはボンネット、メアリーとテオにはドレス、友人たちには生地を買い、ここへ届けてもらうことになっているの」オーガスタはジェーンにちらりと目を向けた。「グレースに送ってもらえるといいんだけど。手紙を書いたので。ここに詳細が書いてあるわ」そう言ってジェーンに紙を渡した。「荷物をイギリスに送る手配をしてもらえる?」

「もちろんよ、オーガスタ」

翌朝、オーガスタはエリザベス、ジェーン、ヘクターを抱きしめ、それから、ハリントン伯爵と握手した。「わたしたちが戻ってきてからどのぐらいすぐにパリを離れるつもり?」

「ほぼただちに」とヘクターが答えた。「文献を見るのをたのしんでおいで」

「そうするわ」オーガスタはにっこりした。続唱を見に行かせてもらえるとは信じられなかった。「ムッシュウ・クレマンからヴァランシエンヌの図書館の館長への紹介状を受けとったとフィニアス様が書きつけをくださったの。続唱を読むのが待ちきれないわ」

オーガスタの馬丁と使用人に加え、ヘクターが御者を同行させてくれた。フィンの馬丁とオーガスタの馬丁が乗馬従者を務め、フィンの御者のひとりがヘクターの御者の助手を務めることになった。馬車は宿でフィンとその秘書を拾うことになっていた。

オーガスタはトミーとジェーンとヘクターをまた抱きしめた。「ありがとう」

馬車に乗るのにヘクターが手を貸してくれた。「よい旅を」

「ええ」オーガスタは振り返ってほかの面々に手を振った。「〝ストラスブールの誓い〟を読んだのを除けば、これほどにわくわくする冒険は初めてよ」

ヘクターは忍び笑いをもらした。「きっとそうだろうね」

プルーがオーガスタの隣に腰をおちつけると、ヘクターが出発の合図をした。オーガスタは興奮のあまり、じっとすわっているのがやっとだった。イタリアで学校が休みのあいだにプルーといっしょに旅するのはこんな感じだろうか。大学の学生になったあかつきには、自分専用の馬車を買わなければならない。馬車を買うのに充分なお金をマットが送ってくれればの話だが。

数分後、馬車はオテル・ムーリスのまえで停まり、到着をフィンに知らせるためにデュラントが宿のなかにはいっていった。すぐに彼の荷物が馬車に積まれた。フィンは窓越しに彼女に話しかけてきた。「ディリジャンスに似せて作られた私用の馬車は見たことがないよ。ぼくらはどこに乗ればいい？」

「あなたの従者はわたしのメイドとプルーのメイドのバットンといっしょに後部の仕切りに乗ればいいわ。あなたとミスター・ボーマンはわたしたちといっしょの仕切りに」

「わかった」すぐにもフィンは扉を開けて後ろ向きの座席に腰をおちつけた。秘書のボーマンがそのあとに続いた。馬車がまた走り出すやいなや、フィンは地図をとり出した。「きみに異議がなければ、ノワイヨンとサン＝カンタンを通るルートはどうかと思ったんだ」

オーガスタはそれらの街について読んだことを思い出しながら、そのルートを指でなぞった。「あなたはふたつの街にある由緒ある聖堂を訪ねたいのね」

「ああ」フィンはうなずいた。「どちらも中世建築のすばらしい見本だと言われている」そう言ってオーガスタに一枚の紙を手渡した。「宿の亭主がこれらの宿を勧めてくれた」

「いいわ」オーガスタは宿の名前を読み上げた。「最初の晩はオテル・クール・ド・ノワイヨンね」そう言ってプルーに目をやった。「サン＝カンタンではお勧めの宿がふたつあるけど、到着してからどちらにするか決めればいいわね」

「ヴァランシエンヌに着くまでにどのぐらいかかるの？」とプルーが訊いた。

「何もなければ、二日半ぐらいよ」オーガスタは地図をフィンに返して答えた。「その途中の街を見て歩く時間も入れて」

「馬車では本が読めないときみが言っていたのを思い出して、携帯用のチェスのセットを持ってきたよ」フィンは旅行かばんから箱をとり出した。「チェスをするかい？」

「街を出たら、喜んで」オーガスタは彼にほほ笑みかけた。なんて気遣いに満ちた人なの。

「チェスは時間つぶしに役立つわ」

馬車はサン＝マルタン橋を通り抜け、パリの城壁の外へ出た。


十日後、一行はパリに戻ってきた。

「思っていたとおりにすばらしかった？」フィンに馬車から助け下ろしてもらったオーガスタにジェーンが訊いた。

「想像以上に」オーガスタはプルーが降りるのを待ってから、ジェーンと腕を組んだ。「図書館の館長に聖歌を歌ってほしいと頼まれたの。マンドリンの演奏者に伴奏までさせたのよ。そう言えば、パドヴァに着いたら、馬車を買わなくちゃと考えていたんだけど」

「馬車のことはおちついてから話し合いましょう」ジェーンがフィンに目を向けた。「お茶を飲むところでしたの。よかったら、ごいっしょにどうぞ」

「ありがとうございます」フィンは秘書に目を向けた。

「ぼくは宿に戻るよ」とボーマンが言った。

「だったら、あとで宿で会おう」フィンは女性たちのあとからお茶の用意がされている朝の間に向かった。

アディソンが彼の横に並んだ。「オーガスタはご機嫌のようだね」

「それはそうでしょう。王族のような待遇を受けたんですから」

「オーガスタのことを何度も訊いてきた若者がいるんだが。ツェリエ子爵という若者だ。知っているかい？」

名前に聞き覚えはなかったが、オーガスタを飢えたように真剣な目で見つめていた青い上着の若者の姿が心をよぎった。「中肉中背でブロンドの髪、二十一、二歳で青を好む若者ですか？」

「その若者のようだ」

くそっ！　オーガスタがまた仔犬のような青二才に付けまわされる必要はない。「ぼくが行ったときにフランス人の伯爵からオーガスタを救おうとしていた青年ですね」

アディソンはうなずいた。「おそらく単にのぼせあがっているだけだろう。そういうことが頻繁にある気がするよ」

「それは否めませんね」フィンが思うに、あまりに頻繁にありすぎる。「ツェリエはフランスの名前じゃない。そんな男がここで何をしているんです？」

「大陸周遊旅行《グランド・ツアー》（裕福な貴族の子弟が学業終了後に行う欧州旅行のこと）さ」アディソンは先に立って廊下を進んだ。

オーガスタに近づかないでいてくれれば、その男に〝いい旅を〟と言ってやってもいい。

「今から出発までのあいだ、何か催しには参加する予定ですか？」

「今のところは何も」アディソンはフィンに内心の思いの見通せない目をくれた。「ほかのみんなのところに行ったほうがいい」

「そうですね」彼らがパリを離れるときにボーマンとともに同行していいか訊けないとは、臆病者め。


翌朝、フィンはオーガスタの買い物とドレスの最後の試着に同行した。昼食をとるのに勧められたレストランはひとつならずあった。「戻るまえに昼食をとるかい？」

「もちろん」オーガスタはうれしそうな笑みを彼に向けた。「ヨーロッパのほかの場所でもここと同じぐらい食べ物はすばらしいのかしら」

「きみにはいずれわかるさ」フィンはオーガスタをいくつか空いているテーブルのある一軒のレストランへ案内した。

ふいにフィンは腕を引っ張られて足を止めた。「き、きみにはわかるってどういう意味？　あなたはイギリスに戻るの？」

「いや――」フィンは彼女をしばらく見つめた。「きみがパリを離れるときには、ぼくにも同行してほしいと言っているのかい？」

「わたし……」オーガスタは考えこむように額に縦皺を寄せた。「わたしはただ、あなたもいっしょに来るものだと思っていて」

まさにそのことばを聞きたかったのだが、それを期待するのを恐れていたのだった。

「そうしていいか、きみの親戚と話をするよ」

オーガスタは寄せていた眉根を緩めてうなずいた。「ええ。ありがとう」

残りの人生をオーガスタと過ごしたいという思いにはもはや疑念の余地はなかった。自分の気持ちについても。愛しているのはたしかだ。彼女のほうもきっと愛してくれていると思う気持ちもあった。どれほどいっしょに過ごそうとも、ふたりのあいだでは話題に事欠くことはなく、絶えず共通点が見つかる。そして、このままいっしょにいたいと彼女も今はっきりと示してくれた。肉体的にもぼくが彼女に惹かれているのと同じだけ、彼女のほうもぼくに惹かれているのはたしかだ。それでも、彼女はそれに対する自分の反応に気づいていない。それをわからせたら、ふたりの仲が進展する助けになるだろうか？　オーガスタは大学を終えるまでは結婚できないとあまりに固く思いこみすぎている。

アディソンのことばがフィンの脳裏によみがえった。

〝そう、きみが跡継ぎを作るために結婚したとしても、どのぐらいでそれができるか誰にも決められない……ぼくが知るかぎり、女性が大学に進むのと同時に結婚してはいけないという法はない〟

# 26

オーガスタとフィンとプルーとボーマンがヴァランシエンヌから戻ってきて二日後に、ヘクターは翌朝次の目的地に向かうと宣言した。一行はゆっくりとストラスブールへ旅し、それからバーデン＝バーデンとシュトゥットガルトへ行った。今はミュンヘンにいて、これからウィーンに向かうところだ。

昨日、オーガスタとフィンはカフェでコーヒーを飲んでいた。「ウィーンまでどのぐらいかかるのかしら」

「途中どこにどのぐらい滞在するかによるね」フィンは彼女の手に手を重ねた。

彼がこれまでそんな親密な振る舞いをしたことはなかった。これはどういう意味なの？

「少なくとも、舞踏会などの催しに参加する必要はないわ」

フィンは額に縦皺を寄せた。「ウィーンに着いたら状況は変わるかもしれない」

願わくは変わらないでほしい。フランスの宮廷は好ましく思えず、ハプスブルク家の宮廷がそれよりましだとも思えなかった。「ヘクターがわたしのために紹介をしてくれる予定なの。わたしが大学に受け入れられたと請け合ってくださったエステルハージー侯の約束をよりたしかなものにするためよ。ただ、ウィーンから何ができるかはわからないけれど」

「きっとハプスブルク家には望みどおりにことを進めるだけの力があるよ」フィンは手を離

してコーヒーを飲み干した。「ウィーンのいる英国大使のスチュアート卿を通さなきゃならないだろうけど」

温かくたくましい手が離れたことはさみしかった。「そのとおりね」

「ウィーンにも同朋の男女が数多くいるだろうな」フィンは給仕に合図した。「ほかに何か要るかい?」

「いいえ、結構よ」彼のことばには心が乱された。「ウィーンにもイギリス人がいるって誰から聞いたの?」

「パリにいたときに耳にしたんだ」

「ああ、もう。また面倒なことにならないといいのだけど」

フィンは声をあげて笑った。「プロポーズされるたびにぼくらが婚約していると言えばいいさ」

心がずきりと痛んだ。彼がそれをおもしろがっているのはありがたかったが、自分でも驚いたことに、オーガスタ自身はそうは思えなかった。「もう行くわ」

「まだコーヒーを飲み終えていないじゃないか」急に彼女が立ち上がり、フィンもそれに続いた。

「いいの」オーガスタは震える声で言うとデュラントに合図した。「宿で会いましょう」

オーガスタがフィンから離れると、使用人が彼女に追いついた。オーガスタの心にぞっとするような感情が押し寄せた。イタリアに近づくにつれ、興奮は募ったが、今や、まもなくフィンが自分のそばから姿を消すという考えを受け入れられなくなってきていた。

何が問題かははっきりわかっている。彼を好きになってしまったのだ。いつどうしてそんなことになったの？　恋になど落ちたくなかったのに。こんな感情、計画にはなかった。もっと最悪なことに、婚約していることを彼が笑いごとにできるということは、ヴェルサイユで思ったことが証明されたということだ。彼はわたしを愛してはいない。これだけの時間いっしょに過ごしてきて、まだ愛されていないのなら、きっと未来永劫愛されることはない。

涙が目を刺し、オーガスタは激しくまばたきした。どうしてこんなことになったの？　わたしは大学に入学したかっただけなのに。それなのに、たとえフィンが愛情を返してくれたとしても、計画を変えることもできそうにない。

宿に着くと、まっすぐ寝室に向かい、ボンネットを脱ごうとした。しかし、引っ張れば引っ張るほど、リボンはからまってしまった。

オーガスタの手をそっと払いのけると、ゴバートが言った。「これはわたしにやらせてください、お嬢様」

「ありがとう」まだ涙があふれそうになっていたので、両手をきつくにぎった。すぐに帽子は頭から外され、オーガスタは顔をメイドに向けた。「しばらくひとりになりたいの」

「お夕食のお着替えのときに戻ってまいります」

ああ、いや！　夕食になど行きたくない。部屋で食事をするとジェーンに伝えてくれとメイドに命じることもできるだろう。でも、そうなると、ジェーンがここへ来て、どうして部屋から降りてきたくないのか理由を知りたがるはずだ。話したくない。でも、フィンを愛しているのに、彼は愛してくれていないとわかっていて、どうして夕食の席で顔を合わせることなどできるだろう？

まったく。恋に落ちたら幸せになるはずなのに。そして愛した相手は愛を返してくれるはずなのに。

ゴバートが返事を辛抱強く待っているあいだ、オーガスタはその場を行ったり来たりした。ああ、もう。でも、どうしたって彼を避けるわけにはいかない。いっしょに来てほしいと望んだのはわたしなのだから。

「ありがとう」

メイドはいつもは穏やかな顔に深い縦皺を寄せて足を止めた。「こんなことを訊いていいのかわかりませんが、お嬢様、何かお困りのことでも？」

夕食に降りていかなければ、みんなにそう訊かれることだろう。「気遣ってくれてありがとう。でも、ちょっと頭痛がするだけなの。ドレスを脱ぐのに手を貸して。昼寝をするわ」

「かしこまりました」メイドは納得した声ではなかった。それでも、言われたとおりに手を貸してくれた。すぐにもオーガスタはベッドに横になり、部屋の扉が開いて閉じた。

メイドを納得させられないとしたら、ジェーンとヘクターを納得させるのは無理ね。フィンは言うまでもなく。自分の気持ちを彼に知られるわけには絶対にいかなかった。知られれば屈辱的な思いをするだけでなく、きっと彼はまたプロポーズをしてくるだろう。大学進学を別にしても、愛を返してくれないならば、彼と結婚するわけにはいかない。

気持ちを打ち明ける相手がいればよかったのだけれど。理解してくれる相手が。残念ながら、そういう人物はつねにフィンだった。オーガスタは足をベッドの脇に垂らし、また行ったり来たりをはじめた。いいえ、今回は誰か女性でなければ。問題は、ここにはジェーンかプルーしかいないということ。どちらもとても気遣ってくれてはいるものの、ふたりともわたしに結婚してほしいと思っている。プルーと亡くなったご主人はどちらも若いころに結婚したけれど、ふたりを結びつけたのは共通する冒険心だったのではないかとプルーからは感じられた。ふたりとも互いを大好きで、その好意がやがて愛へと成長したのだ。わたしとフィンが恋に落ちたとプルーが思ったら、彼が大学進学に同意してくれるなら彼と結婚すべきだと助言してくるかもしれない。でも、レディ・ドーチェスターに息子が生まれなかったら、フィンも子供を持つのをあとまわしにさせてはくれないだろう。

好意から結婚したプルーとちがってジェーンは愛のない結婚を拒んだ人だ。きっと彼女はわかってくれる。

それに、すでにいくつかいい助言もくれた。おそらく、どうしたらいいか、ジェーンが教えてくれるはずだ。それとも、フィンとの友情を単純にたのしみ、彼への思いについては考えないようにするべきなのかもしれない。オーガスタは息を吸って吐いた。人生はいつこれほど複雑なものになってしまったの？

わたしたちは友人同士、友人同士よ。ただの友人同士なの！

そうくり返していれば、きっとそう思えるようになるはず。それに大学がはじまったら、忙しさのあまり、彼のことはすべて忘れてしまうだろう。

でも、ヘクターとジェーンは長年離れていたにもかかわらず、互いのことを忘れなかった。母もリチャードのことを忘れられなかったのに、父と結婚したのだった。そして父も最初の妻の死を決して乗り越えられないまま亡くなったのは明らかだ。


フィンは急いで立ち去るオーガスタをじっと見つめていた。彼女は腹を立てていたように見えた。まえに婚約者の振りをしたときにはまったく動揺しなかったのに。彼女のあとを追わなければ。宿へ戻る途中で原因を考えることもできるはずだ。そのとき、目の端で、若いツェリエ子爵の姿をとらえた。旅の途中、あの男のことは何度か目にしたが、グランド・ツアーの途中であれば、それもおかしなことではない。それに、ランスロット卿と同じようにオーガスタに熱いまなざしを注いではいても、ツェリエは近づいてこようとはしなかった。

うなじのちくちくする感じを払いのけ、フィンは給仕に合図した。「勘定を頼む《デイー・レヒヌング・ビッテ》」

支払いを済ませると、通りを歩き出した。ロンドンでは誰も彼もが結婚を申しこんでくるせいでオーガスタは腹を立てていた。そしてぼくにも裏切られたと感じていた。とはいえ、自分に対して公平を期すならば、ぼくは彼女が大学へ行きたいと思っていることを知らなかったのだ。彼女が婚約のふりに同意したのは、ぼくが決闘で殺されるかもしれないと危惧したからだ。それでも、結婚はしないとはっきり示していた。フランスで今回と同じ冗談を言ったとしたら、きっと彼女もおもしろいと思ったはずだ。何が変わったのだ？　またも芝居をしなければならないほど、男たちに煩わされる状況に置かれるのがおもしろくないとか？　いや、何かが明確に変化したように思える。

フィンは宿の部屋にはいっていった。応接間とは別にダイニングルームがあり、そこをオーガスタたちと共同で使っていた。彼女たちの部屋は応接間とつながっており、フィンの部屋は廊下の先にあった。

ジェーンが――フィンもジェーンと呼んでほしいと言われるようになっていた――トミーに本を読み聞かせていた。フィンが部屋にはいるとすぐに小さなトミーが両手を上げて駆け寄ってきた。「高い高い」

フィンはトミーを頭上高くに持ち上げ、くるりとまわった。子供の笑い声が部屋を満たした。

「子供の扱いがほんとうに上手ね」ジェーンは目の端に皺を寄せてほほ笑んだ。

「いっしょにいるとたのしいので」子供を喜ばせるのはとても簡単だった。フィンはトミーを一旦下ろしてからまた高く持ち上げ、床に下ろした。「オーガスタを見かけませんでしたか？」名前で呼び合っているのを何度も見られてから、敬称を使っているふりをするのはやめたのだった。「ぼくが支払いを済ませるまえにカフェを出ていったので」

「メイドによると、頭痛がするので、昼寝をしているそうよ」ジェーンはトミーをまたソファーにすわらせた。

「昼寝？」彼女が昼寝をしたり、頭痛を訴えたりすることはこれまでなかった。思ったよりも深刻な状況なのかもしれない。

「わたしも変だと思ったのよ」とジェーンは言った。トミーはソファーから降り、明るい色に塗られた木のブロックのほうへよちよちと向かった。「彼女を動揺させるようなことが何かあったの？」

「そうかもしれません」たとえじっさいに起こったことを説明できないとしても。フィンはクッションのきいたオーク材の椅子のひとつにすわった。「ぼくが冗談のつもりで言ったことに、おそらく彼女が怒ったんです」

「そうなの？」ジェーンはフィンに劣らずわけがわからないという顔になった。「オーガスタが誰かに腹を立てるのは見たことがない気がするわ。苛々することはあったけど。むっとすることもあったはずだけど、腹を立てたことはないわね」ジェーンは眉根を寄せた。

「いったい何をおっしゃったの？」

「ウィーンの話をしていて、エステルハージー候が彼女に送った手紙についてヘクターが大使に面会しなければならないという話になったんです。それで、オーガスタが出席しなければならない舞踏会のことが話題になって」フィン自身頭痛に襲われそうになって鼻梁をつまんだ。「ぼくは、男たちがまたプロポーズし出したら、ぼくらが婚約しているふりをすればいいと言ったんです」去るまえにオーガスタが何度もまばたきしていた姿が脳裏に浮かんだ。彼女は泣きそうになっていたのか？「彼女はまるで嵐を呼ぶ雲みたいな顔になってその場を去っていきました」

ジェーンは唇を噛んだ。「そうなの？」トミーはブロックに飽き、全速力でジェーンのほうに戻ってきた。ジェーンは息子を膝に乗せた。「気休めにしかならないと思うけれど、あなたは何も不適切なことは言っていないと思うわ」

「そう聞いて安心しました。ありがとう」フィン自身、不適切なことは言っていないと思っていたが、そう思うのが自分ひとりでないのはありがたかった。

「夕食のまえにオーガスタの様子を見に行くわ」トミーが体の向きを変えて両腕をジェーンの首にまわし、肩に頭をあずけた。「この子も昼寝が必要ね。もしかしたら、本人の言ったとおり、単なる頭痛なのかもしれないし」

「そうだといいんですが」ジェーンが立ち上がるのに合わせてフィンも立った。オーガスタとの子供はどんな様子だろうと思わずにいられなかった。腕に抱くやわらかな温かい塊を感じることができるほどだった。「では、夕食の席で」

扉を開け、フィンはジェーンのために押さえた。何が問題かをオーガスタがジェーンに話したら、それについてジェーンから聞けるのでは？

その晩、ピンクの縁のついた白いドレスで居間に現れたオーガスタはとりわけ美しかった。フィンを含めた全員にほほ笑みかけたが、その明るさにはどこか妙なところがあった。なぜか、見せかけだけのものに思えた。フィンはカフェでのことについて話をしようとしたが、相手にされなかった。

「どうしてあんなに動揺したのかわからないわ。きっと頭痛に襲われはじめていたのよ。ほんとうにあなたも気にする必要はないわ。わたしは全然大丈夫なんだから」

「昼寝が効いたようでよかった」フィンはひそかに彼女の顔を探るように見た。

「ええ」オーガスタは笑みを浮かべていたが、その笑みは顔に貼りついているように見えた。「ええ、ほんとうに」

ぼくをだませると思っているのか？　遅かれ早かれ、その賢い頭のなかでどんな思いが交錯しているのか探り出してみせる。「よかった」ダイニングルームへの扉が開く音がした。「バイジュが夕食の準備ができたと言いに来たわ」エスコートしようとフィンがオーガスタの手を自分の腕に置くと、彼女は身震いした。「オーガスタ？」

彼女の頰がかすかに赤くなった。「何でもないわ」

嘘だ。何でもなかったら、こんな態度をとるはずがない。明日、ふたりでいるときに何に頭を悩ませているのか探ってみることにしよう。

夕食が終わると、ヘクターが言った。「旅を続けるための書類を受けとったよ。みんなに異議がなかったら、明日の朝、出発できる」

残念な知らせだった。それはつまり、オーガスタとふたりきりで過ごすことができないということだ。ただ、予期せぬことでもなかった。そろそろ出発だと思ってウィーンで見たい場所やもののリストを今日作り終えたところだった。みな互いに目を向けて異議なしというように首を振った。

「では、明日ということで」

ジェーンが立ち上がり、女性たちがそれに続いて部屋を出ていった。デュラントがポートワインとブランデーをテーブルに置いて下がった。

バイジュがテーブルの上に地図を広げ、手帳と鉛筆を手に男性たちの輪に加わった。「ご覧のとおり、道筋はまっすぐです。ただ、残念ながら、フランスよりも道の状態はさらに悪そうです」

この分で行くと、すぐに馬車の車輪と車軸を交換しなければならないだろう。「どのぐらいかかる？」

ヘクターが雑用係に目を向けると、バイジュは答えた。「平底船を使って旅することにしましたので、より早く移動でき、馬車を使わずに済みます」バイジュは地図に指を置き、イーザル川をドナウ川までなぞった。「馬車もすべて載せられます。あなたの――」バイジュはフィンに目を向けた。「馬車もそこにおさまります」

「船を見てきたんだが――」とヘクターが言った。「船室がいくつもあり、居間とダイニングルームがつながった広い部屋があり、屋上デッキはテラスのようになっている」

「ツィレ船のことを言っているようですね」フィンとオーガスタはその船を見たことがあった。なかには行きすぎなほどに豪奢なものもあった。アディソンの話からして、川を下るのに、そうした大きな船を手配したにちがいなかった。おそらく、オーガスタが気に入ったあの船を。

「そのとおり」ヘクターはフィンに向かってにやりとした。「あまり望ましくない街道を揺られていく旅のちょうどいい休息になるはずだ」

フィンもそれには賛成だった。何がオーガスタを悩ませているか探る機会も得られる。その提案について誰に感謝すればいいかはわかっていた。「よくやってくれた、バイジュ」

バイジュは首を下げた。「船はブダペストまで借りてあります」

「つまり――」アディソンがフィンに意味ありげな目をくれた。「ウィーンに長居はしないということだ。だから、それを念頭に計画を練ってくれ」

これで問題はひとつ解決した。ウィーンのイギリス人たちとの接触は最小限に抑えられるだろう。ジェーンが夫に話したことは意外ではなかった。

「ブダペストからトリエステまでの道筋についてはわかっているのかい?」残念ながら、ブダペストから先は、ドナウ川は一行が向かうのとは別の方角へ流れていた。

「きっとご存じとは思いますが、そこの道はよく整備されています」とバイジュが答えた。

「トリエステは今やオーストリア帝国でもっとも重要な港ですから」

フィンはにやりとした。「そうだろうと思っていたことがたしかめられてうれしいよ」

そして何日か船で過ごすあいだには、オーガスタとふたりきりで話をする場所も見つかるだろう。彼女から避けられている感じがするのは嫌でたまらず、彼女が真実を打ち明けてくれますようにと神に祈らずにいられなかった。

# 27

オーガスタは興奮を募らせながら、ツィレ船について語るジェーンのことばに耳を傾けていた。「きっと気に入るわ。日除けのついた屋上テラスもあるの。船の横幅にはびっくりさせられたわ。屋内の回廊があるぐらい広いの。その回廊を通って船室へ行くのよ。船の幅一杯に船室が並んでいるわ。それに、舳先と船尾にもすわる場所があるの。ヘクターは船尾から釣りもできるだろうと思っているわ」

「それって船体が明るい青い色に塗られた船じゃない？」フィンと外出したときにそのツィレ船を見たのはたしかだった。

ジェーンはうなずいた。「そうよ」

「オーレリア号よ。聖者にちなんで名づけられた船」好きになれない男性との結婚から逃げ出した聖者。おそらく、オーレリアも愛を望んでいたのだ。

「聞いているとわくわくするわね」とプルーが言った。「道を馬車で行くより、きっとずっといいわ」

オーガスタもそう思った。平底船を見た瞬間に、それに乗って旅したいと思ったのだった。船なら、本も読める。馬車のなかではできないことだった。唯一の問題は、船に乗っているあいだずっと、フィンととても近い場所にいなければならないということだ。

「フランスで修行した料理人が食事の用意をしてくれるの」ジェーンは続けた。「夜は岸に停泊するのよ。暗いなかで川を航行するのはとても危険だと船長が説明してくれたわ」

ジェーンはにっこりした。「あなたたちふたりは、夕方、馬の運動をさせられるわよ」

「それはうれしいわ」プルーはパリに着いてすぐにきれいな鹿毛の馬を買っていた。彼女はオーガスタに目を向けた。「そう思わない？」

「ええ。ところで、その平底船を見つけたのはミスター・バイジュ？」ヘクターの友人のインド人のことは初めて会ったときからそう呼んでいた。年下のきょうだいたちもみんなそうだった。バイジュは有力な家の出だったが、何か問題が起こり、ヘクターがインドを発つときに、いっしょにイギリスにやってきたのだった。彼とヘクターの関係はフィンとボーマンの関係に近いのではないかと思われた。ただ、理由はわからないながら、バイジュは決して食事をともにはしなかった。その理由を訊いてみたことはなかったが、オーガスタはインドの文化をよくわかっていたので、おそらく彼が肉を食べないせいではないかと思った。インドではとくに牛肉は禁忌とされていた。いつかインドに行けたらすばらしいことだろう。インオーガスタはため息を押し殺した。いいえ、これから大学に入学するんだから、それで満足しなければ。

「そうよ」ジェーンはシェリーをひと口飲んだ。「船の選択肢を三隻まで狭めてくれたの。ヘクターとわたしはほかの二隻も見たんだけど――」額に縦皺が寄る。「オーレリア号って言った？　名前を見るのは忘れてたわ」

「ええ。すべての平底船のなかで一番きれいな船で、一番大きい船だった」

ジェーンは顔を赤らめた。「わたしが居心地よく過ごせるよう、どれだけヘクターが心を砕いてくれているかは知っているはずよ」

「あなたを甘やかすのが好きなんだと思うわ」プルーの目がいたずらっぽく光り、目の端に皺が寄った。「それは喜ぶべきことだけど」そう言っておどけた顔をした。「うちの夫はわたしのこと、〝最高の兵隊さん〟って呼んでいたのよ。ただ、公平を期すならば、できるときはいつもわたしのことを甘やかしてくれたけど」

男性たちが女性たちに加わった。ヘクターはまっすぐジェーンのところへ、フィンはオーガスタのところへ向かった。ボーマンはプルーに惹かれているようだ。それは興味深いことだった。

「さて、ジェーン」ヘクターは妻の頬にキスをした。「どれほど乗り心地のいい船かほめそやすのは終わったのかい？」

「まだ途中だったのよ。オーガスタはその船を見たことがあって、名前も覚えていたわ」

ジェーンはヘクターの手に手をすべりこませ、彼はソファーの妻の隣に腰を下ろした。「聖者にちなんで名づけられたそうよ」

「オーレリア号だ」フィンはオーガスタの隣に椅子を引っ張ってきた。スカートが脚に触れるほど近くに。「そうだろう？」

「ええ」オーガスタは自分の椅子を彼から少し遠ざけようかと思ったが、そんなことをすれば、みんなに気づかれてしまうだろう。「あなたが覚えていたのは驚きね。あの日はとてもたくさんのツィレ船を見たのに」

「そうだね。でも、あの船をきみは一番気に入っていた。あの船で航海できるのはうれしいな」

「あなたとミスター・ボーマンは大西洋を二度渡ったのよね」とジェーンが言った。お茶のトレイが運びこまれ、ジェーンがお茶を注ぎはじめた。

「ええ」フィンはたのしかった思い出にひたるかのようにほほ笑んだ。「今回はそれとはだいぶちがう経験になりそうですね」

「夜に停泊するなんてことはなかったから」ミスター・ボーマンが忍び笑いをもらした。「でも、大西洋でもそれが可能だと思っている人が大勢いることには驚かされますよ」

それを聞いてみな笑った。オーガスタはフィンの隣にいるのがあまりに心地よく、彼を避けることはできそうもないと心を決めた。

フィンは彼女のほうに身を寄せ、彼女だけに聞こえる声で言った。「きみの具合がよくなったようでうれしいよ」

「わたしもよ」オーガスタは彼の手をとりたいという奇妙な衝動を覚えた。この状態がたやすいものでないのはまちがいない。

平底船の船長のひとりから、イーザル川とドナウ川の流れの速さについて聞いていたので、オーガスタには頭のなかですばやく計算することができた。一日十四時間航行できれば、ウィーンにはおおよそ五日か六日で到着する。そこからパドヴァに到着するまでの時間も計算したくなったが、そんなことをしてもしかたなかった。今は、彼と数日はいっしょにいられることを考えていたほうがいい。まず、ウィーンに着いて、ヘクターが——できれば自分もいっしょに——オーストリアの外相であるフォン・メッテルニヒ侯爵と面会することになる。侯爵は、オーガスタが大学に入学できるかどうかに大きなかかわりを持つことになった人物だ。アンジェローニ教授は入学できると保証してくれていたが、まだうまく行かなくなる可能性はある。パドヴァの大学に入れなかった場合にどうしたらいいかはわからなかった。いや、じっさいはわかっていた。ジェーンとヘクターと旅を続ける以外に選択肢がなくなる。もしくは、ユトレヒトの大学に申しこむことはできるかもしれない。

「川を下る旅について考えているのかい？」フィンはためらうように笑みを浮かべた。

「ええ」新たな冒険に対する興奮がふつふつと湧いてきた。「想像どおりにすばらしいものだといいんだけど」

「すばらしい眺めという話だよ」それを思い浮かべているかのように遠い目になる。

「馬車が全部船に載っているといいんだけど」ジェーンが立ち上がって言った。「明日の朝は早いわ」

フィンはオーガスタの手をとってしばらくにぎったままでいた。彼が愛してくれ、待っていてくれたなら。そしてまだ子供を持たずにいることに同意してくれたなら。わたしもあり得ないことを夢見るのを止められたなら。「また明日」

「また」オーガスタは触れられてやけどしたかのように振る舞うまいとしながら、彼の手から指を引き抜いた。やけどしたかのように思えたのはたしかだったが。彼といっしょのときには、必ずほかの誰かがまわりにいるようにできるはず。少なくとも、そうすれば、彼にそれほど近づかずに済むはずだ。でも、今夜はほかの人がいてもだめだった。どこにいても、誰がまわりにいても、部屋にふたりきりという気分にさせられてしまう気がした。

オーガスタが目覚めると、その日着る服がすでに並べられており、衣装ダンスは空になっていた。どうして荷造りのあいだずっと眠っていられたのかしら？

ゴバートはせかせかと寝室に戻ってきた。「お嬢様のお着替えが済んだらすぐに、最後に残ったものを荷造りいたします」

オーガスタはついたての陰へ行き、用を足して顔を洗った。メイドはオーガスタがついたてにかけた寝巻をとり、代わりにそこにシュミーズをかけた。パリで買った旅行かばんが椅子の上に開いて置かれていた。ゴバートがほかの用事を済ますあいだ、オーガスタは必要なくなったものをそのかばんに入れていった。オーガスタの準備ができるころには、部屋に残された唯一のものは歯ブラシと歯磨き粉だけとなった。

ジェーンがトミーを抱いてダイニングルームにはいってきたときには、オーガスタはすでに朝食をとり終えていた。

「食事のあいだ、トミーを抱いていさせて」とオーガスタは申し出た。

「ありがとう。乳母にあずけたら、むずかってしまって。また出発するのがわかっているのよ。乳母がどうにか卵をひとつ食べさせたんだけど、トーストを一枚食べさせてもらえれば……」ジェーンは鼻に皺を寄せた。「あなたのドレスを汚させないでね」

「大丈夫よ」オーガスタは男の子に目を向けた。「今の聞いた？　わたしのドレスを汚しちゃだめよ」トーストをちぎってやると、トミーは手を伸ばした。「はい、どうぞ」

「んま、おいちい」トミーはトーストを呑みこみ、もっとというようにぷくぷくした小さな手を上げた。

「この年ごろのテオを思い出すわ」

「おはよう」フィンが部屋にはいってきて、オーガスタにほほ笑みかけた。一瞬、彼にキスされることを想像したが、彼はトミーの頭を撫でた。

「おはよう」オーガスタはしっかりしなさいと内心自分を叱責した。フィンとの子供を授かるのはどんな感じだろう？　旅のあいだ、彼が赤ん坊と遊ぶ姿はほほ笑ましいものだった。彼はすばらしい父親になるだろう。

ほかの誰かの。わたしとの子供ではなく。わたしはまだ子供を持つわけにいかないのだから。

「ああ、だめだよ」フィンはトミーの手をつかんだ。

オーガスタはトミーとフィンに目を向けた。「どうしたの？」

「トミーがバターだらけの小さな手をきみのきれいなドレスにこすりつけようとしていたん

だ」フィンはトーストをちぎった。「トーストから手を離さないで、もっとほしかったら、ちょうだいと頼むんだ。わかったかい？」トミーはトーストへ手を伸ばして思いきりうなずいた。「このひとかけを呑みこむまで、それを覚えていられるかどうかあやしいな」

トミーがトーストを食べ終えると、オーガスタはジェーンに彼を戻すまえに指を拭いてやった。フィンは子供を腕に抱いたオーガスタを見て息を呑みそうになった。両方に腕をまわしたくてたまらなくなる。プルーとボーマンとヘクターがダイニングルームにはいってきて、会話を続ける必要がなくなったのはありがたかった。

やましさに胸をつかれる。息子を産めないことに対するヘレンの心の痛みと絶望が思い出された。しかし、ヘクターの言うとおりでは？　子供を持つのをあとまわしにしても、兄への約束を守ることはできるのではないだろうか？　結局――フィンはヘクターにちらりと目を向けた――ヘクターは尊敬すべき紳士であり、フィンが約束を破ることになるような提案をするはずはなかった。息子を持とうと努力すると約束はしたが、子を持つのに何年かかかることもある。両親も結婚後ほぼ五年経つまで兄を授かることができなかった。おまけに、今も生きている子供はふたりしか持てなかった。兄自身が弟にそれを強く求めることはなかったが、義弟にすぐさま子を作ってほしいとヘレンが思っているのはたしかだ。

それでも、オーガスタを愛しているのがわかった今、ほかの女性と結婚することはできない。そんなことをすれば、自分も誰とも知れぬその女性もみじめになるだけだ。オーガスタを妻にしなければならない。そのためには、彼女の望み――大学進学――をかなえ、赤ん坊を作るのをあとまわしにするしかない。そのまえに、彼のほうにも求めるものはあった。欲望だけではもはや充分ではない。彼女にも愛してもらう必要がある。

オーガスタは椅子を押しやってテーブルから立った。「すぐに出かける準備はできるわ」

辛抱強く彼女を説得すればいいだけのことだ。「ぼくと港まで歩いていかないか？」

オーガスタが動きを止め、フィンは断られるのだろうかと思った。昨日何があったにせよ、それがまだ彼女に影響をおよぼしていると？「いいわ。ここでまた会いましょう」

フィンは従者が荷造りを終えて待っている自室に急いで戻り、歯を磨くと、応接間に戻った。応接間では、オーガスタが自分の寝室の扉を開けてなかにいる誰かと話をしていた。彼女は振り向いて笑みを浮かべたが、目には警戒の色が濃かった。彼女との問題を解決するには多少時間がかかりそうだ。幸い、時間なら豊富にあった。

フィンは腕を差し出して言った。「行くかい？」

「ええ」オーガスタはほっそりした指を彼の上着にそっと置いた。

宿を出るまえに、ふたりは宿の亭主とおかみに別れの挨拶をするために足を止めた。

「ここはすばらしい宿でしたわ」とオーガスタが言った。

「こちらこそ、お泊まりいただいて光栄でした」宿のおかみはお辞儀をした。「たのしいご旅行をお祈りいたします」

フィンは軽くお辞儀をした。「滞在できて光栄でした」

「お戻りになったら、またお泊まりください」亭主もお辞儀をした。

「そのころには、ご結婚なさっているのでしょう?」おかみが首を下げた。

オーガスタは真っ赤になって何かつぶやくと、玄関から急いで出ていった。

フィンは息を吸ってから言った。「ぼくは心からそう願っています。ありがとう。では」そう言って宿を出ると、パン屋のそばで彼女に追いついた。「いくつかバタープレッツェルを買っていこう」

オーガスタの呼吸は速く、彼女は答える代わりにパン屋の入口に向かった。フィンは急いで入口へ向かい、どうにか間に合って彼女のために扉を開けた。宿のおかみのことばで、オーガスタとの関係がぎくしゃくした気がした。

「おはようございます」

「おはようございます、バタープレッツェルですか?」パン屋のおかみはミュンヘンなまりで言った。

「ええ。ひとつずつ」そう言ってフィンは自分とオーガスタを示した。「それと、あとで食べる分として八つ包んでください」結び目のような形の塩味のパンに新鮮なバターを塗ったものをストラスブールで見つけてからというもの、プレッツェルはお気に入りのおやつのひとつとなったのだった。出立したら、このパン屋が恋しくなることだろう。ウィーンにプレッツェルがなかったら、別のおやつを見つけなければならない。

パン屋のおかみはプレッツェルのひとつを彼に、もうひとつをオーガスタに手渡した。

オーガスタはプレッツェルの切れ目から垂れたバターをなめた。フィンには彼女になめられ、自分がなめ返す情景を考えまえいとするのが精一杯だった。

オーガスタは極上の味というように目を閉じた。「ありがとう」

「どういたしまして」フィンはしっかりした声が出せたことに自分で驚いたが、声以外はまるでしっかりしていなかった。ああ、自分を抑えなくては。

二十分後、ふたりが到着すると、ちょうど最後に残っていた馬車が船に載せられたところだった。

「ずいぶんかかったね」とヘクターが言った。

フィンは包みを掲げた。「みんなにバタープレッツェルを買ってきましたよ」

「だったら、おとがめなしだな」ヘクターはにやりとした。

フィンは包みを食堂に運び、トミーの手の届かないテーブルの上に置いた。幼いトミーはプレッツェルが大好きだった。フィンはそれから自分の部屋へ行った。

木製の扉の両側にカーテンのついた窓がひとつずつあった。部屋の奥にも窓があり、川を眺めることができた。部屋は思っていたよりもずっと広かった。平底船は上に家を一軒載せた長く広い台のようなものなのだ。部屋ではマッソンが荷ほどきに忙しくしており、フィンには船のなかを見てまわったらどうかと言った。

フィンは屋根のついた通路を通って船尾へ行った。船尾の壁に据えられたビリヤードのキューのようなものは釣り竿だった。一方の側には屋上に続く狭く急な階段があった。フィンは階段をのぼった。そこは腰の高さの手すりでぐるりと囲まれ、籐の椅子とふたつのソファーが置かれたテラスになっていた。ジェーンが言っていたように、全体が布の日よけで覆われている。下に目を向けると、船室の窓沿いに狭い甲板があった。フィンははしごが据えられた反対側の端へ行き、舳先へ降りた。見るかぎり、船は清潔ですばらしい状態にあった。

オーガスタが舳先の左舷に立ち、川を眺めていた。「もう船のなかは見て歩いたのかい？」

オーガスタは虚をつかれたかのように振り向いた。「まだよ。あなたは？」

「屋上に行ってきたよ」フィンはゆっくりと彼女に歩み寄った。「屋上にすわっていたら気持ちよさそうだよ」

「宿のおかみさんが言ったことに、わたしはあまりいい反応をしなかったわ」オーガスタは下唇を嚙み、手をもみしだいた。「あなたに恥ずかしい思いをさせたことを謝らないと」

「謝罪は受け入れるけど、ぼくは恥ずかしい思いはしなかった」彼女をきつく抱きしめたいと思いながら、フィンは両手を彼女の肩に置いた。「きみのことが心配だっただけだ」

「何でもないの。ちょっと気分がよくなかっただけで」どうして彼女は嘘をつくのだ？オーガスタが肩を持ち上げ、フィンは両手を離した。

「たぶん、船に乗っていることで気分もよくなるよ」彼女がほんとうのことを言ってくれるといいのだが。「この船ならゆったり過ごせそうだ」

「きっとそうね」オーガスタは目を川に戻した。「こうして桟橋に泊まっているだけでも安らかだもの」

船の反対側では、乗組員が道板をとりこもうとしていた。それからまもなく、係留綱が緩められ、ふたりの乗組員が長い竿で岸を押し、船は進み出した。

「ドーヴァーを出たときの船とはずいぶんちがうわ」オーガスタは肩越しに目をくれた。満面の笑みで、目もほほ笑んでいる。

「そうだろうね」フィンは手すりの彼女の横に並んだ。「海峡を渡る船ほどあわただしくもないしね」

フィンはすべてうまくいくとオーガスタに言ってやりたかった。彼女にとっていいようにすると。何が問題なのかを打ち明けてくれさえすれば。絶対に許せないのは、彼女が心を痛めたまま、自分を撥ねつけることだった。フィンは恋に落ちるまえに結婚した兄は正しかったのではないかと思いはじめていた。つねに焦がれる思いで彼女のそばにいるのは地獄だった。

# 28

オーガスタは救命索であるかのように手すりをにぎっていた。じっさい、ちゃんと立っていようと思ったら、つかまっている必要があった。宿のおかみにフィンとの結婚について言われたせいか、それとも、自分が彼を愛していると知ってしまったせいか、オーガスタにはわからなかった。それでも、全身で彼を意識せずにいられなかった。ダンスを踊っているとき以上に。彼の体はより大きく熱く感じられ、使っている石鹸のせいにちがいない、男性らしいぴりっとしたにおいがいっそう魅惑的な気がした。銀色の目にもよりうっとりさせられた。もともと見かけのいい人ではあったが——宮廷用の衣装に身を包んでいたときはとくに——これまで会った誰よりもハンサムな人だと思ったのは初めてだった。それでも、新たに高まった感覚にもとづいて行動するよりは、船べりから川に飛びこんだほうがましだ。

手すりを放したら、膝が崩れてしまうだろう。フィンはそのたくましい腕で抱き留めてくれるだろうが、そうしたら、彼にしがみついてキスしたくなってしまう。もちろん、彼のほうもキスはしたいだろう——唇を見つめてきていることが何度かあった。それをみんなに見られたら、恋愛結婚をしたいという思いも、大学進学の夢も打ち砕かれてしまう。

オーガスタは手袋をはめているおかげで、どれほどきつく手すりにしがみついているか、傍からわからないのをありがたく思った。ウィーンに着くまで具合が悪くなって、着いたら、しなければならないことをするだけ回復し、またトリエステに着くまで具合が悪くなれたら、とても助かるのに。そうすれば、旅のあいだほぼずっと、彼を避けていられる。でも、そうしたいとどれほど願っても、それはあまりに非現実的だった。そもそもそこまで具合が悪かったら、旅を続けることを家族が許してくれないだろう。

オーガスタは深く息を吸って吐いた。何年にもわたって学問を続けてきたのに加え、必要なときに感情を隠す練習も積んできた。今それを役立たせよう。唯一の問題は、フィンには自分のことをあまりによく知られているということだ。会話に身がはいっていないときは必ずそうと気づかれた。何かを隠そうとしてもきっと気づかれてしまう。ああ、まったく。どうして男の人って——そういう意味では愛って——こんなにむずかしくなきゃいけないの？

「ああ、ここにいたのね」プルーが手すりのフィンとは反対側のオーガスタの隣に並んだ。「川の船旅はきっと海を渡るより、ずっとたのしいと思うわ」

「ぼくたちも、景色もきれいだし、波も穏やかだという話をしていたところですよ」フィンが応じた。「オーガスタも船酔いせずに本が読めるはずです」

オーガスタがちらりと目を向けると、フィンは少年っぽい笑みを浮かべてみせた。この人のことはどうしたらいいの？「本が読めるのはたのしみだわ。ハンガリー語とスロヴェニア語の本が買えたの」

フィンは驚きの目を向けてきた。「単独のスロヴェニア語があるとは知らなかったよ」

オーガスタは鼻に皺を寄せて肩をすくめた。「前世紀から標準語ができたの。ただ、北東部はドイツなまりがきついけど。南部ではイタリア語が話されているし。ハンガリーとクロアチアとの国境沿いの方言にはそれらの言語が入り混じっているわ。クロアチアの方言については多少知識があるから、必要とあれば、きっとそこで話されていることばを理解することはできるはずよ」

プルーは目をみはっていた。「ハンガリー語やクロアチア語を話す練習ができたってこと？」

「それとスロヴェニア語も。わたしが言語を学びたがっていると知ったエステルハージー侯がわたしにスロヴェニア語を教えるよう、秘書のひとりに命じてくださったの。わたしは語彙を増やすために本を読んだわ。学べたのは学校で教えるようなスロヴェニア語と南部の方言を少しだけよ。チャーリーが――」オーガスタはフィンに目を向けた。「グレースの弟のスタンウッド伯爵が、学校の休暇中にわたしにクロアチア語を教えてくれるという別の学生を見つけてくれたの。今はクロアチア語の標準語はないんだけど、かつては存在し、それを使って書かれた本もあるのよ」

フィンは何か新しいものを発見したかのように彼女をまじまじと見つめた。「つまり、きみはクロアチア語を知っていて、いくつもの方言が組み合わさった本を読み、クロアチア語ではない方言を聞き分けることもできるということか」

「ええ。発音が多少ちがっているのだけど、わたしは音で聞いたことがないので、それが唯一むずかしい点ね。残念ながら、スロヴェニア語以外のことばを練習することはできないでしょうね。わたしたちの目的地はダルマチアからはだいぶ離れているから」オーガスタは旅の道程を思い出した。「ただ、たとえザグレブを通過する元々の計画どおりに旅したとしても、トリエステに到達するにはスロヴェニアを通らなきゃならないから、スロヴェニア語は旅の途中で練習する機会があるんじゃないかと思うの」

「オーガスタ、わたしも今ごろはもうあなたに慣れていてもいいのに、驚かされてばかりだわ。あなたほどの多言語話者《ポリグロット》は初めてよ」プルーはしばらく静かに川面を眺めていたが、やがて言った。「ウィーンに着いて、そこから旅を続けるとしたら、あなたがそれだけの言語能力を持っていることは人に知られないほうがいいかもしれないわね」

プルーのことばをオーガスタは信じられなかった。どうして学ぶ機会をあきらめなきゃならないの？「どうしてそうしなきゃならないのか、理由がわからないわ」

「ひとつわたしが学んだことがあるとすれば、人って、その言語を相手が理解できないと思うと、ふつうは目のまえで言わないことを言うものなの。あなたが言語能力を内緒にしていればオーストリアの宮廷でも、少なくともフランスの宮廷同様、いろいろとおもしろいことが聞けるわ。おそらくはフランス以上に。今のところ、宮廷は解体されていないし」

「つまり、わたしは典型的なイギリス女性の振りをすればいいのね」

「ドイツ語とフランス語とイタリア語は使っていいのかな？」フィンが問うように眉を上げた。

「ええ。ハンガリーではドイツ語でだいぶ事足りるはずよ」ハンガリーでドイツ語が話されていなかったら驚きだ。それでも、学んだ言語を使う機会を逃したくはなかった。「ハンガリー語は宿やレストランで使えばいいわ」

「そうだね」フィンは考えこむようにして言った。「そうすれば、よりよい待遇を得られるかもしれない」

オーガスタは笑った。頭上に垂れこめているように思えた雲が晴れた。フィンへの好意は大きすぎて、いっしょにいることをたのしまずにいるのは無理だった。

オーガスタの笑い声で、フィンの心は軽くなった。彼女を包んでいた憂鬱な気分は霧散したようだ。

フィンは彼女に腕を差し出した。それから、プルーのことも思い出し、もう一方の腕を彼女に差し出した。両腕に女性をつかまらせて狭い通路や甲板を歩くのは不可能だったが。「船のほかの部分も見てまわりますか？」

プルーは忍び笑いをもらした。「エスコートしていただくのは遠慮するわ。ほかにしなければならないことがあるので」

「この船に乗っているあいだに、ぼくはハンガリー語とスロヴェニア語を学びはじめたいな」とフィンは言った。「それがいつ役に立つか知れないからね」

オーガスタは下唇を噛んだ。そんな彼女を見るのは初めてだった。「ひとつだけ問題があるの」彼女はやましそうな目をした。「これまでじっさいに誰かに何かを教えたことがなくて」

「だったら、ぼくがきみの最初の生徒ということになるな」フィンは明るく確信に満ちた声を出した。うまくかわされるつもりはない。言語を教えてもらえれば、いっしょに過ごす時間も増えるはずだ。

「いいわ」オーガスタはためらうような声を出した。「やってみる」

オーガスタほど聡明でなくても、フィンも言語の習得能力にはすぐれていたため、船がウィーンに着いたときには、ハンガリー語もスロヴェニア語も基本的なことは理解していた。残念ながら、彼女が使った本のどれにも食べ物についての記述がなく、オーガスタが知っている料理も宮廷で出されるものだけだった。

「これから覚えなきゃならないってわけだ」船長と乗組員は船を係留するのに忙しくしていた。フィンはまわりに目を向けた。この船のように乗客を乗せた平底船も多少あったが、ほとんどは商品を運ぶ船だった。通りの反対側には酒場が並んでいる。「ヘクターが船に留まりたいと思うかどうかわからないな」

オーガスタもあたりに目をやった。「おっしゃりたいことはわかるわ。宿が見つかるといいんだけど」

綱が解かれ、また船が岸から離れた。「すぐに戻る」

「いっしょに行くわ」オーガスタも急いであとを追ってきた。

「そのほうがよければ」彼は彼女の腕をとった。船の上のほうが危険でないのはたしかだったが陸が危険だったとしても、自分といっしょにいれば安全だ。

少しして、ふたりは乗組員のひとりを見つけ、ドイツ語で話しかけた。「どうして船を出したんだい？」

「この街でこの船を泊めておく場所を確保するためです」と乗組員は言った。背後では、客を乗せた別の平底船がやはり岸から離れようとしていた。「ヘル・アディソン（「ヘル」はドイツ語で「ミスター」の意）はみなさんのためにヴァイセン・ローゼを予約してらっしゃいます。この街で最高の宿のひとつです」フィンとオーガスタはわけがわからないという顔をしたにちがいなかった。乗組員がこう続けたからだ。「出発のときが来たら、われわれが酒場の近くで過ごしていないほうがいいはずです。この船はあなたたちがブダペストに向けて出港なさるまで、宿の近くの波止場に留まることになります」

「ありがとう」オーガスタは舳先に戻るまで何も言わなかった。「この船が家のような気がしはじめていたから、離れるのは妙な感じだわ」

彼女の言いたいことはよくわかった。「ぼくもこの船に戻れるのはうれしいよ。明日、案内書を買ってどこを観光するか話し合おうか？」

「ええ」オーガスタは息を吐き、一瞬眉を緩めたが、また寄せた。「宮廷に行かないで済むといいんだけど」

フィンは宮廷に行ってもまた婚約していることにすればいいと言いそうになったが、そのせいでミュンヘンで困った状況におちいったのを思い出し、どうにか舌を抑えた。少なくとも、いくつかの催しには参加しなくてもいいかもしれないなどと期待しても無駄だ。オーストリア人たちは大学に進みたいという彼女の夢に深くかかわっている。自分はひたすら彼女のそばにいよう。人に何と思われようとかまわない。彼女がほかのことを考えて注意を向けていなかったせいで、別の男に連れられて姿を消すなどということは二度と起こさない。

船は帝都ウィーンとレオポルトシュタットを結ぶ長い橋の下をくぐり抜け、また岸につけた。その岸辺には乗客を乗せたほかの船も係留されていた。街からこぼれ落ちたかのように、城壁の外に宿屋や商店などの建物が並んでいる。川沿いを少し下ったところでは、洒落た装いの人々がよく手入れされた広い並木道をゆったりと歩いていた。ここは先ほど船をつけた場所よりもずっと上品だった。

「歩道がないのね」オーガスタの息がフィンの耳をくすぐり、五感が刺激された。

フィンは目のまえの通りをよく眺めた。歩く人や馬車が通りを埋めている。「奇妙だな。歩くときは気をつけなければ」

アディソンがふたりに近づいてきたときには、ほかの二艘の船から馬車と馬が下ろされるところだった。「ぼくらはすぐに宿へ向かえる。馬車と馬については馬丁と御者にまかせればいい」

「馬車と馬はどこに置いておくんです？」オーガスタの親戚が馬と馬車をどうするかを決めてくれるのはフィンにとってまったく問題なかった。

「馬車は城門の右へ三軒先に行った建物のなかに置いておくことになる。馬たちは宿へ連れていくよ。街用の馬車と地元の御者を雇ったほうがいいと助言されたんだ」アディソンは額をこすった。「この街の道は、訓練を積んだ人間じゃないと馬車を操るのは不可能だそうだ」

「英国大使のスチュアート様にはいつ連絡するの？」とオーガスタが訊いた。

「宿に着いたらすぐに。連絡が遅くなるのは避けたいからね」

オーガスタはうなずいたが、それ以上は何も言わなかった。それも責められない。毎度催しに参加するたびに、彼女に関するかぎり、どこまでも悲惨なことになるからだ。数分後、一行は集合した。荷馬車と二台の馬車が一行のまえに停まった。

「宿はレオポルトシュタットにある。船に残しておかない荷物と使用人の足を手配したんだ」とアディソンが言った。「ジェーンと私は歩いていくよ。馬車が戻ってくるまで待っていたいという人はいるかな？」

「ぼくは歩くほうがいいな」とフィンは言った。「この街を多少見てまわるいい機会になるから」

彼の横でオーガスタもうなずいた。

「わたしも歩くわ」プルーは自分のメイドのほうを振り返り、フィンには聞こえない何かを告げた。メイドは急いでその場を離れた。

「ぼくも歩こう」とボーマンも言った。

「だったら――」アディソンはジェーンからトミーを受けとり、道板から地面までジェーンに手を貸して支えた。

五分もしないうちに宿に着いたが、宿はふたつの建物をつなげたもののようだった。窓を花が飾り、建物のまえにはテーブルが据えられている。馬車は到着していて、男たちが忙しく荷物をなかに運び入れていた。

「ヘル・アディソンですか？」中背よりほんの少し背の高い男が宿から出てドイツ語で挨拶してきた。

「ぼくがアディソンだ」アディソンはトミーをジェーンに戻した。「ヘル・リーゲルトかい？」

「ええ」宿の亭主はうなずいた。「どうぞこちらへ。お部屋のご準備をするあいだ、ワインを持ってこさせましょう」

亭主がほかの面々に目を向けると、アディソンが紹介を行った。「みなさんにお泊まりいただき、光栄です」

一行は緑にあふれた中庭へ案内された。さまざまに大きさのちがうテーブルや椅子があちこちに置かれている。そこへ冷えた白ワインとパンとチーズが運ばれた。アディソンが小声でヘル・リーゲルトに何か耳打ちし、ふたりは宿の広間へと戻っていった。

フィンはオーガスタのために椅子を引き、彼女は優美にそこに腰を下ろした。「ありがとう」そう言って彼に目を向けた。「脚がちょっと妙な感じじゃない？」

「え、いや。でも、その感覚は覚えているよ。乾いた陸地じゃなく、まだ船の上にいるような感じなんだね」

「ぼくも覚えていますよ」ボーマンが言った。「初めて船から陸地に降りたときに感じた」

「そうなるのは一度だけさ」オーガスタのしかめ面を見てフィンはにやりとした。「何度もそうなるという人の話を聞いたことがないのはほんとうだ」

「海峡を渡ったあとにはこんなことはなかったわ」オーガスタは手足にお行儀よくしなさいと命じられるかのように膝に目を落とした。「どのぐらい続くの？」

眉をゆがめてプルーがうなずいた。「わたしもポルトガルに着いたあとで、脚がまだ船の上にいる感じだったのを覚えているわ。ひどくまごついたけど、翌朝にはそんな感じもなくなっていた」

「オーガスタ」とジェーンが言った。「その感じに襲われていないのは旅慣れたプルーとフィンとボーマンだけだと思うわ」

「だったら、よかった。今夜はどこにも出かけなくて済むといいんだけど」

酔っ払った船乗りのように見えるのではないかと心配だったが、そうなったとしても、フィンが支えてくれるだろう。

「ワインはどうだい？」ヘクターが戻ってきてジェーンの隣の椅子にすわり、息子を腕に受けとると、下ろしてという幼子の要求に従って身をかがめた。

ちょうどそのとき、中庭の奥に置かれたクッションから明るい茶色の毛の大きなグレート・デーンが身を起こし、近づいてこようとした。

「うちのデイジーによく似てるわ」オーガスタは犬の動きを妨げるのを恐れるように声をひそめて言った。

横では大型犬とかなりの時間を過ごしているにちがいないトミーが、腕をまえに伸ばして何歩かよちよちと進み出た。

「デイジーじゃないね」誰も動く間もなく、トミーは腕をグレート・デーンの首にまわし、それによって犬からよだれたっぷりのキスを受けた。「わんわん」トミーは一歩下がって犬の目をのぞきこんだ。「おまえの名前は？」

「ミネルヴァです」ヘル・リーゲルトがまえに進み出た。「ドイツ人の伯爵様の犬です。あずかってほしいと言って置いていかれたんですが、残念なことに、次の目的地へ到着するまえに亡くなられて」フィンは犬の足元にすわりこんだトミーに目を向けた。ミネルヴァは子供を踏みつけないようにしようとしてか、オーガスタのほうに身を寄せた。オーガスタは犬を撫で、ときおり抱きしめてやった。フィンは思わず犬に嫉妬を覚えた。「その犬が誰かに一時的になつく以上の態度を見せるのをずっと待っていたんです」

ヘクターは二本の指で鼻梁から額をこすり、そわそわと手を動かした。「どういう成り行きになるかな」

「とてもよく訓練された犬ですよ」宿の亭主は付け加えた。グレート・デーンを引きとってほしいと思っているのは明らかだ。

「何歳なの？」オーガスタは犬を撫でつづけた。

「二歳です。血統書もあります」ヘル・リーゲルトの声には期待するような響きがあった。

「並外れてお行儀のいい犬ではあるわね」オーガスタは眉を上げた。「もうすぐ三歳になるということはあり得ます？」

宿の亭主は肩をすくめた。「もう一度血統書を見てみないとわかりませんね。伯爵は二歳だとおっしゃっていましたが」

「伯爵が亡くなってどのぐらい経つんです？」とオーガスタが訊いた。

オーガスタは犬を撫でるのをやめなかった。フィンにはグレート・デーンが旅の道連れに加えられるのはたしかに思えた。

「六カ月です」ヘル・リーゲルトは黙りこんだ。ミネルヴァは首を下げてトミーの頭をなめると、オーガスタの頰も同じようになめた。オーガスタはヘクターに目を向けた。「犬がわたしたちといっしょにいたがったら、連れていきましょう」

口を覆っていたアディソンの手が額を覆った。それを見てジェーンは小さな忍び笑いをもらした。犬は大きな頭をオーガスタの胸にうずめ、彼女を見上げていた。

# 29

ミネルヴァを撫でていると、心がおちつく気がした。犬はオーガスタが何にもまして恋しく思っていたもののひとつだった。覚えているかぎり、家のなかにグレート・デーンがいなかったことはなかった。父が亡くなったときに、デュークは家族のペットというよりもマットの犬になった。グレート・デーンがほかの家族にもなついているのはわかっていたが、デュークはマットにより必要とされているのを感じとっているかのようだった。だから、このグレート・デーンはわたしのところに来てくれたの？　この犬が愛されたいというわたしの思いを感じとってくれたのかしら？

オーガスタは身を折り曲げてミネルヴァの大きな頭に顔をすり寄せてささやいた。「おまえがわたしといっしょにいてくれるといいんだけど」

目の端で、ジェーンがヘクターの背中を軽くたたいているのがわかった。「オーガスタは犬の世話を心得ているし、このグレート・デーンは夜に船が停泊してわたしたちが陸に上がるまで待てるはずよ」

「この子はわたしといっしょに寝ればいいわ」犬を連れていくとなれば、旅が大変なものになるのはわかっていたが、連れていきたいという気持ちにどうして抗えるだろう？　ミネルヴァはまるでここでずっと待っていてくれたかのようだった。

「犬の世話はぼくも手伝うよ」とフィンが言った。彼はオーガスタの後ろに身をそらしてミネルヴァを撫でた。「ぼくは犬に育てられたようなものだから」

「あとはシャルトリュー種の猫がいれば、家にいるのと同じになるわね」ジェーンが明るい笑みを浮かべた。

「シャルトリュー種？」とヘル・リーゲルトが訊いた。

「灰色の毛と黄色い目をしたフランスの古い血統の猫なんです」

宿の主人は眉根を寄せ、「探してみましょう」と言ってお辞儀をし、宿のなかへ消えた。

オーガスタは去っていく亭主をじっと見つめた。「シャルトリュー種の猫が見つかると思う？」

「どうかしらね」ジェーンは肩をすくめた。「ウィーンは国際的な都市で、ハプスブルク帝国は巨大よ」そう言って一瞬犬に目をやった。「正直、ヘル・リーゲルトが猫を見つけられなかったら、そのほうが驚きだわ」

フィンは背筋を伸ばした。ミネルヴァはオーガスタから撫でられつつも彼にも撫でてもらえるように動いた。「シャルトリュー種というのはきみの姉上たちが飼っている灰色の猫のことかい？」

「ええ」オーガスタは笑いそうになるのをこらえた。犬の動きはまさにグレート・デーンそのものだったからだ。「誰とでも仲良くなる猫なの。とくにグレート・デーンと」ヘクターに目をやると、声に出さずに祈りをささげているかのように空を見上げていた。「旅に連れていくのも問題ないのよ。うちの姉は猫といっしょに誘拐されたことがあるんだけど、ほんとうにうまく振る舞ったそうよ」

「姉上が？」フィンは当惑して訊いた。

「ううん、猫が」グレート・デーンは尻尾を振り出した。

ヘクターが噴き出した。「そう考えてみれば、グレースが誘拐されたときに、彼女が乗せられた馬車を止めたグレート・デーンたちが、救出に大きな役割をはたしたことは認めざるを得ないな。猫たちもいつもとても行儀がいいし」ヘクターは息を吸って肩をすくめ、息を吐き出した。「この小さな家族に四本足の動物が加わることに異議はないよ。トミーも喜ぶだろうし」

オーガスタは眠っている子供に目をやった。敷石は暖かいのだろうが、すぐに冷たくなるはずだ。

「トミーはぼくが」フィンはそっとグレート・デーンを後ろに下がらせると、立ち上がって小さな男の子に手を伸ばした。

フィンはトミーを抱き上げ、オーガスタとは反対側にある椅子にすわった。もちろん、ミネルヴァは中間に来るように動いた。しかし、今度は頭をフィンの脚の上に置いた。彼にも助けが必要だというの？　それがどういう意味であれ、犬が両方になついたら、彼が去ったときに困ったことになるかもしれない。

その晩、ミネルヴァはオーガスタのベッドの隣に置いたクッションの上で眠った。

翌朝、朝食後に、ヘクターがオーガスタを脇に引っ張った。「フィンとぼくは大使館に行くことになっている。きみにも来てもらいたいんだが」

「もちろんよ」誰に会うにしても――おそらくはスチュアート卿だろうが――反対されることに心の準備をしておかなければならない。それでも、ロンドンにいるときとちがって、大学へ入学する意図を隠す必要はない。フォン・メッテルニヒ侯かその代理人に会わなければならないのだから。「いつ出かけるの？」

「まだ早い」ヘクターは懸念を隠そうともしなかった。「一時間後に出かける準備はできるかい？」

「ええ」オーガスタは寝室にはいっていった。装いには気を遣わなければならない。学問好きの変人に見えず、花婿を探している若い女性にも見えないように。まじめであると同時に洒落た装い。パリであつらえた散歩用のドレスがいいかしら？

ゴバートが宿のメイドに部屋の掃除をさせていた。オーガスタはそのメイドがお辞儀をして去るのを待った。「ヘクターとイギリス大使館に行くの。何を着ていったらいいと思う？」

ゴバートは衣装箱のところへ行き、明るい青色の散歩用ドレスをとり出して振った。「これならデビューしたばかりのご婦人が身に着けるドレスよりも色が濃く、それなりに威厳もかもし出せるはずです」

そのドレスはハイウェストでゆったりしており、裾近くの薄い絹の青よりも若干濃い青の太いリボンで三段に区切られていた。襟は高く、襟ぐりにはレースがついている。袖は肩がふくらんでいて長く、袖口は襟と同じレースで縁取られていた。「あなたの言うとおりね」次はボンネットだ。「このドレスに合わせるのに、買ったばかりの麦わら帽子はどう思う？」その帽子には同じ青いサテンのリボンがついていたが、そこには黄色い花の飾りも加えられていた。

「とても合います、お嬢様」ゴバートはドレスに厳しい目を向けた。「これにはアイロンをかけないと。長くはかかりません」

一時間後、茶色い革の短靴を履き、やわらかい茶色の革のバッグを持って身支度は完了した。舞踏会のためでも、装いにこれほどの時間と労力を費やしたことはない。しかし、舞踏会の成り行きがこの面談の結果ほど気になったことはなかった。

オーガスタは寝室を出て応接間に行った。どちらの男性も書類入れを持っている。ヘクターのほうはエステルハージー侯からフォン・メッテルニヒ侯あての紹介状を持っているのは知っていたが、それでも、訊かずにいられなかった。「紹介状は大丈夫？」

「ちゃんと書類入れにはいっているよ。犬の世話は済んだのかい？」

「ええ、フィンとデュラントが今朝散歩に連れていってくれたの。わたしたちが戻ってくるまで、デュラントが見ていてくれるわ」宿の亭主が教えてくれたドイツ語の命令をデュラントが覚えていてくれればいいのだけれど。

ヘクターが腕を差し出すまえに、フィンが腕を差し出した。「行くかい？」

彼に触れるとふつうちくちくした感じがするのだが、そのときは、自分にはどんな害もおよぼされないというような安心感を得られた。

「何もかも大丈夫だ」フィンは彼女の手を軽くたたいて言った。

「スチュアート様でもわたしを止めることはできない……わよね？」

「ああ。きみはフォン・メッテルニヒ候あての紹介状を書こうと思うほど、エステルハージー候を感心させたじゃないか。きっと彼はフォン・メッテルニヒ候にも直接手紙を書いてくれていて、その手紙はぼくらがここへ到着するまえに届いているはずだ」

表の通りに出ると、歩道がないため、フィンは彼女を近くに引き寄せた。そうされてオーガスタは少しばかり息が苦しくなった。幸い、それほど遠くまで歩かずに済んだ。

「スチュアート卿は大学へ行くというきみの計画については何も知らないはずだ」ヘクターは角を曲がった。

「そして知らせる理由もない」とフィンが付け加えた。

ふたりの言うとおりだった。英国大使のスチュアート卿に関するかぎり、ハプスブルク帝国の外相あての紹介状を持っていると知らせるだけで充分のはずだ。

大使館に到着すると、長く待つことはなかった。スチュアート卿は温かく迎えてくれた。

「私はもてなし役としては、パリの大使ご夫妻とは比べるべくもないんですよ。やもめなのでね。しかし、今は同朋が大勢こちらへ来ているので、副官の奥方がもてなし役を務めてくれることになったんです。明日の晩、ここで夜会を開く予定です。あなた方にもぜひ参加していただきたい」

ヘクターが招待を受けるあいだ、オーガスタはフィンの目をとらえた。彼も彼女と同じぐらいうれしくない様子だった。

フィンは大使に目を戻した。「エステルハージー侯爵からフォン・メッテルニヒ侯あての紹介状を持っているんです」

「悪い知らせをもたらすのは嫌なんだが――」大使は首を振った。「残念ながら、フォン・メッテルニヒ侯の父上が四月に亡くなって、彼は今コブレンツにいるんです」

そうなると、どうしたらいいの？　フォン・メッテルニヒ侯はオーガスタが最終的に大学入学を認めてもらうために手を打ってくれることになっていた。オーガスタを住まわせてくれる夫婦の情報も彼からもらうはずだった。

「では、この手紙はどなたにお渡しすればいいのかな？」フィンの尊大な口調を聞いてオーガスタは驚いた。「われわれがイタリアを旅するために必要な手筈に関するものなんだが」

「そのお手紙は外務省に送っておきましょうと申し上げてもいいんだが」スチュアート卿は机の奥へとまわりこんだ。「どうやら、お急ぎのようですね」そう言って書きつけをしたためた。「この書きつけを見せれば、フォン・メッテルニヒ侯の秘書に会えるはずです」

「ありがとうございます」フィンは首を下げた。「そろそろお暇いたします。ご機嫌よう」

「ご親切にどうも。ウィーンでのご滞在が喜ばしいものになりますように。明日の晩、またお目にかかりましょう」スチュアート卿は大使館の入口まで二人を見送った。「通りを歩くときはお気をつけください。危険なこともあるので」

ヘクターとオーガスタとフィンが建物から出るやいなや、フィンが彼女を引き寄せ、速すぎる馬車がほんの数インチのところを通りすぎた。鼓動が乱れたが、オーガスタは馬車を怖いとは思わなかった。彼から身を引き離せないのではないかとそのほうが怖かった。幸い、フィンはゆっくりと彼女の体を遠ざけた。

感覚が――おかしくなっていた。たくましい腕を体に巻きつけてほしいと思わずにいられない。そんなふうに思ってはならないのに。オーガスタは震える息を吐いた。フィンはわたしの大学進学を後押ししてくれている。それはつまり、わたしとの結婚をあきらめたということにちがいない。

フィンは目の端で高速の馬車が向かってくるのをとらえた。馬車の前方にはオーガスタがいた。彼はオーガスタの体をつかんできつく引き寄せた。彼女の速まった鼓動が胸に響いてくる。ああ、彼女の身に何かあったとしたら、不注意な御者を素手で殺していたことだろう。彼女をきつく引き寄せたまま、放したくなかったが、アディソンとスチュアートがそばにいた。水のなかを動くように、フィンはゆっくりと彼女から身を遠ざけた。「大丈夫かい？」

「ええ」オーガスタはうなずいたが、脈はまだひどく速かった。

「一旦宿に戻るかい？　それとも、このまま行くかい？」

「早く終わらせてしまいたいわ」純然たる意志の力で唇から押し出したことばに聞こえた。

「わかった」フィンは彼女の手を自分の上着の袖に載せた。「行こう」

フィンはホーフブルク王宮へと向かい、アディソンがふたりのあとに従った。彼女の大学へ行くという決意は何があっても変わらなかったのだ。たとえふたりで過ごした時間のせいで多少心を揺さぶられたとしても。唯一変わったのはフィン自身だった。今では、彼女を幸せにするために必要なことは何でもしようと思うようになっていた。たとえ彼女が学問を終えて結婚に同意してくれるまで、自分もパドヴァで何か有益なことを見つけなければならないとしても。それを兄に手紙で知らせるのは気が進まなかったが。

フォン・メッテルニヒ侯はいなかったが、その秘書のマイゼンブーク伯爵が大いに力になってくれた。

「フォン・メッテルニヒ侯はこの一年、ほぼずっとコブレンツに呼び戻されております」伯爵はオーガスタに言った。「しかし、あなたが知性にあふれ、勉学に全身全霊でとり組んでいらっしゃるとほめそやすエステルハージー侯からのお手紙は受けとっております」伯爵は戸棚のところへ行き、書類の束をとり出した。「あなたがパドヴァ大学で講義を受ける資格を得られるよう、ジュゼッペ・アンジェローニ教授にお手紙を書いておきました」

伯爵はオーガスタに目を向けた。丸眼鏡が鼻からすべり落ちそうになっている。「そう、この二百年のあいだに、大学に入学を許されたご婦人はたったひとりです」

「存じております」バッグのひもをつかむオーガスタの手に力が加わった。

「私の手紙に対する教授からのお返事がまえ向きなものであったとお伝えすれば、喜んでいただけるでしょう。それと――」伯爵は一枚の紙をとり出した。「こちらが、あなたがパドヴァにいらっしゃるあいだに後見人となることに同意してくださったご家族のパパファヴァ伯爵夫妻についての詳細です」

　家族にグレート・デーンが加えられると知ったら、伯爵夫妻はどう思うだろうかとフィンは思わずにいられなかった。

「伯爵夫妻には、パドヴァへの到着の日程がわかり次第、お手紙を書いたほうがいいでしょう」マイゼンブーク伯爵はオーガスタに何枚かの書類を手渡した。それを彼女はアディソンに渡した。

「ありがとうございます。ご尽力いただいたことにお礼を言いますわ」

「エステルハージー候の命に従っていくつか手紙を書いただけですから」

　バッグのひもをつかむ手が緩んだ。「わたしに連絡する必要があれば、ヴァイセン・ローゼに泊まっております」

「何か知らせがあれば、伝言をお送りしますよ」伯爵はお辞儀をした。「ウィーンでの滞在をおたのしみください。きっとスチュアート卿があなた方の名前を宮廷の書記官に送ってあるはずです。私も同じようにします」

　フィンはオーガスタを横目で見たが、彼女の笑みはこわばった礼儀正しいものに変わっていた。

　マイゼンブーク伯爵は三人を建物の入口まで見送った。「お会いできて幸いでした、レディ・オーガスタ」

　再度礼を言ってから、三人は宿へと向かった。フィンはオーガスタが必ず建物の壁際を歩くようにした。またどこかの愚か者が馬車で通りかからないともかぎらないからだ。

宿に戻るまで、誰も気を緩めることはなかった。

「この街の道がこれほどに危険であることを誰かが教えてくれていたらと思うよ」アディソンはふたりをテラスへと導いた。そこにはほかの面々も昼食をとりに集まっていた。「こうなると、ジェーンとトミーに外出してほしいとは思えないな」

「おっしゃる意味はわかります」フィンは大騒ぎするグレート・デーンを撫でるのに忙しくしているオーガスタに目を向けた。「どうやら、ミネルヴァはオーガスタを飼い主にすると決めたようですね」とはいえ、フィンがいることに気づくと、犬は彼にも挨拶した。

「首尾よくいったのね？」とジェーンが訊いた。

トミーがアディソンに向かって腕を伸ばし、飛び跳ねた。

「ええ」オーガスタはフィンに感謝するような目をくれた。「力を貸してくれてありがとう。あなたがスチュアート様に向かってわざと尊大な声を出さなかったら、あの方はすべてこちらで対処するとおっしゃったでしょうから」

「明日の晩、大使館での催しに招待されたよ」トミーを抱き上げたアディソンが言った。

「まだ旅行に書類が必要だしね」

「あの伯爵は何をくださったの？」オーガスタはプルーに手渡された白ワインのグラスをフィンにまわしてから、自分のグラスを受けとった。

革の書類入れをテーブルに置き、アディソンは書類をとり出した。「きみの後見人のご夫婦への手紙と、オーストリア帝国を自由に旅できる通行証だ」アディソンはフィンに何枚かの書類を手渡した。「きみとボーマンの分もある」

自分のために労をとってくれた人間がいたのだ。おそらくそれは兄だろう。「手紙が届いていないか、大使館で訊いてみればよかった」

「あら、手紙なら届いているわ」とジェーンが言った。「あなたたちが出かけているあいだに、大使館から使いの者が来て、手紙を届けてくれたの」

「かなりの数があったのよ」プルーが付け加えた。「だから、仕分けして、応接間に束にして置いてあるわ」

宿の使用人のひとりが長いテーブルに席を三つ加えてくれ、別の使用人が食べ物を運んできた。

「おなかが空きすぎて、今は読めないわ」オーガスタは椅子にすわった。「昼食のあとで見ればいいわね」

フィンも席につきながら軽い忍び笑いをもらした。「きみを食事から遠ざけておこうとは思わないよ」

「ええ」オーガスタはフォークを振った。「それはとても賢明よ」

ミネルヴァは何か落ちてくるのを待つかのようにふたりのあいだに寝そべった。これは興味深い。もしかしたら、オーガスタはグレート・デーンのためにぼくと結婚してくれるかもしれない。そのささやかな家族に猫を加えれば、もっとうまくいくことだろう。

# 30

昼食後すぐに、オーガスタは応接間に行き、どっしりとしたクルミ材のテーブルの上に置かれた手紙の束を見つけた。誰からの手紙かざっと見ていると、兄の封印がされた非常に分厚い手紙があった。手紙のすべてに返事を書くには今日だけでなく、明日までかかるだろう。ヘクターはまもなく出発すると言っていた。重要な手紙以外は船に戻ってから返事を書くことにしよう。ブダペストにもヴェネツィアにもイギリス領事館はあるはず。

まずはグレースからの手紙に返事を書こうと決め――封印したのはマットかもしれないが、書いたのはきっとグレースだ――オーガスタは手紙を部屋に持っていった。小さなフランス式の書き物机に向かうと、封を開けた。手紙はほぼ一カ月もまえの日付だった。旅をしていると、時間が何とも早く過ぎる。

親愛なるオーガスタ

きょうだい全員からの手紙を同封します。マデリンと双子があなたが送ってくれた新しいボンネットを受けとってどれほど興奮したか、伝えるまでもないわね。メアリーとテオもドレスについて同じぐらい喜んでいます。仕立て直す必要はまったくなかったわ。

ウォルターは何人かのお友達と湖水地方へ一カ月ほどハイキングに出かけています。さみしいけれど、それも彼が大人になるにはしかたのないことなのでしょう。チャーリーはほとんどの時間をスタンウッドで過ごすつもりでいます。マットとわたしは年下の子供たちを連れて一度彼を訪ねました。フィリップはもう少し長く残りたいと言ってチャーリーのところにいます。ウォルターと同じく、それも彼の成長に必要なことなのでしょう。

訪れたさまざまな場所から手紙を送ってくれてありがとう。メアリーとテオは勉強室に貼った大きな地図にあなたが訪ねた場所を記録しています。あなたが戻ったときに何を話してもらいたいか、リストも作っているわ。ふたりとも同じように旅がしたいと言ってマットを怖気づかせています。

この手紙を受けとるころには、きっと大学入学についていい知らせを得ているころでしょうね。マットもわたしもあなたのお母様には、あなたが何年か戻らないかもしれないとは伝えていません。

あなたが訪ねてきてくれてとてもたのしかったとパリのエリザベスが手紙をくれました。ルイーザとシャーロットにはもっとたくさん手紙を書いているはずよ。あなたにはあのふたりとドッティからも手紙が届くはずです。

こちらは万事うまくいっています。あなたが無事な旅を続けられるよう祈っています。

たくさんの愛をこめて
姉のグレースより
グレースの手紙にあったとおり、ほかのきょうだいからの手紙も同封されていた。ウォルターはマットを説得して、来年友人たちとフランスかオランダを旅する許しを得るつもりだと書いてきた。オーガスタはヴェネツィアには船で旅することになったのかと訊くフィリップの短い手紙を読んで笑みを浮かべた。ドイツとオーストリアから戻ってきたばかりの兄から、船で川を旅したほうが、陸地を旅するよりもずっと楽で安全だという話を聞いた少年に会ったという。翌年、ウォルターが大陸を旅するなら、それについていけるだけ自分も成長したとマットに思ってもらいたいとも書いてあった。チャーリーは所領地のスタンウッドが今どうなっているかを知らせてきた。

オーガスタは家族への返事を書きはじめた。それを書き終えてから、友人たちの手紙を読むつもりだった。

一時間以上経ち、インクを乾かすために砂を振って手紙に封をしたところで、扉をノックする音がした。

「わたしが出ます、お嬢様」ゴバートが扉のところへ行って扉を細く開けた。少しして扉を閉めた。「フィニアス様です。外出するのにごいっしょしないかとおっしゃっています」

日は照っており、街にはまだ見るべき場所が多かった。通りは好ましくなかったが、外出するのは悪くないはずだ。着替えなければならないが。今着ているドレスは悲惨なほどに皺くちゃだった。部屋に戻ってきたときに昼用のドレスに着替えておくべきだった。「すぐに参りますと伝えて」

「かしこまりました」ゴバートは扉から頭を突き出し、それから、衣装ダンスのところへ行ってエメラルドグリーンの馬車用のドレスをとり出した。「フィニアス様が幌なしの馬車を雇ったとおっしゃったので」

それなら危険な道の問題は解決する。「お気遣いくださったのね」

「ええ、お嬢様。この宿の使用人も外を歩くのは危険だと申しておりました」

オーガスタは窓から外に目をやった。道は人で一杯だったが、馬車に乗っていくのはたのしいだろう。

応接間にはいっていくと、フィンは首輪にひもをつけたミネルヴァといっしょに待っていた。犬は撫でてもらおうとするようにオーガスタの胸の下に頭を寄せた。「この子も連れていくの？」

「いっしょに馬車に乗るのに慣れさせるのはいい考えだと思ってね。これまでどうだったのかはわからないから」

「すばらしい考えだわ」

ふたりが宿の外に出ると、ランドー馬車が待っていた。お仕着せを着たデュラントが後ろの台に立っている。ミュンヘンを出てから彼がお仕着せを着るのは初めてだった。オーガスタはフィンの手に指を載せ、踏み台を使って馬車に乗るのに手を借りた。ミネルヴァはそのあとに続いて馬車に乗るのに手を借りる必要はなかった。犬は後ろ向きの席にゆったりと寝そべると、馬車の壁に頭をもたせかけた。

「うーん」オーガスタがフィンに目を向けた。「ヘクターが何て言うかしら？」

フィンは唇の端を持ち上げてグレート・デーンを見やった。「また馬車で旅するようになったら、多少考えなきゃならないだろうね」フィンはオーガスタの隣にすわり、御者に馬車を出すよう合図した。「馬車でなら、この街をあちこち見て歩けるだろうと思ってね。それで、訪ねたい場所があったら、寄ってみればいい」

「いい考えだわ」馬車は街の中央部に続く橋を渡り、門をくぐった。オーガスタはほかの街にあるものよりもずいぶんと大きく見える建物を眺めた。

橋を渡って街の中心部へはいると、ふたつの大きな公園があった。馬車は宮殿のまわりをまわって大聖堂へ行くと、宿のほうへ方向転換して元来た門と橋へ向かった。が、途中、御者が脇道に馬車を乗り入れた。

「どこへ行くの？」

フィンは何かを隠しているかのようににやりとした。「ぼくを信じてくれ。きみを驚かせたいんだ」

これほど短いあいだに彼が何を見つけられたのだろうと訝らずにいられなかった。しかし、宿の亭主のヘル・リーゲルトはウィーンについて知るべきすべてを心得ているようだった。フィンもきっとヘル・リーゲルトに相談したのだろう。狭い脇道は大きな通りに通じ、馬車は公園のそばにあるタウンハウスのまえで停まった。

フィンがオーガスタを家の玄関まで導き、デュラントがノッカーを鳴らした。フィンは黒い装いの執事に名刺を渡した。

「どうぞおはいりください」執事はお辞儀をした。「奥様がお待ちになっておられます」

広間は真四角で、一方の端にカーブした階段があった。壁の下の部分には黒っぽい羽目板が、上の部分には白い花模様のシルクが張られている。裕福ではあるが、貴族の家のようではなかった。ふたりは家の奥にある応接間に通され、オーガスタはすぐさまフィンが何を見せたかったのかを知ることになった。成猫から三匹の子猫にいたる、さまざまな大きさのシャルトリュー種の猫が猫用の高いやぐらのようなものの上に乗っていた。

オーガスタよりもほんの何歳か年上に見える優美なブロンドの女性が部屋にはいってきた。

「わたしはフラウ・シュミット（「フラウ」はドイツ語で「ミセス」の意）です」女性はフランス語なまりのドイツ語で言った。「ヘル・リーゲルトのご紹介でいらした方ですね」

「ええ、そうです」オーガスタもドイツ語で答えた。「わたしはレディ・オーガスタ・ヴァイヴァーズです。こちらは友人のフィニアス・カーター＝ウッズ様ですわ」オーガスタとフィンは頭を下げ、フラウ・シュミットはお辞儀をした。

「おすわりください」フラウ・シュミットはソファーを示した。「コーヒーはお飲みになりますか？　それともお茶のほうがいいでしょうか？」

「コーヒーをお願いします」オーガスタはソファーに腰を下ろした。フラウ・シュミットも腰を下ろし、オーガスタの隣にフィンもすわった。

猫たちから目を引き離すと、二方の壁に背の高い窓が並んでいるのがわかった。外に目をやると、少なくとも十フィートはあるレンガの壁が庭をとり囲んでいる。猫の一匹がやぐらから飛び降り、フランス窓にとりつけられた小さなフラップ扉から外へ出ていった。どうしてうちの家族は誰もあれを思いつかなかったの？　ルイーザに手紙で知らせてやらなければ。

「いい考えでしょう？」フラウ・シュミットが言った。「あれはうちの家政婦の思いつきなんです」コーヒーが運ばれてきて、フラウ・シュミットがカップに注いだ。全員がコーヒーをひと口飲むと、彼女は続けて言った。「シャルトリュー種をご存じだとか」

「ええ。姉たちが飼っているんです」子猫の一匹がソファーの背に飛び降り、背に沿って歩き出した。猫がオーガスタを調べに来ると、フィンが彼女のカップを受けとった。子猫の喉からくぐもった音が発せられた。オーガスタは手袋の片方を脱いで猫を撫で出した。「ハンサムな子ですね」

「ええ」フラウ・シュミットは愛おしそうに猫にほほ笑みかけた。「それはエティエンヌです」猫はオーガスタの膝におちついた。「エティエンヌはあなたを選んだようですわ」

「雌にしようと思っていたんですけど……」しかし、雌には雌の問題があった。一年のある時期、シャーロットとルイーザは雌猫たちを注意深く見張っていなければならないのだ。

「ほかの子猫も抱っこしてみるかい？」とフィンが訊いた。

エティエンヌはオーガスタの腕に頭をぶつけ、彼女を見上げた。「いいえ。わたしが飼うべき猫が見つかったみたいだから」それから、ドッティの、というよりはマートンの猫を思い出した。「この子がほかの誰かを選ばないといいんだけど」

フラウ・シュミットの軽い笑い声が部屋を満たした。「シャルトリュー種についてはご存じでしょう。エティエンヌはほかの誰かになついたことはないんです」

「だったら、それで決まりだ」フィンは手を伸ばして猫を撫でた。猫はおとなしく撫でられていたが、動こうとはしなかった。「片方は雄で、片方は雌だ」

フラウ・シュミットは眉を上げた。「もう猫を飼ってらっしゃるの？」

「いいえ」オーガスタは笑みを浮かべた。「グレート・デーンがいるんです。たしか、こっちではドイツ・マスティフって呼ばれているんじゃなかったかしら」

「ぼくが見るかぎり――」フィンは猫を撫でるのをやめた。「この種の猫たちは犬ともとてもうまくやるようです」

「そのとおりですわ」フラウ・シュミットは立ち上がった。「この子の引き具があるんです。もっと大きくなったら、換えなくちゃならないでしょうけど」そう言ってタンスのところへ行き、引き出しを開けて赤いシルクの引き具をとり出した。「これを使って連れまわすのが簡単ですわ。もう慣れているので」

フィンがどういうものか検分しようと引き具を掲げてみるあいだ、猫はじっと動かずにいた。幸い、かなり単純な作りの引き具だった。引きひもが縫いつけてある。オーガスタの顔にこれまでフィンが見たこともないほど穏やかな表情が浮かんだ。彼女にとっては動物がそばにいたほうがいいのだ。「どうして猫を飼うようになったか、お訊きしてもいいですか？」

「最初に飼い出したのは祖母なんです。マダム・パンスループ・ド・ラ・グランジュから最初の猫をもらって。それは雌でした。それから、祖母が雄を見つけてきて、子猫が生まれたんです」フラウ・シュミットは肩をすくめた。「そこから続いてきたんですわ」

「ありがとうございます」子猫のために脇に置いた手袋を拾い上げたフィンにオーガスタは目を向けた。

フィンはフラウ・シュミットにお辞儀をした。「礼を言います」

「お礼を言わなければならないのはわたしのほうですわ」彼女はにっこりした。「主人に、もうこれ以上子猫を手元に置くべきじゃないって言われているので」

フラウ・シュミットが玄関まで送ってくれ、ふたりは別れを告げた。

犬を乗せた馬車に猫を乗せることになるわけだ。ミネルヴァがトミーに対するのと同じぐらいエティエンヌにやさしくしてくれるといいのだが。片手で子猫を抱いたオーガスタが馬車に乗るのにフィンは手を貸した。ミネルヴァは扉から猫に目を移した。一瞬鼻と鼻を突き合わせると、ミネルヴァは座席に身を戻し、エティエンヌはまたオーガスタの膝に陣取った。これまでのところ、何も問題なさそうな様子だった。

デュラントがフィンに怪訝な目をくれた。「犬といっしょに猫も散歩に連れていくことになるんでしょうか？」

「問題にはならないはずよ」とオーガスタが答えた。「この子はひもにつながれて散歩するのに慣れているそうだから」

「そうおっしゃるなら、お嬢様」

馬車が動き出すと、フィンはオーガスタに耳打ちした。「デュラントの賃金を上げてやってほしいときみの親戚にひとこと言ったほうがいいかもな」

オーガスタはフィンに目を向けた。寄せ合った顔の唇と唇のあいだはほんの二インチしか離れていなかった。フィンが無意識に目を彼女の口に落とすと、オーガスタは息を呑んだ。ずっとこういう反応がほしかった。だが、それが幌のない馬車のなかとは！

デュラントが咳払いをしたため、フィンはすばやく背筋を伸ばし、クラバットを引っ張った。忌々しいことに、今朝きつく結びすぎたにちがいない。

「夜のエティエンヌの世話はどうするつもりだい？」その質問によっておちつきをとり戻そうとした。

「用足しの壺を使うように訓練できるのよ」オーガスタは子猫を撫でつづけていた。「特別な蓋があるの。その絵を描くわ。きっとヘル・リーゲルトはそういうものを作ってくれる職人をご存じでしょうから」

「きっと知ってるだろうな」思ったよりも厳しい声になってしまった。

最初は犬に嫉妬したのだったが、今は猫と入れ替わりたかった。彼女の身内に信頼されている立場でなければ、誘惑してみることもできたのだが、そんなことをすれば、すぐさまへクターに追い払われてしまうことだろう。

「今度は猫も飼うことになったこと、ヘクターは気にするかしら？」心配そうな表情がきれいな顔に浮かんだ。「昨日はそうは見えなかったけど」

「彼が腹を立てるだろうなんて考えなくてもいいさ」オーガスタに猫を手に入れてやるまえ

に、フィンは念のためたしかめたのだが、ヘクターはフィンにわかっているという目をよこしたのだった。「パドヴァで後見人になってくれるご夫妻がどう思うかのほうが心配だよ」

澄んだラピスラズリ色の目に驚きの色が浮かんだ。「たぶん、パドヴァでの住まいについては考え直したほうがいいわ。わたしが大学に入学するのを止めるために、後見人が必要だと言い張ったのは母なの。きっと見つからないだろうと思ったのよ。でも、今となっては必要ないかもしれないわ」

レディ・ウォルヴァートンは娘の邪魔をして、どうにかイギリスに引き留めておこうとしたにちがいない。後見人がいなければ、オーガスタは無防備な存在となるのだから、心配するのも道理だ。しかし、もし既婚婦人として大学にはいるならば、ぼくがそばで彼女を守ることができる。

馬車は宿のまえに停まった。とりあえず、宿の亭主に約束の金を払い、職人を見つけてくれるよう頼まなければならない。そのとき、顔を寄せ合って歩いてくる男女がいた。ボーマンとプルーだ。いったいどうなっているんだ？　それとも、自分がオーガスタを望むあまり、みんなが恋愛関係にある気がしてしまうだけなのか？

馬車の扉が開き、フィンは馬車から飛び降りた。

オーガスタが立ち上がると、プルーが急いで馬車に近づいてきた。「猫を手に入れたのね！　よかったわね！」

フィンの秘書は目におもしろがるような光を浮かべてフィンを見た。

「ええ」オーガスタはほほ笑んだ。フィンはその笑みだけを見ていたかった。「フィンが連れていってくれたの」道に降りると、彼女は猫を持ち上げた。「名前はエティエンヌよ。ミネルヴァとはもう仲良くなっているわ」

フィンは犬に手を伸ばしたが、犬は馬車から飛び降りた。フィンはオーガスタの手を自分の腕に載せ、犬のひもをにぎった。「このままテラスに行くかい？」

「お嬢様」使用人のデュラントがお辞儀をした。「猫をあずけてくだされば、少し運動させますが」

一瞬、オーガスタは猫を離したくないという顔になった。「それがいいかもしれないわね」

一同がテラスのテーブルにつくと、プルーが言った。「パドヴァのご家族はわたしがあなたといっしょに到着するとご存じかしら？」

「わからないわ」オーガスタは額をこすった。「動物たちのことについても考えていたの。きっと犬と猫を連れてくるとは思っていないはずだから。わたしたちだけで住む部屋を見つけたほうがいいかもしれない」

たとえ親戚の女性がいっしょであっても、オーガスタが自分だけの住まいで暮らすことはできないはずだ。大学にはいることばかりに夢中になっていなければ、オーガスタにもそれはわかるはずなのに。後見人と住むつもりがないことが家族に知られたら……。ここからヴェネツィアに行くあいだに、何としてもオーガスタを説得して結婚に同意させなければ。

# 31

ジェーンとヘクターとトミーがテラスに出てきたため、オーガスタがプルーとしようとしていた会話が途切れた。ジェーンもヘクターも、たとえプルーが付き添いとしていっしょだとしても、オーガスタが自分だけの部屋や家を借りることは許さないだろう。

フィンはおかしくなってしまったのかという目でオーガスタを見ていた。もちろん、イギリスだったら、あり得ないことだが、家族に知らせる必要はないはずだ。

エティエンヌが戻ってきてすぐさまオーガスタの膝に飛び乗った。猫は撫でつづけてくれというように彼女の腕をまえ足でつついた。まもなくまた喉を鳴らすくぐもった音がして、気持ちをなだめてくれた。姉たちの猫たちといっしょにいるのも好きだったが、自分の猫を持つほうがずっとよかった。この雄猫が何を望んでいるかには頭を悩ます必要はなかった。オーガスタはフィンに横目をくれた。人間の男性《オス》はそうはいかないが。

使用人のひとりがシャンパンを運んできた。何のお祝い？　何か聞きもらしたかしら？

「さて」ジェーンが分厚いカードを持ち上げた。「ご覧のとおり、幸運にもお招きいただいたわ。少なくとも、わたしは幸運だと思ってる」そう言ってオーガスタに目を向けた。

「宮廷を夏用の城に移すまえに、王家によって最後に開かれる舞踏会への招待状だよ」とフィンが耳打ちしてきた。

ああ。「まあ！」ジェーンが反応を待っているのも道理だ。こういう催しがいい結果に終わった試しがないため、舞踏会への参加は断りたかった。でも、ジェーンは見るからに行きたがっている。それに、経験上、不愛想な態度をとっても、望みはかなわないのは明らかだ。オーガスタは礼儀正しく笑みを浮かべた。「ええ、もちろん、参加しなくちゃ」

「そう言ってくれて、ほんとうにうれしいわ」ジェーンはやさしく温かい笑みを浮かべた。

「きっとあなたにとってより好ましいのは、作家のフラウ・ピヒラーのサロンへの招待状でしょうね。文面からして、レディ・ソーンヒルのサロンに近い芸術的なものみたい」

「それはたしかにおもしろそうだわ」少なくとも、心からたのしめる催しがひとつはあるということ。「舞踏会とサロンはそれぞれいつ開かれるの？」

「サロンは明日の午後で、舞踏会は明後日の夕方よ。その翌日の夜にはコンサートもあるわ」ジェーンはシャンパンをひと口飲んだ。「その翌日には船に戻ってハンガリーのブダペストに向かうことになるの」

「すばらしい計画だと思うわ」オーガスタもシャンパンを飲んだ。こんなに予定がぴったりおさまることなんてあるのね。

「スチュアート卿さ」フィンが彼女の心を読んだかのように言った。互いにとても親しい存在になっていたので、ほんとうに心が読めるのかもしれない。「ぼくらがウィーンを最大限たのしめるようにしてくれたんだ」

人が役に立ってくれようとすることがときに裏目に出ることはある。「なんて親切なの」

フィンの唇の端が持ち上がった。

その唇に唇をふさがれるのはどんな感じ？　今日、もう少しでそれをたしかめるところだった。

「そうだね」とフィンは言った。噴き出しそうな口調だ。「こう考えてみたらどうかな。たった一度ずつののコンサートと舞踏会だ。催しがこれ以上増える暇はない」

「あなたのおっしゃるとおりね。ミュンヘンでは三度も舞踏会があったけど、誰にも悩まされなかったもの」もちろん、そのあいだずっと彼女の身内もフィンも彼女のそばを離れなかった。ボーマンまでが彼女とダンスを踊った。おそらく、何も不安に思うことはない。この舞踏会でも、みな同じようにしてくれるはず。「サロンはたのしめるでしょうし」

「画家のふりをしている無作法者にしつこくされないかぎりはね」フィンの声は低くうなるようであり、そういう男がいたら、どうやって彼女のそばから排除するかすでに考えているかのようだった。

「言っておくけど、そんな状況におちいっても、誰の助けもなく、わたしは自力でどうにかしたじゃない」自分がありとあらゆる社交の場で無力なわけではないとフィンに思い出してもらう必要があった。なすすべもなかったのは、まわりの状況に注意を払い忘れたときだけだ。

「そうだね。それも、ずいぶんとうまい具合に」今度は、ほほ笑んだ彼女と目が合うと、その目は溶けた銀のようだった。

フィンがそんなふうに見ないでくれるといいのに。そんなふうに見られると、じっさいよりももっと自分を思ってほしくなってしまう。オーガスタはワインをごくりと飲みこんだ。ミネルヴァはフィンの隣に寝そべっている。結局、ミネルヴァはフィンの犬になり、自分がグレート・デーンを飼うことはないのかもしれない。オーガスタは内心自分を叱責した。グレースがいつも言っているように、物事はなるようになるものよ。

「猫を見つけたようだね」ヘクターは新たに加わった動物を検分しようとしているトミーを引き戻しながら言った。

「ええ」オーガスタは猫を見に行ったときの話をしながら、フィンのおかげだと思わずにいられなかった。「エティエンヌがまっすぐわたしのところへ来たのは驚きだったわ」

ジェーンはわずかに首を傾けた。「同じことがシャーロットとルイーザとマートンにも起こったそうよ。猫たちは自分がいっしょにいたいと思う人間を選んだわけ」ジェーンは笑った。「マートンの場合は猫をほしいとはまったく思っていなかったのに、シリルがマートンの猫になると決めてきかなかったのよね」

オーガスタも笑った。「シリルは今もマートンといっしょに馬車に乗っているわ」

人間も自分の感情にそこまで確信が持てたなら、愛や人生がどれほど容易になるだろう。

フィンがミネルヴァの大きな頭を撫でると、ミネルヴァはフィンのズボンに身を寄せた。毛がついたら従者に文句を言われるかな。オーガスタのことも簡単に喜ばせられるといいのに。人間が猫のようだったことがあるのだろうか？　純然たる本能で相手を選ぶような。

あったとしても、社会や社会の期待によってそうしたものがほとんどつぶされてきたのはたしかだ。それに欲望も。自分の思いを遂げたいという欲望のせいで、オーガスタといても、ふたりのあいだがどうなるかを見極めることができなくなっている。彼女のほうも大学に行きたいという願望のせいで、ふたりがいっしょにいたほうがいいということがわからなくなっている。問題は、どうしたら彼女の疑念を払えるかだ。また結婚を申しこむ以外の方法で。プロポーズは冒すには危険すぎる方法だ。

とりあえず、これからの数日をやり過ごさなければ。

フィンとオーガスタは翌朝早く活動をはじめることにした。今度もフィンはランドー馬車を手配した。マートンの猫の話を聞いてからは、エティエンヌが頑としていっしょに行くつもりでいるようなのは意外でもなかった。もちろん、ミネルヴァもあとに残されるつもりはなかった。今でも置き去りにされる時間が長すぎると思っているのはまちがいない。

ふたりは動物がなかにはいるのを許されない大聖堂のあと、許される公園を訪れた。公園の片側に、フランス式にテーブルを外に置いているレストランがあった。「もうすぐ一時だ。昼食をとるかい？」

「ええ、そうしましょう。宿のテラスもいいんだけど、宿でしか食事をしていないのはこの街が初めてよ」

「道のせいだな」あやういところでオーガスタを轢きかけた、いかれた御者を見つけようとフィンは目を光らせていたが、その男を見かけることは二度となかった。「ぼくらはウィーン市民のように馬車をうまくよけるこつを身に着けていないからね。ヘクターは誰かがけがをするんじゃないかと心配しているんだ」

「よそものにこの街の道が危険すぎるのはたしかね」オーガスタは鼻に皺を寄せた。「公園は悪くないけど」

「このレストランもね」給仕がテーブルに来て挨拶した。「今日は何がお勧めだい？」

「鶏を揚げたヴィーナー・バックヘンデルか、ヴィーナー・シュニッツェルですね。シュニッツェルのほうは揚げ方は同じですが、子牛肉です」

「あなたが鶏を頼むなら、わたしが子牛にして、半分こすればいいわ」とオーガスタが言った。

「いいね」フィンは給仕に目をやった。「グリーンサラダも頼む」そう言ってオーガスタのほうに顔を向けた。「ポム・フリットもほしいかい？」

オーガスタは笑みを浮かべてうなずいた。

「では、ポム・フリットも頼む」

フィンは食事に合わせて辛口の白ワインも注文した。「きっとジャガイモ料理はフランス式だな」

「そうだとしても意外じゃないわ」オーガスタはワインをひと口飲んだ。「サロンもフランス式だもの。ウィーン会議のあいだ、いくつか有名なサロンが開かれたそうよ」

「きみの言うとおり、ウィーンにフランスの雰囲気があるのはまちがいないな」建造物のなかにもフランスを思わせるものがあった。

「ミュンヘンとはまるでちがうわ。あそこはとてもドイツ的だったもの」皮のぱりっとした白いパンがはいったかごがテーブルに置かれていた。それもドイツというよりフランス風だった。

ふたりはサロンのための着替えをする時間ぎりぎりに宿に戻った。

有名な作家のフラウ・ピピラーは、ホーフブルク王宮からほど近い優美な住まいで暮らしていた。レディ・ソーンヒルのサロンと同じように、そのサロンも芸術家や作家や哲学者やそのとり巻きたちで一杯だった。その家には両方の応接間から見える大きなテラスがひとつあった。フィンの緊張がほどけた。ここならオーガスタも安全だ。彼女は文学について話し合う女性たちの輪に加わり、フィンは建築についての会話に引きこまれた。そうした男性たちのひとり、ヨーゼフ・コルンハウゼルが新古典主義の現代様式について、おもしろい考えを持っていた。

フィンは目の端でオーガスタが別の会話の輪に加わるのに気づいた。そこにはパリで会ったツェリエ子爵も加わっていた。数分後、彼女は別の会話の輪に移った。若い子爵の飢えたような目がオーガスタを追うのを見て、フィンのうなじの産毛が逆立った。

「あれは子爵のパヴレ・ツェリエですよ」とコルンハウゼルが言った。

「なんですって？」フィンはオーガスタを見守るのに気をとられ、会話に耳を傾けていなかった。

「青いドレスの女性に目をつけている男ですよ」フィンが見ているほうへコルンハウゼルが目を向けた。「彼の名前はパヴレ・ツェリエ。グランド・ツアーを終えたばかりで、父親のツェリエ伯爵が当地で彼の結婚相手を探しているんです」

フィンは伯爵が急いで息子に妻を見つけてくれるといいがと思った。若者特有の淡い恋心だとしても、子爵はオーガスタに関心を寄せすぎている。「どこの出身なんです？」

「スロヴェニアですよ。リュブリャナの北あたり。裕福で権力を持つ家柄です」ジェーンがザグレブを訪れたいと思っていて、スロヴェニアのリュブリャナのあたりは避けて通ることになるのはありがたかったが、そう聞いても気分は晴れなかった。「彼には数年まえに、父親のツェリエ伯爵と伯爵邸をぼくが設計するかどうか話し合ったときに会ったことがあるんですが、伯爵は懐古趣味の小さな建物を希望していましてね。ぼくはもっと規模の大きな建物を設計したいと思っている。幸い、リヒテンシュタイン公国でそういう話がありまして。ぼくがここにいるのは、公爵がウィーンの宮廷にいるあいだ、ここにいる身内の人間を訪ねるためです」

「それは幸運でしたね」建築に資金を出してくれる人間を見つけるのはたやすいことではない。フィンは立ち上がった。「お話しできて光栄でした」

コルンハウゼルはお辞儀をした。「ぼくのほうこそ。これほど熱心に耳を傾けてくださる方にお目にかかることはめったにありませんから。リヒテンシュタインにおいでの際はご連絡ください。ぼくはすぐに見つかるはずです」

「失礼します、フィニアス様」しばらくして、年上の男が声をかけてきてお辞儀をした。「あなたとあのご婦人はイギリスの方でいらっしゃるんですね」

「ええ。そうです」フィンは首を下げた。

「私はツェリエ伯爵です。妻と私は今夜イギリス大使館で開かれる夜会に参加する予定で、自己紹介させてもらいたいと思いまして」

ああ、甘やかされた子爵の父親か。「お会いできて光栄です。ウィーンへはよくいらっしゃるんですか？」

男はうなるような笑い声をあげた。「来なきゃならないときだけですよ。私の好みからすると頻繁すぎるが。今ここへは大学を出る次男を迎えに来ています」そう言ってため息をついた。「息子のジャネスはいっしょに何人か友人を家に連れてくるつもりでして、途中何も不都合なことが起こらないようにしたいんです。ほかに解決しなきゃならない家の問題もありますし」

フィンの友人で大学から家までがこれほどに遠い人間はいなかった。自分の大学時代を思い返せば、若者がおちいりがちな問題はわかった。「賢明なご判断であるのはたしかですね」

「妻を見つけなければ。今晩、お連れ様たちにもお会いできるのをたのしみにしております」

フィンがテラスへ向かおうとするとオーガスタがそばに来た。「あなたがお話しなさっていた男性は有名な建築家だと聞いたわ」

「え、ああ。リヒテンシュタイン公に雇われているそうだ。近くへ来ることがあれば、自分の建物を見せたいと言われたよ」フィンは彼女に目を向けた。「リヒテンシュタインは正確にはどこにあるんだい？　名前を聞いたことはあるんだが、どこにあるかは見当もつかない」

「コンスタンツ湖の南よ」

そう聞いてもやはりわからなかった。フィンは首を振った。

「シュトゥットガルトの南にある大きな湖がコンスタンツ湖で湖の南と東に接しているのがリヒテンシュタイン。ここから旅するのはかなり大変だわ」

「それなら決まりだな。近い将来、ぼくがそこへ行くことはなさそうだ」もしくは永遠に。彼の建物は興味深く思えたが。

「緑の上着を着た年上の紳士はどなただったの？」

「ツェリエ伯爵さ。奥さんといっしょに今夜の催しに参加すると言っていた」フィンは彼女の手を肘に抱えた。「スロヴェニア人だそうだ」

「息子さんのツェリエ子爵に明日の晩の舞踏会には参加するかと訊かれたわ」オーガスタはフィンだけに聞こえるように声をひそめた。「参加すると答えたら、ダンスを申しこまれたの」

ああ、まったく！「何て答えたんだい？」

オーガスタは片方の肩をすくめた。「保護者に訊いてみなければと答えたわ。忘れてくれるといいんだけど。もしくは、空いているダンスのまえにわたしたちが帰るか」

もしくはあの青二才がオーガスタを待っていて、ダンスを踊ってくれとしつこくまとわりつくか。そうなったら、ぼくが彼女を守ろう。

宿に戻ると、ジェーンあての包みが待っていた。

「大使館からです」宿の亭主のヘル・リーゲルトが言った。「お戻りになったら、すぐにお渡しするようにと頼まれまして」

「ありがとう」ジェーンは包みを受けとった。「一時間後に飲み物を飲みに降りてくるわ」

ヘル・リーゲルトはオーガスタにほほ笑みかけた。「あなたの犬と猫がお戻りを待っていました。テラスにいたんですが、今はあなたの使用人と散歩に出ています」

「待っていたっていうのはどういうことかしら？」オーガスタは当惑した顔をフィンに向けた。

「散歩から戻ってきたらわかるよ」

結局、どういうことかは従者のマッソンから知らされることになった。「トミー様がお昼寝に行かれたあとは、犬と猫が丸くなって身を寄せ合い、玄関が見える場所に寝そべっていたんです」従者はフィンの上着を脱がせた。「私はふつう甘い《スイート》ということばは食べ物以外には使わないんですが、大きな犬が子猫を抱いている姿はかわいらしい《スイート》と言ったミセス・ゴバートのことばには賛成せざるを得ません」

「ぼくもその様子を見たかったな」フィンは長ズボンを膝丈ズボンに着替え、きれいなシャツとウェストコートを着てクラバットを結びはじめた。

「旦那様がごいっしょのときもそういう様子を見せるかもしれません」マッソンはフィンに上着をはおらせた。「ところで、船の屋上テラスに続く階段を犬はのぼれるでしょうか?」

それはいい質問だ。ミネルヴァは階下《した》にとり残されるのは嫌だろう。「船に乗るときが来たら、何か手を考えるさ」

フィンが中庭へ行くと、ジェーンが女性たちに金色の葉で覆われた小さな手帳のようなものを手渡していた。表紙の中央には紋章が押され、それをルビーがとりまいている。手帳にはそれぞれに金色の房状の輪と鉛筆がつけられていた。

「それは何だい?」フィンがオーガスタの横に立つと、彼女は手帳を開いた。

「ダンスカードよ」とジェーンが答えた。「その晩のダンスと、ダンスの種類と、作曲家の名前が記されているわ」

フィンはカードをのぞきこんだ。「全部ワルツだと?」

「まあ、スコットランドのカントリーダンスはないわね」プルーが冷ややかに言った。

「三曲目はポロネーズよ」オーガスタがカードを指差した。

「コティヨンもあるわ」とジェーンも言った。

「見ても?」フィンはダンスカードを見せてもらおうとオーガスタに手を差し出した。

「もちろん」彼女はカードを手渡した。

全部のダンスに目を通すと――忌々しい舞踏会は早朝まで続くにちがいない――フィンは自分の名前を最初のダンスであるワルツの欄に書きこんだ。それから、それを秘書で友人のボーマンに手渡した。「きみもどれかに名前を書いてくれ」

オーガスタの眉が高く上がり、美しい濃いピンク色の唇が開いたが、彼女がフィンを責めることばを発するまえに、ヘクターがフィンにジェーンのカードを手渡した。「いい考えだ。ほかにも、スチュアート卿が自分と副官のホワイトストーン大佐にも一曲ずつ予約させてほしいと書きつけを送ってきたよ」

ヘクターはオーガスタのカードを彼女に戻した。「ふたりの名前を書いておくのを忘れないように」すべての紳士の名前がカードに書かれると、ヘクターは妻に目を向けた。

「午前零時まではいることになるな。出発する準備をするかい？」

「ええ。そんなに遅くまで起きているのは久しぶりだわ……自分の意思ではということだけど」

ヘクターは今度はプルーに目を向けた。「零時に帰るのはきみには早すぎるかな？」

「いいえ、全然。わたしは田舎の時間に慣れていたので、もっと早く帰ってもいいぐらい」

デュラントが部屋にはいってきたが、主人のところへ向かおうと意を決したグレート・デーンと、同じく決意の固い子猫に引っ張られて、フィンとオーガスタのところへまっすぐ向かってきた。

「お嬢様に会えてうれしいんです」使用人がひもを外した。

「ええ」オーガスタはすかさず膝に飛び乗ってきた子猫を撫でた。

犬のミネルヴァはフィンとオーガスタの注意を惹こうと尻尾を椅子に打ちつけていたが、しまいにふたりの席のあいだのいつもの場所に身をおちつけた。オーガスタはそうした家庭的な状況が気に入ったというようにフィンに気楽な笑みを向けた。オーガスタとともに子供たちに囲まれている情景がこれまで以上にはっきりと脳裏に浮かんだ。広場でオーガスタの姉たちとレディ・マートンを見かけたときとよく似た情景が。幼い子供たちがグレート・デーンや猫たちに見守られてよちよち歩きまわっている。あと一週間船で過ごしたら、彼女の気持ちはどのぐらい深まるだろう？

すぐに、彼女をぼくのものにしたい。魂の奥底からそう感じた。

# 32

フィンが応接間にはいっていくと、目にはいったのはオーガスタの姿だけだった。しかし、そのそばに行くまえに、かまってほしいグレート・デーンと猫からの攻撃を乗り切らなければならなかった。紺色の膝丈ズボンにミネルヴァが頭をこすりつけてこないようにしながら、その頭を撫でてやる。エティエンヌは長靴下に体をこすりつけかけたが、フィンは猫を撫でながらそっと押しやった。充分撫でてやった犬と猫をデュラントが連れていったときには、出発の時間になっていた。

オーガスタが彼の腕をとった。「今晩は格別にすてきね」

彼女がどれほど魅力的かもう言っただろうか？「きみもだ」

ふたりが大使館に着くと、夜会が行われる部屋は急速に人で一杯になりつつあった。ほとんどの客はイギリス人のようだったが、幸い、フィンの知り合いはひとりもいなかった。つまり、オーガスタと自分についての噂話がパリからここへ届くことはないということだ。

スチュアート卿がフィンとオーガスタを紹介してまわってくれ、彼の副官のホワイトストーン大佐がヘクターたちを連れまわった。

すべてうまくいくかに思えたが、四十代後半から五十代初めに見える女性がにこやかにふたりに近づいてきた。「レディ・オーガスタ、わたしはレディ・カートリッジよ。あなたのお母様を知っているの」それから、その女性は茶色のまなざしをフィンに向けた。「あなたのお母様のことも知っているわ。こんなすばらしいお相手を見つけて、お母様もお喜びでしょうね」

オーガスタはふらついたが、手がフィンの肘にしっかりと抱えこまれていたので、フィンがその体を支えることができた。最初は噂がこんなところまで、こんなに早く広まったことが信じられなかった。伝書バトでも使ったにちがいない。それから、母と義姉がひっきりなしに手紙を書き、大使館を通じてそれを送っていたことを思い出した。どうしてこうなる可能性をもっとまえに考えておかなかったのだ？「ありがとうございます、レディ・カートリッジ。ぼくはほんとうに幸運です」そこでやめておいてもよかったが、オーガスタが不安になるほどに青ざめており、表情をとり戻すのに苦労しているように見えたため、彼女の手をきつく抱えて続けた。「レディ・オーガスタとぼくは共通点が多く、とても幸せです」

レディ・カートリッジは、ようやく顔に笑みを貼りつけたオーガスタに目を向けた。「あなたのお母様とレディ・ドーチェスターもあなた方の婚約に大喜びだそうよ」

オーガスタは浅く息を吸った。「このうえなく満足しているはずですわ」

オーガスタとこのことについて話し合わなければならなかったが、そこへスロヴェニアのツェリエ伯爵が彼よりいくつか年下の優美な女性をエスコートして近づいてきた。「フィニアス様」伯爵はお辞儀をして連れてきた女性に目を向けた。「フィニアス・カーター＝ウッズ卿を紹介させてくれ」レディ・ツェリエはお辞儀をした。「フィニアス様、私の妻のレディ・ツェリエです」

フィンはお辞儀をし、紹介を済ませた。

オーガスタはスロヴェニア語で夫婦に語りかけた。「お会いできて幸いですわ」

ふたりも同じ言語で答えた。そのほとんどを理解できることがフィンにはうれしかった。

「トリエステへ行かれるそうですね」レディ・ツェリエが言った。「わたしたちも家に戻れるといいんですけど。そうすれば、旅の途中でうちに寄ってもらえますのに。スロヴェニアの宿はここととはちがいますから」

「残念ですね」スチュアート卿が言った。「ツェリエ伯爵ご夫妻のお住まいはすばらしい城なんです。私と大佐夫妻は何度か滞在させてもらったことがあるんですよ」

「わたしたちもお訪ねできればよかったんですが」とオーガスタが言った。

客たちの何人かに婚約のお祝いを言われたが、オーガスタはおちつきを保っていた。一方のフィンはあとで交わされるはずの会話を恐れていた。ヴェルサイユでは、あとで婚約解消することに同意せざるを得なかった。彼女を追い詰めることはしないと胸に誓っていて、じっさい、追い詰めるつもりはない。しかし、彼女をそのまま妻にできる方法があるなら、そうしたかった。


翌日ずっと、オーガスタは婚約の噂が広がっていることについてフィンが何か言ってくるのを待っていた。しかし、彼はひとことも言わなかった。そして、ふたりは一日のほとんどを大聖堂で過ごした。そう、彼が何も言わないなら、こっちも言わないでおこう。話に出してもぎごちないものになるだろうし、また拒絶されるのは耐えられない。彼が愛してくれていないとわかっているだけで充分だ。だからこそ、彼も話さないのかもしれない。

その晩、オーガスタはパリで仕立てた、チュールのオーバードレスのついた黄色いシルクの舞踏会用ドレスを身に着けた。応接間でほかの面々に合流するまえに、動物たちは遠ざけさせておいた。フィンに会うと、そうしておいてよかったと思った。黒い上着とズボン、灰色の生地に銀と赤の刺繍がはいったウェストコートを身に着けた彼は、これまで以上にハンサムで優美だった。犬や猫の毛がついたら、せっかくの装いを台無しにしてしまったことだろう。

フィンはお辞儀をして、彼女の指を唇に持ち上げた。「美しいな。きみは宙に浮いているように見える」

頬に熱がのぼり、オーガスタはほんとうに浮かんでいるような気分になった。まるでじっさいに人生をともにする仲のように、彼の腕をとるのはとってもしっくりくることだった。今夜だけ、そしてたぶん、パドヴァまでの道中、ふたりが離れ離れになる将来のことは考えないことにしよう。彼が去ったら、心が引き裂かれるだろうが、彼の家族は次のシーズンに向けてすぐに彼に戻ってきてもらいたいと思うはずだ。そしてわたしには学問がある。きっとそれで手一杯になるはず。

一行は最初のダンスがはじまるまえに城に到着した。舞踏場は吹き抜けになっていて、天井は色が塗られ、ところどころ金箔が張られたアーチ型だった。片側には画廊があり、そこで楽団員たちが楽器の調律を行っていた。豊かな刺繍をほどこしたタペストリーが壁にいくつもかけられ、鉢植えのヤシの木が、カーブした対の階段の下と部屋の脇にずらりと並べられている。階段のところまで行くと、彼らの到着が告げられた。

椅子がいくつか置いてある場所を見つけ、給仕にワインを運ばせるとまもなく、ツェリエ子爵が近づいてきて、一行にお辞儀をし、オーガスタに向かって言った。

「レディ・オーガスタ、ぼくとダンスを一曲踊っていただけますか？　それとも、ヘル・アディソンにお許しを得るべきでしょうか？」

オーガスタはこわばった笑みを浮かべた。こういうことになるだろうと思っていたのだった。「残念ながら、残っているダンスはありませんわ、ツェリエ様」

ツェリエは目をみはってヘクターのほうを見やった。「どうしてそんなことが？」

「簡単なことですわ」オーガスタは相手の気持ちをそぐだけ冷たい声を出そうとした。「五曲目が終わったら、失礼するので」

一瞬、ツェリエは驚愕した顔になったが、やがて礼儀正しい表情を顔に貼りつけてまたお辞儀をした。「では、また次の機会に」

最初のダンスを示す音楽が流れ、フィンが腕を差し出した。「ぼくのダンスのはずだ」

「ええ」指をたくましい腕に置くと、体の緊張がほぐれた。オーガスタは〝婚約している〟自由をたのしもうと意を決した。昨晩は、未婚の紳士は誰も紹介を求めてこなかった。今夜も同じはずだ。あの子爵以外は。おそらく、子爵の耳には婚約の話が届いていないのだろう。

「この舞踏会に参加したのはまちがいだったわ」

「もう最悪の局面は終わったよ」ふたりはお辞儀を交わし、ダンスをはじめた。「気を楽にしていい。五曲踊ったら、宿に戻るんだから」フィンのきっぱりした声には力づけられた。何があろうとも、彼が安全を守ってくれる。

「いっしょに踊りたいと思わない男性と無理にダンスさせられるよりも、舞踏会ではこんなふうにたのしみたいわ」フィンの腕に抱かれると、羽のように軽くなった気分だった。彼には放してほしくなかった。

「しばらくは舞踏会もないしね」フィンはターンのときに、抱きしめたいと思っているのをわからせようとするように彼女を近くに引き寄せた。「明日の晩のコンサートが終わったら、その翌朝には出発するんだから」

「船に戻れるのはうれしいわ」

「ぼくもさ。ツェリエ伯爵が日帰りで訪ねられる村や小さな町の名前を教えてくれたよ」

「おもしろそうね」船旅が永遠に続けばいいのにと思う気持ちもあった。

ダンスはあまりに早く終わり、次の相手はボーマンだった。フィンはプルーと踊った。

ウィーンでの最後の晩、オーガスタたちはコンサート・ホールでイギリス大使館のボックス席に招待された。これほどにすばらしい演奏はこれまで耳にしたことがなかった。その晩、唯一嫌だったのは、ボックスを訪ねてくるイギリス女性たちに、いつどこでフィンと結婚するのかと訊かれたことくらいだった。

それにはジェーンが助け船を出してくれた。「まだ決めていないようよ」

女性たちに訊かれたことで、婚約を破棄してパドヴァに残ることにしたと母に手紙を書かなければならないことを思い出した。パドヴァでは、学生として目立たずに暮らせるだろう。望んだとおりの人生を送れる。恋に落ちてさえいなければ。

失恋の心の痛みからはどのぐらいで立ち直れるだろう？

翌朝、船が岸を離れると、フィンは安堵の息をついた。街を離れるのがこれほどにうれしかったのは生まれて初めてだった。舞踏会では、ツェリエ子爵がオーガスタを凝視していた。ツェリエはパリからあとを追ってきたのだろうか？　それとも、単に同じ道筋で旅をしているだけなのか？

昨晩、イギリス女性たちに結婚式の日取りについて訊かれたときには、オーガスタが婚約を否定するのではないかと身がまえていた。彼女は否定しなかっただけでなく、それについてフィンに何も言ってこなかった。とはいえ、残念ながら彼女が結婚について気を変えたとは思えない。

「ちょっと手を貸してもらえる？」オーガスタが彼の袖に触れた。「ミネルヴァが階段をのぼりたそうにしているの」オーガスタは忍び笑いをもらし、フィンの心は喜びに満たされた。街を離れるのをうれしく思っているのは自分だけではないのだ。「エティエンヌはのぼり方を教えようとするように、何度も階段をのぼって、上からミネルヴァを見下ろしているんだけど」

それは見てみなくては。「ミネルヴァをのぼらせる方法はわかると思うよ」

船尾にいくと、グレート・デーンは階段でできるだけ体を伸ばしていた。後ろ足の一方が最初の段のところで浮いていて、もう一方は甲板をしっかりと踏みしめている。猫はてっぺんで身を伏せ、力づけるように犬を見つめていた。

オーガスタは笑みをたたえた目をフィンに向けた。それを見ただけでフィンは笑わずにいられなかった。残念ながら、笑ったことで猫からは軽蔑のまなざしを、犬からはうなり声を向けられた。

「さあ、今だ、ほうら」フィンはミネルヴァの後ろに陣取り、後ろ足が階段をのぼりはじめられるよう尻を持ち上げてやった。すぐにまえ足がしっかりした足がかりを得て、後ろ足がそれに続いた。フィンは犬といっしょに這うようにして階段をのぼった。「ほうら。満足かい？」

オーガスタがのぼってきたときには、グレート・デーンはフィンに体を巻きつけていた。

「よくやってくれたわ。下ろすときはどうするつもり？」

「まえにまわって促すよ。この子はぼくらといっしょにいたいという気持ちが強いから、少なくともやってみようとはするはずだ。けがだけはさせないようにしないとね」

犬と猫がおちつくと、オーガスタはフィンにまたスロヴェニア語を教えはじめた。

「あなたのスロヴェニア語もとてもよくなってきているわ。言語習得能力に長けているのね」オーガスタは本を閉じた。

きみには負けるけどね。それでも、嫉妬は感じなかった。彼女の頭のよさもこれほどに愛している理由のひとつだったからだ。「それか、きみがすばらしい先生だからさ」

オーガスタの笑みが深まり、彼女は彼と腕を組んだ。「これまで言わなかったけど、あなたとの友情をほんとうに大事に思っているのよ」

そのときにミネルヴァが吠えた。

「そろそろ降りたいようだね」

ブダペストに着いて二日目、ジェーンは黙ったまま夫のヘクターがイギリス領事館から持ち帰った手紙の一通を読んだ。「思ったとおり、オーガスタとフィンの婚約の話はイギリスに届いているわ」そう言ってヘクターに分厚い紙の束を渡した。「これはマットからよ。フィンの資産情報を鑑みて修正した夫婦財産契約」

「まったく、あの忌々しいフランス人の伯爵はどうしてその話を胸に留めておけなかったんだ？」

「それは期待しすぎよ」ジェーンは手紙を脇に置いた。「グレースに何て言えばいいか考えて返事を書くわ」

プルーが手紙を振りながら部屋にはいってきた。「うちの母が婚約を知らせる手紙をペイシェンス・ウォルヴァートンから受けとったそうよ。オーガスタが結婚したら、わたしはどうするつもりか知りたがっているわ」プルーは椅子に腰を下ろした。「手に余る状況になったわね」

「残念だが、たしかにそうですね」やはり手に手紙を持ったボーマンがプルーの隣の椅子にすわった。「うちの母はぼくがいつイギリスに帰ってくるか知りたがっている」

「わたしも残念に思うわ」とジェーンが言った。「いったいどうしたらいいのかしら？ あのふたりが愛し合っているのはまちがいないと思うけど、どちらもそれを認めようとしないでしょうよ」

「ドーチェスター侯爵が跡継ぎを作るとフィンに約束させていなければ——」こうなると、ヘクターは侯爵の首を絞めてやってもいい気分だった。「この問題は容易に解決できたのにな」

「それはもう問題じゃなくなりそうですよ」とボーマンが言った。「フィンが受けとった手紙によると、どうやら彼の義理の姉が息子を授かることができたらしく、彼は約束から自由になれそうなんです」

「だったら、どうして彼は自分の気持ちをオーガスタに打ち明けないの？」プルーがこれほどに苛立った声を出すのは初めてだった。

ボーマンは彼女が言ったことが信じられないというように目をみはった。「冗談でしょう。あんなふうに拒まれたあとで、正気の男だったら、同じことをくり返そうとは思わないはずだ」

「彼女はどうしたらよかったというの？」プルーはボーマンの胸をつついた。「受け入れていたら、そのせいで大学へ行く計画が全部だめになっていたはずよ。それにあのとき、彼は彼女のことを愛しているようには見えなかった」

「まあ、今はおかしくなりそうなほど夢中だけど」ボーマンは宙に指を突き立てた。「それで、どうなるかといえば、どうにもならない」

「オーガスタが彼に向けるまなざしを見てみれば、彼女のほうも愛しているのはたしかだけど、彼女のほうから先に打ち明けることはないでしょうし、それもしかたないと思うわ」プルーはティーポットの蓋を開けてなかをのぞきこみ、呼び鈴のところへ行ってひもを引っ張った。「フィンの気持ちが変化したことをオーガスタがどうして知りようがあって？」

プルーとボーマンの言い争いは興味深いものだったが、ヘクターはそろそろそれを終わらせようと決めた。「ふたりでこのことについて言い争っていても、何の助けにもならないよ」

「誰かがこのことを話し合わなくちゃ」ボーマンが異を唱えた。「あのふたりは話し合おうとしないんだから」

「イギリスに誘拐婚の習慣がないのは残念ね」とプルーがつぶやいた。

ジェーンがはっと背筋を伸ばした。「何ておっしゃったの？」

「たいしたことじゃないのよ」プルーは指をひらひらさせた。「メイドのひとりがこのあいだ結婚したんだけど、結婚式のまえに友人たちが花嫁をさらったの。花婿は彼女を妻にしたいなら、あれこれ譲歩しなきゃならなかったそうよ」

「それこそが求めていた答えよ」ジェーンが言った。妻がどういうことを思いついたか、ヘクターにはわかる気がしたが、ほかのふたりは見るからに当惑していた。「オーガスタとフィンは愛し合っているわ。それは明らかよ。でも、どちらも相手にそれを告げようとしない」ジェーンはヘクターに目を向けた。「だから、わたしたちが力を貸さなければならないというわけ」

ヘクターはうなずいた。「続けて」

「わたしたちでオーガスタをさらうの。ボーマン、あなたはフィンに、彼女と結婚したかったら、そのための条件交渉をしなければならないと告げるのよ」

「条件のなかには、大学に進みたいという彼女の願いをかなえることも含まれる」とプルーが言った。「それと、大学を終えるまでは子を持たないということも」

「彼が条件を呑むことはぼくが保証できるほどです」ボーマンが言った。「それどころか、すべてが明らかになって喜ぶはずだ」

「すばらしい」静かに扉をノックする音がして、ヘクターが扉を開けた。「お祝いしよう」彼は宿の使用人に目を向けた。「白ワインのボトルを二本頼むよ」

「唯一の問題は、いつ彼女をさらうかだ」とボーマンが言った。

「いつがいいかしらね」とジェーンが答えた。

# 33

トリエステまであとおおよそ二日、その晩宿をとるリュブリャナまで七マイルほどのところで、フィンは馬の蹄の音が聞こえた気がした。「脇に寄ったほうがいい」

「なんだか嫌な予感がするよ」ボーマンが肩越しに馬車に目を向けて片手を上げた。「馬の数が多すぎる」

オーガスタとプルーも馬に乗っていこうと決めたため、横で手綱をにぎっていた。

「わたしにも聞こえたわ」とプルー。

「何が？」オーガスタがほかの三人に目を向けた。

「馬に乗った人間が大勢やってくる」問題は、それがどの方角から近づいてきているかわからないということだ。「ここは平地だから、すぐに姿が見えるはずだ」

「馬を止めないで」とプルーが言った。「何事もなかったように進むの。ヘクターに言ってくるわ」

そう言って馬を後ろに向けると、先頭の馬車のほうへ駆け出した。馬車がまた動き出すと、プルーは戻ってきた。「ヘクターとは、あれが何であれ、離れ離れにならないようにしようということになったわ」

「プルー、こういうことに遭ったことがあるのね」オーガスタが怯えた声でないのがフィンにはありがたかった。自分とボーマンの旅でも、こうしたことは初めてではなかった。

「ええ、戦争中に」プルーの笑みはこわばっていた。「クロアチアをまわってザグレブを通る道よりはこっちのほうが安全だそうだけど、だからといって、おいはぎがいないとはかぎらないから」

「行く手に町があるはずよ」オーガスタの声はしっかりしていたが、彼女の緊張を察したかのように馬が跳ねた。

「行こう」ボーマンが馬の足を速めた。「待ちかまえている連中のところへまっすぐ飛びこむことにならないといいんだが」

村の外れに達すると、馬に乗った、ほとんどが軍服姿の一団が現れた。先頭の人間が片手を上げ、一団は馬を止めた。

「こんにちは」ツェリエ子爵がドイツ語で言い、獲物をつかまえたばかりの猫のような笑みを見せた。

オーガスタは険しい目になってフィンのそばに馬を寄せ、同じ言語で言った。「あなた！」

「ええ」子爵はお辞儀をした。「この道を通ると知らされたのでね。うちの両親はあなたをわが家に招待できなかったことを残念に思って、ぼくに招待してほしいと頼んだわけです。ぼくの祖母がこちらに来ています」

「それで、招待するのに、これだけの兵士が必要だったと」その声を聞けば、それが質問でないばかりか、それについて彼女が不快に思っているのもはっきりわかった。

「傭兵を雇うのはヨーロッパのこのあたりではごくふつうのことですよ」ツェリエは肩をすくめた。「両親が招待しようと思ってくれてよかった。ぼくもきみとよく知り合えるわけだから」

「なるほどね」

ああ、オーガスタは姉の公爵夫人さながらの声を出している。フィンの胸が誇らしさでふくらんだ。

「わたしのほうはあなたとよく知り合いたいとは思っていませんわ、ツェリエ様。どうやら、わたしがすでに自分で選んだ殿方と婚約していることはお聞きになっていないようね」オーガスタは眉をゆがめ、できるかぎり尊大なまなざしをツェリエに向けた。公爵夫人を姉に持つことはときにとても役に立つようだ。

「残念だ」子爵は消し去ってやりたいという目をフィンに向けた。「それでも、招待しているのはうちの両親だから」

ツェリエの横にいる男は傭兵たちの頭領のようだったが、スロヴェニア語で言った。「こちらのレディは、あなたがお祖母様に言っていたようには喜んでいないように見えますが」

「黙れ。彼女があの男と愛し合っているとは思えない。ぼくはいっしょにいるのをずっと見ていたんだ」ツェリエも同じ言語で答えた。

オーガスタはフィンと目を見交わし、ナワトル語で言った。「彼らの言ったことがわかった？」

フィンはうなずいた。「そのお祖母様というのが肝だな。ツェリエ伯爵夫妻がじっさいにわれわれを招待したんだと思うかい？」

「残念ながら、わからないわね。あり得ないことじゃないし。ご夫妻はとてもすてきな方々で、喜んでイギリス人の旅行者の力になっているから。ただ、わたしはこの人の真の目的が信用ならない」オーガスタは子爵について話していると悟られないように気をつけていた。「子爵の隣にいる男性も子爵のことばを疑っているし」オーガスタはすばやく選択肢を思い浮かべたが、どれもいいものではなかった。「ほかのみんなが――親戚や小さな子や使用人たちがいなかったら、馬でこの人たちをかわすんだけど」

「きみの言うとおりだ。あまりに危険すぎる」フィンの目が、きみの判断を信頼すると語っていた。

うれし涙が浮かび、喉が締めつけられた。しかし、今はそれを表に出していいときではない。男たちは涙を弱さととらえるものだ。

「なあ、何語で話しているんだい？」と子爵が訊いた。

オーガスタは目を丸くし、子爵に無邪気な目を向けた。「あら、故郷のノーサンバーランドの方言よ」

フィンはにやりとしてからナワトル語で言った。「きみはノーサンバーランドの出身じゃない」

「あなたもね。でも、あそこの方言のいくつかはデンマーク語から来ていて、ほかの地域の人間で理解できる人はほとんどいないのよ」

フィンは首を振り、忍び笑いをもらした。「きみはすばらしいよ」

「われわれのもてなしを受けたくないと思うなら」子爵は言った。「そのまま行ってくれてかまわない。ただ、ぼくの祖母と両親が侮辱されたと思うのはまちがいないが」

ツェリエ伯爵夫妻がほんとうに招待してくれているとしたら、たしかに侮辱されたと思うことだろう。それでも、オーガスタは子爵のことばを信じる気持ちになれなかった。とはえ、じっさいのところ、子爵がどんな害をおよぼせるだろう？　オーガスタはフィンに目を向けた。

「どう思う？」

「オーストリア帝国の貴族（ワーテルローの戦いのあと、スロヴェニアはオーストリア領になっている）を侮辱したくはないな」フィンはため息をついた。「招待が本物かどうかたしかめなきゃならない」

オーガスタは顎を上げた。「いいわ。あなたのご両親のお宅をお訪ねします」

子爵は首を下げた。「祖母が喜びます」

「このイギリスのご婦人とあなたがうまくいくとお祖母様に信じてもらえると思っているなら、気はたしかかと言いたいですね」傭兵たちの頭領が言った。

「ばかなことを言うな。ふたりを見てみろ。恋人同士ではまったくなく、兄と妹にしか見えないじゃないか」

「旦那様」頭領は首を下げた。「お祖母様に来客を告げてまいります」

ああ、まったく。スロヴェニア語を理解したオーガスタはナワトル語で言った。「この人のこと、はなから信用すべきじゃなかったわ」

「そのようだね」フィンも冷ややかに答えた。「明日の朝には発とう」

プルーがオーガスタの隣に馬を寄せ、ポルトガル語で言った。「ボーマンがあなたとフィンがさっき何と言っていたのか教えてくれたの。あの男の人は今何て言ったの？」

「このおばかさんのお祖母様にわたしたちの来訪を告げに城へ戻るって」

「別のイギリスの方言かい？」ツェリエが疑わしそうに訊いた。

プルーはばかねと言いたげな目を子爵に向けた。「もちろんよ。わたしはハートフォードシャーの出身なの」

誰も馬車には注意を払っていなかったにちがいない。馬車に乗っていたはずのヘクターが馬に乗って近づいてきて、パンジャブ語（インドのパンジャブ地方の言語）で話しかけてきたのだ。「どうしたんだ？」

オーガスタは起こったすべてを説明した。「あなたがジェーンとトミーを連れてこのまままっすぐトリエステに行きたかったら、それでもいいわ」

「それはご親切に」ヘクターは皮肉っぽく応じた。「でも、それにはきみの兄上もジェーンも、同意も理解もしてくれないだろうな。さっきプルーが言ったように、離れ離れにならないほうがいい。それに、子爵はともかく、その父上はこの国を旅するイギリス人に非常によくしてくれる人間だ。彼を侮辱したいとは思わないよ」

「そのとおりね」子爵の目に浮かんでいる表情は信用ならないものの、ランスロット卿以上に危険なはずはなかった。オーガスタは子爵のほうを向いてドイツ語で話した。「あなたが今度は何語だろうと思っているかもしれないから言いますけど、これはパンジャブ語よ。わたしの保護者はインドで何年か過ごしたの」

フィンの顎がぴくぴくし出した。プルーは目をそらし、ボーマンは両手に顔をうずめた。みんなが一斉に噴き出さなければ幸運と言わざるを得ない。

「時間をだいぶ無駄にした」子爵が兵士たちに回れ右をするように合図した。「ついてきてください。うちの祖母は年寄りだが、到着を待っていてくれるはずです」

「どうも彼は自分の祖母や両親のことをわれわれに気の毒に思わせたがっているようだな」フィンはナワトル語を使って言った。

「そうね。そのお祖母様がわたしたちの救いの神になるといいのだけど」

「わたしはわたしたちのイギリスの方言がこれほどに理解不能であるのがありがたいわ」プルーがまたポルトガル語で言った。唇は引き結ばれているが、目は輝いている。「あなたたちがこれにうまく対処していることに感心しているの」

オーガスタもそうだった。目を上げると、街道から城が見えた。彼女は隣で馬を進めているフィンを見やった。「おとぎ話に出てくるお城そのものね」

「塔は十二世紀に作られたもののはずだ」フィンもオーガスタ同様、畏敬の念に打たれたような声を出した。

「どうしてわかるの？」

「いくつかの階にわたる塔が太い四角形に作られているのがわかるかい？」オーガスタはうなずいた。「家族や使用人たちがあのなかでみんな暮らしていたはずだ。イギリスにも同じような塔があるよ」

城壁の内部にはいると、大きな白い建物が見えた。「あちらの建物はあとからできたものにちがいないわね」

二十分もしないうちに、一行は落とし格子戸を備えた門をくぐり抜けた。オーガスタは門を見上げながらその下を通り抜けた。「すごいわ」

「全体的にすばらしい保全状態のようだ」フィンは興奮した様子でまわりに目を向けた。

オーガスタは笑みを浮かべた。フィンのことだ、ここから発つまえに、城のありとあらゆる部分を調べてまわることだろう。

子爵の祖母である先代のツェリエ伯爵夫人が、城の入口に続く石段のところで一行を出迎えた。「ようこそ」先代の伯爵夫人はフランス語で挨拶した。「ご滞在をたのしんでくださるといいんですが」

オーガスタとフィンの背後で馬車が停まった。フィンは流れるような一瞬の動きで馬から降り、オーガスタを助け下ろしに来た。彼の両手で腰をつかまれた瞬間、オーガスタは自力で馬から降りるべきだったと悟った。悦びの震えが胸へとのぼり、もっと触れてほしくてたまらなくなったからだ。フィンは彼女を地面に下ろすまえにほんの少し長く抱えたままでいて、オーガスタが両手で触れた上着の下の筋肉が硬くなった。オーガスタは息を吸いながら、誰にも自分の反応を気づかれていませんようにと祈った。フィンは彼女を見下ろし、澄んだ灰色の目で彼女の目をとらえた。その瞬間、オーガスタは誰かに感じることがあるとはこれまで思えなかった心のつながりを感じた。

オーガスタは息を呑んで目を伏せ、フィンは彼女から手を離した。ほかの面々は先代の伯爵夫人のあとから家のなかにはいろうとしていた。「わたしたちもはいったほうがいいわ」

馬が連れていかれると、フィンは腕を差し出した。「おおせのままに」

広間は三階分の吹き抜けになっており、大きな大理石の対の階段が二階へ続いていた。ふたつの紋章が階段の下にあしらわれている。広間のほかの部分には漆喰が塗られ、大きなタペストリーがかけられていた。

「この城には、夫と息子がそれぞれできるだけ現代的な便利さを加えたんです」レディ・ツェリエが言った。「それでも、もともとの設計はそのままになっています」

「一年を通してここにお住まいですか？」冬はかなり寒いだろうと思われた。

「いいえ、街にもっと現代的な住まいがありますから。夏はここのほうが居心地がいいんですが」子爵の祖母は階段を身振りで示した。「どうぞ。お着替えをなさってから、お好きなだけ見てまわってください」

レディ・ツェリエのあとから階段をのぼったオーガスタは自分から馬のにおいがするのに気づいた。着替えだけでなく、体を洗う必要がありそうね。寝室には、古いチューダー様式の邸宅で目にしたのと同じ、菱形の枠にはいったガラスの窓があった。ひとつは開いていて、眼下に谷間と町の美しい風景が見渡せた。

「お風呂を頼んでおきました、お嬢様」ゴバートが言った。「レディ・ツェリエのメイドが言うには、お茶は一時間後だそうです」

「そんなにあとなの？」オーガスタの胃はすでに文句を言っていた。

「そのまえに果物とチーズを用意して寝室に運んでくださるそうです」廊下の向こうから、水をくみ上げる音が聞こえてきた。風呂用の部屋があるにちがいない。メイドがオーガスタの乗馬用の服のボタンを外しはじめた。「まずお風呂にしますか？」

「そのほうがよさそうね」馬のにおいがいいと思えるのは、厩舎にいるときか、乗っているときだけだ。

風呂にはいり、モスリンのドレスに着替えると、オーガスタはある程度空腹を満たしてから、大きな部屋を調べはじめた。メイドは壁紙を貼った壁のように見える小さな扉から出てきた。部屋の両側にはほかにふたつ扉がある。すべての部屋がつながっているの？　それをたしかめるまえに、猫のエティエンヌが駆け寄ってきて抱っこをねだった。グレート・デーンのミネルヴァが吠え、近くの部屋の扉が開いて閉じた。フィンの部屋もそばにあるにちがいない。

応接間への案内のために男の使用人がやってきて、オーガスタが廊下に足を踏み出すと、フィンもそこで待っていた。「階下《した》へ降りるのはぼくらが最後らしい。少なくとも、彼はそう言ったんだと思う」

「あなたのスロヴェニア語はとてもよくなったから、きっと正しく聞きとれたはずよ」オーガスタがフィンの腕をとり、ふたりは主階段を降りて城の裏手にある広いテラスへ向かった。

「フランスを思わせる城ね」

「何世紀にもわたって、何度も改装が行われたのはまちがいないな。持ち主が旅先で見かけた建物から発想を得たわけだ」

「レディ・ツェリエもさっきそのようなことを言っていたわ」テラスの向こうに広がる庭は城壁までの短い小道に達しており、城壁の石は赤いツルバラに隠されていた。オーガスタとフィンはほんとうに最後だった。「遅くなったかしら？」

「いいえ」ジェーンがソファーの自分の隣を示した。トミーはソファーから降りていて、テラスをよちよち歩きまわっている。「もっと早く降りてくるとは思っていなかったわ」

レディ・ツェリエがカップにお茶を注ぎ、その孫がカップを手渡してまわった。

「あなたとフィニアス様が明日、城を見てまわりたいんじゃないかとレディ・ツェリエがおっしゃったの。それで、ここに明後日まで泊めていただくことにしたのよ」とジェーンが言った。

「ありがとう。城の構造やこの土地についてとても興味がありますわ」オーガスタにとってありがたいことに、祖母を手伝ってお茶を配ってからは、子爵はその場を去っていた。

ツェリエ伯爵と同い年ぐらいの司祭がお茶の席に加わった。「レディ・オーガスタ、ミセス・アディソン、ミセス・ブラニング、息子の義理の兄のクリストフ司祭を紹介させてください」とレディ・ツェリエが言った。「この城付きの司祭なんです」

クリストフ師は上品にお辞儀をした。「城にお客様がいらっしゃるのはいつもうれしいことです」

司祭は次に男性陣に挨拶した。執事が大きなトレイを持った使用人を三人従えてやってきた。

フィンはオーガスタとは反対側に席をとった。「それはアプリコットジャムのようだね」

オーガスタはスプーンを手にとってジャムを口に運んだ。「そうよ。おいしいわ。ほかは見たことのない食べ物ばかりね。全部味わってみたい」

「半分こすればいい」フィンはケーキをふたつに割ってひとつをオーガスタに差し出した。

それはウォルターにすら断られることだった。「いいの？」

「もちろんさ。ここには少なくとも十種類のお菓子や食べ物がある。夕食の余地を残しておきたかったら、半分こするしかない」

オーガスタは差し出されたケーキを受けとった。「ありがとう」

「失礼ですが、レディ・オーガスタ」クリストフ師が言った。「あなたとフィニアス様は婚約されていると聞いております。いつご結婚なさるか決めたのですか？」

オーガスタはお茶を飲みこんだあとだったことを神に感謝した。「いいえ。その、わたしたち……」

「まだ決めていないんです」とフィンが答えた。

「イギリスにお戻りになるまで待つおつもりですか？」

「いいえ」オーガスタはそのことばをすばやく口に出すことができなかった。

「でしたら、この城をお勧めさせてください。ここの礼拝堂は美しく、幸運をもたらすと言われています」司祭はにっこりした。「今お答えいただかなくて結構です。考えてみてください」クリストフ師はお辞儀をして家のなかにはいっていった。

フィンは彼女の手に触れた。「大丈夫さ」

大丈夫ではない。オーガスタは大学もフィンも両方ともほしかった。でも、そんなわけにはいかないのだ。

# 34

ああ、まったく！　司祭が何も言わなければよかったのに。フィンとしては、明日にでもオーガスタと結婚したいと思っていた。幸いなことに兄から最後に届いた手紙によって、できるだけすぐに子供を作らなければならないという約束からは事実上解放されていた。ヘレンがまた妊娠していて、兄はそれが男の子にちがいないと思っていた。どういうことか、フィンにはよくわからなかったが、娘たちを身ごもったときとだいぶつわりの様子が異なるという。それはオーガスタの気持ちを変えるのに充分な事実だろうか？

レディ・ツェリエが立ち上がった。「お茶を終えられたら、みなさんにわたしの個室をお見せしたいわ。一日のこの時間帯にはきれいなんです」

一同は先代の伯爵夫人の個室に案内され、そこでオーガスタとフィンとヘクターとジェーンにワインが出された。

レディ・ツェリエはグラス半分のワインを飲んでお代わりを注いだ。「こんなことをお知らせしなければならないのは嫌なんですけど、あなた方に訪問していただこうと考えたのは孫なんです」彼女はすばらしい英語で言った。「孫が聞き耳を立てないよう、この部屋は使用人に見張らせています」

ああ、なんてことだ！　まるで中世にいるみたいじゃないか。フィンはヘクターと目を見交わした。

「わたしたちはトリエステへ向かう道の途中で止められたんです。トリエステではヴェネツィアへと運んでくれる船が待っているんですが」オーガスタはワインをひと口飲んだ。「ツェリエ様が何を考えてらっしゃるのかはわかりませんが、想像はつきます。わたしがフィニアス様と婚約していることを納得できないと言っていらして」

そう言ってフィンに目を向けた。フィンは話を引き継いだ。「長いこと、両方の家族が望んでいた婚約なんです」少なくとも、自分がメキシコから戻ってからはずっと。ああ、それはたしかだ。「これだけは言えますが、ぼくはレディ・オーガスタを深く愛しています」

オーガスタは一瞬彼を凝視したが、彼女が何を考えているかはわからなかった。「わたしもフィニアス様を心から愛しています」

レディ・ツェリエはきっぱりとうなずいた。「うちの孫は夢想ばかりしているおばかさんなんです。パリでレディ・オーガスタを見かけて、恋に落ちたと思いこんだのよ。赦していただきたいわ。ロマンティックな詩を読んだりするからいけないんです」思ったとおり、ツェリエ子爵はあとを追ってきたのだ。「あの子の父親は非の打ちどころのない良縁を用意しているんです。あなたが孫の魅力に屈する危険はなさそうですし。今夜はすばらしいお食事をお出ししましょう。それで、よく眠って、明日出発なさるといいわ」レディ・ツェリエはワイングラスを掲げた。ほかの面々も同様にした。「今後の旅のご無事を祈って」みな同じ思いだった。「ダイニングルームまでいらしていただかなくてもいいわ。お食事はここでお出しするようにしましょう」レディ・ツェリエは立ち上がった。「ここにはみなさんとみなさんの使用人たち全員に個室をご用意するだけの部屋数がないんです」こんなに広いお城で？　それはまったく信じられなかった。ひとりで部屋を使うのは危険ということ？　レディ・ツェリエはオーガスタに意味深にうなずいてみせた。「あなたとミセス・プルーデンス・ブラニングは同室になります。お付きのメイドたちのベッドはその部屋の着替え室のなかです。フィニアス様、あなたとあなたの秘書の部屋はレディ・オーガスタの部屋の隣よ。ミスター・アディソン、あなたとあなたの奥様の部屋はレディ・オーガスタの反対側の隣です。お子様と乳母の部屋はあなた方の部屋のもう一方の隣です。それらの部屋と部屋のあいだには扉もあります」レディ・ツェリエは首を下げた。「よい夕べをお過ごしください」

フィンの従者とジェーンのお付きのメイドについては何も言われなかったが、おそらく、オーガスタたちの部屋以外の部屋にもそれぞれ着替え室があるのだろう。

「なんだか――」ジェーンがほかの面々に目を向けた。「あの世界にいるみたい。あのミセス……ああ、どうして名前を忘れるなんてことがあるの！　とにかく、ゴシック・ロマンス小説よ」

「おっしゃりたいことはわかるわ。ミス・オースティンのお話のほうがずっと好ましいと言わざるを得ないわね」オーガスタは一瞬口をすぼめた。「たぶん、ほかの言語を使いつづけたほうがいいわ。どこで立ち聞きされているか知れないから」

「そうだね」ここを使用人に見張らせていると言ったレディ・ツェリエのことばにはぎょっ

としたのだった。「そのほうがずっと安全だ」

「そうやって警戒する気持ちはわかるわ」ジェーンが悔しそうな顔になった。「問題は、わたしはフランス語とドイツ語と少しのイタリア語しか話せないことよ。それでは助けにならないと思うわ」

「心配要らないよ、ジェーン」ヘクターが妻に腕をまわした。「数年まえにオーガスタにはパンジャブ語を教えたから。きみはきれいな顔でほほ笑んでいてくれればいい」

ジェーンは夫の腕を拳で軽くたたいた。「旦那様、覚えてらっしゃい」

「ああ」ヘクターは妻に温かい目を向け、忍び笑いをもらした。「覚えておくさ」

数分後、トミーと動物たちが部屋に連れてこられた。うれしいことに、ミネルヴァは最初にオーガスタに挨拶したものの、フィンのところへやってきた。それでも、グレート・デーンにはオーガスタを守ってもらわなければならない。

フィンは犬の頭を撫でてささやいた。「おまえは今夜、オーガスタといっしょにいなくちゃならないよ」犬は頭をフィンの膝に載せて目を上げた。どうやら状況の深刻さを理解していないようだ。

すばらしい食事をとると、それぞれ割りあてられた部屋に引きとった。フィンが秘書のボーマンといっしょに使う部屋の壁には羽目板が張られ、漆喰が塗られていた。おそらくもともとは石の壁だったのだろう。部屋の左右の壁にはひとつずつ扉があった。

そのうちのひとつから従者のマッソンが部屋にはいってきた。「着替え室の隣にある小さな寝室を割りあてられました」そう言って主人の部屋を見まわした。「夜に必要なものだけを荷ほどきしました、旦那様」

「よし」フィンはもうひとつの扉に目をやった。「あの扉がどこに続いているか知っているかい？」

「ええ、旦那様。お隣のレディ・オーガスタとミセス・ブラニングの部屋です」

頑としていっしょに来たがったミネルヴァがその扉のところへ行ってにおいを嗅いだ。そして満足したようで、扉のまえに寝そべった。

「鍵がかかっているのか？」彼女が必要とするときに助けに行けないならば、オーガスタの隣の部屋にいても意味はない。

おそらくは鍵穴に鍵が差さっていないことをたしかめるためにマッソンが扉のところへ行ってから、壁際の机のなかを探し出した。そして、鍵を見つけて掲げた。「たぶん、これでしょう」

マッソンは黙って鍵を鍵穴に入れ、まわした。「ええ、これです」

「鍵穴に差したままにしておいてくれ」フィンが指示した。「必要なときに探さなきゃならないのは嫌だからな。それで、いつでもすぐに発てるように準備しておいてくれ」今夜何が起こるか見当もつかなかったが、何かが起こるのはたしかな気がした。あの子爵は信用ならない。ランスロット卿に劣らない愚か者だ。残念ながら、ツェリエには武器を持った兵隊がいて、城壁のある城がある。ジェーンが例に出した本もおそらく読んだことがあった。フィンは後頭部をこすった。ジェーンの言ったとおり、この状況はあまりに奇妙だ。

「かしこまりました」マッソンは着替え室か自室に下がった。

「ブランデーがないのは残念だな」ボーマンが鼻から髪の生え際まで額をこすった。

珍しい。「きみは強い酒にはほとんど触れもしないじゃないか」

「この何もかもが気に入らないんだ。中世の時代に放りこまれたような気がして」ボーマンはステンドグラスの窓を開けて外を見やった。「だいぶ高いな」

「それについてはぼくも同じ意見だ。問題にならなければ、この部屋で女性たちを寝させたんだがな。ぼくは石の床で眠ることになったとしても、初めてじゃない。少なくとも、ここには絨毯が敷いてあるし」

「扉に鍵がかかっていないことを隣の女性たちに教えておいたほうがいいかもしれない」

ボーマンは眉根を寄せ、額に皺を刻んだ。

「いい考えだ」フィンは扉のところへ行き、鍵をまわしてノックした。「オーガスタ、プルー、ぼくらを呼びたかったら、扉には鍵がかかっていないから」

扉の向こう側で衣擦れの音がした。「ありがとう」

オーガスタだ。どこにいても彼女の声はわかる。「何かあったら、この扉を開けるんだ」

「あなた方さえよかったら、開けておくわ」とプルーが言った。「先代の伯爵夫人が何を言いたかったかはわかるけど、わたしはそれほどたやすく倒せる相手じゃないのよ」

そう、それで少なくとも三人でオーガスタを守れる。フィンは拳銃を手にとり、弾丸がはいっているのをたしかめた。

「わたしだってたやすく倒されたりはしないわ」とオーガスタも言った。戦うのは四人だなとフィンは胸の内でつぶやいた。「子爵はお祖母様に嘘をついたのよ」

「良識を持ち合わせていないやつもいるということさ」フィンは早い時期に、祖母に対しては決して嘘をついてはならないと学んでいた。それは両親に嘘をつくよりもずっと罪深いことだ。

「お休み」このときには、フィンは扉の横の壁に体を押しつけていた。ミネルヴァがすでにその場所に陣取っていなければ、自分がそこで寝てもよかった。

おそらく、エティエンヌはオーガスタのそばで丸くなるのだろう。フィンがそこにいたいと思う場所で。

「お休みなさい。眠れるとは思えないけど」扉がわずかに押し開けられ、床を走る足音が聞こえた。

「お休み」愛する人。

「なんとも困った事態だな」ボーマンがベッド脇のテーブルに拳銃を置き、服を着たままベッドに寝そべって頭の後ろで手を組んだ。

「ブダペストからつけられていたにちがいない」子爵がこちらの位置を正確に把握するにはそれしか方法はなかったはずだ。

「ぼくもそう思うよ」どうして乗馬従者を何人か背後に置こうと思わなかったのだろう？

「問題は、レディ・ツェリエが約束を守ってくれるかどうかだ」

「きっとそうしようとはしてくれるはずだ」しかし、薬でも飲ませないかぎり、どうやって彼女が孫を押し留められるかはわからなかった。「少し眠れよ。まずはぼくが見張りを務めるから」

ボーマンが鼻を鳴らした。「きみが最初に眠るといい。ぼくはそれほど疲れていない」

夜明けまえに、ミネルヴァが低くうなりはじめたと思うと、すぐにエティエンヌがフィンの胸に飛び乗り、それからオーガスタの寝室へ駆け戻っていった。フィンはボーマンに手を伸ばしたが、彼はすでにベッドから出てブーツを履いていた。

「くそっ」どうしてあの愚かな男は祖母の言うことを聞かなかったのだ？

銃声が響き、誰かが悲鳴をあげた。

オーガスタ！

エティエンヌがオーガスタの胸に飛び乗って喉を鳴らしたときには、まだ部屋のなかは真っ暗だった。猫がそういうことをするのは初めてだった。オーガスタは眠らず夜明かしするつもりでいた。「何？」

「足音よ」プルーがオーガスタにローブを投げると、犬が小さくうなり出した。「廊下の扉には鍵をかけてある」

猫がフィンの部屋へ駆けていった。よかった。猫に害をおよぼされたくはなかった。オーガスタはローブを着て枕の下から拳銃をとり出すと、プルーのそばへ行った。「どうしてはいってくるのにこんなに時間がかかっているの？」

「相手はほかの人を起こしたくないのよ」

廊下の扉の鍵が開けられ、明かりが見えたと思うと、扉が大きく開かれた。オーガスタは拳銃を扉に向けた。伯爵夫人かもしれないと思い、念のためドイツ語で呼びかけた。「止まって、そうじゃないと撃つわ」

「ばかなことはやめるんだ」ツェリエがあざけるように言った。「これは単なる誘拐婚さ。ぼくの国では昔からある結婚の習慣だ」ツェリエはずかずかと部屋にはいってきた。「男は花嫁を救えることが重要だからね」

それはそうだろうと思ったが、ツェリエが奪った花嫁を返すつもりもなければ、フィンが見つけやすいようにしてくれるつもりもないのはたしかだった。ああ、まったく、結婚するとしたら、相手はフィン以外ではあり得ないのに。

オーガスタは寝室が明かりに照らされるまで待った。子爵は旅の装いだった。オーガスタは拳銃を動かし、子爵に狙いをつけた。「それ以上来ないで」向こうが本のなかの登場人物のように振る舞うつもりなら、こっちもそうするだけのこと。「撃つわよ」

ツェリエは両手を差し出してほほ笑んだ。「きみを愛のない結婚から救いに来たんだ。そんな男を撃つご婦人はいないよ」

一瞬、オーガスタはぽかんと口を開けた。なんて傲慢なの。この男はランスロット卿よりもたちが悪い。ツェリエには女性と言い争わないことを誰かが教えてやらなければならないだろう。オーガスタは口を閉じ、彼の腕をねらって銃を発射した。ツェリエは悲鳴をあげた。銃口からは煙が立ちのぼった。扉のところでうなっていたミネルヴァがろくでなしに飛びかかり、床に押し倒した。ツェリエが犬をなぐろうとするように腕を振り上げたが、エティエンヌがまえに飛び出し、まえ足の爪を男の手に突き刺した。

「いったい……」オーガスタが気づくまえに、フィンがすぐそばにいた。「オーガスタ？」

「彼を撃ったの」オーガスタは首を巡らしてフィンの目をのぞきこんだ。ジェーンたちは無事かしら？「わたしを誘拐しようとしたのよ。誘拐されるわけにはいかなかった」

ヘクターが別の扉から部屋に駆けこんできた。「いったいどうなっているんだ？」

「まあ、計画ではこうなるはずじゃなかったんだけど」プルーがまだ侵入者たちに大きな銃を向けながらつぶやいた。廊下で誰かが叫んだ。子爵の腕と手からは血が流れ出ている。子爵の悲鳴はすすり泣きに変わっていた。

子爵の傭兵のひとりがオーガスタに目を向けた。「主人を連れていってもいいですか？」

「ミネルヴァ、エティエンヌ、こっちへ」両方がすぐに命令に従ったのは喜ばしかった。

「ミネルヴァのうなり声で目が覚めたんだ。ぼくが起きているかたしかめるために猫が胸に飛び乗ってきた。ぼくは服のまま眠ってしまったにちがいないな」フィンは彼女に腕をまわした。寝巻にローブをはおっただけのオーガスタの体に彼の体の熱さが伝わってきた。向き合って抱きしめてほしくなる。「それは単発銃だよ、愛しい人」愛しい人？　ほんとうに？

「ぼくによこしてくれ。ボーマンに弾丸をこめてもらうから」

オーガスタはうなずき、フィンは銃を受けとった。ことばどおり、フィンはすぐにも銃を返してくれた。「出発する準備をしなきゃ」

「ああ」フィンは振り返った。「マッソン、荷造りをしてくれ。明るくなったらすぐに出立する」

オーガスタは今すぐ発ちたかったが、フィンが正しかった。暗いなかで城への曲がりくねった道に馬車を走らせるのは危険だった。

「あなたのばかさ加減にはうんざりよ」レディ・ツェリエの声が廊下から響いてきた。「誰か、医者を呼びにやって」

「かしこまりました」

凝った刺繍をほどこしたローブをはおったレディ・ツェリエが部屋にはいってきた。「孫のしたことについてお詫びしますわ」一瞬、彼女は疲れ切った表情になったが、すぐさま気をとり戻した。「お医者様が来て治療してもらうまで、孫は寝室にいさせます。またあなたを困らせるようなことをしたら、息子が来るまで地下牢に閉じこめておきますわ」

「ありがとうございます、レディ・ツェリエ」オーガスタはどうにかうっすらと笑みを浮かべた。「お孫さんを撃ったことを謝るべきなんでしょうけど、できませんわ」

「謝るべきだなんてそんな」レディ・ツェリエの唇が笑みの形になった。「自分の行動がこんな結果に終わったことは、孫にとってとてもよかったと思うんです。それだけでなく、あなたがここで結婚の申しこみを受けたのでないなら、誘拐婚も成立しなかったし」

フィンはレディ・ツェリエが何の話をしているのか見当もつかなかった。「誘拐婚とは何です？」

「古い慣習なんですけど、最近は、花婿に花嫁のために代償を払わせるか、花嫁に譲歩させるのが目的で行われています」

ヘクターはフィンにじっと目を据えた。「それがいい考えだと思われた時代もあったんだろうな。ジェーン、ぼくらがここでできることはもうないよ」

「ええ、そうね」ジェーンは——いつ現れたのだ？——プルーの腕に触れた。「あなたもいっしょに来る？」

「あ、ええ」プルーはジェーンのあとに続き、部屋と部屋のあいだの扉を閉めた。

つまり、今がそのときというわけだ。オーガスタに愛していると告げ、結婚を申しこむとき。

「婚約しているふりなんてすべきじゃなかったんだわ」オーガスタは彼のそばを離れ、部屋の中央まで行って振り向き、彼のほうに顔を向けた。「そのせいでこうなったわけだから」

こんな頑固な女性は初めてだ。これほどに勇猛果敢で知的で美しい女性も。フィンがゆっくりと彼女のそばに寄ると、オーガスタは一歩下がった。「きみに提案がある」

一歩下がりはしても、オーガスタは互いのあいだに寝巻とローブしかない寝室にいるのではなく、舞踏会にでもいるかのように背筋を伸ばして堂々と立っていた。「どんな？」

「ほんとうにぼくと結婚してほしい」フィンはさらにまえに進み、オーガスタは後ろに下がった。彼女の背中がタペストリーで覆われた壁にあたった。「オーガスタ、きみを愛している」

「嘘」オーガスタは首を振った。ゆったりと編んだ髪から巻き毛がほつれた。フィンは手を伸ばし、彼女の黒っぽい髪を指で梳きたいと思った。「口で言っているだけよ」

「きみにそれがわかっていなかったとは信じられないよ」フィンは顔を手でぬぐった。ほんとうに彼女にわからないほど、ぼくは思いを表すのが下手だったのか？

オーガスタは両手を腰にあてた。「それがほんとうなら、どうしてわたしに言ってくれなかったの？」

「言ったさ」部屋に声が響き、フィンは息を吸った。叫んでもいいことはない。「ぼくがきみを愛していないと言ったのはきみだ。ぼくが恋に落ちた男のように振る舞わないからって。そう、きみがぼくに何をしてほしいと思っていたのかはわからないが、ぼくがきみを愛しているのはたしかだ」フィンは彼女のほうへ手を伸ばしたが、その手を下ろした。

「無理よ」オーガスタはまた首を振った。しかし、顔から怒りの色は消えていた。ただ疲れた顔になって、拳で胸をこすっている。「それでもうまくいかないわ。あなたは跡継ぎを作る必要があって、子供を持つことはわたしにとって、夢をかなえる邪魔になるんだもの」

あまりに近くに寄ったため、オーガスタが発する熱を感じとれるほどだった。呼吸とともに豊かな胸が上下している。近くに寄れば寄るほど、寝巻とローブ越しにもわかるほどに胸の先がとがった。オーガスタ自身にはわからないかもしれないが、彼女も同じだけ欲望に駆られているのはたしかだ。互いにどれほど相手を求めているかを彼女にわからせなければならない。

「ぼくがきみを愛していないとロンドンできみが言ったときはたしかにそうだった」フィンは自分の素足に彼女の寝巻がかすめるほどそばに寄っていた。「今は愛しているんだ、オーガスタ。男がここまで女性を愛することが可能だとは知らなかったぐらいに。ヴェルサイユにいたときからずっと、ぼくはどれほどきみを愛しているかを示そうとしてきた」

オーガスタは目を閉じ、下唇を白い歯で強く噛んだ。ああ、その唇にどれほどキスしたくてたまらないか。「それでも、わたしの夢は変わらないわ」

フィンは両手を脇に留めていた。自由にさせたら、何をするかわからなかったからだ。

「きみから夢を奪うことはできないよ。ぼくはきみに夢をかなえてほしい」

オーガスタは濃い青い目を開き、フィンと目を合わせた。「あなたはイギリスに戻って跡継ぎを作らなければならないはずよ」

「唯一ぼくが結婚したいと思う女性がここにいる以上、それはむずかしいだろうな」オーガスタの胸がまた持ち上がった。口に含んでほしいと懇願するように。「そのせいで、ぼくがきみのそばを離れなければならないとしたら、兄には自分で跡継ぎを作ってもらうしかない」オーガスタの呼吸が速まったが、どちらも動こうとはしなかった。「ぼくらはパドヴァに行き、きみは大学に入学する。イタリアにはぼくが研究したいと思う建築物がたくさんあるしね」フィンは悲しそうな笑みを浮かべた。「きみのほうは研究に没頭しているあいだ、ぼくにそばにいてほしくはないかもしれないが」

オーガスタは目をみはり、彼の目を探るように見つめた。「本気で言っているの？」

「オーガスタ」フィンは彼女をはさむようにして両手を壁についた。「きみを幸せにするためなら、ぼくは何でもするよ。きみなしではぼくの人生には何の意味もないんだから」

オーガスタの目がさらにみはられた。手を伸ばしたら、彼女は身をあずけてくれるだろうか？ そのせいで彼女はどんな代償を払うことになる？

「でも、結婚するということは、子供を作るということよ」

「きみの心の準備ができるまで、作らないでいる方法はある」唇で彼女の唇をかすめるようにする。「きみは大学にはいれる。それで、きみがそうしたければ、大学を出てからいっしょに行きたいところを旅することもできる」彼女をきつく抱きしめ、顎で頭を抱えこむようにする。「ぼくを信じてくれ、頼むよ。きみを愛しているんだ。がっかりさせたりはしない」

「でも、もし――」フィンは彼女の口を口でとらえた。

ああ。なんて甘い口だ。もっとまえにキスすべきだったのだ。「ぼくらを信じてくれ。いっしょなら何でもできると信じてくれ」

彼女の唇がやわらかくなった。舌を口に走らせると、オーガスタは口を開けた。ほっそりした腕が首にまわされ、フィンは頭を下げてキスを深めた。片手で胸を包み、もう一方の手で彼女の体をさらにきつく引き寄せる。「ぼくと結婚して生涯の相棒になってくれるかい？」

「ええ」オーガスタは彼の頭を下げさせ、額と額を合わせた。「ええ、あなたと結婚するわ」

「よかった！」フィンは彼女を腕に抱き、ベッドへと運んだ。しかし、今こそ約束のひとつを守るときだ。「きみの月のものはいつごろだい？」

オーガスタは身をひるませもしなかった。「数日まえに終わったばかりよ」

「月のものは決まった間隔で？」

「イギリスを出たばかりのときは不規則だったけど、また決まった間隔に戻ったわ。きっちりと」

「だったら、安全だ」

「いいえ、安全じゃない」オーガスタはすばやくベッドから降りた。「結婚式を終えるまで待ってもらわなきゃならないわ。結婚の慣習のひとつに、シーツを吊るすというものもあるの」

「ここで結婚したいのかい？」あんなことがあったというのに。フィンは度肝を抜かれた。

「どうしていけないの？　結婚式のためにイギリスに戻るつもりはないんだから」オーガスタは彼の口の端にキスをし、彼がもう一度唇を求めるのに抗った。「クリストフ司祭はいい方みたいだし、ここの礼拝堂は幸運を呼ぶとおっしゃっていたわ」

「何もかもきみの言うとおりだ。クリストフ司祭に結婚式をとり行ってほしいと頼もう」フィンはベッドから飛び降りた。「マッソン！」と叫ぶ。「レディ・オーガスタとぼくは風呂にはいる」

隣の部屋から笑い声が聞こえてきた。まったく。彼女の親戚のことをすっかり忘れていた。

「風呂用の部屋で湯船にお湯を張ります、旦那様」

フィンは彼女をまた抱き寄せてキスをした。「この続きはまたあとで」

着替えを済ませ、礼拝堂へ向かう準備ができたところで、指輪のことを思い出した。

「マッソン、宝石箱が要る」

「結婚指輪はここにある」ボーマンがプラチナにサファイアをあしらった指輪を掲げた。フィンがパリで作らせたものだ。

「あとは花嫁だけだな」フィンはオーガスタの寝室へ向かおうとした。

「礼拝堂の石段のところへ行くまで花嫁の姿を見てはだめよ」閉じた扉の向こうから、プルーが呼びかけてきた。「それがこの城の習わしなの。花嫁にガラスの破片を踏ませるという習わしもあるわ」

礼拝堂の石段まで花嫁を見てはいけないという話は聞いたことがあった。何世紀にもわたってさまざまな場所でそれが習わしとなってきた。しかし、ガラスの破片の話は初耳だった。それでも、自分が守ることなく、彼女に城のなかを歩かせるわけにはいかない。ツェリエがいるこの城のなかを。「オーガスタを守らなければならない」

プルーはまた笑った。「あなたの身もね」

最初、フィンにはその意味がわからなかったが、やがて腑に落ちた。自分がいなくなっても、結婚式をとり行うことはできない。いったいどうしたらいいのだろう？「ちょっと待っていてくれ」

レディ・ツェリエが何と言っていたにせよ、旅をともにしてきた面々以外は誰も信用できなかった。レディ・ツェリエの命で見張りをしていた連中も、あのばかがオーガスタの部屋にはいるのを止めることはできなかった。フィンは声をひそめた。「マッソン、今すぐうちの人間全員に武装してここに集まってもらいたい」

「かしこまりました」従者は急いで部屋を出ていった。

「その顔は見たことがあるぞ」ボーマンが言った。「何かたくらんでいるな」

フィンはうなずいた。「ぼくときみは先に行く。オーガスタがあとから来ることになるが、みんな固まって動くんだ」

「ほかの面々にそう伝えるよ」

先代の伯爵夫人が城の礼拝堂まで案内する使用人を送ると言っていた。フィンはボーマンといっしょにその使用人のあとに従うことになる。どちらも拳銃を携えて。フィンの計画では、その後ろにジェーンとプルーがつく。オーガスタとヘクターがしんがりで、そのまわりを残りの使用人たちが囲む。

オーガスタの部屋とのあいだにある扉をノックする音がした。ヘクターが書類入れを持ってはいってきた。「式のまえに話し合わなければならないことがある」そう言って机に書類入れを置き、分厚い書類の束をとり出した。「ウィーンにいるときにワーシントンから受けとったものだ。オーガスタが結婚することになった場合に備えて」

「夫婦財産契約ですか？」フィンはヘクターから書類を受けとって読み出した。「オーガスタが経済的にちゃんと保護されるようになっている」

「たしか、彼女の姉たちやレディ・マートンについても、基本的に同じ条件のはずだ。ジェーンもそうだし」

書類を読み進めると、フィンの資産状況に関する部分があった。いったいワーシントンにどうしてわかったのか……兄貴か。ああして力になってくれたのも、あの手紙も、大いに納得が行った。兄は最初から弟をオーガスタと結婚させるつもりだったのだ。

フィンはペン先を削り、インク壺に浸すと、書類に署名してヘクターに返した。

ありがたいことにヘクターはフィンの背中を軽くたたいた。「うちの家族にようこそ」

うちの家族もここにいればよかったのだが。「家族といえば、オーガスタの準備はできたんですか？」

「まだだとしても、すぐにできるさ。女性陣はイギリスの伝統に従おうとしている」

使用人たちが集まると、フィンは彼らの配置を決め、ボーマンといっしょに廊下に出た。城の使用人がひとり、壁際に立っていた。「礼拝堂までご案内するよう奥様からつかわされました」

ボーマンがオーガスタの部屋の扉をノックした。「階下へ降りる準備はできましたか？」

「ええ」とジェーンが答えた。

デュラントがヘクターの部屋から出てきた。「おふたりがここをお通りになったらすぐに、レディ・オーガスタが廊下に出てこられます」

「行こう」女性たちの部屋の扉のまえにはガラスの破片の小さな山があった。

少しすると、背後から女性の笑い声が聞こえてきた。フィンはひとりほくそ笑んだ。結局、今日は最悪の一日にはならないだろう。城の使用人は大きな石造りの階段を降りて広間へと一行を案内した。礼拝堂は城の奥のどこかにあるものとフィンは思っていた。しかし、執事が玄関の扉を開けたことで感覚を鋭くした。玄関を出ると、中庭の向こうに小さな礼拝堂があるのがわかった。銃眼のある屋根から矢を放とうとしている者がいるのではないかとなかば恐れながら目を上げたが、誰もいなかった。今は十九世紀だ。ジェーンがゴシック小説の話などするので、想像をかき立てられてしまったにちがいない。

フィンとボーマンは礼拝堂の石段でクリストフ師の右に陣取った。この国の法律にのっとって結婚式を行うことはイギリスでも合法だとわかってはいたが、ヴェネツィアについたら、イギリス領事館で結婚の登録を行おう。

ボーマンが肘でフィンをつついた。オーガスタの付き添いが目のまえに集まっており、オーガスタが低い石段をのぼってくるところだった。彼女はこの上なく美しかった。そのすべてがすぐにぼくのものになる。花嫁の手に目をやると、ブーケではなく、拳銃をにぎっていた。すべての家族や友人たちに見守られ、銃ではなくブーケを手に、ちゃんとした結婚式を挙げてやれればよかったのだが。

# 35

フィンが部屋を出ていくや、ジェーンとプルー、それにメイドのゴバートは行動に移った。

「お嬢様」ゴバートが言った。「ドレスを選んでいただかなければなりません。わたしはパリで仕立てられた青いドレスをお勧めします。裾から上に向かって刺繡のはいったドレスです」

スカートから花が上へ伸びているように見えるドレスだった。同じ模様がふくらんだ袖にもあしらわれている。オーガスタが持っているなかでもっとも美しく、もっとも洗練されたドレスだ。「それにしましょう。真珠もつけることにするわ」

オーガスタは着替え室で風呂にはいった。そのあと、昨日の旅のために用意した食料がはいったバスケットをプルーがとり出し、みんなで朝食をとった。先ほどメイドのひとりがやってきて、女性たちに朝食をとりたいか訊いたのだが、オーガスタが誘拐されそうになった一件のあとでは、誰も城の食事を信頼できなかった。

ジェーンとプルーが目を見交わした。それから、ジェーンが顔を赤らめて息を吸った。

「あなたとフィンが夫婦になったときに何が起こるか説明すべきだと思うの」

オーガスタは詳細について知らないわけではないと告白することにした。「ドッティが、何がいつどこでどんなふうに起こるかを説明してくれたわ」

「よかった！」ジェーンはほっとした顔でほほ笑んだ。

「じっさいの行為のまえに何があるかも話してくれた？」とプルーが訊いた。

それについては訊いていなかった。「いいえ、たいしたことじゃないと思って」

「あら。もうすぐ起こることだから、もう少し詳しく知っておいたほうがいいかもしれないわね」

またもジェーンの頰が真っ赤になった。「それこそが、それ以降の行為もしたいと女性に思わせる重要な部分よ」

フィンに触れられたときのことを思い出し、オーガスタの胸がちくちくした。「ああ、キスとかそういうこと？」

「そう」プルーはうなずき、女性の欲望をかき立てるために男性がキスするさまざまなやり方や、その他女性にとってその行為を楽にするための方法について説明しはじめた。「それでも痛いでしょうけど、男性が気をつけてくれれば、そこまで痛くないはずよ」

説明を聞いているあいだ、全身に触れるフィンの口や手を想像してオーガスタの体が熱くなった。思わず両手を頰にあてる。「何が起こるかわかっていて、彼と目を合わせられるかどうかわからないわ」

プルーは笑った。「大丈夫よ。彼を見てそんなふうにかわいらしく顔を赤らめたら、彼はなおさらあなたを愛するようになるわ」

「さあ、説明が済んだところで――」ジェーンが立ち上がった。「あなたに結婚式で身に着ける〝四つのおまじない〟を渡したいの」ジェーンは持ってきていたかばんからベルベットの袋をとり出し、それをオーガスタに手渡した。「ヴァイヴァーズ家側からは〝古いもの〟よ」

袋を開けると、なかには粒のそろった真珠の長い首飾りがはいっていた。「きれい！　でも、どうして――」

「グレースからよ。あなたが結婚を決意するかどうかはわからなかったけれど、用意はしておいてほしいって」

目を涙が刺し、オーガスタはまばたきでそれを払った。「グレースはわたしが知っているなかで誰よりも賢明な人だわ」

「これは〝借りもの〟」プルーがオーガスタに硬貨を渡した。「スペインで見つけたローマ時代の硬貨よ。わたしに幸運を運んでくれたの」

「〝青いもの〟と〝新しいもの〟」ジェーンが指輪を掲げた。「これはヘクターとわたしから。フィンがあなたと恋に落ちつつあるとヘクターが判断して、パリで買っておいたの」

オーガスタはそれを右手の人差し指にはめた。「ヘクターはどうしてそのことを教えてくれなかったの？」

ジェーンはにこやかにほほ笑んだ。「男と女にとってそういうことは、互いから聞かされたほうが絶対にいいから」

「頭が空っぽのおばかさんじゃないかぎりは」プルーの声はほこりほども乾いていたが、目はきらめいていた。「あなたの場合、夢のせいで結婚がひと筋縄ではいかないものになっていたし」

プルーのメイドが袋を持って部屋にはいってきた。「ご命令どおり、もう一丁拳銃を持ってきました」

「ありがとう。使う必要がないといいんだけど」オーガスタは袋から武器をとり出した。

「弾丸はこめられているの？」

「はい、こめられております」メイドは侮辱されたというような顔になった。「そうでなかったら、役に立ちませんから」

「ゴバート、これはあなたに持っていてもらいたいの」

「喜んで、お嬢様」

オーガスタも自分の拳銃を携えるつもりでいた。

一時間もしないうちにみな着替えを終え、礼拝堂へ向かうための合図を待った。

扉をノックする音がした。「フィニアス様がまえをお通りになりました、お嬢様」

プルーが扉を開け、笑い出した。「どうやら、先代の伯爵夫人はあなたに幸運を祈りたいようよ。ガラスの破片の上を歩かなくちゃならないわ」

オーガスタも笑い出した。「効き目があるといいんだけど」

フィンとのあいだにはあまりに多くの使用人たちがいたため、ようやく彼の姿が見えたのは礼拝堂の石段の上だった。フィンはプルシアンブルーの上着に、金の縞模様のはいったより明るい青のウェストコートを身に着けている。シャツはいつものように真っ白で、クラバットの襞には金のピンがつけられていた。

オーガスタが石段をのぼるあいだ、フィンの目は彼女の目をしっかりととらえていた。ほんとうにわたしには何も見えていなかったのだ。この人がどれほど愛してくれているか、これまでどうして気づかずにいたの？

「おはようございます」クリストフ師がふたりの拳銃に目を向けた。「礼拝堂に武器を持ちこまれるのは嫌ですが、甥が常軌を逸した行動をとったことを考えれば、認めざるを得ないですね。甥には必ず罰を与えるようにします。では、はじめますか？」

ヘクターがオーガスタの手を司祭に渡すと、司祭は次にフィンの手もとり、オーガスタの手をにぎれるように裏返した。「昔であれば、あなた方の手をリボンでしばるところですが、礼拝堂に歩み入るときに手に手をとっていれば充分です」司祭はふたりを礼拝堂のなかに導き、ほかの面々が会衆席におちつくと、式をはじめた。

フィンが誓いのことばを述べているときに、礼拝堂の扉が勢いよく開いて壁にぶつかった。入口には手に包帯を巻いて腕を吊ったツェリエ子爵が立っていた。司祭は甥をにらみつけ、オーガスタは侵入者に銃を向けた。プルーとほかの面々もすばやくそれにならった。

「パヴレ」クリストフ師の厳しい声が礼拝堂に響き渡った。「そこを動くな。動いたら、客人たちがおまえをまた撃っても責められない」そう言って首を下げ、式を続けた。

「指輪を」ボーマンがクリストフ師に指輪を渡し、司祭はそれを祝福してから、オーガスタとフィンが掲げている拳銃に目をやった。

オーガスタは目を下に向けた。「ああ、プルー、両手が使えないと。しばらくこれを持っていてくれる？」

「もちろんよ」オーガスタはプルーに拳銃を手渡した。

フィンも自分の銃をボーマンに渡した。「ありがとう」

「どういたしまして」ボーマンはにやりとした。「こんなおもしろい結婚式に参列したのは初めてだ」

司祭のほうに顔を戻すと、フィンはうなずいた。「続けてください」

数分後、クリストフはふたりを夫と妻であると宣言し、それから声をひそめて言った。「私だったら、彼女をベッドに連れていくのに時間を無駄にしませんね」

「ご心配なく、司祭様」フィンはにやりとし、オーガスタの頬が熱くなった。「ぼくも同じことを考えていますから」

ふたりは拳銃を受けとり、オーガスタは深く息を吸った。新婚のベッドへ向かう途中で誰かを撃たなければならないとしたら、嫌でたまらなかった。「準備はいい？」

「ああ」フィンの声は自信に満ちていた。「走るよ」

「だから、上靴じゃなく、短靴を履いてきたのよ」

広間まで達すると、フィンがささやいた。「今だ」

ふたりは階段を駆け上がってオーガスタの寝室へ行くと、扉を閉め、鍵をかけて扉のまえにタンスを動かした。まわりの部屋から、親戚たちや使用人たちが同じように部屋に駆け入った音が聞こえてきた。

ふいにフィドルの演奏がはじまった。

オーガスタは扉をじっと見つめた。「いったいあれは何のため？」

「ぼくらが立てる音を聞こえなくするためさ」フィンは靴を脱いでクラバットを緩め出した。

「音ってなんの？」

クラバットが床に落ちた。「すぐにわかるよ」唇に押しあてられた彼の唇が動き、オーガスタは口を開いた。「ひと晩じゅうこうしていられないのがどれほど残念か、ことばにできないぐらいさ」

オーガスタは彼の腕から上着をはがそうとした。「時間はあとでたっぷりあるわ」

「きみの髪を下ろすのにメイドを呼んだほうがいいかな？」

ボディスが緩むと、オーガスタは腕を袖から外した。「自分でできるわ」

「ああ、なんて」ペティコートとコルセットを脱がせると、フィンは豊かな胸を手で包んだ。

「これほどに完璧なものは見たことがないよ」

そう言って首を下げ、片方の胸の先を口に含んだ。オーガスタは背をそらし、胸を彼の口に押しつけるようにした。思わず声をもらしたところで、ようやくフィドルを弾かせている理由を理解した。「あなたはまだ服を着ているわ」

またたく間に彼の服が床に落ちた。「おいで、奥さん。ベッドにはいろう」

先ほどと同じようにフィンは彼女を抱き上げ、ベッドの上にそっと横たえると、自分もベッドにはいった。また唇と唇が重なったが、今度は体に彼の熱くなった肌とたくましい胸を感じることができた。明るい茶色の毛が胸を覆っていて、そこに指をからませたくなる。

彼の唇が口から首へ、さらにその下へと動き、胸と腹にキスの雨を降らせると、オーガスタは抗議の声をもらした。血管のなかを火が走り、これからすることへの期待に腰が持ち上がった。

「きみをびっくりさせたくはないんだが、こうするのが一番てっとり早いんだ」フィンは口を彼女の秘められた部分にあてた。全身で募っていた熱と欲望がそこへ集まった。

自分の耳にも、自分がもらす声が大きくなったのがわかった。「フィン、フィン！」

彼が口と同時に指も使うと、その部分がより張りつめた。「ぼくのために達してくれ、オーガスタ。ぼくのために」

全身が痙攣し、ばらばらになったと思った瞬間、彼が体を上にずらしてみずからを突き入れ、そんなことがあり得るとは思いもしなかったほどにオーガスタを満たした。引き延ばされるような痛みのせいで絶頂に達した悦びが損なわれた。

「大丈夫かい？」フィンは張りつめた声を出した。

目を開けると、彼の美しい銀色の目には心配の色が濃かった。「大丈夫よ」

オーガスタの目はより明るい青い色を帯び、その肌は情熱のせいで赤くなっていた。これほどに美しい彼女は初めてだった。フィンは一瞬額と額を合わせてから、口を求め、動きはじめた。「脚をぼくに巻きつけてくれ」

脚が巻きついてくると、フィンはもう一度彼女が達してくれるよう祈りながら、動作を速めた。種がまき散らされると同時に、彼女も彼の名前を呼んだ。

フィンは彼女の上から身を転がして降り、その体を抱き寄せた。ふたりの鼓動が共鳴した。

「愛してる」

オーガスタは顔を上げて軽いキスをくれた。「わたしも愛してる」

肩に頭をもたせかけてきた彼女を彼は愛撫した。このままずっとこうしていられたなら。あと三十分だけでも。

フィドルの演奏が止み、廊下から衣擦れの音が聞こえてきた。

ああ、まったく！「服を着ないと」

「すみません、奥様」ゴバートが片手で目を隠し、もう一方の手でローブを差し出しながら部屋にはいってきた。「そのシーツを外さないと」

「ローブはそこに置いていって。すぐに起きるから」オーガスタは身を起こしてベッドに目を向けた。そして驚きに目をみはった。「血がついていないわ」そう言って彼を見つめた。

「どうして血がついていないの？」

「それを話し合っている暇はない。帽子のピンかナイフはあるかい？」

机のところへ行き、オーガスタは真珠のついた長いピンを手にとった。「あるわ」そしてベッドに戻ると、彼にピンをとられるまえに目を閉じ、自分の指を差した。血がにじみ出た。

「それで、どうしたらいいの？」

そこがむずかしい部分だった。血はあまりべったりとついていてもよくない。「ぼくがはいったきみのあそこにその血をこすりつけるんだ」オーガスタがそのことばに従うと、フィンはシーツをつかんで彼女の脚のあいだにこすりつけた。そして彼女の指をつかんで軽く押すと、血がひとしずく彼の大事な部分に滴り落ちた。彼はそこにも血をこすりつけた。ついたての陰に水のはいった洗面器と布が置いてあった。フィンは布を濡らして自分と彼女の血をつけた部分を拭き、布を洗面台の脇に放った。「ほら、これでいいはずだ」

オーガスタはローブを拾い上げてはおり、フィンに目を向けた。「あなたも何か着たほうがいいわ」

彼の寝室に続く扉が開き、マッソンがフィンのローブを持ってはいってきた。「旦那様」

「ありがとう」誰かが廊下に向いた扉を開けようとしていた。フィンはオーガスタに拳銃を渡した。「マッソン、衣装ダンスを動かすのに手を貸してくれ」

「かしこまりました」

衣装ダンスを脇に押しのけるやいなや、扉が勢いよく開いて壁にぶつかった。この男は部屋にはいるのに、こういうやり方しか知らないのか？　ツェリエが激しい息遣いをしながら立っていた。

ひとりのメイドが彼の脇をすり抜けた。「シーツをとりにまいりました」とメイドはスロヴェニア語で言った。そこではっとした顔になり、ドイツ語でくり返した。「当地の慣習で、シーツをいただかないとなりません」

メイドがベッドに達するまえにプルーが部屋にはいってきた。「わたしたちのうちの誰かがあなたといっしょに行かなければならないわ」

メイドは怯えたような目を子爵に向けたが、プルーはメイドを待たなかった。シーツをつかむと、ベッドからはがした。

「さあ、奥様、服をお召しにならなくては」ゴバートがオーガスタを引っ張った。「ミスター・アディソンとミスター・ボーマンがミセス・ブラニングとごいっしょに行かれます」

ふいにツェリエが床にくずおれた。その背後に棍棒を持った先代の伯爵夫人が立っていた。彼女は脇に目を向けて言った。「この子を地下牢に連れていって閉じこめて。鍵はわたしのところに持ってきてちょうだい」

広間から叫び声が聞こえてきて、ツェリエ伯爵が廊下に現れた。「できるだけ急いで帰ってきたんだ」そう言って息子を見下ろした。「こやつには地下牢がぴったりだ。足枷もつけておけ。家名に泥を塗ったのだから、慈悲をかけてやる必要もない」子爵が連れていかれると、ツェリエ伯爵がフィンとオーガスタに向かって言った。「心からお詫びを申し上げます。二度とご迷惑をおかけするようなことはさせません。これだけはお約束します」

先代の伯爵夫人がツェリエ伯爵に手紙を渡し、「ルシンダ号」と言った。

「ああ、そうだね、母さん、それを思いついてくれてありがとう」伯爵はフィンにその手紙を差し出した。「トリエステに大きな帆船を持っているんです。どんな船を雇うよりもずっと乗り心地がいいはずです。これは船長あての手紙です。どうか使ってください。ロカンダ・グランデ亭の亭主にも手紙を書いて、うちが所有する部屋をあなた方に使ってもらうように言っておきます」

「再度、孫のしたことについてお詫びしますわ」先代の伯爵夫人は言った。

「残念ながら、その謝罪は受け入れられません」フィンはツェリエ伯爵に目を向けた。「息子さんは立派な成人なのだから、みずからの行動の責任をとらなければなりません」

「おっしゃるとおりです。幸い、責任ある紳士としての振る舞い方を息子に学ばせるためにできることがあり、絶対にそれをさせるつもりです」

子爵の祖母は首を下げ、彼女の使用人のひとりが扉を閉めた。

一時間もしないうちに、フィンとオーガスタとプルーとボーマンは馬で城の門を通り抜け、ほかの面々は馬車でそのあとに従っていた。

「こういうことを二度と経験せずに済むといいんだけど」とオーガスタは言った。

「この類いのことを経験するのはこれが最後だと思いたいよ」フィンは何でも自分の望みどおりにことを運べると思っている連中にうんざりしきっていた。

トリエステのロカンダ・グランデ亭には、ちょうど夕食に間に合うように到着した。

馬で着いた四人は宿にはいっていった。「ぼくはフィニアス・カーター＝ウッズ卿です」

フィンは受付にいた宿の人間に手紙を渡した。

「お待ちしておりました」男はお辞儀をした。「お部屋はすぐにご用意できます。お連れ様はいらっしゃいますか？」

ヘクターの名前を告げると、すでに部屋はとってあった。

「それから、ルシンダ号という個人所有の帆船の船長と話をしなければならないの」とオーガスタが言った。

「ええ、もちろんです。すぐさま伝言を送りましょう」

そのころには、ジェーンとヘクターも宿にはいってきていたので、オーガスタはふたりに船長を呼びにやったことを告げた。

一行が顔や手を洗い、着替えを終えたころに、ガスパリーノ船長が個人用の応接間に案内されてきた。フィンは船長に手紙を渡して待った。

「凪は長くは続かないでしょう。何日かトリエステに留まりたいのでなければ、明日の夜明けに出航しなければなりません」

「わたしはすぐにヴェネツィアへ向かうのでかまわないわ」とジェーンが言った。

「おおせのままに」そう言って船長は眉根を寄せた。「ただ、残念ながら、うちの船では、馬車一台と馬を二頭より多く運ぶことができません」

「馬たちと馬車を運ぶ船は待たせてある。エレノア号を見かけたかい？」

「ええ、ただ、その船の船長は二日まえに逮捕されまして。船長が拘留されているあいだ、船は出航できないはずです」

「新たな船長がいればできるさ。ぼくもきみといっしょに港へ行くよ」ヘクターはジェーンにすばやくキスをした。「食事をするんだ。それから、出発する準備をしておいてくれ。今夜は船の上で寝ることになる。明日の朝早くみんなを起こすよりも簡単だからね」

バイジュが馬丁と御者に合図した。「いっしょに来てくれ。まだ充分明るいから、馬と馬車を積みこめるはずだ」

「わたしはジェーンといっしょに残るわ」プルーが言った。「港までの交通手段はどうにか工面します」

フィンとオーガスタはヘクターといっしょに行くことにした。ミネルヴァとエティエンヌもふたりのそばを離れることを拒絶したが、幸い、港までは遠くなかった。

エレノア号の停泊しているところに着くと、ヘクターが乗組員のひとりに呼びかけた。「ぼくはアディソンだ。ここへ一等航海士を呼んでくれ」

フィンとさほど変わらない年恰好の男が急いで道板を降りてきた。「すみません――」

「逮捕された船長のためにきみが謝る必要はない。愚かな男だったわけだから。これからはきみが新しい船長だ。船にぼくの馬車と馬を載せる準備をしてくれ。ぼくらは明日の明け方に個人所有の帆船で出航する。この船にもいっしょに来てほしい」

その日一日、田舎道を高速で駆けてきたことなどなかったかのように、その後も目のまわるような速さで物事が進んだ。バイジュは馬と馬車をどう船に載せるかを考えた。

フィンがガスパリーノ船長を脇に呼んで小声で何か話した。

彼がイタリア語を話すことをオーガスタは知らなかったが、ほかの言語を流暢に操ることからして、当然のことだった。

フィンはヘクターのほうに顔を向けた。「ルシンダ号にはぼくらとぼくらのお付きの使用人たちを乗せるのに充分な船室があるそうです。残りの使用人たちはもうひとつの船に乗ってもらわなければならないが」

「それでいい。バイジュ？」雑用係のバイジュは振り向いた。「きみは馬車といっしょの船に乗るかい？　それともぼくらといっしょの船にするかい？」

「馬車といっしょの船にします」彼はにやりとした。「あなたと同じ船でないほうが、いい船室を割りあててもらえますから」

ルシンダ号の船室もその他の部屋もオーガスタの期待を超えていた。小型帆船についてそれほど知識があるわけではなかったが。全員が部屋におちつくと、オーガスタはプルーを探しに行った。まだ答えを得ていない疑問があったのだ。プルーはサロンで赤ワインを飲んでいた。もはや強い酒のせいで簡単に酔うこともなかったため、オーガスタ自身もグラスにワインを注いだ。「質問があるの」

「そうかもしれないと思っていたわ」プルーはまたワインを飲んだ。「何があったのか、少しだけ聞いたから」

「どうしてそんなことが起こり得たのかわからないの」一日じゅうその疑問が頭につきまとって離れなかったのだ。

「女性という女性に生まれながらに処女膜があるわけではないのよ。なぜか子どものうちに破れてしまう人もいるしね。調教の済んでいない馬にうっかり乗った女の子を知っているんだけど、その子はそのあとで出血したわ」

「ああ」それで説明がつく。オーガスタも、暴れる馬ではなかったが、横鞍の訓練しか受けていない馬にふつうの鞍で乗ろうとしたことがあった。そしてそれがいい結果に終わらなかった。母は留守で、ルイーザには、きっと月のものがはじまったのだろうと言われたのだった。しかし、そのあとは出血しなかった。

「フィンがあなたを疑わないかぎり――きっと疑わないと思うけど――それはそれでいいのよ」プルーはほほ笑んだ。「あなたたちふたりとも、その問題にできるかぎり迅速なやり方で対処していたし」

「あのときあなたが部屋に来たのはそういう理由だったの？」

「それもあったわ。それと、わたしたちの誰かがいっしょに行かなければ、シーツがなくなってしまうんじゃないかという不安もあったから」プルーはグラスを掲げた。「あなたがついに結婚してどれほどうれしいか言わせてちょうだい。それもあなたが愛するのと同じだけ、あなたを愛してくれる男性と」

「彼がもっとまえに言ってくれていればと思うわ」そう言いながらも、ことばだけでは伝わらなかったことはわかっていた。確信をもたらしてくれたのは、彼の声や目に表れた、切羽詰まった思いだった。

「プロポーズを断ったのに？」プルーは眉をゆがめた。「そうだとしたら、オーガスタ、あなたは男性の自尊心についてうんと学ばないといけないわね」そう言ってバッグから包みをとり出した。「忘れるまえに、ジェーンにこれを渡してほしいと言われたの。ほんとうに身ごもるのを防ぎたかったら、この薬草を煎じて飲むの。トミーにお乳をあげるのをやめてから、これを使っているそうよ」

オーガスタは包みを受けとった。「これは何？」

「ノラニンジン。通称は〝アン女王のレース〟」

「ありがとう」子供を持つのを遅らせることにフィンが同意してくれたのはうれしかったが、方法は数々あっても、必ずしも効かないことがあるとフィンも認めていた。運に恵まれれば、この薬草が効くかもしれない。

# 36

「オーガスタ」ふたりの部屋に彼女がいなかったときには、フィンはとり乱しそうになった。もちろん、ばかばかしいことだが。帆船に乗っていて彼女の身に何かがあるはずはない。それでも、また彼女のそばに行くまで、不安は消えなかった。フィンは彼女のそばへ歩み寄って腕に引き入れた。「愛している」

「わたしもよ」オーガスタは彼を見上げた。美しい青い目が愛をたたえて輝いている。

すぐにほかの面々もフィンとオーガスタとプルーのいるサロンにやってきた。何にもまして彼女を船室に連れ戻し、今度はゆっくりとちゃんとしたやり方で愛を交わしたかった。しかし、今朝急いで愛を交わし、そのあとトリエステまで延々と馬に乗ってきたことで、きっと彼女は痛みを感じているはずだ。おまけにどちらも疲れきっていた。ほかのみんなもそうらしく、みなそれぞれの船室に引き上げることにした。

オーガスタは隣に小さな続きの部屋がついた船室にはいった。フィンの従者ももう一方の側にある、似たような小さな部屋をあてがわれていた。フィンは彼女の手をとってキスをした。「きみはぼくが知っているなかで誰よりも魅惑的な女性だよ」彼女と目が合うと、そのまなざしがしばらくまえから同じだったことに気づいてフィンは驚いた。ミュンヘンからずっと。ぼくはなんという愚か者だったのだ。

「あなたもわたしがこれまで目にした誰よりもハンサムな男性よ」

今度は頬を赤らめるのはフィンのほうだった。「ベッドにおいで。眠っているあいだ、きみを腕に抱いていたい」

オーガスタは唇を引き結んだ。「何か問題でも?」

今朝彼女が驚いてとり乱していたのを思い出し、フィンは彼女をきつく抱いた。「何でもないよ。ただ、ぼくらはどちらも疲れているし、時間ならたっぷりあるからね」

オーガスタは彼に身をすり寄せ、フィンはこれまでになく深い眠りに落ちた。目覚めたときには、船は海に出ていた。猫はオーガスタの反対側にいて、ミネルヴァはフィンの足元で丸くなっていた。これほどに大きな動物が小さく体を丸めているのは見たことがなかった。子供がいなくても、ふたりには家族がいた。オーガスタが眠ったまままため息をもらし、彼に体をすり寄せた。〝幸せで胸が一杯〟ということばを自分が用いることは考えたこともなかった。しかし、そのとおりだった。オーガスタのおかげで。


数時間後、船はヴェネツィアのそばの港にはいった。

「ひとつ訊きたいことがあるんですが」とフィンは言った。ヘクターといっしょにサロンでイタリアの地図を見ているところだった。「向こうの船の船長のことはどうやって見つけたんです?」

「エレノア号とほかのいくつかの船を所有する会社でぼくは大株主だからさ」

ヘクターがいくつかの投資を行っていることは兄から聞いていた。「それが役に立ったわけだ」

ヘクターはにやりとした。「たしかにそうだ。さて――」彼は地図を指でたたいた。「ヴェネツィアには数日留まるだけで、アルプスのふもとにあるガルダ湖への旅を続けることになる。九月にきみとオーガスタがパドヴァに発つ直前に、ヴェネツィアに戻ってくるつもりだ」

「夏のあいだ、ヴェネツィアは愉快な場所じゃないと聞きました」

「ぼくも同じことを言われたよ」ヘクターは地図を丸めた。「ほかのみんなを借りた家に連れていったあとで、ぼくときみが最初に寄るのはイギリス領事館だ。領事館付きの司祭が、今朝、城の司祭がくれたこの書類を処理してくれるはずだ。きみとオーガスタが署名してからね。すでに証人としてボーマンとプルーの署名はもらってある」

手順が逆だったが、それでもいいなら、問題はない。「それで、結婚証明書が受け入れられなかったら?」

「だったら、また結婚式を挙げればいい」

「すぐにオーガスタとぼくの署名を加えます」

荷物とともに全員を借りた家に送ると、新たな船長がフィンとヘクターをヴェネツィアのイギリス領事館に連れていってくれた。しかし、そこには事務官がひとりいるだけで、領事館の人間はみなガルダ湖へ去っていた。フィンには彼らを責められなかった。暑さのせいで、すでにヴェネツィアの街には下水道のようなにおいが立ちこめていたからだ。

「ぼくらも滞在を短く切り上げて、ガルダ湖へ行きますか?」とフィンは訊いた。

「馬たちに一日かそこら休む暇を与えたら、出発しよう」ヘクターは頬をこすった。「これだけは言えるが、ぼくはひとつの場所に一、二週間以上留まるほうがいいね」

「ぼくも旅は好きですが、それには同意せざるを得ないな」


十日後、一行は北イタリアにあるガルダ湖のそばにヘクターが借りた別荘に到着した。着くとすぐに、オーガスタとフィンは領事館の司祭のところへ行き、ふたりの結婚は正式なものであると認められた。そのあと、オーガスタはすぐに家族に結婚について手紙を書いた。フィンも兄と母に手紙をしたためた。

八月後半のある日、日が西に傾き、谷間に影を落とすなか、湖を見晴らすテラスでヴェネト産の辛口の白ワインを飲んでいるときのことだった。新たな知己でその地域に大勢いるオーストリア人のひとりであるフォン・エッパン伯爵が、友人の娘がツェリエ伯爵の長男と結婚した話をしてくれた。

「その若者は最初彼女と結婚するのを嫌がっていたんです」と伯爵は言った。

「そうなんです」伯爵の妻が話を引き継いだ。「どうやら、別の女性に強い愛着を抱いていたらしくて。でも、今は新たな妻を深く愛しているそうですよ」

フィンとオーガスタとほかの面々はすばやく目を見交わした。オーガスタはその別の女性が自分だと知ったら、伯爵夫妻は何というだろうかと思わずにいられなかった。それでも、奇妙な形ではあったが、子爵があれほどの執着心を見せたからこそ、彼女もフィンも互いへの愛情をようやく認めることになったのだった。そうでなければ、そうなるのにどのぐらいかかっていたかは誰にもわからない。

「夢想しがちな若者はみんなそうですよね」フォン・エッパン伯爵はワインを飲んだ。

イギリス人とヴェネツィア市民とオーストリア人が集まっているために、舞踏会やその他の催しには事欠かなかった。フィンはオーガスタに自分以外とのダンスを許さなかったため、からかうような冗談の的となったが、オーガスタも夫以外の誰とも踊りたいとは思わなかった。おかげで喜ばしいことに、そうした催しがほんとうにたのしいものとなった。

九月初めには、フィンとオーガスタとプルーとボーマンは使用人たちとともに、パドヴァから遠くないところにある、後見人になってくれる予定だった夫妻の夏の家に到着していた。オーガスタの見たところ、夫妻はじっさいに後見人にならずに済んだことで喜んでいるようだった。その家におちついてからも、学期がはじまるまでまだ二週間あった。

ある日、オーガスタはフィンといっしょに川のそばにある公園を散歩していた。「きれいだけど、あまりにがらんとしているわ。店の多くもまだ開いていないし」

「学生たちがいなくなったときのオックスフォードにそっくりだな。平穏なときをたのしんだほうがいい。学生たちが戻ってきたら、街は社交シーズン中のロンドン以上にひどいことになるだろうから」

「にぎやかなときを見てみたいわ」オーガスタは講義へ急ぐ学生たちの一部になりたかった。

「アンジェローニ先生には手紙を書いたんだけど、教授もまだここに来ていないの」

「それも驚くにはあたらないな」フィンは足を止め、彼女にキスをした。「もう少しの辛抱さ、オーガスタ」

学期がはじまるまで一週間を切るころに、オーガスタはアンジェローニ教授からの堅苦しい手紙を受けとった。「ほかの手紙とはちがう感じがするわ。大学の総長と面談してくれと書いてある。それってどういう意味だと思う？」

フィンは首を振った。「見当もつかないが、すぐにわかるさ。面談は明日だから」

翌日、オーガスタはプルーに付き添われてこれから数年過ごすことになるはずだった家に戻ってきた。めったにないほどの怒りに駆られながら。高い教育を受けたはずの男性たちが、多くの男性と同様に狭い心の持ち主だとわかったのだ。

「どうだったか訊いてもいいが」フィンが腕を巻きつけてきて、オーガスタは怒りの涙をまばたきで払った。「その顔を見れば、結果はわかる気がするよ」

「講義は受けさせてくれるそうだけど、入学は許されないって。フォン・ノイマン男爵とそのご友人ができるかぎりのことをしてくれたんだけど、大学の総長と教授たちが考えを変えることはなかった。わたしは文学と哲学を学ぶことは許されるけど、それ以外はだめだそうよ」

フィンは中庭を見晴らす小さな居間に彼女を連れていった。何かがおかしかった。「どうして男爵はきみに大学への入学が許されたと思わせ、ここまで来させたんだい？」

「わたしが入学を許可されたと言ったアンジェローニ教授は、わたしに研究や翻訳の助手を務めさせたかっただけだったの。わたしが彼よりも多くの言語を話すから」オーガスタはかわいそうな夫に怒りの矛先を向けないように唇を嚙んだ。「ふつうの学生としてわたしが受け入れられないことはわかっていたのよ」教授のことは殺してやってもいいぐらいだった。

「ブルーとふたりだけでここに来ていたら、どうなっていたか、考えたくもないわ。イギリスに戻る手配ができたころには、その年も終わりに近づいていたでしょうから」

お茶ではなく、ワインがチーズとパンとともに運びこまれた。フィンが妻のためにチーズとパンを皿にとり、デュラントが冷えた辛口の白ワインをふたつのグラスに注いだ。

「これからどうしたい？」フィンの声は彼女への思いやりに満ちていた。オーガスタは再び彼と恋に落ちた気分だった。

「わからないわ。ここを離れたら、しくじったように見えるかしら？　それとも、彼らに屈服するのを拒んだように見える？」オーガスタはワインをひと口飲み、そのさわやかさを味わった。「向こうは明らかに、わたしを追い詰めたと思っているわ」フィンの腕が肩にまわされた。「結婚していることは言わなかったの」

「ある種の男の思考回路からして、それを言っていたら、きみはすぐさま追い出されただろうね」フィンは焼き立てのパンの上に薄く切ったチーズを載せて食べた。「きみは決断を下さなきゃならないよ。ここに残ってすでに知っていることを学ぶか。もしくは、ぼくといっしょに旅してまわることもできる。イタリアをはじめとする南ヨーロッパ全域には、たくさんの古代の建造物がある。最初に大学に行こうと決めたのは、自分にはグランド・ツアーが許されないからだとまえに言っていたよね」

それはほんとうだった。入学試験の勉強をするまでは。その後、大学へ進学することへの興奮がもともとの願いにとって代わったのだった。「なんだか、わたしだけ失敗した気分だわ。あなたはオックスフォードへ行った。チャーリーもそう。ウォルターは来年行くことになっている」

「でも、ぼくは、卒業はしていない。きっとチャーリーもしないんじゃないかな。ウォルターかフィリップはするかもしれないが、それは聖職者か法律家か医者になるか、学者になるかしたい場合だ」

初めて聞く話だった。「だったら、どうしてあれほど多くの若者が大学へ行くの?」

フィンは忍び笑いをもらした。「おそらく、若者たちが問題を起こさないようにするためだな。女性とちがって、若い男は結婚には向いていない。大学に進むことで、家や、イートンのような学校の人間関係や保護から離れる機会ができるし、そこはロンドンよりは安全な場所でもある」フィンはワインを少し飲んだ。「それが必ずしもうまくいくとはかぎらないが」

「そんなの初耳だわ」でも、それがどうだというの? これはわたしの夢だったのだ。

「今のわたしのような状況に直面したら、若い男性だったら、どうするかしら?」オーガスタは自分のあとに続く女性たちのために――いつか女性たちが大学進学を許されるとしたら――男性と同じ決断を下すのが自分の義務だと感じた。

　フィンはクッションに身をあずけ、天井に目を向けた。少しして、身を起こした。「状況が同じと言えないのは明らかだが、ぼくがきみだったら、誇りをもって彼らの提案を断るだろうな。ぼくの頭と時間を使えば、もっとすばらしいことができるはずだと言って」フィンはしばらくまたワインを飲んだ。「イタリア文学について大学できみが学べることがあるなら別だが」

「ないわ」オーガスタは首を振った。「文学については、ロンドンを訪れていた大家《たいか》のひとりに学んだの。手紙のやりとりも続けているし」

「ぼくのきれいで賢い奥さん」フィンは彼女の髪にキスをした。「大学にはこれ以上きみに教えられることはないという気がするよ。きみが連中にお断りと言うとしたら、損失をこうむるのは向こうのほうだ」

「よく考えてみなければならないわ。今日はあまりにがっかりしたから」体の一部を引き裂かれたような気分だった。心ではなく――心はフィンのものだった――肉体の一部を。オーガスタはグラスを干して立ち上がった。「失礼してよければ」

　夫も立ち上がって彼女の手をとった。「もちろんだ。夕食のときに会おう。ぼくもちょっと用事がある」

　フィンはオーガスタが重い足取りで階段をゆっくりとのぼっていくのを見送った。彼女のことだ、自分をだましたくずどもに失望や怒りを見せたりはしなかったのだろう。それでも、フィンにはそれが痛いほどわかった。彼は広間に歩み入った。「散歩に出てくる」

「かしこまりました」使用人のデュラントがお辞儀をした。「いつごろお戻りでしょうか?」

「二、三時間後に」その教授を殺し、次に大学の総長を殺してから。可能な方法があるならば、オーガスタはこの忌々しい大学に通うことになる。

大学の事務局を見つけると、すぐさま招じ入れられた。オーガスタのために解決策が見つかるといいのだが。

「フィニアス様」年上の男が流暢な英語で挨拶してきた。「私は総長のバレストラです。お会いできて光栄です」男はお辞儀をした。「私も古代の建築に興味を持っており、つい最近、あなたが王立研究所に提出した論文を読みました。すばらしい考察でした」総長は机の奥に戻って腰を下ろした。

これほどに怒っていなければ、イタリアの誰かが自分の論文を読んでくれたことを喜んだかもしれなかった。しかし、今は男の貧弱な首に両手をまわさずにいるのが精一杯だった。

「今日、あるご婦人と話をしたはずです。レディ・オーガスタ・ヴァイヴァーズと」

「あ、ええ、とてもきれいな若いご婦人でしたが、残念ながら、うちの大学に入学できる能力が自分にあると誤解されていました。昔、ある女性の入学を許したことがあるのはたしかですが、その方はほんとうに並外れた方だったのです」

ほんとうに殺してやろうか。「たしか、レディ・オーガスタはこの大学の入学試験に受かったはずだが」

「そういう話でしたが、受かる人は大勢いる」総長はしばらくフィンをじっと見つめた。

「あなたも紳士でしたら、同意してくださるはずです。大学は女性が通う場所ではないと。イギリスの大学は女性の入学を許していないはずだ。それも理由のないことではない。女性は大学生活の過酷さに耐えられないでしょうから。彼女のご家族がたったひとりの付き添いとともにはるばるここまで旅することを彼女に許したことは、私の理解を超えていますな」

堅苦しくもったいぶった気取り屋め。「ほう?」フィンは目を丸くした。「この大学の学者のひとりに嘘をつかれていたとあなたから聞いて、彼女は気を失ったり、涙したりしましたか?」

「いいえ」男は首を振った。「とてもおちついていました」

「今のぼくよりもよっぽどおちついていたはずだ」フィンは机に両手をついて身を乗り出した。「今のぼくはあんたの首を絞めて死ぬ思いをさせたいと思っているんだから」

総長のバレストラの気取った表情が驚愕に変わった。「レディ・オーガスタをそこまで心配なさるとは、彼女があなたにとってどんな存在なのかお訊きしてもいいでしょうか?」

ようやく、賢明な質問を発したな。「妻だ。今の彼女はレディ・フィニアス・カーター＝ウッズだ。ドーチェスター侯爵の義理の妹で、マートン侯爵の親戚で、ロスウェル公爵の義妹だ。ぼくがこれまで会ったなかでも、交友したなかでも、誰よりも聡明な人間だ。彼女のことを知っていれば――ぼくは知っているわけだが――彼女がこの大学の忌々しい入学試験に合格したばかりか、ほかの誰よりも優秀な成績だったことはわかる」

相手が恐怖に目を丸くしたのを見て、フィンは悦に入らずにいられなかった。「それは……なんとも言えませんね」

「試験の成績をつけた教授を呼んでくれ」

総長は唾を呑んだ。それによって喉が動いた。嘘をついているのだ。「その必要はありません。彼女はたしかに合格に必要な成績を上まわっていました」

ようやく、話が進んだ。「あんたたちは彼女が大学にはいるのを許さないのかもしれないが――」残念ながら、入学したとしても、彼女にとって大学生活がひどく困難で屈辱的なものにされるであろうことは、たやすく想像できた。「学位取得に必要な最終試験は受けさせてやるんだ。論文形式でもかまわない。彼女は流暢にイタリア語を操るからね。そうしたければ、文学を選んでくれてもいいし」

「でも――」総長は見るからに動揺していた。「彼女は教材を学んでいない」

「それでも、試験を受けることを許可するんだ。それで、試験に合格したら、学位を与える」フィンは忌々しい大学への寄付を申し出ようかと思った。オーガスタが、この役立たずの気取り屋に自分のほうが優れた人間だと証明する機会を与えられるなら、何でもするつもりだった。「許可しないというなら、フォン・メッテルニヒ候に連絡をとって、ぼくの妻の大学入学について彼が確約を得たのは嘘だったと訴えることにする」ハプスブルク家の外相であるフォン・メッテルニヒ候の名前を聞けば、この総長も動転するはずだ。

脅しは効いた。男は恐怖に打たれた顔になった。「わかりました。お望みどおりにいたしましょう」

「これで決まりだ」フィンは年上の男に射るような目を向けた。「試験問題と彼女の回答の写しは、イギリスに送って、イタリア語とイタリア文学研究の第一人者にも見てもらうようにする」フィンは立ち上がった。「秘書にうちの住所を残していくよ。これから数日のうちに連絡してくれ」

「もちろんです」

フィンは部屋を出ると、住所を書き残すためにだけ足を止めた。これから、自分のしたことを白状したときに妻に殺されないよう、贈り物を見つけなければならない。

# 37

オーガスタはその日はずっとこれからどうするか考えて過ごした。いっしょに旅行しようというフィンの申し出は魅力的だった。それでも、夕食の時間になっても、心を決められずにいた。ふつうみんなでいっしょにワインを飲む中庭へ向かうと、そこに夫しかいないことに驚いた。「プルーとボーマンはどこ？」

「誰かから話を聞いたレストランを試してみることにしたそうだ」フィンは彼女に本を渡した。「きみが気に入ると思って。ヴェロニカ・ガンバラの詩集だ」

オーガスタは最初のページをめくってぽかんと口を開けた。「詩集というだけじゃなく、初版じゃないの」そう言ってフィンに目を向けた。「ものすごく高価なはずよ」

「そうだったらいいんだけどね。かなりお得な値段だったが、きっときみが気に入ると思って」フィンはワインを注いだが、グラスを彼女に手渡さずにテーブルに置いた。

そっと本を下ろすと、彼女は彼に腕を巻きつけた。「何の贈り物なの？　それとも、あなたが何をしたのか訊いたほうがいいかしら」

フィンは彼女に腕をまわし、きつく抱き寄せた。そうしないと彼女が逃げていってしまうとでもいうように。「きみにもうひとつの選択肢を用意したんだ」そう言って彼女の頭にキスをした。「大学の総長に会いに行って、きみに試験を受けさせるよう求めた。それで、それにきみが合格したら——きっとするだろうけど——きみに学位を授けてくれるようにと」

フランスにいたとき以来感じたことがなかったほどの浮き浮きした思いに心が満たされた。オーガスタは身を離して夫を見つめた。「正確には何て言って説得したの?」

フィンはやましそうな目をくれた。「オーストリアの外務省を盾に脅したんだ」

これほどに自分の気持ちをわかってくれる人と結婚するなど、生まれてこのかた想像したこともなかった。わたしの望むことをわたしのために望んでくれる人と。どうしてわたしはこんなすばらしい運に恵まれたの?

「怒っていないかい?」フィンは彼女の目を探るように見た。

「怒る? いいえ、まさか。あなたは女性詩人の本をくれたばかりか、わたしの問題への解決法まで示してくれたのよ」オーガスタは顔を上げて彼にキスをした。なんて賢い人なの。「秘書ではなく、フォン・メッテルニヒ自身がかかわっていたら、わたしはここへ来ることもなかったかもしれないとあなたも気づいていたのね」

「そうかもしれないと思った。正直、一年の大半、フォン・メッテルニヒがウィーンにいないと知ったときに、そうにちがいないと気づいた。彼はかなり保守的な人間だ。だから、手紙はあの秘書がすべて書いていたにちがいない。でも、ほんとうのことはわからないだろう?」

二日後、オーガスタは翌日試験を受けに来るよう告げる手紙を受けとった。興奮と不安で手が震えた。「受からなかったら、どうしたらいいのかしら？」

「受かるさ」フィンは力づけるような笑みを浮かべてみせた。「きみのことを心から信じているよ」

そうして信じてもらえるのはうれしかった。でも、そのことばどおりになるだろうか？　これまでの研究や学者とのやりとりで、大学の学位に相当するほどの知識は得られたのだろうか？　いいえ、それはこれからわかるのだ。

翌日、オーガスタは試験にのぞみ、問題を二度読んでから書きはじめた。試験で問われたのは、これまで学んできたことばかりだった。それどころか、その試験はこれまで勉強してきたことほどむずかしくもなかった。フィンの言ったとおりだ。自分はすでに大学教育を受けたのも同然だったのだ。それを知らなかっただけで。

四時間後、オーガスタは部屋の端の高い演台にすわっている試験官に解答の論文を手渡した。その男性は彼女を見下ろした。「休憩が必要ですか？」

「いいえ、終わりましたから」

男の唇にとり澄ました笑みが浮かんだ。「つまり、あきらめたと」

オーガスタは眉を上げた。「いいえ。論文を書き終えたんです」扉のところまで行って開けると、男がひとりはいってきた。「わたしの夫がわたしの論文を写す人間を雇ったんです。写しはイギリスに送られて検証されることになっています」

「ええ、総長もそうおっしゃっていました」

「だとしたら、何も問題はありませんね」オーガスタは首を下げた。「機会を与えてくださってありがとうございました」

廊下でデュラントが待っていた。

「家に帰りましょう。結果が出るまで何日かかかるわ」

「ええ、奥様」驚いたことに、デュラントは笑みを浮かべていた。

「どうしたの？」

「私も多少イタリア語がわかるので耳にしたことの意味がわかったんですが、ふつうはこの試験には四時間以上かかるそうです」

家に帰ると、家のなかは静まり返っていた。結果がわかるまでお祝いはしないということになっていた。夕食の会話は、次はどの街を見たいかということに終始した。イギリスから手紙は届いていたが、オーガスタは気もそぞろで読む気になれなかった。

その晩、フィンはゆっくりとオーガスタを愛した。興奮したオーガスタが欲望におかしくなりそうになるまで全身にキスと愛撫をくり返した。「今よ！」

「まだだ」フィンは彼女の内腿に顔を寄せてほほ笑んだ。

舌が秘められた部分に触れた瞬間、オーガスタの体はばらばらに砕け散った。フィンがなめらかなひと突きでなかにはいると、オーガスタは脚を彼に巻きつけ、もっと速くと彼を急かした。彼を包む部分が痙攣するまで。

一週間後、オーガスタが猫や犬を含むまわりのすべての人にあたりちらさないようみずからを抑え、フィンがあの総長を絞め殺してやると脅しのことばをつぶやいているときに、大学から使者が来て、応接間に招じ入れられた。

使いの少年は大きな書類入れをオーガスタに手渡し、お辞儀をして去った。しばらくオーガスタは口をきけなかった。「開けられないかもしれない」

プルーが書類入れを検分した。「試験の論文がはいるほど厚いものじゃないわね」そう言ってボーマンに目を向けた。「論文は返されるものなの？」

「ぼくのは返ってこなかったな」ボーマンはフィンに目を向けた。

「ぼくのもだ」そう言ってフィンはオーガスタのほうを向いた。「ぼくに開けてほしいかい？」

「いいえ」オーガスタは首を振った。自分でしなければならないことだ。結ばれているリボンをほどき、書類入れをソファーのまえの低いテーブルの上に置いてソファーにすわった。どうなろうとも、立っていたくなかったからだ。硬い褐色の革のフラップを開け、息を吸ってから、なかにはいっているものを引き出した。紋章のついた凝った金の縁取りのある証明書だった。表にはオーガスタの名前の横に優等《クム・ラウデ》と記されている。「合格したわ」心臓が大きく鼓動する。目を上げると、ほかのみんながほほ笑んでいた。目に涙があふれる。フィンは証明書に触れないように気をつけながら彼女を抱きしめた。「合格したわ。ほんとうにやったのよ！」

フィンは彼女の目を探るように見つめながら、ハンカチで涙を拭いてくれた。「きっときみなら合格するとわかっていたよ」

プルーがシャンパンのグラスをまわした。「お祝いすることがあった場合に備えて、ヘクターが何本か送ってくれたの」

オーガスタは何も言うことを思いつけずに目をぬぐった。

グラスを掲げ、フィンが言った。「ぼくが知っているなかで誰よりも聡明な女性に」

「乾杯！」

ミネルヴァが吠えながら応接間のなかをぐるぐると走りまわり、エティエンヌはオーガスタの膝に飛び乗った。オーガスタはグラスがグレート・デーンの尻尾に飛ばされそうになるのを防いだ。「この子たちも幸せを感じているみたい」

フィンは証明書を手にとって書類入れに戻した。「次はどうする？」

「イタリアの南部へ下って、船でエジプトへ行くのはどう？」オーガスタがみんなの笑顔を見まわした。

「それはすばらしい考えに思えるよ。きみは象形文字を研究できるし、ぼくは――」

「ピラミッドを検分できる」

# あとがき

十九世紀初めに、女性の入学と学位取得を認めている大学はヨーロッパに三つありました。オランダのユトレヒト大学はイギリスからもっとも近い大学ながら、大学というよりは学校《カレッジ》に近いものになっていました。アメリカの単科大学《カレッジ》ではなく、イートン校のような学校です。イタリアのボローニャ大学は十八世紀にひとりの女性の入学を許しています。その女性は大学に留まって教鞭もとりました。最初に選択肢に上がったのはその大学でした。ただ、残念ながら、ウィーン会議後、ボローニャはローマ教皇の管轄となり、その後百年近くも女性を受け入れませんでした。ヨーロッパで最高の大学のひとつであるパドヴァ大学が唯一残された選択肢となりました。十七世紀にある女性の入学を許したことがあったからです。ただ、一八一八年にパドヴァはハプスブルク帝国の支配下に置かれました。大学に問い合わせたところ、件の女性は極めて特別な存在だったと言われました。もちろんわたしは、やはり極めて特別で、ハプスブルク帝国の高官やパドヴァ大学の教授の後押しを得たイギリスの貴族の女性であれば、受け入れられたのではないかと問う手紙を再度送りました。回答は得られませんでしたが、きっと受け入れられただろうと判断しました。

登場人物たちをどうやってウィーンまで連れていくかということも問題のひとつでした。当時の道はわたしが本書のなかで描いたようにひどい状態だったのです。そのときに、ほとんどの商品や旅人が川で運ばれていたことを知りました。ただ、現在はミュンヘンからレーゲンスブルクでドナウ川につながるイーザル川は航行不能となっています。さらに調べたところ、十九世紀初めには、川の航行を容易にするために、いくつかの運河や閘門が建設されたことがわかりました。

十九世紀初めにイギリスの旅行者が書いた日記によると、ウィーンの街にはほんとうに歩道（舗道）がなく、旅行者にとっては危険だったようです。イギリス人の御者が嘆くことも頻繁でした。そのため、みな現地の御者を雇ったようです。

イギリスでは、結婚指輪としても使われる婚約指輪は貴族のあいだのみの習慣でした。しかし、オーストリア帝国では、わたしたちが知っているような婚約指輪がもっと一般に使われていました。

スロヴェニアやハンガリーやクロアチアなど、オーストリア帝国の一部で、貴族の多くが私的に傭兵を雇っていたことも事実です。

本書で述べられている結婚の習慣は今も一部の地域では一般的なものとされています。

わたしの著作について疑問点があれば、ぜひ質問を送ってください。わたしのウェブサイトは www.ellaquinnauthor.com です。ニュースレターに登録いただければ（そのリンクはウェブサイト上にあります）、作品はもちろん、プロモーションや販売についての情報も得られます。

エラ・クイン

恋に落ちたくない花嫁
2025年4月17日　初版第一刷発行

著 ………………………………… エラ・クイン
訳 ………………………………… 高橋佳奈子
カバーデザイン ……………………… 小関加奈子
編集協力 ………………………… アトリエ・ロマンス

発行 ………………………… 株式会社竹書房
〒102-0075 東京都千代田区三番町8-1
三番町東急ビル6F
email：info@takeshobo.co.jp
https://www.takeshobo.co.jp
印刷・製本 …………… 中央精版印刷株式会社